ハヤカワ・ミステリ文庫

〈HM486-1〉

第八の探偵

アレックス・パヴェージ

鈴木 恵訳

早川書房

8659

EIGHT DETECTIVES
by
Alex Pavesi
Copyright © 2020 by
Alex Pavesi
Translated by
Megumi Suzuki
First published 2021 in Japan by
HAYAKAWA PUBLISHING, INC.
This book is published in Japan by
arrangement with
WATSON, LITTLE LTD.
through THE ENGLISH AGENCY (JAPAN) LTD.

第八の探偵

登場人物

グラント・マカリスター……………………………………………作家
ジュリア・ハート…………………………………………………編集者

1　一九三〇年、スペイン

ふたりの容疑者は殺風景ともいえる白い居間で、ふぞろいの椅子に座って何かが起こるのを待っていた。ふたりのあいだには、窓のない狭い階段につづくアーチがある。部屋を圧するような薄暗い穴で、さしずめ大きくなりすぎた暖炉といったところだ。階段は途中で左に方向を変えているので上階は見えず、のぼっていく先には闇しかないような印象を受ける。

「地獄ね、こうして待ってるだけなんて」メガンはアーチの右側に座っていた。「だいたいシエスタって、どのくらい取るものなの？」

彼女は窓辺へ行った。窓の外のスペインの田園は、ぼんやりしたオレンジ色をしている。こう暑くてはとても人が住めそうには見えない。

「一、二時間だけど、バニーはずっと飲んでいたからな」ヘンリーは椅子に横向きに座って肘掛けに両脚をかけ、ギターを膝に載せている。「あいつのことだから、どうせ夕食どきまで眠ってるだろう」

メガンはドリンク・キャビネットへ行って酒瓶を検分した。一本ずつそっとまわして、ラベルを表側に向けていく。ヘンリーはくわえていた煙草をつまんで右眼の前に持ってきて、煙草ごしに彼女を見るふりをした。望遠鏡のつもりだ。「きみはまた靴で呼吸をしてるぞ」

メガンは午後の大半を、室内を行ったり来たりして過ごしていた。その居間は、白いタイル貼りの床ときれいに拭かれた壁のせいで、医者の待合室を連想させる。ごつごつした赤い丘の上に建つ見知らぬスペインの邸宅というより、イギリスの赤煉瓦造りの病院にいる気分だ。「あたしが靴で呼吸をしてるのなら、あなたは口で歩いてる」彼女はそう言い返した。

数時間前、三人はバニーの屋敷から森の中を三十分ほど歩いて、最寄りの村の小さな居酒屋へ行き、そこで昼食を食べていた。食事がすんでバニーが立ちあがると、ふたりはすぐさま彼が酔っているのに気づいた。

「おれたちは話し合いをしなくちゃならない」とバニーは怪しげな呂律《ろれつ》で言った。「きみらはなぜおれにここへ呼ばれたのか、不思議に思ってるだろう。前々から相談したいと思ってたことがあるんだ」それはこのふたりの客には不吉な知らせだった。どちらもこの国へ来たのは初めてで、彼にすっかり頼りきっているのだから。「屋敷へ帰って三人だけで話そう」

帰るのには一時間近くかかり、バニーは老いぼれロバのようにやっとのことで丘を登った。灰色のスーツ姿で赤い大地を。この三人がそのむかし一緒にオックスフォードにいたなどとは、いまではとうてい思えない。バニーはふたりより十年も余計に老けたように見えた。

「おれはひと休みしないとだめだ」ふたりを屋敷へ入れたあと、バニーはまわらない舌でそう言った。「しばらく寝かせてくれ、そのあとで話そう。短いシエスタだ」

というわけで、彼は昼寝で午後の暑さをやりすごすために二階へあがっていき、メガンとヘンリーは階段の左右に置かれた肘掛け椅子に座りこんだのだ。

それがほぼ三時間前のことだった。

メガンは窓の外を見ていた。ヘンリーは身を乗り出して、彼女とのあいだにある正方形の数をかぞえた。メガンは彼の斜めむこう、白いタイル七枚分の距離に立っていた。「なんだかチェスを指してるみたいな気分だな」と彼は言った。「だからきみは絶えず動きまわってるのか？　ぼくを攻めようとして自駒を配置してるんだな？」

メガンはばかにしたような眼をして彼のほうへ向きなおった。「陳腐な比喩ね、チェスなんて。男どもが戦いを気障《きざ》に語りたいときに持ち出すものよ」

〝おれたち三人は話し合いをしなくちゃならない、スペイン人に見られないところで〟バニーがそう言って昼食を唐突に終わらせてからというもの、ふたりのあいだには口論の気配が高まっていた。メガンがふたたび窓の外に眼を向けると、それが嵐のように避けがたくそこにあった――迫りつつある口論が、青空に広がる黒雲となって。

「チェスっていうのはルールと調和に満ちているけど」とメガンはさらに言った。「戦いっていうのはたいてい残酷で卑劣なだけ」

ヘンリーは話題を変えるためにギターをぽろんとかき鳴らした。「こいつの調弦のしかたを知ってる？」そのギターは彼の椅子の上の壁にかかっていたのだ。「調弦されてれば弾けたんだけどな」

「知らない」とメガンは言い、部屋を出ていった。

見ていると彼女は屋敷の奥へ歩いていく。廊下の戸口をひとつ通りぬけるたび、戸口に囲まれた姿が前の小型版になる。ヘンリーはまた一本、煙草に火をつけた。

「いつになったら起きてくると思う？　あたしちょっと外の空気を吸ってきたいんだけど」

メガンは戻ってきており、いちばん手前の戸口に元の大きさで立っていた。

「さあてね」とヘンリーは答えた。「本人は目下、食後のお昼寝のまっ最中だ」メガンはにこりともしない。「かまわないから行ってこいよ。あいつの話なんて、べつだん急ぎでもないだろう」

メガンはためらった。その顔は、彼女の宣伝写真の顔と同じようにつるりとしていて、何を考えているのかわからない。彼女はプロの女優なのだ。「バニーがあたしたちに何を話すつもりでいるのか、あなたわかる？」

ヘンリーは迷ってから答えた。「いや、わからないな」

「そう。じゃ、あたし外へ行ってくる」

ヘンリーはうなずいて、彼女が出ていくのを見送った。廊下は居間から彼の向いている方向へ延びているので、メガンがそこを歩いていって突きあたりのドアから出ていくのが見えた。階段は彼の左手にあった。なおもギターの弦をいじっていると、やがて一本がぷつりと切れて跳ね、彼は金属弦で手の甲を切ってしまった。

そのとき室内が急に暗くなったので、ヘンリーはふと右のほうを見た。メガンが窓の外に立って中をのぞきこんでいた。背後の赤い丘陵のせいで、輪郭が悪魔じみた輝きを帯びている。メガンには彼が見えていないようだった。外が明るすぎるのかもしれない。だがいずれにしろ、彼は動物園の動物のような気分で手の甲を口にあて、指を顎から垂らしながら切り傷をなめていた。

メガンは屋敷の日陰側に避難した。

野草の中に立って後ろの壁にもたれ、眼を閉じた。どこか近くから、何かをたたくような静かな音が、ぽん、ぽん、ぽん、と聞こえてきた。背後から聞こえてくるようだ。初めはギターの音が壁ごしに伝わってくるのかと思ったが、それにしてはいまひとつ音楽性に欠けている。ひどく小さな、ほとんど聞こえないほどの音ではあるが、メガンには聞き取れた。靴の中にはいった小石のようにはっきりと。

ぽん。ぽん。ぽん。

ふり向いて上を見あげた。屋敷の二階の、彼女の寝室の隣。鉄細工の格子におおわれたバニーの寝室の閉じた窓に、蠅《はえ》が繰りかえしぶつかっているのが見えた。ちっぽけな蠅が一匹、逃げようとしているのだ。するとそれが二匹になった。いや、三匹。四匹。大群だ。それが外へ出ようとして、窓の隅が黒くなっている。窓敷居に蠅の死骸が散らばっている

さまが眼に浮かんだ。メガンは地面から小石をひろって窓に投げつけた。カチャンという
そのはっきりと聞こえる音に、黒い群れはちりぢりになったものの、中からはなんの物音
も聞こえてこない。もう一度やってみたが、眠れる主《あるじ》の眼を覚ますことはできなかった。
じれったくなって、小石を片手一杯ひろうと、それをひとつずつ窓に投げつけていき、
とうとうすっかり投げてしまった。メガンは屋敷の外をまわりこんで中にはいり、廊下を
歩いていって階段の下まで行った。彼女が急に現われたのに驚いたヘンリーが、ひんやり
した白い床にギターをがたんと取り落とした。
「バニーを起こすべきだと思う」メガンは言った。
ヘンリーは彼女が心配しているのに気づいた。「何かあったと思うのか？」
メガンはむしろ腹を立てていた。「様子を見にいくべきだと思う」
彼女は階段をのぼりはじめた。ヘンリーがすぐ後ろからついていくと、彼女は何かを眼
にして立ちどまり、叫び声をあげた。反射的に彼は両腕でメガンを抱いた。彼女を落ちつ
かせようとしたつもりだったのだが、やりかたが不器用だったので、ふたりともからまり
あって動けなくなってしまった。
「放してよ」メガンは肘で彼を押しのけて駆けだした。すると、メガンの背中でさえぎら
れていたものが、ヘンリーにも見えるようになった。バニーの寝室のドアの下から階段の

ほうへ、ひと筋の血が流れ出してきて、まっすぐに彼を指さしていた。

それほど大量の血を見たのはふたりとも初めてだった。バニーはシーツの上にうつぶせに横たわっていた。背中からナイフの柄が突き出し、そこから曲がりくねったひと筋の赤い流れが、ベッドのいちばん低い側へと延びている。刃はほぼ完全に埋没しており、背中と柄のあいだに銀色の細い線がひと筋、カーテンの隙間から射しこむ月光のようにのぞいているだけだ。「心臓をひと突きね」とメガンが言った。柄はさしずめ日時計の一部といったところで、死体はそれと知らずに時の移ろいを示している。

メガンは床の血だまりをまわりこんでベッドに近づいた。死体まであと三十センチというところで、ヘンリーが止めた。「そこまでしなくたっていいだろう」

「確かめないと」滑稽にもメガンはバニーの首の横に二本の指を押しつけた。脈はなかった。「こんなことってある？」首を振りながら言った。

ヘンリーはショックのあまりマットレスの端に腰をおろしたが、重みで血だまりが自分のほうへ広がってきてしまい、悪夢から覚めたようにぱっと立ちあがった。戸口を見てから、メガンのほうをふり返った。

「犯人はまだここにいるかもしれない」とささやき声で言った。「ほかの部屋を調べてくる」

「わかった」とメガンはささやきかえしたものの、彼女は女優だったから、その声はふつうの声と変わらないほどはっきり聞こえた。嫌味なほどに。「それと、窓にぜんぶ鍵がかかってるかどうかも確かめてね」

「ここで待っててくれ」そう言うと、ヘンリーは部屋を出ていった。

メガンは深呼吸をしようとしたが、室内の空気はすでに異臭を漂わせており、それを裏づける蠅たちが、灼けるように熱い一日の隅をあいかわらずぽんぽんとたたいている。死体に飽きたのだろう。近づいていって窓を五センチほど上げてやった。蠅たちはまっすぐに飛び出していき、あたかも塩の粒がスープに溶けるように青空に消えていった。ショックで寒けを覚えつつ窓辺に立っていると、ヘンリーが近くの部屋を点検してまわっている音が聞こえてきた。衣装簞笥をあけたり、ベッドの下をのぞきこんだりしているようだ。

ふたたび戸口に現われた彼の顔には、失望が浮かんでいた。「二階には誰もいない」

「窓にはぜんぶ鍵がかかっていた？」

「ああ、確認した」

「やっぱりね」とメガンは言った。「バニーはしつこいくらい何もかもに鍵をかけてから、昼食に出かけたもの。あたし、見ていたから知ってるの」

「そこのドアはどうだ？　鍵がかかってるか？」ヘンリーは彼女の背後のバルコニーへ出る両開きのドアを指さした。彼女は行って把手を引いてみた。どちらも内側から、上辺と中央と底辺の三カ所で、差し錠がかけてあった。

「ええ」と彼女は言うと、血が広がってくるのもかまわずベッドに腰をおろした。「ねえ、ヘンリー、これがどういうことかわかる？」

彼は眉を寄せた。「犯人は階段を使って出てったってことだ。下のドアと窓をぜんぶ施錠してくるよ。きみはここにいてくれ」

「待って」と彼女は言ったが、ヘンリーはすでにいなくなっていた。ピアノの鍵盤のように白くて堅い階段を素足でどすどすと踏む非音楽的な音につづいて、踊り場の壁にぺたんと手をついて体を支える音が聞こえ、やがて、下の階を動きまわる音が聞こえてきた。

彼女はベッド脇にあるバニーの箪笥の抽斗《ひきだし》をあけてみた。はいっていたのは下着類と金時計一個だけだった。もうひとつの抽斗には、日記帳とパジャマがはいっていた。バニーはもちろん服を着たままベッドに倒れこんでいる。日記帳を取り出してページをめくってみた。日記はほぼ一年前で途切れていた。それを抽斗に戻してから、自分の時計を見た。

どのくらいここで待っていなくてはならないのだろう？　どのくらいヘンリーに支配権を握っているという一時しのぎの芝居をさせておけば、下へおりていって彼と対決してもいいのだろう？

ドアをひとつずつ閉めていくと、屋敷内が徐々に暑くなってきたので、大急ぎでその作業を始めたヘンリーも、いまは荒い息をしながらゆっくりと順序立てて屋敷内を移動しており、見逃しのないように各部屋を複数回通過した。間取りは複雑で、バニーがなぜこんな広い屋敷にひとりで住むようになったのか、不思議だった。見たところ、形や大きさが同じ部屋はひとつとしてなく、窓のない部屋もたくさんある。〝光はなく、眼に見える暗黒があるのみ〟だ（ミルトン『失楽園』）。金があると、こういうまねをするんだろう。彼はそう思った。

居間に戻ってみると、メガンがいた。彼の座っていた椅子に腰かけて、彼の煙草を吸っている。何か冗談でも言って、現実に直面するのをわずかでも先延ばしすべきだという気がした。「あとは髪を切ってギターを持ってくれりゃ、まるで鏡を見てる気分になれそうだ」

メガンは反応しなかった。

「犯人はもういなかった」と彼は言った。「もちろん、一階には窓やドアがたくさんあるからな。どこでも好きなところから出ていけたはずだ」

メガンはゆっくりと煙草を灰皿に落とすと、その横に置いてあった小さなナイフを手に取った。そんなものがあったことにすら彼は気づいていなかった。殺風景な部屋に溶けこんだ細い物体のひとつにすぎなかった。メガンは立ちあがると、ナイフをかまえて切っ先を彼の胸に向けた。

「動かないで」と静かに言った。「そこにいて。話をしなくちゃならないから」

ヘンリーは後ずさった。膝の裏が彼女のむかいの椅子に触れると、そこへへたりこんだ。その急激な動きにメガンがびくりとしたので、彼は一瞬、観念して椅子の肘掛けをきつく握りしめた。けれども、彼女はその場を動かなかった。

「ぼくを殺すつもりか、メガン？」

「あなたがそうさせるならね」

「きみに何かをさせられた例しはないさ」彼は溜息をついた。「煙草を取ってくれないか？　自分で手を伸ばしたら、指の一本や二本なくなりそうだからな。自分の親指をチビた葉巻みたいに吸うのはごめんだ」

メガンはパックから煙草を一本出して、彼のほうへ放った。彼はそれをひろって慎重に火をつけた。「で？　きみはさっきからずっと口論をしたかったようだけど、ぼくはもうちょいお上品な口論を想像していたな。どうしたっていうんだ？」

メガンの口調には敵を出しぬいた者の自信がこもっていた。「冷静にふるまおうとしてるようだけど、ヘンリー、手が震えてるわよ」

「きっと寒いんだろう。具合が悪いのかな、それとも今年のスペインの夏はちょいと冷えるのかな」

「でもあなた、汗をかいてる」

「しかたないだろ。顔にナイフを突きつけられてるんだぞ」

「でも、ちっちゃなナイフだし、あなたは大柄な男でしょ。それにぜんぜん顔のそばじゃない。震えてるのは、悪事がばれるのが心配だからであって、あたしに刺されると思ってるからじゃない」

「どういう意味だそれは？」

「まず、事実はこう。二階には部屋が五つある。窓にはすべて格子がはまっている。漫画に出てくるみたいな、黒くて太いやつが。ふたつの部屋にはバルコニーへ出るドアがあるけれど、どちらも鍵がかかっていた。窓もそう。それはあなたがさっき自分で確認している。二階へあがる階段はひとつしかない。ここにあるこの階段だけ。ぜんぶ正しいかしら？」

ヘンリーはうなずく。

「となると、バニーを殺した人物はこの階段をのぼっていったはずよね」メガンは階段の暗い踊り場を指さした。階段はそこで曲がり、つかのまあらゆる光を失う。「そしてまたこの階段をおりてきた。そしてあなたは、昼食から帰ってきてからというもの、ずっとここに座っていた」

ヘンリーは肩をすくめた。「だからなんだ？　ぼくがこの事件に関わってるっていうのか？」

「そう。そう言ってるの。あなたはこの階段を犯人がのぼっていくのを見たか、あるいは自分でのぼっていったかのどちらかで、そうなるとあなたは犯人か共犯者のどちらかだってことになる。でもあたしの考えじゃ、あなたはまだ友達ができるほど長くはここに滞在してない」

ヘンリーは眼を閉じて彼女の言葉に集中した。「ばかばかしい。誰かがこっそり通りぬけたのかもしれない。ぼくは気にも留めてなかった」

「静まりかえった白い部屋で、あなたのそばをこっそり通りぬける？　誰がよ？　鼠が？　それともバレエ・ダンサー？」

「じゃ、ほんとにぼくがあいつを殺したと思ってるのか？」彼女の言っていることがやっと呑みこめ、ヘンリーは立ちあがって反論した。「でも、メガン、きみが言い忘れてることがひとつあるぞ。たしかにぼくは昼食のあとずっとここに座って、消化に専念してたかもしれないが、しかし、きみだってずっと一緒に座ってたじゃないか」

メガンは首をかしげた。「それはまあ、ほとんどはね。でも、少なくとも三回は、外へ新鮮な空気を吸いに出たのを憶えてる。あなたがあんなに煙草を吸ってたのは、そのためじゃないの？　あたしを外へ追いやるためだったんじゃない？　人の背中にナイフを突き立てるのにどのくらい時間がかかるものなのか、あたしよく知らないけど、かなりすばやくできるんじゃないかしら。時間の大半はきっと、そのあとで手を洗うのにかかるはず」

ヘンリーはまた腰をおろした。「まいったね」と、楽な姿勢を取ろうとした。「じゃ、きみは本気なんだな？　二階で友達が死んでるのを発見したばかりだってのに、ほんとにぼくがやったと言うんだな？　根拠はなんだ？　ぼくが階段のそばに座っていたという事実か？　知り合ってもう十年近くになるんだぞ？」

「人は変わるものよ」

「ああ、そうだな。近ごろのぼくはシェイクスピアをそんなに評価してないし、教会にも行かなくなった。でも、道義心を忘れて家を出たら、誰かにそれを教えてもらいたいとは思うね」

「そんなにむきにならないで。あたしはただ、点と点を結んでるだけなんだから。あなたはずっとここにいたんでしょ?」

「むきにならないで、だと?」彼は信じられないというように首を振った。「きみは探偵小説ってものを読んだことがないのか? 実行する方法なんていくらでもある。二階へつづく秘密の通路があるのかもしれない」

「これは現実なの、ヘンリー。現実の暮らしにおいて、動機と機会のある人物がひとりしかいなければ、ふつうはその人物が犯人なの」

「動機? ぼくの動機ってのはいったいなんなんだ?」

「バニーはなぜあたしたちをここへ呼んだの?」

「知らないね」

「いいえ、知ってるはず。五年の沈黙のあと、彼はあたしたちふたりに、スペインの屋敷へ招待するという手紙を送ってよこした。すると、あたしたちはどちらも駆けつけてきた。なぜか? それは彼があたしたちを脅迫しようと企んでいたからよ。わかってるでしょう?」

「ぼくらを脅迫する? あのオックスフォードでの一件をネタにか?」ヘンリーはその考えを一蹴した。「車を運転してたのはバニーなんだぞ」

「でも、あたしたちだって無実とはいえないでしょ?」

「ばかばかしい。ぼくがここへ来たのは、あいつがきみも来ると書いていたからだ。きみがぼくに会いたがっていると。脅迫のことなんか、ひと言も書いてなかった」

「その手紙をいま持ってる？」

「いや」

「なら、あなたの言葉しかないわけよね？」

ヘンリーは呆然として床を見つめた。「メガン、ぼくはいまでもきみを愛してるんだ。だから来たんだよ。バニーはぼくを呼びよせるにはなんと書けばいいか、ちゃんと心得てたんだ。そのきみから、こんなひどいことをする人間だと思われるなんて」

メガンは動じなかった。「あたしもあなたの麗しい世界に住めたらいいんだけどね、ヘンリー。あたしがいまにも一緒に歌いだすとでも思ってた？」

「ぼくは自分の気持ちを伝えてるだけだ」

「ならあたしは、さっきも言ったように、点と点をつないでるだけ」

「ただし――」

「なに？」メガンは警戒するようにヘンリーを見た。手にしたナイフがぴくりと動く。

「ただし、なによ？」

ヘンリーはまた立ちあがると、片手を額にあて、片手をどっしりした白い壁に押しつけた。それからこんどは、室内を行ったり来たりしはじめた。「だいじょうぶ、近づきゃしないよ」それでも彼女は緊張して、ナイフの切っ先でヘンリーの動きを追った。「かりに、ぼくも部屋を出ていたとしたらどうなる？　きみが新鮮な空気を吸いに、何分か外へ行っていたときに。出ようと思えば出られたし、出たとしてもきみは気づかなかっただろう。そして犯人はバニーを襲えたはずだ」

「で、あなたは部屋を出たの？」

「ああ」とヘンリーは言い、ふたたび腰をおろした。「自分の寝室に本を取りにいってた。犯人はその隙にここを通ったんだ」

「嘘よ」

「嘘じゃない」

「いいえ、嘘。その話がほんとなら、あなた、もっと早く話してたはずだもの」

「忘れてたんだ、それだけさ」

「ヘンリー、やめて」メガンは一歩彼のほうへ近づいた。「あたし、嘘に興味はないの」

ヘンリーは手を差し出してみせた。それは震えていなかった。「じゃ、これを見てくれよ。ぼくはほんとのことを話してるんだ」

メガンは彼の椅子の脚を蹴りつけ、彼があわててその手で肘掛けにしがみつくと、こう言った。「こんな話はもうたくさん。これからどうするつもりなのか、それを教えて」

「まあ、ここには電話がないからな、村まで駆けおりていって、警官と医者を連れてくるつもりだったが。でも、きみが警察にぼくが犯人だと言うつもりなら、ちょいと連れてきにくくなるよな？」

「警察のことなんてあとで心配すればいい。いまはとにかくあたし、このナイフをおろしても絶対にバニーの隣に横たわるはめにならないようにしたいだけ。どうして彼を殺したの？」

「殺してない」

「じゃ、誰がやったの？」

「誰かが忍びこんできて殺したんだ」

「なんのために？」

「ぼくにわかるわけないだろ」

メガンは腰をおろした。「ねえ、ヘンリー、あたしがあなたをここから助け出してあげる。こんなことをしたのには何か正当なわけがあるんだと、そう考えられないこともないから。バニーには残酷なところがあったもの。それはおたがいよく知ってる。無鉄砲だったし。いつかはあたし、あなたを許せるようにだってなるかもしれない。いつかはね。だけど、あたしに嘘をついてほしいのなら、あたしの忍耐心を試すのはよして。なぜいまなの？　なぜこんなまねをしたの？」

「メガン、こんなのはどうかしてるよ」ヘンリーは眼を閉じた。ドアも窓もすべて閉まっているので、暑くてたまらなかった。まるでふたりして油の中を浮遊する標本になって、誰かに観察されているような気分だ。

「じゃ、あくまでも自分は無実だと言い張るわけ？　やんなっちゃうな、その話はもうすんだでしょ、ヘンリー。あなたは裁判にかけられて、あの廊下に並んだ十二の鉢植えの陪審によって有罪とされたの。あなたはずっとここにいた。ほかに言うことなんてないでしょ」

ヘンリーは両手に顔を埋めた。「ちょっと考える時間をくれ」唇を動かしながらぶつぶつと、ひとりで彼女の論点を検討しなおしてみた。「きみのせいで頭痛がしてきたよ」意味もなくかたわらの床からギターをひろいあげ、残った五本の弦を爪弾きはじめた。「ぼくらが昼食から帰ってきたときにはもう、犯人は二階にひそんでたってことはないか？」額からぽたぽたと汗がしたたり落ちた。「でも、出ていくのは無理だ。てことは、帰ってきたときには正常だったんだ。とすると。とすると、そうか、わかったぞ」

ヘンリーはふたたび立ちあがった。「何があったのか、たぶんわかったぞ、メガン」

メガンは彼のほうを見あげ、話してごらんなさい、というように顎をしゃくってみせた。

「メガン、きみだろう、この油断ならない蜘蛛め。陰険な蛇め。きみがあいつを殺したんだ」

メガンはまったく平気な様子だった。「ばか言わないで」

「きみはこう考えたんだろう。ここにいるぼくらふたりの容疑者には、同一の機会と、どちらにもあてはまる共通の動機がある。だから自分はすべてを否認するだけでいい。そうすれば何もかもぼくのせいになると。あとはどっちが優れた役者かという問題になるが、その答えはもうわかってる」

「もう一度言うけど、ヘンリー、あなたは午後じゅうずっとここに座って、自分の獲物を守ってたのよ。あたしにできるわけがないじゃない」

「ぼくに濡れ衣を着せるには、証拠をでっちあげる必要さえない。ひたすらいっさいを否認すればいいんだ。喉がかれるまで。それが最初からきみの計画だったんだ、そうだろ？警察がやってきたときここで見つかるのは、ひとつの死体とふたりの外国人だ。ひとりは、おたおたしていて支離滅裂なぼくで、何者かが誰にも見られずに天井を階段まで逆さになって這っていったんだと言い張ってる。もうひとりは、すっかり落ちつきはらったきみで、いっさいを否認する。英国の薔薇と、がさつな男。警察がどっちを信じるかはわかりきってるし、ぼくにはそれをくつがえすことなんかできやしない。この国じゃコーヒーの一杯も注文できないんだから」

「それがあなたの説ってわけ。じゃあ、あたしはどうやってあなたの眼を盗んで上にあがったの、ヘンリー？　あなたの言うように、天井を這ったのかしら？　それとも、もっと説得力のある方法を、この二十秒のあいだに何か思いついた？」

「思いつく必要なんかない。それは質問がまちがってる」ヘンリーは立ちあがって窓辺へ行った。もはやメガンを恐れてはいなかった。「たしかにこの屋敷の二階はしっかり施錠されてる。そしてあの階段が二階への唯一の入口だ。それにまた、たしかにぼくは午後じゅうここに座ってた。昼食のあと、バニーが寝室へあがっていってからずっと。トイレにさえ行かなかった。でも、これもまたたしかなんだが、ぼくは最初に帰ってきたとき、暑かったし埃まみれだったんで、顔を洗いにいった。だからきみをここにひとりきりで残してったんだ。まさにここに。戻ってきてみると、きみは同じ場所に座ってた。顔と首と手を洗うのにかかった時間は、せいぜい十分ぐらいだ。短時間のことだったんで、危うく忘れるところだったよ。だけど、人の背中にナイフを突き立てるのにかかる時間は、どのくらいだっけ？」

「それは何時間も前のことでしょ」

「三時間前だ。あいつは死んでどのくらいたつと思う？　血だまりは廊下のはずれまで来てる」

「あたしたちは中にはいってきたばかりで、バニーはちょうど上にあがってったところだった。そのときにはまだ、眠ってさえいなかったはずよ」

「ああ、でもあいつは、そんなことは問題にならないほど酔ってた。いったんベッドに突っ伏したら、まったく無防備だったはずだ」

「じゃ、そういうことなのね？　あなた、あたしが彼を殺したって言ってるわけね？」

自分の論理に得意になって、ヘンリーはにやりとした。「そう、そう言ってるんだ」

「ばかね、いい気になっちゃって。バニーが死んだっていうのに、それでゲームをしたがるなんて。あなたが犯人なのはわかってるんだから。なぜ白を切るの？」

「同じことをきみに訊いたっていいんだぜ」

メガンはしばしその問題をじっくりと考えた。ナイフを持つ手がゆるんだ。ヘンリーは窓の外をながめており、汚れたガラスのむこうにぎらぎらと赤い丘の連なりが見える。彼は恐怖を見せないことで彼女を挑発していた。そうやって自分のほうが上手だと見せつけているのだ。

「わかったわよ、あなたの考えてることが」とメガンは言った。「いまはっきりとわかった。評判の問題なのよね？　あたしは女優だもの。こんなスキャンダルは致命的になる。ほんのちょっぴりでも疑惑を持たれたら、評判は地に落ちる。あたしのほうが失うものは大きい、だから協力するしかないはずだ、そう考えてるんでしょ」

ヘンリーはくるりと向きなおり、強い日射しに背中を灼かれた。「きみはこれを自分の女優としての評判の問題だと思うのか？　何もかもがきみの女優生命に関わるわけじゃないんだよ、メガン」

彼女は下唇を嚙んだ。「そうよね、あなたがそれを認めるはずはないわよね。あなたはまず、自分がいくらでも頑固になれることを示してみせる。それから？　そう、あなたには勝てないこと、協力しないと女優生命がめちゃめちゃになることをあたしに確信させたら、提案をしてくるはず。適当な作り話をこしらえて、それを裏づけてくれと、あたしに頼んでくるはず。もしほんとにそれが狙いで白を切りつづけてるんだとしたら、ヘンリー、とっとと真実を話したほうがいいわよ」

ヘンリーは溜息をついて首を振った。「わからないな、なんだっていつまでもそんなことを言ってるんだ？　この事件の詳細をぼくはもう明らかにしたはずだぞ。だけど、どんな名探偵だって、かたくなな否認にあっちゃお手あげだ。あとはもう髪をかきむしることぐらいしかできない。でも、はげ頭はぼくには似合わないと思うんでね」

メガンは彼をじっと見つめた。どちらも一分ほど黙りこんでいた。やがて彼女はナイフをかたわらのテーブルに置いて、切っ先をくるりとヘンリーからそらした。

「わかった。ギターをひろって弾けば。あたしはあなたを、あなたはあたしを犯人だと言ってる。どうやらそれがあたしたちの陥ってる状況らしい。だけどあたしは、男に空の色は緑だと言われて〝はいそうですか〟と信じるような女じゃないの。そう思ってるとしたら、あなた、あたしを見くびってる」

「でもって、きみが毅然として睫毛《まつげ》をぱちぱちさせれば、ぼくがぺらぺら白状するとでも思ってるのなら、きみは自分の力を過信してる」

「あら」とメガンは眼をぱちくりさせた。「でもあなた、あたしのことをまだ愛してるんじゃなかった?」

ヘンリーは彼女のむかいの椅子に腰をおろした。「愛してるさ、だからこんなことが腹立たしいんだよ。きみがあいつを殺したと認めてくれさえすりゃ、ぼくはきみのしたことをいっさい許すつもりだ」

「そういうことなら、まだ持ち出してなかったことを持ち出すことにしようかな」メガンはふたたびナイフを手に取り、彼の眼に一瞬、本物の恐怖がよぎった。「あなたは暴力的な一面を持ってる。あたし、あなたの酔っぱらったところを見たことがある。あたしを見る眼が気にくわないといって、知らない人たちと喧嘩を始めるのも。あなたが怒鳴って、わめいて、ガラスを割るのも、見たことがある。それもぜんぶ否定するつもり?」

ヘンリーはうつむいた。「いや。でもそれは、ずいぶん昔のことだ」

「で、あたしがそんなまねをするのは見たことがある?」

「ないかもしれないけど、きみだって残酷になることはあるぞ」

「毒舌は人を殺したりしない」

ヘンリーは肩をすくめた。「つまりぼくは短気なんだ。だからきみはぼくと結婚しようとしなかったのか?」

「それだけじゃないけど。まあ、プラスにはならなかったな」

「あのころはちょっと飲みすぎてたんだ」

「今日のお昼もずいぶん飲んでたけどね」

「いやいや。あのころほどじゃない」

「でも、十分だったみたいよ、明らかに」

ヘンリーは溜息をついた。「ぼくが殺したんだとしたら、こんなヘマなやりかたはしなかったはずさ」

「ヘンリー、あなただってことはわかってるの。おたがいにわかってる。いったいあたしに何を吹きこもうとしてるわけ？　あたしの頭がおかしいと思わせたいの？」

「それはぼくの台詞《せりふ》でもあるんじゃないのか？」

「いいえ、ちがう」メガンは手にしていたナイフを椅子の腕に突き立て、ナイフは詰め物を貫通して木部に食いこんだ。「上じゃバニーが蛇口みたいに血をしたたらせて死んでるってのに、こんなところで言い合いをしてるだけなんて。あたしたちがどんなふうに午後を過ごしてたか知ったら、警察はどう思う？」

「まるで悪夢だ」

メガンはくるりと眼を上に向けた。「またそういう陳腐な比喩を」

「これがぼくらの午後の過ごしかたなら、ぼくは飲み物を手にしていたいね。きみも一緒にどうだ？」

「あなた病気ね」と彼女は言った。

そこでヘンリーは自分にだけウィスキーをついだ。

三十分たっても事態は何ひとつ変わっていなかった。ふたりは何度か状況を検討したものの、結論は出なかった。

ヘンリーはすでにウィスキーを飲みおえていて、空になったグラスを眼の前に掲げて左右に動かしながら、グラスを透かして、ひしゃげて湾曲した部屋をながめていた。メガンはそれを見ながら、よくもそう簡単にほかのことに気を取られるものだとあきれた。

「ヘンリーが彼女のほうを見た。「もう一杯飲んだらおしまいにするよ。きみも一緒にどうだ？」

ドアも窓も閉めきっていたので室内はうだるような暑さで、まるでふたりがそれを罰として自分たちに科すことにしたかのようだった。

メガンはうなずいた。「そうね、一杯もらう」

ヘンリーは大儀そうにうなり、キャビネットのところへ行った。背の高いデカンターから、ふたつの大きなグラスにウィスキーをついだ。もちろん、なまぬるかった。ひとつを片手に持ってリズミカルに揺らし、もうひとつをメガンに渡した。その量を見て彼女は眼をむいた。三分の二まではいっている。「最後の一杯だから」彼はそう言った。

「あたしたち、これからのことを話し合わなくちゃ」とメガンは言った。「このままどちらも白状しないんじゃ、埒《らち》があかないもの。警察を巻きこむ必要なんてある？　あたしたちがここにいることは誰も知らないんだから。夜中に立ち去ればそれですむかもよ」

ヘンリーは何も言わずにウィスキーをひとくち飲んだ。ふたりは数分間そうして座っており、メガンは自分のグラスを手でおおっていた。それからようやくそれを口元へ運んだが、口をつける前に手を止めた。「これに毒がはいってないって、どうすればわかる?」

「グラスを交換すればいい」ヘンリーは言った。

メガンは肩をすくめた。そこまでするほどのことではないというように。ちょっぴり口をつけ、「味はふつうね」と言った。ヘンリーは無言のまま、不安にさせるような眼つきでじっと彼女を見つめている。「でもやっぱり、念のために」彼女は言った。ヘンリーは溜息をついて自分のグラスを彼女に渡し、彼女はそれを受け取って自分のグラスをヘンリーに渡した。

ヘンリーはぐったりと椅子にもたれ、グラスを掲げてみせた。「バニーに」

「じゃあ、バニーに」

ウィスキーは迫りつつある夕暮れと同じくオレンジ色に燃えたっていた。ヘンリーはふたたびギターを抱え、さきほどと同じメロディーをたどたどしく爪弾いた。「ふりだしに戻ったな」と溜息まじりに言った。

「さっきも言ったけど、これからどうするのか話し合わなくちゃ」

「ぼくにこう言わせたいのか? ふたりで一緒に逃げて、ここにいなかったふりをすればそれでいいと。あのときと同じように。あれもきみの言いだしたことだったよな?」

「どうしてあたしにこんな意地悪をするの?」メガンはグラスを置いて首を振った。「あたしがあなたとの婚約を解消したから？　そんなのもう昔のことじゃない」

これまでヘンリーは、会話の区切りをつけるのにもっぱらウィスキーをひとくち飲んでいた。だが、この言葉を聞くと、ゆっくりと時間をかけて煙草に火をつけた。「もう一度言うよ、メガン。ぼくはいまでもきみを愛してる」

「それはどうも」メガンは心待ちにするように彼を見た。「もうめまいがしてる？」

彼はまず当惑し、それから自分のグラスに眼をやった。ほとんど飲みほしてあり、残りは一センチほどだった。それに手を伸ばすと、左腕が麻痺しかけているのがわかった。まならないぐったりとした手が、グラスを跳ねとばした。グラスは床に落ちて割れ、白いタイルに茶色の円が広がった。彼はメガンを見た。「何をしたんだ？」

煙草が口から落ちてギターの胴の中へ転げこみ、弦のあいだからくるくると煙がひと筋立ちのぼった。彼女の顔にはかすかな憂いのほか、なんの感情も表われていなかった。

「メガン」

彼は椅子の前に転げ落ちた。体の半分が硬直している。ギターが横へ転がった。白い床に突っ伏したまま、彼は不規則に体を震わせた。顎の前のタイルに涎《よだれ》がたまった。

「そこが嘘の困ったところなのよ、ヘンリー」メガンは立ちあがって彼を見おろした。

「いったん始めたらやめられない。行きつくところまで行ってしまうの」

2　最初の対話

ジュリア・ハートはかれこれ一時間近く朗読をつづけており、喉に石が詰まったような気分だった。「『そこが嘘の困ったところなのよ、ヘンリー』メガンは立ちあがって彼を見おろした。『いったん始めたらやめられない。行きつくところまで行ってしまうの』」

グラント・マカリスターは横に座ってそれをじっと聞いていた。彼はジュリアがいま読みおえた短篇の著者だった。書いたのは二十五年以上も前のことだ。「で」と朗読が終わったのに気づいて彼は言った。「どう思う？」

ジュリアは原稿をおろして斜めにし、自分の書きこみがグラントから見えないようにした。「好きです。わたしは断然メガンの味方でした――この最後の段落までは」

ジュリアの声にグラントは喉の渇きを聞きつけて立ちあがった。「水をもう一杯あげようか？」彼女は感謝するようにうなずいた。「すまないね」と彼は言った。「なにしろ客を迎えるのは久しぶりなもので」

グラントのコテージは、浜からつづく砂地をほんの少し登ったところにあった。ふたりはこの一時間ほど、その広いポーチの下の木製の椅子に座っていた。ジュリアが彼にその短篇を読んで聞かせていたのだ。立ちあがった彼は、ジュリアをそこに残して中へはいっていった。

海からは涼しい風が吹いてくるものの、日射しは強烈だった。ジュリアはその朝、ホテルからこのコテージまで、地中海の金属的な暑さのなかを十五分かけて歩いてくるほかなく、額が早くもうっすらと陽に焼けているのがわかった。

「はい」とグラントが素朴な陶器の水差しを持って戻ってきて、ふたりのあいだのテーブルに置いた。彼女は自分のグラスに水をついで飲んだ。

「ありがとう、飲みたかったんです」

グラントはまた腰をおろした。「つまりきみは、メガンを無実だと思っていたわけだね？」

「そうでもありません」ジュリアは水をもうひとくち飲んで、首を振った。「メガンに同情していただけです。ヘンリーみたいなひよわで自己憐憫にまみれた男なら、大勢知ってますから」

グラントはうなずいて、椅子の肘掛けを指先で何度かこつこつとたたいた。「メガンにだって欠点はいろいろあると思わないか？」

「それは思いますよ」ジュリアは微笑んだ。「だってメガンは彼を殺したんですよね？」

「ぼくから見れば彼女はまったく――」とグラントは慎重に言葉を選んだ。「信頼できない。はなから疑わしい」

ジュリアは肩をすくめた。「このふたりにオックスフォードで何があったんでしょうね」ノートを取り出して膝に置き、もう一方の手でペンをかまえた。「最後にこの作品を読んだのはいつですか？」

「ここに住むようになる前だ。知ってのとおり、ぼくはもうこの本を持っていないからね」グラントはゆっくりと首を振った。「二十年前かな。年を取ったもんだよ」

彼は自分のグラスに水を少しついだ。ジュリアの知るかぎり、彼がこの日何かを飲むのはこれが初めてだ。下の浜に色褪せたボートが逆さに置かれていて、まるで巨大な昆虫の抜け殻のように見える。もしかしたらこの人は、あそこから這い出してきたのではないか。この暑さにも水や食べ物の不足にも平気な、異星生物なのかもしれない。そう思って彼女はひとりでにやりとした。

「で、次はどうするんだ？」とグラントは訊いた。「ぼくは本を編集した経験がないんでね。一行ずつ検討していくのかな？」

「それだとすごく時間がかかります」ジュリアは原稿をぱらぱらとめくった。「直したいところはそんなにありません。何カ所か、もう少し簡潔な言いまわしにできそうなところがあるだけで」

「わかった」グラントは帽子を後ろに押しあげて、ハンカチで額を拭いた。

「屋敷の描写にいくつか矛盾があるのに気づきましたが、それは意図的なものですよね？」

グラントは一瞬手を止めてから、ハンカチを風にあてて乾かすために椅子の腕にかけた。

「というと？」

「たいしたものじゃありませんが。たとえば、屋敷の間取りです」とジュリアはグラントを見た。グラントは手をくるくるとまわして、先をつづけろとうながした。「死体の発見される部屋は屋敷の日陰側にあると書かれていますが、ナイフは日時計のように影を落としています」グラントは小首をかしげてぽかんと彼女を見つめている。「ということは、窓から陽が射しこんでいるんでしょうか、それとも窓は日陰にあるんでしょうか？」

グラントはなるほどというように顎を上げてみせると、息を吸いこんだ。「それは興味深い。ぼくのミスかもしれない」

「それに、二階の廊下は一階の廊下と逆の方向へ延びているように思えます。ある時点でヘンリーは階段を左手にして椅子に座っていて、廊下は彼の向いているほうへ延びています。一方、階段はもう一度左へ曲がっていて、二階の廊下はその先に延びています。となると、二階ははたして一階の上にきちんと載るでしょうか？」グラントの眼が左右にきょときょとと動き、彼が屋敷の間取りを頭の中で思い描いているのがわかった。ジュリアはさらにつづけた。「それから太陽です。太陽は沈みはじめているようですが、物語が起きているのは夏で、昼食の数時間後です」

グラントは低い声でくつくつと笑った。「ずいぶんと注意深い読者だな、きみは」

「というより、とんでもない完璧主義者なんだと思います」

「だが、それらのミスは意図的なものだったと、そう考えているわけだ」

「まちがっていたらお詫びします」ジュリアはなんだかきまりが悪くなって、椅子の上でもじもじした。「そういう個所は異質に思えるところが多かったというだけなんです。まるで矛盾をもたらすだけのために、わざとそこに置かれたみたいに」

グラントはまた額を拭った。「たいしたもんだよ、ジュリア」と彼女の手の甲を優しくたたいた。「そのとおりだ。ぼくはよく自分の小説に矛盾点をこしらえてね、それを忍びこませても読者に気づかれないかどうか試していたんだ。よくやっていた遊びというか、子供じみた癖だな。それに気づくとはたいしたもんだ」

ックした。「この話は、暑さや赤い風景への言及がたびたびありますから、地獄にいるヘンリーを描いたものじゃないかと、そう思っていたんですが。それは的はずれでしょうか?」

「興味深い説だね」グラントはためらいがちに言った。「なんでそんな印象を受けた?」

ジュリアはページの上の隅に書きとめておいたリストを指で追った。「スウェーデンボルグによれば、地獄とは通常の時空法則に従わない場所です。空間的な不可解さも、時系列の奇妙さも、それで説明がつきます。それにメガンは窓からのぞきこんだとき、〝悪魔じみた輝き〟を帯びていたと書かれています。最初の台詞でも、はっきりと〝地獄ね〟と言っています。ヘンリーが屋敷内を点検してまわっているときには、『失楽園』の引用まで出てきます」

グラントは降参の印に両手を上げてみせた。「さすがだな、よく気づいた。たぶんきみの言うとおりだろう。その話を書いていたとき、心の奥にきっとそういう考えがあったにちがいない。しかし、もう昔のことだからね、よく憶えていないな」

「そうですか」ジュリアは話題をちょっと切り替えた。「こういう矛盾点をすべて意図的なものと見なすのであれば、作品そのものについて直したいところはほとんどありません」

グラントは白い帽子を脱いで、両手でくるくるとまわした。「ならば、作品がぼくの数学研究とどう関係しているのかを説明させてもらおう。それが何より知りたくてここへ来たんだよね？」

「そうしていただけると助かります」ジュリアは言った。

グラントは椅子にもたれて顎に人差し指をあて、どう始めるのがいちばんいいかを考えた。「これらの短篇はすべて、ぼくが一九三七年に書いた研究論文から生まれたんだ。殺人ミステリの数学的構造を考察した論文でね、標題は『探偵小説の順列』。《数学のレクリエーション》という小さな雑誌に発表された。かなり地味な論文だったんだが、反応は上々だった。殺人ミステリは当時とても人気があったんだ」

「ええ」とジュリアは言った。「探偵小説の黄金時代ですね、今日知られるところの。そして当時あなたは、エディンバラ大学の数学の教授だったんですよね？」

「そのとおり」グラントは彼女に微笑んでみせた。「その論文の目的は、殺人ミステリを数学的に定義することだった。それは成功したと思う」

「でも、どうやってです？　文学の概念を定義するのに、数学をどう使うんです？」

「もっともな疑問だな。では、ちょっと別の言いかたをしよう。その論文でぼくは、〝殺人ミステリ〟と名づけたひとつの数学的対象を定義したんだ。そいつの構造上の特性が、殺人ミステリ小説というものの構造を正確に反映してくれるのを期待してね。するとその定義のおかげで、殺人ミステリというものの境界を数学的に決定できるようになり、その結果を逆に文学に応用できるようになったんだ。だからたとえば、ある殺人ミステリが正当だと見なされるには、この定義に従っていくつかの要件を満たさなければならないと、そう言うことができる。するとその同じ結論を、実際の作品に応用することもできるわけだ。それはもっともだろう？」

「そうですね」と彼女は言った。「となるとそれは、これまでいろんな人が考え出してきたあの、探偵小説を書くうえでの規則集と同じようなものですね」

「まあ、重なる部分はある。しかし、ぼくらの定義を使えばそのほかにも、正当な殺人ミステリと見なせるはずの構造をことごとく洗い出すこともできる。おかげでぼくは、ありとあらゆる構造上のバリエーションを網羅できたんだが、それはその手の規則集や十戒じゃ無理だ」

「で、それが探偵小説の順列というものなわけですね？」

「そう、そしてそれが論文の題名になったんだ」

『探偵小説の順列』は論文として発表されたうえに、グラントが書いた七篇の殺人ミステリを収めた本の付録にもなった。この短篇集を彼は『ホワイトの殺人事件集』と名づけて、一九四〇年代の初めに百部にも満たない私家版として出版した。

ジュリアは〈ブラッド・タイプ・ブックス〉という小さな出版社を代表してグラントに連絡を取った。彼に手紙を書いて、こう説明したのだ。自分は〈ブラッド・タイプ〉に勤める編集者だが、さきごろ社長のヴィクター・リオニダスが、古書店の箱の中に『ホワイトの殺人事件集』の古本を見つけ、それをもっと広範な読者に読んでもらえるよう出版を決意したと。何度か手紙でやりとりをしたのち、ジュリアはその本を出版できるように細部を詰めるため、この幻の著者に――地中海の小島に隠棲する中年の終わりにさしかかった男に――会いにやってきた。ひとつだけ彼女とグラントが合意していたのは、論文を付録として収録するのはやめ、かわりに彼女が前書きを書いて、同じ概念をもう少し取っつきやすい形で伝えるということだった。

「でも、この順列はきっとものすごい数がありますよね？」

「厳密に言えば無限にあるんだが、しかし少数の典型に分類できる。それどころか、構造上のバリエーションのおもなものは両手で数えられる。その七篇はこの主要なバリエーションの実例として書いたもので、いま読んだやつもそうだ」

「説明できますか？」

「ああ、できると思う」とグラントは言った。「なにしろその数学的定義というのは簡単なんでね。がっかりするほど簡単じゃないかな。実際には、殺人ミステリを構成する四つの要素と、それぞれに付随するいくつかの条件を述べているだけなんだ」

「四つの要素」ジュリアはそれを書きとめた。

「その四つは必要十分条件だから、それらをそなえていればなんであれ殺人ミステリだし、殺人ミステリであればなんであれ、それらをそなえていなくてはならない。では、その四つを順に見ていこう」

「そうですね」

「まず」とグラントは彼女のほうへ身を乗り出した。「最初の要素は容疑者のグループ、すなわちその殺人を犯したのかもしれない——もしくは、犯さなかったのかもしれない——登場人物たちだ。二十人以上の容疑者がいる殺人ミステリなどめったにないだろうが、許容される人数に上限は設けない。五百人の容疑者がいる殺人ミステリがありうるのであれば、五百一人のものもありうる。しかし、下限には同じことが言えない。同じ理屈はあてはまらないんだ。まず、少なくとも負の数はありえない。そこで質問だ。殺人ミステリを根本まで煎じつめるとしたら、作品が成立するのに必要な最小の容疑者数は何人だと思う？」

ジュリアはその問いを考えた。「四人か五人だと言いたいところですが。それ以下で成立している探偵小説はあまりないと思いますから。でも、あなたはきっと、ふたりだと言うんでしょうね」

「そのとおり。容疑者がふたりいて、読者にはどちらが犯人なのかわからなければ、それは殺人ミステリだ。容疑者がふたりいれば、ほかの人数と同じ基本構造があたえられる」

「ふたりだと、登場人物と設定に関してはちょっと限定的になりそうですね」

「しかし、いま見たとおり、不可能ではない。だから第一の要素は、最低ふたりからなる容疑者グループだ。ふつうは三、四人いるものだが、ふたりだけという殺人ミステリには特殊な点がある」

ジュリアはメモを取った。グラントは彼女が追いつくのを待ってくれた。赤ペンで書きこまれたページに、手のひらの汗が跡を残す。「はい、どうぞ」彼女は言った。

「それは簡単な論理の問題だ。容疑者がふたりしかいない場合、誰が犯人なのかはふたりとも知っている。それが真でなくなるのは容疑者が三人以上になった場合で、そうなると確実なところは犯人にしかわからない。しかしふたりの場合は、犯人でない人物は単純な消去法によって犯人を割り出せる。自分は犯人ではない、ゆえにもうひとりのほうが犯人にちがいないと。そしてそうなると、真実を知らないのは読者だけになる。だからこそぼくは、容疑者二名の殺人ミステリを重要だと考えたんだ」

「そしてだからこそ、この短篇を書いたんですね？」

「ヘンリーもメガンもどちらが犯人なのかを知っている。そしてぼくらも、ふたりが知っているはずだということを知っている。だがそれでも、ふたりは否認している。そこが面白いと思ったんだ」

ジュリアはうなずいてそれを書きとめた。十分に理解できるように思えた。

「とても参考になりました。ありがとうございます」ペンを止めてもうひとくち水を飲んでから、新しいページをめくった。「著者についての情報も、前書きに載せたいと思うんです。あなたの略歴を簡単に。生まれはどこかとか、その手のことを。かまいませんか？」

グラントは気乗りのしない顔をした。「それはちょっと調子に乗りすぎじゃないかな」

「そんなことありません。うちはどの著者の場合でもそうしています。興味深い事実をひとつかふたつ。読者はあなたがどんな人物なのか知りたがるはずです」

「そうかね」とグラントは言った。椅子の上で前かがみになって、帽子でせわしなく自分を扇《あお》いでいる。その手を彼が見知らぬもののように見おろすと、動きはやんだ。「きみに話すような興味深いことなんてあるかな。ごく地味な人生を送ってきたんでね」

ジュリアは咳払いをすると、ノートとペンをおろした。「グラントさん、あなたはかつて数学の教授でした。殺人ミステリの短篇集を唐突に一冊出版したものの、ほかには本を出していません。いまは生まれ故郷から何千キロも離れた島でひとり暮らしをしていて、ほぼ完全に隠遁しています。たいていの人にしてみれば、それはものすごく好奇心をそそりますよ。ちょっとした物語が背後にあるんじゃないですか？」

グラントはひと間おいてから答えた。「いや、戦争だけだよ。北アフリカに送られてね。戦後はふつうの生活になかなかなじめなかった。しかし、それはぼくの年代の男には珍しいことじゃない。係累はなかったんで、ここに来て暮らしはじめたんだ」

ジュリアはそれをメモした。「立ちいった話題で恐縮ですが、ヴィクターにあなたを捜し出すよう命じられたとき、わたしはエディンバラ大学の数学科に手紙を書きました。そしてあなたの同僚だったダニエルズ教授と話をしたんです。教授はあなたを憶えていました。あなたは一度結婚なさったそうですね」

グラントは顔をしかめた。「ああ、そのとおりだ。もう昔のことだがね」

「そしてあなたは何やら急いでこの島に旅立ったとか。ここに来ることを選んだ理由があるはずです。ここは美しいところですけど、流れつくには珍しい場所ですから」

グラントは彼女から海のほうへ顔を向けた。「以前の暮らしから遠く離れたかったんだ、それだけだよ」

「でも、なぜです？　何かあったんですか？」

「理由はあまり説明したくないな、活字では」

「立ちいった話になりすぎるのであれば、それは前書きに入れなくてもいいんですが。でも、話してもらえないと、わたし、あなたがそれを判断する手助けができません」

グラントの表情が険しくなった。「手助けなど求めちゃいない」

「ならけっこうです」ジュリアはその場をやりすごした。「あなたを世間から離れて暮らす、誤解された芸術家として描くことはできますから。ほどよくロマンチックに聞こえるはずです」

グラントは自分の非礼を恥じつつうなずいた。「ぼくは、とある島でひとり暮らしをしていて、現在の趣味は数学と釣りだ」

「ありがとうございます、それは使えそうです」ジュリアはノートを閉じた。「奥様と連絡を取ろうとしたんですが、居どころがわかりませんでした。もちろんそれはたいした問題じゃなかったんですけれど。教授があなたのこの島の住所をご存じでしたから。二十年前のものでしたが、それでもわたしの手紙はあなたに届きました。ほかにご家族はいらっしゃらないんですか？」

グラントはまた帽子で自分を扇ぎはじめた。「申し訳ないが、ちょっと疲れたよ。思った以上に楽しい会話だったんでね。少し休憩させてもらっていいかな?」

ジュリアは微笑んだ。時間はたっぷりある。「もちろんです」

するとグラントは帽子を頭に戻した。

3　海辺の死

ウィンストン・ブラウン氏はくたびれたチャコールグレーのスーツ姿で緑色のベンチに腰かけて、うっとりと海をながめていた。手袋をはめた両手を顎の下で木製のステッキの握りに載せ、薄くなってきた三日月形の髪の上にくたびれた黒い山高帽をちょこんとかぶっている。顔はほぼ完全なピンクの円形で、さしずめ子供の描いた顔といったところだが、体のほうは暗灰色の長方形だけでできているように見える。

ひとりの女が隣に腰をおろして、食料品のはいった重そうな袋を舗道に置いた。意地汚い鷗が一羽、首をめぐらせてよちよちと近づいてきたが、ブラウン氏がステッキをこつんと舗道に打ちつけると、反対のほうへ逃げていった。

ブラウン氏は女のほうを向いた。「わたしはいつも言うんですがね、鷗と栗鼠《りす》は動物界の追い剝ぎですよ。眼を見ればわかります」

かたわらの女は用心深くうなずいた。話をしたくて腰をおろしたわけではないのである。

「失礼ですが」とブラウン氏は子供じみた態度で笑いかけながら、なおも話しかけた。

「この麗しい町にお住まいですか？」

そこは南部海岸にあるイーヴスクームという絵のように美しい町だった。小さな港があり、円形の湾のまわりにひとにぎりの家々が、さながら花輪のように建ちならんでいる。まだ早朝で、太陽は海の上に昇ったばかりだった。

「ええ」と女はそっけなく答えた。「生まれてからずっと」

ブラウン氏は帽子を脱いで膝に置いた。「でしたら、ここで起きた殺人事件について、何か教えていただけるでしょうかね。一週間前でしたっけ？」

女は反射的に口をあけて身を乗り出した。どうやらブラウン氏と同じく、ゴシップ収集に熱心な人物のようである。

「四日前ですよ」と、おおげさに声をひそめたものの、それは彼女のふだんの話し声と少しも変わらなかった。「新聞にすっかり書いてありました。若い男が女の人を崖から突き落としたんです。もちろん当人は事故だと言い張ってますけど。嘘っぱちです。ゴードン・フォイルという男で、あそこの左端の白い家に住んでるんです」

女は町の遠いほうの端を指さした。建物が急速にまばらになっているあたりで、浜が細くせばまって、その上に険しい崖がそそりたっている。その丘の頂上近くに、ずんぐりとした白い家が建っていた。見えるかぎりでは、町のいちばんはずれにある家だ。

ブラウン氏は片手でステッキを持ちあげて、湾のむこう側を不吉に指した。それはあたかも避雷針のごとく、美しい風景に嵐の気配をもたらしたように思えた。「あそこのあの家ですか？　なんとまあ、虫も殺しそうにありませんね」

「ええ、あそこのあの家がホワイトストーン館で、フォイルは生まれたときからあそこに住んでるんです。といっても、このあたりの者なら誰でもフォイルと知り合いだってわけじゃありませんよ。あの男は人づきあいをしないんですから、ろくすっぽ」

「それはまた」ブラウン氏は丸眼鏡を鼻の上に押しあげた。「で、奥さんはその男が犯人だと思いますか？」

女はあたりを見まわして、誰にも聞かれていないのを確かめた。「みんなそう思ってますよ。被害者はこの町じゃよく知られた人だったんです、ヴァネッサ・アレン夫人は。あの崖のことなら自分の手のひらみたいによく知ってました。落っこちるなんて考えられませんよ、突き落とされたんじゃなければ」

「では、ふたりは知り合いだったんですか？　被害者と容疑者は」

「隣人ですよ、いわば。夫人は崖沿いの隣の家に住んでたんです、ここからは見えませんけどね。フォイルの家の前を通る小径《こみち》があって、そこを崖のてっぺんに沿って五分ばかり歩いていくと、明るい黄色のコテージがあるんです。そこが夫人の家で、娘のジェニファと一緒に住んでました」

「動機はなんだったんです？」

「単純ですよ」と女は言った。当初の口の重さはすっかり消えて、いまではぺらぺらとしゃべっている。「フォイルはジェニファと結婚したいんです。でも、アレン夫人に嫌われていて、反対されてました。だから邪魔をされないようにしたかったってわけです。四日前、ふたりはあの小径を歩いてました。夫人は町へ来るところで、フォイルは反対方向へ向かってました。すれちがうときに、これはチャンスだと見て、夫人を突き落として死なせたうえで、夫人は足を滑らせたんだ、とそう主張したんです。完全犯罪ですよ、考えてみれば。目撃者は誰もいないんですからね。海だけです」

ブラウン氏は女の自信ににやりとして、不届きな話にさも満足した様子でベンチにもたれると、ステッキで舗道をこつこつと二度、区切りをつけるようにたたいた。「どれほど罪のない風景でも、隅のほうにはかならず闇がひそんでいるものです。額縁にあたる光のかげんで」

女はうなずいた。「あの男の家も町の隅にあります」

「そこで蜘蛛のようにじっと待ちかまえていたわけですか。自分の白い巣で。しかし蜘蛛というのは、どれほど気味の悪い見かけをしていようと、往々にして無害なものです。その若者は誤解されているだけかもしれませんよ」

「まさか」女はにわかに憤慨してそうつぶやいた。

「では、事故ではなかったという確信がおありですか？」

女は肩をすくめた。「事故なんてこの町じゃそうそう起こりません」

ブラウン氏は立ちあがると、ふたたび帽子をかぶってから、それを女にちょっと傾けてみせた。女ははっとした。座っているとずいぶん小柄に見えたのに、百八十センチを超える長身だったのである。

「いや、たいへん興味深いお話でした。事件が早く解決することを祈りましょう。では、ごきげんよう」

そう言うと彼は、丘の上の白い家のほうへ歩きだした。


実のところ、ブラウン氏は前日に地元の警察署の留置場で、ゴードン・フォイルと小さなテーブルをはさんで面会したさいに、彼をまことに感じのいい、思いやりのある若者だと思ったのである。

ゴードンはすがりつくような青い眼でブラウン氏を見た。「このままだとぼくは絞首刑にされてしまいます」

ふたりのあいだには紙と鉛筆があった。ゴードン・フォイルの動作はのろのろとしていて、ぎこちなかったが、それはひとつには彼がもともとそういう質《たち》だったからであり、もうひとつには、両手を鎖でテーブルにつながれているせいでもあった。ゴードンは紙をまっすぐにして、スケッチを描きはじめた。「怖くてたまりません」

「なぜ絞首刑になると思うんだ？」

ゴードンは描きながら答えた。「だって、ぼくは人づきあいをしませんから。そう言うと自分勝手なやつに聞こえますけど、そうじゃありません。友達を作るのがあまり得意じゃないだけです」

「そうはいっても、むこうには証拠がなくちゃならない」

「そうなんですか？」

落ちつかない沈黙が室内に広がった。ブラウン氏は慎重に言葉を選んだ。「きみが無実なら、望みを持っていい」

ゴードンはそっけなく右手を振った。鎖がじゃらじゃらとテーブルから落ちた。「実は目撃者がいたんですよ」若者はまっすぐにブラウン氏を見ていた。紙をくるりと彼のほうへ向けた。描いていたのは、一本の直線で表わされた海に浮かぶ、一艘のヨットだった。

「ヨットがいたんです、湾内の二百メートルぐらい沖に。赤いヨットでした。これがその外観です。遠すぎて船名はわかりませんでしたが、乗っていた人たちを見つけられれば、その人たちには何もかも見えていたはずです」

ブラウン氏は悪い知らせを伝えるというように眼を閉じた。「しかし、それはその人たちが見ていたらの話だ」

「お願いです、ブラウンさん、捜してみてください」

「この殺しにはひとつだけ特異な点がある。実行にさいしてのゆるぎない非情さです。おとなしい若者が、自分の愛する女の母親を、軽くひと押しするだけで殺すんですから」

警察署を訪れたあと、ブラウン氏の旧友のワイルド警部補の訪問を受けていた。ふたりはブラウン氏のホテルのバーでシェリーを飲みながら、事件について話し合っていた。

「物的証拠は何もない」と警部補はつづけた。「だいたいどんな証拠が見つかるってんです？　完全犯罪ですよ、そういう意味じゃ。目撃者は鳥しかいないんだし」

「それでフォイルが唯一の容疑者になるとしたら、それは法的に少々問題があるでしょう。そうじゃありませんか？　あの男はどうやって自分の無実を証明できるんです？　もっと乏しい証拠で絞首刑になった人間だっているんですから、今回はそうならないとは言わせませんよ」

ワイルド警部補は親指と人差し指でとがった顎ひげをしごくと、天井を仰いで長い溜息をついた。「わたしとしちゃ、断然そうなってほしいですね。どう考えてもあいつが犯人ですから」

ブラウン氏はグラスを掲げた。「そういうことならまあ。われらが刑事諸君の、真実を追求する公平な心に乾杯」

ワイルド警部補は緑色の眼をすっと細めた。「わたしがまちがってたら喜んで受け入れますよ」そう言うと自分のシェリーをあおった。

ふたりは食事を注文したが、ホテルの主人が運んできたサンドイッチはがっかりするようなしろもので、警部補の頭の後ろにある赤い電球の光でピンクに染まった。

「じゃ、彼はひとり暮らしなんですか？　われらが友人のゴードン・フォイルは」とブラウン氏は訊いた。

「それがなんとも痛ましい話で。あいつが浮世離れしてるのもわかります。七年前、十八のときに、ふた親を交通事故で亡くしたんですが、しかしあの家と、暮らしていけるだけの財産は遺されたんで、問題なくやってきたんです。働いたことなんぞ、生まれてこのかた一日もないと思いますね」

「でも、家政婦はいるんでしょう？」

「ええ、さる婦人が町から毎日通ってます。そのほうが、人を住み込ませるより好きなんだとかで。しかし、事件が起きたのはその婦人がやってくる前だったんで、かわりにわれわれはあいつの行動を、エプスタインという地元の女性から聞いたんです」

「なるほど。で、その女性にはどこへ行けば会えます？」


ホワイトストーン館は、こぎれいな緑の芝生とその先に広がる茶色のヒースやハリエニシダに取り巻かれて、巣の中の卵のように心地よくうずくまっていた。いまその家に人の気配はなく、それぞれの窓に見えるものといえば、枠の端になまめかしく垂れている埃っぽいカーテンの白い脚だけである。内部はどの部屋も暗かった。

ブラウン氏はステッキの握りで帽子を押しあげて全体をひとわたり見渡すと、「まっさらなページだな」とひとりごとをつぶやいた。

それからふたたび歩きだし、家のすぐむこうの、小径の始まる手前にある木製のベンチまで行った。ほれぼれするような海と町の眺めがどちらも堪能できる場所である。そこに女がひとり、ブラウン氏とは逆のほうを向いて座っていた。彼に見えるのは臙脂《えんじ》色のショールにおおわれた背中と、長く垂れた白い髪だけだった。傷んだオレンジの色をした蝶が二羽、肩のあたりをひらひら舞っている。

ブラウン氏は近づいていって帽子を取った。「これはまたすばらしい眺めですな」

女はおもむろにブラウン氏のほうへ顔を向けた。「あなた、警察のかたでしょう。わたし、かならずわかるの」

「いえ、それがそうではないんです」

女はうなずいた。「じゃあ、新聞記者ね？」

「民間の立場で調査を行なっている者です」

ふわふわした茶色の小型犬が女の足もとを走りまわっていた。

「警察はすっかり彼が犯人だと思っています。新聞もそう。でも、わたしは昔から彼が好きなの。このあたりの人たちは、はみだし者だというと、白い眼で見がちなんだけれど。あなたはこの事件でどちらの立場に立っているのかしら」

「いま立っているところですよ、エプスタインさん」

女は眼をきょとんとさせてブラウン氏を見たが、笑みは崩さなかった。「どうしてわたしの名前を？」

「バッグからのぞいている日記帳に書いてあります」

「観察力が鋭いのね」

「そう願いたいものです。だからここへ来たんです。聞くところによると、アレン夫人が亡くなった日、あなたはここにいらしたとか」

「わたしは毎日ここにいるんです、九時から九時半まで。教会の時計が打ってから、次に打つまでここに座っているの。一分とたがわず日課に従わないと、ジェイコブが怒るものだから」と弁解がましく下に手を伸ばして、暖房器が温まっているかどうかを確かめでもするように犬の背中に手を置いた。

「で、その日のことについて、どんなことをご存じです？」

「警察に話したことをお話ししましょう。あの朝は強い風が吹いていました。ゴードンは九時十分ごろに家を出て、小径を歩いていきましたが、三、四分するとこちらへ駆けもどってきました。事故がどうとか叫んでいて、正確な言葉は憶えていませんけれど、たいそうあわてていました。わたしはあとについて中へはいり、ふたりで警察とお医者さんに電話をしたんです」

「彼がいなくなっていた数分のあいだには、何も聞こえなかったんですか？」

「ええ、なんにも。あの子はひどく取り乱していました」

「そうですか。どうも」とブラウン氏は言った。ほかに質問したいことはなかった。時計を見ると、九時五分過ぎだった。「どうかすてきな一日をお過ごしください」

女はブラウン氏が歩き去るのを見ていた。「気をつけて」と声をかけて地面を指さした。ブラウン氏にもそれはすでに見えていた。いやでもわかる犬の糞が三本、あたかも墓からよみがえった死体の腐りかけの指のように、草の上に転がっている。

「どうも」彼はそう言うと、糞をよけて歩いていった。

小径へはいるには小さな木戸を通らなければならなかった。木戸には南京錠がかかっており、中央に傷んだ札が縛りつけてある。〝この径は危険につき封鎖します〟

「まあ、警察はわたしを例外だと見なしてくれるだろう」ブラウン氏はそうつぶやくと、難なく木戸を乗り越えた。

小径は通行不能な二種類の自然を分ける一本の細い線となっていた。左手には、鋭いハリエニシダと柔らかなヒースがびっしりと崖の縁まで茂り、黄と紫の花々がそよ風に頭を揺らしつつ、いわば善と悪の人形劇をくりひろげている。すとんと切れたそのむこうには、艶やかな海が日射しを浴びてきらきらと瞬いていた。右手には、急なのぼり斜面が五メートルほどつづいている。頂上そのものは植物でびっしりとおおわれて、木々がまばらに生えていた。

左手に切れ落ちている断崖面はブラウン氏には見えなかったものの、百メートル先で小径が海のほうへ湾曲しているあたりのそれは見ることができた。白い岩壁が、灰色のまだらや赤っぽい染みをまじえて遠くまでつづき、下にはごつごつと黒い岩の隆起した荒々しい岩場がある。転落するにはいやな場所だなと彼は思った。

アレン夫人の死体のありさまはワイルド警部補から聞き出していた。首が折れ、眼をかっと見ひらいていたという。岩にたたきつけられた衝撃で右腕の肉がごっそりとえぐられ、そちら側の肋骨が四本砕けていたが、たたきつけられたのは水面下の岩だったらしく、血痕はどこにも見あたらなかった。

警察は崖沿いに木造ボートを漕いでいって、オールと網で死体を引きあげなければならなかった。「フォイルのために言っておけば、あいつがあれほど迅速に通報しなけりゃ、死体は見つからなかったかもしれません」とワイルドは言った。「もっとも、通報しなけりゃ自分が犯人だと思われちまうわけですが」

ブラウン氏はごく慎重なペースでその小径をたどっていった。茂みにおおわれた崖の縁と日陰になった斜面には、チラシや煙草の吸い殻、食べ物の包み紙など、さまざまなものが散らばっていたが、もの言わぬそれらの古びたゴミのなかに、犯罪の証拠となるものは何も見つからなかったし、地面は足跡が残るほど軟らかくもなかった。

それでも彼は数メートルごとに足を止めては、ステッキの握りで帽子の縁を押しあげたり押しさげたりしつつ、静まりかえった日陰の斜面とざわめく青い海原とのあいだで左右を見渡し、小径の両側を注意深く調べた。

二分後、小径の真ん中にでこぼこした黒っぽい石ころが落ちているのに出くわした。腰をかがめてそれを見てから、ブラウン氏は首を振った。珍しく乾燥した犬の糞だった。それをステッキの先でひょいと海へ放って墜死させると、事件当時この小径にエプスタイン夫人の犬がいたのだろうかと、夫人のほうをふり返った。

そこで初めて彼は、自分が木戸を乗り越えてきてからというもの、その小径がいつのまにかひどく曲がりくねっていたことに気づいた。ホワイトストーン館もエプスタイン夫人も視界から消えており、後方にも前方にも、これといったものは見えない。径のこのあたりはまったく孤立している。

人を殺すにはうってつけの場所だ。

それなのに、ゴードン・フォイルは目撃者がいたという。湾内にヨットが。

「はてと」ブラウン氏はそうつぶやきながら眼を細めて海を見た。

百メートルほど先のヒースの茂みの奥に、何やら白いものがからみついているのに気づいた。濃緑色の背景のなかでほとんど光を発しているように見える。奥深くに隠れているため余人ならまず見落としたであろうが、ブラウン氏の観察力は超人に近く、彼はその能力でつとに知られているのである。ステッキを茂みに突っこむと、辛抱強く巧みな手さばきでその白いものを先端に巻きつけて、そっと引き出した。

出てきたのは、茂みに条虫のようにぐるぐると巻きついていた白いマフラーだった。手袋をした手でその淡色の布を長さいっぱいに広げてみた。明らかに女物で、最近着用されたものだった。血痕は付着していないものの、一方の端にほっそりしたブーツの踵《かかと》の跡が残っている。

きわめて明快だ。ブラウン氏はそう思った。

ヴァネッサ・アレンは、娘の話によれば、死亡した当時マフラーをしていたという。だが、死体はマフラーを身につけていなかった。警察は海に消えたのだろうと見ていた。

ブラウン氏はそれを小さな四角にたたんでポケットに入れると、ステッキを草で拭った。

事件の調査をブラウン氏に依頼してきたのはジェニファ・アレン嬢だった。母親の死の二日後に、ロンドンの彼の家を訪ねてきたのである。「あなたは警察が解決できなかった事件を解決したことがおありだとか」

眼はまだ赤く泣き腫らしていたものの、なかなか落ちついていて、しっかりした娘だった。ブラウン氏は彼女を客間へ案内した。「まあ、一、二度うまくいったことはありましたが。どんなご用件です？」

彼女は事件の詳細を、自分の見たことをふくめて彼に話した。その朝は自宅で前庭をながめながら朝食をとっていたこと。庭のむこうには小径が見えるので、そこを母親が強風にあらがいながら歩いていくのを見送ったこと。「それが最後でした。そのあと先生がいらしたんです。三十分後ぐらいに。知らせを伝えるために」

「お気の毒です」とブラウン氏は言った。「さぞやおつらかったことでしょう」

彼女はうつむいた。「かわいそうなゴードン。警察はもちろん彼を絞首刑にするつもりです」

ブラウン氏はうなずいた。「で、わたしに彼の無実を証明してほしいわけですね？」

彼女は胸もとに手をやって、身につけている銀のロケットを握りしめた。「ゴードンが処刑されたら、わたしどうしていいかわかりません」

さらに数歩あるいたところで、ブラウン氏はふたたび立ちどまった。小径の左側のヒースが眼に見えて痛めつけられていたのである。通常はすぐに立ちなおるその枝々が、踏みつけられたり、脇へ折れたりしている。

「争った形跡が見つかりました」ワイルド警部補はそう言っていた。「フォイルの主張だと、前方から夫人が歩いてきたそうです。足を滑らせて落ちるのが見えたんで、ヒースをかき分けて崖の縁まで行って、もしや助かってはいまいかと下をのぞいてみた。だがそのときにはもう、夫人は岩場にぽつんと落ちたただの衣服のかたまりになっていた。そう言ってます」

ブラウン氏は折れた枝をステッキで持ちあげた。「緑に具現した緊急事態の姿か」

さらに三十メートル行くと、ゴードン・フォイルが事故の現場だと主張する場所に到着した。何十年にもわたる侵食の結果、崖の縁が小径に触れそうなところまで迫っており、そこが、ビスケットをかじった跡のように三日月形にえぐれている。径の幅はそこでもたっぷり一メートル近くはあるものの、うっかりしていると簡単に転落しそうである。「そういうことだったのかもな」ブラウン氏はひゅうと口を鳴らした。「不注意による死だったのかもしれん」

滑稽なほど慎重にそのえぐれの横まで行くと、身を乗り出して下をのぞいた。すとんと切れ落ちた眼下の光景に吸いこまれそうになり、ステッキをしかと握って体を支えた。岩壁は下のほうでほんの少しだけ海のほうへ迫り出し、その周囲で波が白い牙をむいている。まさに絵に描いたような恐ろしい光景である。

ブラウン氏はそこに背を向けてふたたび歩きだした。

そこから先にはこれといったものはなかった。まもなく小径は気まぐれな海岸線を離れて内陸へはいった。両側に樹木や鬱蒼とした茂みが現われ、隔離された静かな通路を造り出していた。頭上には鮮やかな青空が広がっているのに、ここでは光が緑色をしている。そのあと小径はさらに内陸へはいり、パステルカラーのコテージの建ちならぶ一角を迂回していた。そもそもは沿岸警備隊のために建てられたコテージだった。

その取っつきにある楽しげな黄色の家が、アレン夫人と娘の住まいだった。小径から奥へ引っこんで、咲きみだれる花々の中に建っている。白い壁に緑だけの芝生というゴードン・フォイルの家とはいちじるしく対照的である。玄関ドアは濃い深紅だった。

ブラウン氏はそれを二度ノックした。

若い娘がドアをあけた。いささか小柄で、髪を後ろで一本のお下げにしている。人が立っているのを見てびっくりした顔をした。「何かご用でしょうか?」

メイドだろうとブラウン氏は判断した。「はい。アレン嬢にお眼にかかりたいんです」

娘は顔を曇らせて、ためらいがちに後ろを振りかえった。「ジェニファさんはお留守です」

「それは残念。待っていればお帰りになりますか？」

「あいにくと、しばらく戻らないんです」

「そうですか」ブラウン氏はその娘に微笑みかけた。手袋を脱ぐと、内ポケットから折りたたんだ地図を取り出して前に広げた。いかつい手のあいだで薄い紙がぱたぱたとはためいた。「あのう、ぶしつけなお願いですが、中へはいって風のあたらない廊下で地図を見させてもらうわけにはいきませんか？　方向音痴なものですから、位置を確認しておきたいんです」

その厚かましさにあきれて娘は溜息をついたが、脇へよけてすなおにうなずいた。「どうぞ」

ブラウン氏はにっこりして中へはいった。

靴に泥が少々ついていたので、彼はドアマットから慎重に、廊下の隅に敷かれた半ページの新聞紙の上に立った。その横には一足の汚れた長靴が置いてある。そのままの姿勢で三十秒ばかりそこにたたずみ、無骨な太い親指で古くからの海岸線をたどって道順を調べるふりをした。

「ああ、なるほど。これでどこにいるかわかりましたよ。ありがとう。では、これで失礼します」

廊下に面したドアの奥で人の動く気配がした。メイドはばつの悪さに顔を赤くした。そのドアがあいてジェニファ・アレンが現われた。

「ブラウンさん」彼女はメイドに眼をやった。「すみません、邪魔をしないでと頼んでおいたものですから。でも、わざわざいらしてくださるとは思いませんでした」

「ああ、いや、お気になさらずに。わたしは調査をしているだけですから」

彼女はブラウン氏に近づいて小声で尋ねた。「どんな具合でしょう？」

「まだいろいろと考えなくてはなりません」ブラウン氏は彼女があのロケットをつけていないのに気づいた。「信じられなくなったんですか？」

「いいえ」彼女は額に手をあてた。「わかりません。みんなにいろんなことを言われるものですから。何か見つかりましたか？　何か彼の無実を証明するようなものが」

ブラウン氏は慰めになることを言ってやるべきだと感じた。「まだなんとも言えません」

そう言うと、コテージを出て小径を戻りはじめた。

イーヴスクームへの帰り道は、さほど時間はかからなかった。事件は結局のところ単純で、彼の見るところほぼ解決していた。パイプに火をつけて片手を高く差しあげ、揚々と歩きさえした。煙が木々にからまり、赤く光る火皿が、藪の中を行く彼の位置を見る者に伝えていた。

ホワイトストーン館のかたわらの木製ベンチに着いたのは、教会の時計がちょうど九時半を打っているときだった。ブラウン氏は腰をおろして眼前の光景をながめた。空は暗くなり、あたりは妙に静かだった。白い反射光でいっぱいの暗い海面を見おろして、夫人がそこへ落下するさいに感じたはずの恐怖を想像した。「愉快とは言えない死にかただな」ひとりぼっちでパイプを吸いながら波を見つめ、ゴードン・フォイルの言っていたヨットというのは本当に存在したのだろうかと考えた。それから煙草の灰をぽんと虚空に落とすと、鉄道の駅へ向かってふたたび歩きだした。

あくる晩、ブラウン氏とワイルド警部補はふたたび、こんどはパレス・ホテルのレストランで会った。どちらも煙草を――ブラウン氏のほうは、手のひらに包むと鉤爪《かぎづめ》のように見える、ねじれた無骨な木のパイプを、ワイルド警部補のほうは細い巻き煙草を――吸っているので、ふたりの陣取った一隅には紫煙の渦がうようよしていた。この暗い靄《もや》のなかで悪魔じみたふたりの人物は、赤身の肉と野菜というたっぷりとした食事のあとのブランデーを飲んでおり、話題はやがてフォイル事件に移った。

「さてと。どうやらわれわれはあんたの時間を無駄にしたようだ」とワイルド警部補が切りだした。「まあ、われわれのせいじゃないですがね。あのイーヴスクームの崖で何があったのかは、もうきっちりと判明しましたよ。信じられんでしょうが、あいつの見たヨットはほんとに存在してました。引退せる冒険家号《リタイアド・アドヴェンチャラー》という船で、きのうサウサンプトンに入港したんです」

「その程度じゃわたしは驚きませんね、あいにくと」

「だが、これほど重大な結果をともなうものは、はっきり言ってめったにないですよ。ヨットの持ち主は、先週かみさんとともに英仏海峡を横断したんです。事件のことは、ガーンジー島でたまたまイギリスの新聞を見るまで知らなかったらしい。シモンズという男で、ひとかどの人物のようです。シモンズの話によると、かみさんが一部始終を目撃してて、それをシモンズに話したんですが、かみさんは一杯ひっかけてたんで、シモンズは信じなかったそうです。新聞を見てようやくかみさんが正しかったことに気づいて、すぐさま引き返してきたんです。ひどく罪の意識を感じてね。かみさんのほうはまだガーンジーにいますが、詳細はすべてシモンズに話してます」

「そりゃ、たいへんな試練だったようですね。その男は思いやりのある証言をするでしょう、いずれにせよ」ふたりは笑うかわりに煙草を吸った。

「とにかく」とワイルド警部補は言った。「あんたに教えてあげましょう」

警部補がマッチをすって、もう一本煙草に火をつけようとしたとき、ブラウン氏は身を乗り出してそれを吹き消した。「ちょっと待った。きみにそんな満足をあたえてやりたくはない。何があったのかわたしはもう知ってるんですから」

「いや、知ってるはずがない。証拠がないことはおたがい認めたじゃないですか」

「ところが見つかったんですよ。わたしに閃きをもたらしてくれるぐらいのものは」

ワイルド警部補は疑わしげに彼を見た。「ほう。ならば拝聴しようじゃありませんか」

血色の悪い大男はゆったりと椅子にもたれた。「この事件にはふたつの可能性しかありません。事故だったのか、それともゴードン・フォイルがやったのかです。どちらなのかを判断するには、決定的な手がかりがひとつあればこと足ります」

「ああ、それはわかる。で、そんな手がかりを見つけたんですか？」

「見つけましたよ」そう言うと、ブラウン氏は上着のポケットから四角くたたんだ、汚れのついた白い毛織りの布を取り出して警部補に渡した。「被害者のマフラーです」

警部補はそれをテーブルに広げた。「どこで見つけたんです？」

「ヒースの茂みの奥に引っかかっていました。きみたちは見落としたんでしょう」

「で、これがいったい何を教えてくれるっていうんです？」

「ここに、ほら、長靴の跡がついている。ほっそりした、女物のサイズです。これは被害者のコテージの新聞紙に残されていた靴跡と一致します。そこで訊きたいんですが、夫人は死んだとき長靴をはいていたんじゃないですか？」

ワイルド警部補はうなずいた。「ああ、そのとおりだ」

「けっこう。では、これに答えてください。突然転落死する女が、自分のマフラーに自分の靴跡をつけてしまうのはどんな場合です？　風の強い日で、マフラーの両端は当人の背後にあるとすると。そこに靴跡を、それも踵の跡を残すには、後ろへ歩くほかはありません。もしくは後ろへ引っぱられるか」

ワイルド警部補の反応は鈍かった。「というと」

「あの崖の上で起きたのは、たぶんこういうことです。ゴードン・フォイルとアレン夫人は小径ですれちがい、ぶしつけな言葉の応酬があった。そのあとおそらくフォイルの頭に、いまならすべてにけりをつけられるという考えが浮かんだ。そこで引き返していって、背後から夫人の首をつかんだ。夫人はもちろん抵抗した。だが、フォイルは彼女を後ろへ引っぱった。そのときですよ、夫人が自分のマフラーを踏んづけて、はずれたマフラーが茂みの中へ飛ばされたのは。フォイルは夫人をヒースの中へ引っぱっていって、崖から放り出した。小径のえぐれは、たまたまあそこにあっただけです。殺人が行なわれたのは、ヒースが痛めつけられていた場所です」ブラウン氏は自分のブランデーを手に取った。「さあ、警部補、もう真相を話してくれてかまいませんよ」

ワイルド警部補はいささか戸惑った顔をし、それから友人に苦笑いしてみせた。「何を言えってんです? どうせほとんどはあんたのあてずっぽうでしょうが、まさにそのとおりです。いまあんたが話したことを、ヨットの持ち主のかみさんがぜんぶ見てました。まちがいなくゴードン・フォイルが犯人ですよ。ひとつだけ理解できないのは、そもそもなぜあいつはわれわれにヨットの話をしたのかってことです。最初から自分が犯人だったくせに」

ブラウン氏は両手の指先を合わせた。「おそらくフォイルは湾にヨットがいるのを見て、それがもっともらしさをあたえてくれると考えたんでしょう。自分の言い分には理屈のうえじゃ裏付けが取れるとにおわせれば、話にある種の信憑性が加わりますからね。まさか本当に彼らが何かを見ていたとは思わなかったんでしょう。そんな可能性はまずないんですから。そうでしょう?」

「たしかに」

「彼らに見られたのは運が悪かっただけです」ブラウン氏は若者のすがりつくような眼を思い出した。「それで、フォイルは絞首刑になるんですか?」

警部補はうなずいた。「おそらく。〝死にいたるまで首を吊られる〟はずです」

ブラウン氏は同情して首を振り、疲れたその顔は、頭頂を糸で吊られたあやつり人形さながらにゆらゆらと揺れた。「残念ですね、わたしはむしろあの男が好きだったんですが。ジェニファ・アレンが人殺しと結婚するのを防げたことだけが慰めです」

〝ゴードンが処刑されたら、わたしどうしていいかわかりません〟というジェニファの言葉を思い出し、若さゆえのその思いこみに彼は微笑んだ。

「死というやつはつねに悲惨ですね」とワイルド警部補が言った。「結果を嘆くのは犯人であって、われわれじゃないですが」

ふたりは気のない乾杯をすると、真っ赤な肘掛け椅子に沈みこんだ。

その夜、イーヴスクームの駅前通りに住むデイジー・ランカスター夫人は、就寝中に眼が覚めて窓辺へ行った。眼の前の海は、ナイトスタンドに載ったコップの水と変わらぬほど静かで穏やかだった。彼女は先日海岸通りで出会った男の顔を夢に見たのだった。〝警察の協力者〟として新聞に写真が載っていたウィンストン・ブラウン氏という男の顔を。白々とした月のようにその顔が海から昇ってくると、鋭い眼で彼女の部屋の窓をぴたりと見すえ、ありえないほど長いステッキを湾のむこうから伸ばしてきて、波と同じくらい冷たく非情な表情で玄関のドアをたたいたのである。

夫人は身震いをして窓を閉めた。

4　第二の対話

最後のページにたどりつくと、ジュリア・ハートは我慢できずにスピードをあげた。「波と同じくらい冷たく非情な表情で玄関のドアをたたいたのである。夫人は身震いをして窓を閉めた」

原稿をかたわらの地面に置いて、グラスに水をついだ。その短篇のおかげで、少女時代を過ごしたウェールズの海岸を思い出した。グラントは座ったまま片足で地面をぽんぽんとたたいており、もの思いにふけっているようだ。

「だいじょうぶですか？」ジュリアは声をかけた。

グラントは不意を衝かれたように、はっと顔を上げた。「すまない。ちょっとぼんやりしていたよ。聞いてるうちに思い出にふけってしまった」

「というと、この話はなんらかの事実に基づいているんですか？」

グラントは首を振った。「むかし自分の身に起きたことを思い出しただけさ。記憶がよ

「うちはわたしがまだ小さかったころ、ウェールズに引っ越したんです」

みがえったんだ」

「わたしはウェールズを思い出しました」とジュリアは言った。「うちはわたしがまだ小さかったころ、ウェールズに引っ越したんです」

グラントは関心を示そうとするように彼女に微笑みかけた。「なら、生まれはどこ？」

「それが実はスコットランドなんです。引っ越してからは一度も行ってませんけど」

「そしてぼくは、ウェールズに行ったことがない」とグラントは残念そうに溜息をついた。「ウェールズが恋しい？」

「ときどき。あなたはスコットランドが恋しいですか？」

グラントは肩をすくめた。「いまじゃほとんど思い出さないな」

ジュリアは話題を変えるべきだと思った。「じゃあ、やっぱりゴードン・フォイルが犯人だったんですね。わたしも終わりかたはこれしかなかったと思います。事故だったということになれば、結末のインパクトがなくなってしまいますから。そう思いませんか？」

グラントは両手を地面について体を持ちあげ、太陽に背を向けた。「ぼくは犯罪小説におけるハッピーエンドを認めない」顔が黒い影になった。「死は悲劇なんだ、それ以外のものとして書かれるべきじゃない」地面からレモンをひろいあげると、手の中でくるくるまわしはじめる。そういうせわしない動作がどれも、さきほどぼんやりしていたことへの一種の謝罪のように見える。

ジュリアはペンで原稿をぽんとたたいた。「それにあなたは、英雄的な探偵というものも嫌っているように見えますけれど、どうですか？　ブラウン氏は不吉な登場人物です。しかも行き当たりばったりのように見えます。神がかり的なところはあまりないし、友人もそれを認めています」

「たしかにね」グラントは肩をすくめた。「ぼくはたぶん、探偵小説というのは論理的な推理をあつかうものだという考えに逆らっていたんだろうな。これは数学者としてはっきり言えるがね、探偵小説というのはそんなものじゃない。たいていの小説の探偵は直感的なあて推量しかやっていないんだ。そういう意味じゃ、探偵役というものには根本的に不誠実なところがあるんだよ。そうは思わないか？」

ふたりはグラントのコテージから丘を少し登ったところにあるレモン林に座っていた。一緒に昼食を食べたあと、グラントは彼女をひとりでそこに残していなくなった。「ちょっと散歩をしたいんだ。きみも一緒に来ないか？」彼はそう言った。

けれどもジュリアはまだここの暑さに慣れていなかったし、朝の日焼けのせいで顔が突っぱっているのがわかったので、一緒には行かずに林に残っていた。そこなら日陰がたくさんあったし、涼しい風もまだ吹いてきた。坂になった地面に腰をおろして、いま朗読した短篇についての注釈を書いていた。

グラントは三十分後に戻ってきた。彼がコテージのほうから近づいてくるのを、ジュリアは見ていた。遠近法のせいで、その姿はまずはレモンの葉と同じ大きさに見え、それからレモンと同じ大きさに、最後にようやく小ぶりのレモンの木と同じ大きさになった。グラントは水のはいったカラフを携えてきており――いまではどこへでも水を持ってくるように思えた――それを彼女の足もとに置いた。彼女はグラスに水をついでから、朗読を始めたのだった。

「小説の探偵は基本的に不誠実か？」ジュリアはその問いを考えてみた。「博士論文の題名にできそうですね」グラントは彼女が答えるのを待っており、鳥のさえずりだけが静けさを破る。「わたしなら、それほどではないと答えます。小説そのもののほうがよほど不誠実です」

グラントは眼を閉じた。「うまい答えだな」

彼女はもう一杯水をついだ。二度目の朗読は楽ではなかった。今日のような暑い日ともなればなおさらで、一ページ目が終わるころにはもう喉がからからだった。でも、その日の朝グラントにこう打ち明けられたのだ。この数年で視力がすっかり衰えてしまった。島に眼鏡屋はないというのに、しばらく前に眼鏡を壊してしまったと。

「そのせいで読むのがかなり遅くなってね。つらいんだよ、正直なところ」

「じゃあ、もう執筆もなさらないんですか？」

グラントはうなずいた。「書くことも読むこともしない。やむをえないとき以外はね」

それではしかたないと思い、ジュリアは彼を甘やかして最初の二篇を朗読したのだった。だからいまはもう、へとへとだった。

風がいくらか強まり、かすかな潮の香りを運んできた。それはさわやかではあったものの、どことなく腐敗のにおいがした。命が再生するにおいだ。それに対抗してレモンが、霧の中で光るランプのように甘い香りを漂わせている。

「あんまり長いあいだ座ってると眠ってしまいそうだ」グラントはそう言って立ちあがり、ぴょんぴょんと足を交互に変えて跳ねた。白いシャツの上にブレザーを着ており、やはり暑さに悩まされている様子はない。「始めようじゃないか。この短篇で直したいところは？」

ジュリアは彼を見あげた。「大きなものはないです。言いまわしがいくつかありますが。でも、また矛盾に気づいてしまいました。これもやっぱり意図的なものだと思います」

グラントはうっすらと笑みを浮かべて彼女のほうを向いた。「ひょっとして、この物語の町も地獄を表わしているとか？　だとすると、地獄というのもなかなかよさそうなところに思えてくるな。休暇村みたいに」

「いえ」とジュリアは笑った。「最後のほうです。ブラウン氏が崖の小径を戻ってきて、ホワイトストーン館のそばのベンチに着いたとき、教会の鐘が九時半を打ちます。でも、そのときベンチには誰もいません。ところがエプスタイン夫人は、数ページ前で読者にわざわざ、その時間にはベンチに座っているはずだと伝えています。わかりますか？　日課の話なんか持ち出したのは、その矛盾を際立たせるためだとしか思えません」

　グラントはあいかわらずシルエットになったまま、あたりを行ったり来たりしている。

「じゃあ、つまりそれは、夫人が拉致されたとか、そういうことをほのめかしているわけか？」

「いえ」とジュリアは答えた。「彼が戻ってきたのは実は夜の九時半なんだと、そうほのめかしているんだと思います。前後を注意深く読めば、あとの文は明らかに夜の海に映る月光の描写です。それに、町の名前そのものもヒントになっています」

「イーヴスクームが？」

「夜が訪れた《イーヴニング・ハズ・カム》です」

「なるほど」とグラントは拍手した。「そいつはいかにも若いころのぼくが面白がりそうなジョークだ」

「となると、ブラウン氏はあとの半日、何をしていたんでしょう?」

「それは謎だね、たしかに」グラントはだぶだぶの服を風にはためかせ、興奮で眼を見ひらいて立っていた。「しかし、きみのいうとおり、ぼくはそれをわざと付け加えたにちがいない。読者が注意を払っているかどうか確かめるためにね。もう憶えちゃいないが、それを言うなら、そもそもこの本を書いたことだってろくに憶えちゃいないんだ」彼はまた腰をおろした。「きっときみが説明してくれるだろう、ぼくじゃなくて」

ジュリアは片眉を吊りあげた。「でも、あなたが説明できることだってありますよ」

グラントは帽子を脱いで彼女のほうへ身を乗り出した。

「あなたは今朝、殺人ミステリの第一の要件は容疑者の一団であり、そこには少なくともふたりの容疑者がいなければならないと、そう教えてくださいました。でもこの話には、容疑者がひとりしかいないように思えます」

グラントは首をのけぞらせ、空に向かってにやりとした。「たしかに、そう見えるようにできてはいる。しかし、それは巧妙な見せかけにすぎない。ぼくは昔から、容疑者がひとりしかいない殺人ミステリというアイディアが気にいってるんだがね、このアイディアはいわば逆説的にこのジャンルをあつかうんだよ。でも、それが定義を満たしていることを説明するには、まず第二の要素を説明しなくちゃならない」

ジュリアは片手でペンをかまえて、膝の上にノートをひらいた。「どうぞ」

「殺人ミステリの第二の要素は被害者だ。すなわち、未詳の状況のもとで殺されている人物、ないしは人物たちだな」

ジュリアはそれを書きとめた。「第一の要素が容疑者のグループで、第二の要素が被害者のグループですか。あとのふたつも、わたし見当がつくかも」

グラントはうなずいた。「簡単だと言っただろう。被害者グループに欠かせない要件はひとつだけ、少なくともひとりは被害者がいなければならないということだ。なにしろ被害者がいなければ殺人事件にならないからね」

「成功した殺人事件には、ですね」

「さて、いまのこの短篇には被害者がひとりと、容疑者がひとりいる。アレン夫人と、ゴードン・フォイルだ。結局はたしかにフォイルが犯人だったわけだが、もうひとつの結末もありえた。これはたんなる事故で、被害者が足を踏みはずしただけだったという結末だ」

ジュリアはメモを取った。「〝不慮の事故《ミスアドヴェンチャー》による死〟ですね。面白い言いまわしだなと、いつも思います。冒険《アドヴェンチャー》って、正しい冒険も誤った冒険もあるんだって感じがして」

グラントは笑った。「たしかにね。たとえば、この島にぼくが住みついたことがそうだ。

かつては正しい冒険だった。でも、歳を取るにつれて、誤った冒険だったんじゃないかと思うようになってきたよ」

この島でのわたしの時間もそうだ、とジュリアは思った。疲れているし、喉がまだひりひりしている。彼女は笑いかけた。「自殺という線もありえますよね、その可能性には触れられていませんけれど」

「たしかに」とグラントは言った。「しかし事故でも自殺でも、ぼくらは誰がその死にもっとも責任があると見なす？」

「誰だろう。被害者でしょうか」

「そう、アレン夫人自身だ。それはつまり、彼女の死に責任があるのはフォイルか、でなければ彼女自身か、どちらかだということだ」

「じゃあ、彼女がふたりめの容疑者なんですか？」

「そのとおり。われわれの定義はふたり以上の容疑者グループと、ひとり以上の被害者グループを求めるが、それが重複してはならないとは言っていない。だからアレン夫人は、たとえ被害者であっても、ふたりめの容疑者になれるわけだ」

「でも、足を滑らせて転落したんだとしたら、彼女を殺人犯と呼ぶのはちょっと変じゃないですか？」

「その言葉は不適切だろうね、もちろん。しかし、登場人物のうちで誰よりも彼女の死に責任があるのは彼女自身だと、そうは言っても不当ではないだろう。あの小径の散歩に出かけたのは、そもそも彼女なわけだし。したがって、彼女を容疑者と見なすのも、不当ではないだろう。そうすれば、ものごとが単純になる」

「なるほど」とジュリアは言い、それを書きとめた。「ではこれも、容疑者がふたりいる殺人ミステリの一例なわけですね？」

「うん。ただし、そのうちのひとりが被害者なんだ。だからこの殺人ミステリには、被害者自身をのぞけば、容疑者はひとりしかいない」

「そう考えるとわかりやすいですね」ジュリアは落ちていたレモンをひろって、甘い香りを吸いこんだ。「もうひとつ、お訊きしたかったことがあるんです」

グラントはうなずいた。「なに？」

「あなたはこの短篇集を『ホワイトの殺人事件集』と名づけました。先週わたし、かなりの時間をかけて、その理由を考えてみたんです」

グラントは微笑んだ。「で、どんな結論が出た？」

「そうですね、いまの短篇にはホワイトストーン館が出てきました」

「そしてその前の物語は、スペインにある白漆喰《しっくい》塗りの屋敷が舞台だった」

「そしてそのテーマは残りの短篇でも継続しています。でも、それだけではないんじゃないですか？」

「というと？」

「題名になんとなく聞き憶えがある気がしたんです。そのうちに理由がわかりました」ジュリアは一瞬の間を置いた。「ご存じでしょうか、そのむかし、俗に〝ホワイト殺人事件〟と呼ばれるようになった、実際の殺人事件があったのを？」

「いいや。興味深い偶然の一致だね」

「じゃ、聞いたことはないんですか？」

グラントの笑みはいつのまにか消えていた。「そう言われてみれば、どことなく聞き憶えがあるような気もするが」

「うちは未解決の殺人事件をあつかった本を何冊か出しているので、わたし、この事件のことを前に読んだことがあって、それで名前を知ってたんです。事件は一九四〇年に、北ロンドンで起きました。いかにも新聞が書き立てたがるような事件です。被害者はエリザベス・ホワイトという若い女性でした。女優であり、劇作家でもあって、たいへんな美人でした。ある晩遅くにハムステッド・ヒースで絞殺されたんです。新聞はこれを〝ホワイト殺人事件〟と呼びました。わたしの生まれる前のことですけど、当時はとてもよく知られた事件だったそうです。犯人はついに見つかりませんでした」

「けしからんな」

「まったくです。でも、本当にこれはたんなる偶然の一致ですか？」

グラントは顎に手をあてた。「ほかに考えられるかな。きみはぼくがその事件から本の題名をつけたと思うわけ？」

ジュリアは首を横にかしげた。「あなたがこの本を書いていたころ、その事件は新聞を賑わせていたんですよ」

「ロンドンの新聞をだ」とグラントは言った。「ぼくはエディンバラにいたから、読むには探しにいくしかなかったはずだ。その名前を何かで眼にしていたのなら、たしかに無意識のうちに影響を受けたかもしれないが。そうでなければ、ただの偶然だよ」と肩をすくめた。「実を言うと、『ホワイトの殺人事件集』という題名を選んだのは、喚起力があると思ったからなんだ。詩的ですらあると――『ホワイトの殺人事件集』」と彼は外国語の引用でもするような口調で、無用の強勢をつけて発音してみせた。「しかし『レッドの殺人事件集』や『ブルーの殺人事件集』になってたって、全然おかしくなかったんだ」

本当のことを語っているのだろうかとジュリアは疑問に思った。「時期を考えると、すごく大きな偶然の一致です」

グラントはまたにやりとした。「それは何と比較するかによるな」

「まあ、そうですけれど」メモを取りすぎて手が疲れてきた。「休憩にしませんか？」

5 刑事と証拠

紺のスーツをきちんと着こんだ目立たないひとりの紳士が、中部ロンドンの小さな広場の境界をなす三本の通りのうちの一本を歩いていたところ、運悪く水たまりに踏みこんでしまった。十二時五分前のことだった。この男のような興奮して気もそぞろな精神状態にある者にとっても、この水たまりはいかにも場ちがいだったので、男はぴたりと足を止め、自分の靴を自己憐憫とともに呆然と見おろした。なにしろ、その日は夏の終わりの晴れた日だったし、雨はこの三週間というもの降っていなかったからだ。

水たまりが元どおりになるにつれて、泥水の表面に自分の姿がはっきりと映ってきた。円い顔が肩の上に浮かんでいた。黒っぽい髪と入念に整えた黒い口髭が、スーツと青空のあいだでひしゃげている。ないに等しい首も見える。男の視線が水たまりから路面の濡れ跡をたどった。行きついた先は花屋の外の陳列棚だった。子供っぽい色の花々が野次馬のように彼を見て、お気の毒さまとうなずいている。男は小声で悪態をつくと、通りに復讐する方法でも探すかのように不機嫌に近隣の建物を見渡した。

これが事件の始まりだった。

広場の名はコールチェスター・ガーデンズといったが、それはまたその広場にあるほぼ長方形の私有公園の名でもあった。公園は二本の道路の交差点にあって、その二本と交わるもう少し細い、湾曲した第三の道路を境界として、街角から切り離されている。この三本目の通りはコールチェスター・テラスという名で、紺のスーツの男はその途中に立っていたので、人通りの多いほかの二本の通りからは公園自体によって隠されていた。

公園の鍵を持っているのはコールチェスター・テラスの住民だけだった。紺のスーツの男は、ほかの人々と同じく、黒い鉄柵のあいだから中をのぞくことしかできなかった。男はまず左に、それから右に眼をやった。通りに人影はなく、花屋はなんの説明もないまま閉まっている。角に青果店があり、そこはあいているようだったが、人の出入りはない。

柵のむこう側には幼い女の子がふたりいた。大きな紙飛行機を飛ばそうとしているのだが、飛行機はさっぱり飛ばなかった。きれいな紫色の工作紙を折って作ったもので、小犬ほどの大きさがある。男に聞こえるのは、交替でそれを飛ばそうとするふたりの笑い声だけだった。飛行機は毎回二、三メートル飛んでは、抵抗の大波に遭遇したかのようにふらふらと急上昇するか、すとんと地面へ落下するかのどちらかだった。ふたりはそのたびに大げさな悲鳴をあげては、やみくもに、やけっぱちで、笑いに感染したまま、ふたたび挑戦している。

男はそれを一分近く見ていてから、柵のほうへ一歩近づいた。格子をつかんで、槍の穂先のように上に突き出ている装飾的な百合形のあいだに額を押しつけた。

「お嬢ちゃんたち」と声をかけた。ふたりは笑うのをやめて男を見た。ふたりとも同い年ぐらいで、似たような青いドレスを着ている。「お嬢ちゃんたち、お名前は？」

ひとりはもうひとりほど引っこみ思案ではなかった。赤っぽい髪をした子のほうだ。その子は男のほうへ一歩近づいてきた。「あたしはローズ。あっちは友達のマギー」と、草の上に座りこんだもうひとりを紹介した。

マギーは自分の名前が口にされると下を向いた。

「そうか、おじさんはクリストファーだ。これでもうおたがいに他人じゃないからね、それを飛ばすのを手伝わせてくれないか」男は紙飛行機を指さした。

ローズは忘れられていたおもちゃに眼をやった。それは彼女とマギーのあいだの草の上に、マギーと同じようにぽつねんと落ちていた。

「先っぽに少し錘《おもり》をつけるだけでいいんだ。そうすれば飛ぶよ」男は言った。

ローズはどうしたものかと、くしゃくしゃの紙飛行機を見つめた。ひろうのは気が進まなかった。せっかくちゃんとした男の人から大人の会話に誘われたのに、おもちゃを持っておいでなどと言われて、すぐにまた子供あつかいされたのが悔しかった。

「ほら。これを使ってごらん」男はスーツの内ポケットから小さな名刺を取り出して半分にちぎった。半分をポケットにしまい、残りの半分を三回折りたたんで分厚い小さな長方形にすると、柵のあいだから差し出した。ローズはすなおにそれを受け取って見つめた。がっかりする贈り物だった。「それを飛行機の内側に入れるんだ。先っぽに。それからもう一度飛ばしてごらん」

ローズは断わろうとした。飛ばすことなんかほんとはどうでもいいのだ、これはただの暇つぶしだったのだ、あたしはもうこんな遊びをするような年ではないのだ、そう言おうとした。だが、男の声にはどこかそんな反論を無効にしてしまう温かみがあった。その共犯者めいた雰囲気がローズを安心させた。言われたとおり、折りたたまれた名刺を飛行機の内側に差しこんだ。それから飛行機を手に数歩走った。男が見ていると、ローズは両腕を差しのべて飛行機を前へ押し出した。すると飛行機は、こんどは空を切り裂く大きなナイフのように二十メートルほど飛んでから、草の上を滑走して優雅に停止した。男はにっこりすると、賞賛を期待してもうひとりの女の子のほうを見た。

だが、マギーという子は退屈そうな顔で草をむしっていた。あの子にはどこかおかしなところがある。男がそう思ったとき、マギーがちらりと彼のほうを盗み見た。そこで男は気づいた。あの子はむくれているのでも、退屈しているのでもなく、おれを怖がっているんだ。男はすっかり自信を喪失して後ずさった。もうしばらくマギーを見つめていてから、意を決した。

「じゃあ、おふたりさん、すてきな一日を」

男はローズにちょっと会釈してみせた。ローズはうれしそうに手を振りかえした。

そこで男は立ち去った。

十二時二十分、アリス・カヴェンディッシュはコールチェスター・ガーデンズにある同名の公園を、通りに出る黒い門のほうへ向かって歩いていた。すると、妹がクレメンツ姉妹の妹のほうと人形で遊んでいるのが見えた。

アリスは機嫌がよかったので、進路を変えてふたりのほうへ歩いていった。薄手のサマージャケットの内側にはリチャードからの手紙がはいっていた。先週はきみに会えてとてもうれしかった。きみにねだられていたプレゼントを手に入れた。こんど散歩に出かけようじゃないか。そう書いてあった。アリスは公園でいちばん暗い一角──数メートル間隔でそびえる三本のずんぐりしたプラタナスのつくる、日陰の三角地帯――にこっそり逃げこんで地面に座り、誰にも邪魔されずにその手紙をひらいたのだった。草は日射しからしっかり守られていたので、いくらか濡れていたものの、リチャードの言葉の優しさゆえに、彼女は湿っぽさだろうがなんだろうが、あらゆる感覚を楽しむことができた。

「おはよう、マギー」とアリスは妹に声をかけた。「ふたりで何してるの？」

ローズが立ちあがった。「もう午後だよ、ばかね」

「あら、ローズ、こんにちは」

「ローズじゃなくて、クレメンツ夫人て呼ばなきゃいけないの」とマギーが言った。「あたしたちいま未亡人になってて、この子たちはあたしたちの孤児なんだから」マギーは二体の人形を示した。アリスは笑った。妹にその言葉づかいの誤りを指摘してやるべきなのか、それともその遊びについてもっと質問してやるべきなのか迷った。結局、どちらもしないことにした。

「きのうわたしが作ってあげた飛行機はどうしたの？　今日は天気がよかったら、あれを飛ばしにいくんだと思ってたけど？」

つねに先に言葉を発せずにはいられないローズ・クレメンツが、またしても元気よく立ちあがると、近くの木を指さしながらそちらへ何歩か歩いていった。「あそこ！」

紫の飛行機は高い枝の葉叢《はむら》にからまっており、遠くからだとステンドグラスの破片のように見えた。

「あらまあ。ついてないわね」とアリスは言った。

「あの男の人のせいだよ」とマギーが言った。「あの人が変えちゃうまでは、ふつうだったんだから」

その謎めいた言葉を聞くと、アリスは漠然とした不安で胸がいっぱいになり、正確に聞いたのかどうかすら自信がなくなった。だが、そこでふと、さきほどのローズの言葉を思い出して、ほかの考えはすべて消し飛んでしまった。「あんたさっき、もう午後だって言った?」

ローズはうなずいた。「教会の鐘がとっくに鳴ったもん」

アリスは夢想にふけるのにいそがしくて気づかなかったのだ。「ママにお茶を持っていかなくちゃ」

それでほかのことはすっかり忘れてしまった。

あわてて門まで走っていくと、コールチェスター・テラスに出て、数軒先の自宅に駆けもどった。ドアノブをつかんだときに初めて、自分の手がひどく汚れているのに気づいた。「やだもう」とつぶやき、よくよく手を見た。親指の爪につまった土が、お皿の縁についた食べ残しのソースのように太い曲線を描いている。

アリスはそびえ立つ赤いドアをあけて玄関ホールにはいった。メイドのエリースが廊下の奥に現われた。上着を脱いでエリースに渡しながら、ポケットからリチャードの手紙を抜いた。「エリース、ママのお茶を用意してくれる？　ママが起きてたら、わたしが上階《うえ》へ持っていくから」エリースはうなずいて、家の奥の暗闇へ姿を消した。

アリスは玄関のすぐ右手にある父親の書斎にはいりこむと、何も触らないように気をつけながら父親のデスクの前に腰をおろして、もう一度手紙を読んだ。

数分後、エリースは二階の階段の上がり口でアリスを待っていた。持っているお盆には、一杯の熱い紅茶と、ひと切れのけばけばしいレモンが載っている。アリスはそれを受け取ると、家の最上階へ運んでいった。ドアをそっとたたいて自分の来訪を告げながら、広々とした主寝室にはいった。

「こんにちは、アリス」青白い顔をした母親はベッドの上に体を起こしており、流れるような白いシーツのあいだに深紅のローブをまとって、さながら栞《しおり》のように座っていた。アリスはお盆をおろすと、窓辺へ行ってカーテンをあけた。母親は顔をしかめて、日射しを浴びるとむしろ寒くなるとでもいうように、シーツを首もとまで引っぱりあげた。窓は広場に面しており、この高さからだと、憎たらしいローズ・クレメンツが菊の花を一本、あたかも剣か何かのように手にして、マギーを木から木へと追いまわしているのが見える。それに三本のプラタナスのあいだに、自分の隠れ場所もほとんど見えた。

「今日の気分はどう、ママ？」そう言ってアリスはベッドの横へ行き、母親の手を取った。

「あなたが来てくれたから、いつもどおりよくなってきたわよ。でも、あんまり眠れなかったし、肺がすごく痛むの」娘は同情するように微笑んだ。「ちょっと、アリス、汚いわねあなた！」母親は眼を丸くした。アリスは蠟燭《ろうそく》に手を近づけすぎたかのようにあわてて手を引っこめ、親指でほかの指先をこすった。

「わかってる。お花を摘んでて汚れちゃったの」

「で、その手で顔じゅうをこすったのね。見てごらんなさい」

「ええ、うそ」アリスは母親の鏡台の前へ行って、それが本当なのを確かめた。リチャードの手紙を読んでいるときに、衝動的に草をむしっては葉っぱをしきりに細かくちぎり、その手で無意識に髪をいじっていたのだ。眉毛のあたりや顎に、土の汚れがついていた。

「なにこれ。ママ、わたしお風呂にはいってくる。あとで髪をとかしてくれる？」

「いいわよ」

アリスは階段を駆けおりていき、二階で昔の子供部屋を掃除しているエリースを見つけた。「エリース、お風呂にお湯を張ってくれる？」

一時七分前、アリス・カヴェンディッシュはコールチェスター・テラスにある自宅の浴室にはいり、窓のカーテンを閉めた。むかい側に建物はないので、これは不要な措置で、浴室内を暗くしたにすぎなかったが、誰にも見られていないという感覚を確かなものにすることが、彼女には大切だった。リチャードの手紙をもう一度読みたかったのだ。それはいまスカートの腰に差しこんであった。

服を脱いでドアの横の椅子に載せると、その上に手紙を置いて、椅子ごと浴槽の横へ移動させた。それから息を止めつつ、ほどよく熱いお湯にはいった。

「ねえ、お風呂でどうやって髪を洗う？」

その言葉が、いっさいの邪魔ものから解放されたいま、アリスの心によみがえってきた。それは友達のレスリー・クレメンツが、美しい秋の日に表の公園で一緒に遊んでいたときに、長い赤毛から枯葉をすき取りながらアリスにぶつけた質問だった。

「実際のやりかたってことだよ。あたしにはあたしのやりかたがあるんだけど、あんたのやりかたを知りたいの」

「そっちが先に教えてよ」とアリスは言った。恥を掻きそうで怖かったのだ。

「だめだめ。あたしが訊いたんだから、あんたが先に答えなくちゃ。恥ずかしがらないで。ちょっと知りたいだけなんだから。あんた、いつもすごくきれいな髪をしてるでしょ」アリスは不機嫌になった。「前はママが湯船の横に立って、洗面器から頭にお湯をかけてくれたけど。ママが病気になってからは、それはできなくなっちゃったし。もうそんなふうにしてもらう年でもないと思うからさ。エリースがしばらくやってくれたけど、なんか変な気がして。いまはわたし、前かがみになって座って、洗面器で頭にお湯をかけてる」

「めんどくさそうだね、それ」レスリーはその動作を実際にまねして、自然に思えるかどうか確かめてみた。「あたしはできないな。あたしの見つけたやりかたはこれだけ――息を大きく吸って、一分間ぐらい、頭までどっぷりとお湯に沈んじゃうの。あんまりお上品じゃないけど、やってみるとけっこう興奮するよ」

「わたしも前はそうするのが好きだったけど」とアリスは笑った。「かならずママに、やめなさいって言われた。いくら短いあいだでも、息を止めるのは危ないって」

レスリーはくるりと眼を上に向けてみせた。「でも、いまはできるじゃない。やってもママにはばれないでしょ」

たしかにそのとおりだった。それからというもの、アリスは自分を甘やかし、面倒くさいときにはいつも、レスリーの言ったとおりのやりかたで髪を洗っていた。今日も例外ではなかった。右手で鼻をつまんで、頭をすっかりお湯に沈めると、左手で自分の金髪を、もつれがなくなって滑らかになるまでくしけずった。二十秒ほど我慢したところで息が苦しくなってきた。そのあとにお湯から顔を出すのは、レスリーがほのめかしたとおり、けっこう快感だった。二、三度大きく息を吸ってから、ふたたび頭を沈め、両肩がゆっくりと浴槽の底に沈むまで、眼を閉じてリチャードのことを考えた。

三度目にアリスが湯に潜ったとき、何者かがすばやく浴槽の横にやってきて、彼女の頭のすぐ上まで手を沈めた。だが、それだけだった。まだ押さえつけはしなかった。浴槽のやや後ろにある戸口から様子をうかがっていたので、彼女が息を使いはたすまでは浮かびあがってこないのを知っていた。その前に何をしても無駄でしかない。

十五秒間息を止めて、眼を閉じたまま左の肩から胸の前へと髪をくしけずったあと、顔をほんの少しあげたとき、アリスは何かが額をかすめるのを感じた。それとわからないほどの感覚だった。初めは額が水面に触れただけだろうと思ったので、パニックを起こしたりはしなかった。だが、さらに頭を上げたとき、それが水面ではないのに気づいた。感じていたのは濡れた温かい革の感触だったのだ。はっと眼をあけると、見えたのは闇だけで、手袋をした手に視界をさえぎられていた。アリスは体を起こそうとした。手が顔をおおい、彼女を押しもどした。両手を上に伸ばしたものの、右腕はつかまれて浴槽の縁に押しつけられ、左腕は顔を押さえつけている腕をどかすには力が足りなかった。相手の顔のありそうなところに手を伸ばしてみたが、見つかったのは肩だけだった。腕はまるで鋼《はがね》でできているかのようで、彼女の爪などまるで歯が立たなかった。脚をばたつかせても、浴槽の反対側の壁はとらえられなかった。何かが彼女を押しつぶそうとしているように思えた。この時点で彼女はすでに四十秒ぐらい水中にいた。さらに四十秒ほどたつと、意識が朦朧としてきて、体の力が抜けはじめた。迫りつつある死を彼女が予感したのは、その短い時間だけだった。誰がなぜ自分を殺そうとしているのか、考えている余裕はなかった。かわりにそのあいだずっと、懸命に悲鳴をあげようとしていた。

同じ日の午後三時過ぎ、ローリー警部補とブルマー部長刑事はコールチェスター・ガーデンズの黒い鉄柵に近づいた。周辺の様子を把握するために、公園のまわりをそれぞれ逆方向に歩いていくことにしたので、数分後にその家に左右から近づいてきたとき、ふたりはたまたま出会ったように見えた。ブルマーは無骨な手をした大男で、体に合わないスーツを着ているのに対して、ローリーのほうは華奢な体つきの男で、丸眼鏡をかけて、髪を油でべったりと固めている。一方が他方に道か時間でも尋ねているようには見えても、知り合い同士にはとても見えない。

ブルマーは外の塀に寄りかかって、その三階建ての家のクリーム色の外壁を見あげた。

「愁嘆場が待ってますかね」

ローリーは玄関脇の花壇を見ていた。土に楕円形の窪みが残っている。「ああ、被害者はお気に入りの娘だったみたいだからな」花壇からじかにその情報が読み取れるというように、花々を手で示してみせる。

ブルマーは近づいていって花壇を見おろした。それからおどけた不信の眼でローリーを見た。ふたりの会話はよくこのまなざしから始まる。「さっぱりわかりません」

「いま通りかかったとき、公園でふたりの女の子が遊んでた。ひとりは髪に紫の花を挿してた。こいつから摘んだのさ」首をちぎられて汁を流している緑の茎に、ローリーは人差し指をまわした。「だからその子は十中八九この家の子だ。ほら、土に足跡が残ってる。ところがその子は、殺人事件があったというのに、外にほっぽらかされてる。おれの読みじゃ、両親は自分たちの悲しみで頭がいっぱいで、その子のことを忘れてるんだ」

ブルマーはふたりの女の子のほうに眼をやり、上司の芸術的洞察力にうなずいてみせた。

「でも、あの子のことは心配いりませんよ。公園の四隅に巡査が立ってるんですから」

「それにしても、ふつうならこんなときには、親は子供をそばに置いときたいと思うもんだ。それに、その窓のむこうの部屋は父親の書斎のようだが」とローリーは玄関の横のガラス窓を指さした。「デスクの上の写真からも、おれは同じ結論を引き出した。ほぼすべてが上の娘の写真だ」

ブルマーは窓に近づくと、ことあるごとにローリーに聞かされている台詞を引用してみせた。「〝仮説は事実ではない。だからかならず、いくつかの証拠によって裏づけられねばならない〟」そして自分でも写真をのぞいてから、上司の顔を見てうなずいた。

ローリーは玄関のドアをノックした。

しばらくして、死人のように青白い顔をした制服警官がドアをあけた。短くなった白い煙草をくわえている。色は顔と同じだが、顔よりもよほどしっかりしていて、壁に埋めこまれた照明スイッチのように上を向いている。吸うたびにそれが揺れた。

「やっと来てくれましたか。ここの連中は好きになれないし、むこうもわたしを嫌ってます」

デイヴィス巡査はこの二時間というもの、ばらばらに砕けた一家をたったひとりでまとめていた。いまようやくひと息ついて、ポケットからヒップフラスコを引っぱり出した。蓋をはずし、それを稀少なコインのように大事に持ったまま、長々とひとくちウィスキーを飲んだ。「一口目ですからね、言っときますが」

ローリーは心配するなというように手を振った。三人はカヴェンディッシュ氏の書斎に集まって、それぞれ家具に寄りかかっていた。ディヴィスはさらに言った。「ひどいもんですよ上階《うえ》は。溺れたときに何もかもぶちまけてましてね。浴槽じゅう、血やら何やらでいっぱいです。ブロンドの娘《こ》を見る眼が永久に変わりますよ」

死体が発見されたのは一時半ごろだった。メイドのエリースが浴室のドアをノックしたが、返事がなかったので、遠慮がちにドアを押しあけた。それからエメラルド色の小さな敷物のところまで行って浴槽をのぞきこみ、悲鳴をあげはじめた。ちょうど帰ってきた料理人が、階段を駆けあがってきて、戸口から水中のアリスの血の気のうせた顔を眼にすると、通りを数本へだてたところに住んでいる家族の友人のモーティマー医師を呼びに走っていった。モーティマー医師はディヴィス巡査を呼び、ディヴィス巡査はスコットランド・ヤードに電話した。

カヴェンディッシュ氏が呼びにやられ、およそ十五分後にオフィスから駆けつけてきた。そのあと事態は比較的落ちついていたが、やがてカヴェンディッシュ夫人が泣きながら階段を手と膝で這いおりてきて、娘に会わせてちょうだいと要求しはじめた。ディヴィス巡査は夫人が犯行現場を汚染してしまうのを恐れ、その要求を頑として拒んだ。夫人はディヴィスをののしり、わめき散らした。初めての殺人事件で余裕をなくしていたデイヴィスはこれでパニックを起こし、夫人を手荒く上階へ運んでいってベッドに戻してしまい、カヴェンディッシュ氏から「あんまりだ」と噛みつかれた。そのあと、ひよわな両親は抗議の意思表示として三階の寝室に閉じこもり、メイドは一階に姿を消してしまい、残されたデイヴィス巡査は、次に何をしていいのかもわからぬ心許ない看守として、ホールや廊下をひとりでうろうろと歩きまわった。浴室の前を通りかかるたび、機会をとらえて死体の様子を見ているうちに――最初、医師は死体の上にかがみこんでおり、次は窓辺に立って煙草を吸っており、それからやっと帰っていった――やがてそれが強迫的な欲求になり、気づいてみればデイヴィスは数分置きに浴室へ戻っていた。

ローリーは彼にもう一本煙草を差し出した。「あとはわれわれが引き受ける。きみなりに調べたことをすべて話してくれたら、じきにお役ご免にするよ」

「お伝えすることはたいしてありません」デイヴィス巡査はまたひとくちウィスキーを飲んだ。「家にいたのは三人です。料理人は事件が起きたときには出かけてました。市場へ行ってたんです。これは裏を取りました。父親は仕事中で、近くの職場にいまして、同僚たちに目撃されてます。妹のほうはずっと外で遊んでます。母親は三階でベッドにはいってました。具合が悪いんです。そしてメイドのエリースは、二階の掃除をしてました。現場からいくつか離れた部屋を」

「メイドは何も聞かなかったのか？」

「ええ」

「どのくらい離れてたんだ？　被害者が叫んだり悲鳴をあげたりしたら、聞こえるような場所か？」

ディヴィス巡査は肩をすくめた。「何も聞こえなかったし、見てもいないと言ってます」

ローリーは眉を寄せた。「となると、その女に話を聞く必要がありそうだな」

「医者をもう一度呼びに行かせました。警部補が質問したいことがあるんじゃないかと思いまして。じきに帰ってきますよ」

「ご苦労」とローリーは言った。「じゃ、死体を見にいこうじゃないか」

三人は浴室へ行った。もはや湯気は消えており、結露も乾いていた。浴槽の水はまったく動かず、アリスの頭はすっかり水中に没している。尊厳を守るために体にかけられたタオルも水に沈んで、左右がずれたまま落ちついている。冷たくどぎつい死の光景だ。その娘が数時間前まで生きていたとはとても思えない。

ブルマーはひゅうと口を鳴らした。「獣か悪魔だな」

ローリーは浴槽の横へ行ってしゃがみこんだ。かたわらの椅子に、衣類がきちんとたたんで重ねてあった。本のページをぱらぱらとめくるようにして、それをちょっと調べたが、関心を惹くものはなかった。それから眼鏡を押さえながら浴槽の縁をじっくりとながめ、反対の手の指先を水につけてみた。すっかり冷たくなっていた。「きれいな娘だからな。動機はまずまちがいなく性的なものだろう」

デイヴィス巡査が口をはさんだ。「わたしもそう思ったんですが、それだと筋が通らないんです。その娘は前にもあとにも、手を触れられていません。欲望をたぎらせてはいってきたやつが、殺しただけですぐに立ち去りますか？」

ローリーはふり返り、かすかに見下したような笑みを浮かべてデイヴィスを見つめた。「奇妙な嗜好の持ち主もいるぞ。美しい娘を殺したかっただけかもしれない」

現場調査を楽しめたためしのないブルマーは、我慢強く後ろで待機していたが、そこで一歩前に出た。「これはまちがいなく殺人ですかね？」

ローリーは汚れた冷たい水に手を突っこんで、死んだ娘の両の手首を上に向けた。「左手は血が出るほどぶつけてる。穏やかな死じゃない。なんらかの発作の可能性もあるが、右腕には指の跡が四つ、痣《あざ》になって残ってる。誰かにがっちりとつかまれたんだろう」

後方のブルマーの立ち位置からだと、浴槽の下がいくぶん奥まで見えた。「警部補、左足のそばに何かありますよ」

「それはわれわれもさきほど気づいたんですが」とデイヴィス巡査が言った。「手を触れたくなかったもんで」

ローリーは木の床に頭をくっつけた。浴槽の下に押しこまれていたのは、濡れた黒い手袋の片方だった。それを引っぱり出してつまみあげ、二本の指に小動物の死骸のように載せた。デイヴィス巡査とブルマー部長刑事も、近づいてきてその発見物をしげしげと見た。

「じゃ、これが凶器ですか」ブルマーが言った。

ローリーは手袋を持ちあげて鼻を近づけた。まだびっしょりと濡れていて、なんのにおいもしなかった。それから自分の手にはめてみた。大きすぎも小さすぎもしない。「男性。中背だな。こいつが偽の手がかりでなければだが」彼はそれをブルマーに渡した。「ほら、はめてみろ」

手袋はブルマーの指にかぶさりはしたものの、親指の付け根のふくらみで引っかかった。

「ほう」とローリーは言った。「おまえは容疑者から除外できるな」

デイヴィス巡査はそれが冗談なのかどうかわからず、息を凝らして成り行きをうかがっている。ブルマーは反応しなかった。

背後でドアがノックされた。ローリーがドアをあけると、玉石のようにつるつるの頭をした老人が立っていた。「医師のモーティマーだ」と老人は手を差し出した。「警察がわたしに質問があるかもしれないから、戻ってきてくれと言われてね」後ろの暗がりにメイドがひかえていた。

「わたしはローリー警部補、こっちはブルマー部長刑事です」三人は握手を交わした。

「ひとつだけ先に訊きたいんですがね。どのくらいかかるもんなんです？　あのくらいの大きさの人間だと」

医師は思わずたじろいだ。「それはまた不愉快な質問だな。子供のころから知っている娘なんだ」彼は自分の手を見おろした。「動かなくなるまでにおよそ二分。確実に死ぬまでに五分というところだろう」

「どうも。うかがいたいことはまだ出てくるはずです。デイヴィス巡査、モーティマー先生をカヴェンディッシュ氏の書斎へお連れしてくれないか。われわれもすぐにおりていく。その前にメイドの話を聞かなくちゃならないから、メイドを中へ入れてくれ」

医師は巡査とともに出ていき、かわってエリースがおずおずと薄暗い浴室へはいってきた。窓のカーテンはまだ閉まったままだった。彼女は浴槽内の死体を見まいとしたものの、生成りのタオルのよじれにどうしても眼が行ってしまった。

ローリーは彼女の背後でドアを閉めた。「いくつか質問したいだけだから。わたしはローリー警部補」

スーツ姿の男ふたりが若い娘の死体の沈んだ浴槽の脇に立っている光景には、どこか不吉なところがあり、エリースはごくりと唾を呑みこんだ。ブルマーはまた壁に寄りかかった。ローリーが話をつづけた。「カヴェンディッシュ嬢のために湯を張ったのはきみか？」

エリースは不自然に首を傾けて、この悲劇はおまえのせいだと言われているかのようにおどおどとうなずいた。

「で、彼女が風呂にはいってるあいだはどこにいた？」

「昔の子供部屋を掃除してました」

「で、その部屋は？」

「廊下の先です」エリースはそれが何を意味するのかに気づいて顔をしかめた。「三つ先の部屋です」とかぼそい声で言い添えた。

「それなのに何も聞こえなかったのか？　悲鳴も、争う音も」

無言で首を振る。それから不必要な強調。「もうひとりの人にもそう言いました」

「あいつはそれを信じたかもしれないが。わたしは残念ながらそう簡単に信じられないんだ」

エリースはまた首を振ったが、別に質問をされたわけではなかった。ローリーはさらに言った。「問題は――エリースだったかな？」彼女はうなずいた。「問題は、エリース、殺人というのは静かなもんじゃないということだ。すばやいものでもない。きみがそれほど近くにいながら、殺人が行なわれていた二分のあいだ何も聞かなかったというのは、わたしにはまずありえないことに思えるんだがね」エリースはさらに強く首を振った。ローリーの無表情なまなざしに、またあの薄笑いが加わった。「きみは若いし、独身だな、エリース？」

彼女はこの話題の転換に喜んで、いそいそと答えた。「そうです、十八です」

「しかし、かわいい娘だしな。男がいるはずだ」

彼女はまたうつむいた。「なんの話だかわかりません」

「いやでも気づくんだが、きみのつけてるそのブレスレットは新品で、しかも貰いものだ。彼はそいつできみの沈黙を買ったのか？」

エリースは自分の手首を見た。「どうしてそんなことまで――」

「それは高級品だ、きみの資力を超えているだろう。だが、いくらきれいでも、掃除中には身につけないはずだ。傷むかもしれない。となると、それをつけたのはこの二時間のあいだにちがいない。てことは、そいつは新品で、目新しさがまだ色褪せてないってことになる」明白だよというようにローリーは肩をすくめた。

エリースはふたたび、こんどは静かに首を振った。「ブルマー」「新品ですけど、自分でお金を貯めて買ったんです」

「きみにうちのブルマー部長刑事をまだ紹介していなかったな」ローリーは窓のむかいの壁にかかる鏡を手で示し、エリースはそちらを向いた。ブルマーはわたしの手法とはまるでちがう、独自の手法の持ち主でね」

エリースが鏡ごしに見ていると、ブルマー部長刑事が、寄りかかっていた壁を離れて後ろからふたりに近づいてきた。その顔はハロウィーンのマスクと同じくらい大きく、彼女は恐ろしさのあまりその場を動けなくなり、映画館のスクリーンで他人の身に起きていることでも見るように呆然と鏡を見つめていた。ブルマーの右手が頭の後ろにゆっくりと押しあてられ、浴槽の縁まで連れていかれた。脚を引っかけられて前のめりになり、気づいたときにはもう彼の太い左腕に倒れこんでいた。それから氷のような、死をたたえた水のほうへ顔から先におろされ、そのままの状態で震えながら、浴槽の琺瑯《ほうろう》をがりがりと引っかいて体を押しもどそうとしたが、まったく無駄だった。

「一分だ」とブルマーは言った。「相当に長いぞ。後遺症は残らないがな」

そう脅されて、怖くなったエリースは頭をのけぞらせ、白状しはじめた。「家を抜け出してたんです」と大あわてで、一語一語叫ぶようにして言った。「あたし婚約してて、彼は近くに住んでるんです。料理人が出かけてるあいだ、一時間会いにいってました。毎日のことです、調べてみてください。お願いですから、内緒にしといてください。首にされちゃいます。これはあたしのせいじゃありません。知らなかったんです」

ブルマーは手を放し、彼女は敷物の上にうずくまった。ブルマーは相棒の顔を見た。ローリーは心なしか面白がっているように見えた。

「わたしの経験から言えば、こんなことをしたやつはまた同じことをする。きみがわれわれの捜査をこれ以上妨害したら、その死はきみの責任になるぞ」ローリーはドアをあけた。「婚約者の名前をデイヴィス巡査に伝えておけ、あとでわれわれがそいつにきみのアリバイを確かめる」

ブルマーは何も言わず、彼女が浴室から駆け出していくのを見送った。

「てことは、目撃者なしか」

「有望な容疑者もです」

すばやく意見を交わすと、ふたりは階段をのぼり、カヴェンディッシュ夫人の寝室のドアをノックした。

ふたりがはいっていくと、夫人はベッドに起きあがった。「ああもう、こんどはどなた？」

医師は夫人にたっぷりと鎮静剤をあたえていた。腫れぼったい顔が、なだらかな白いシーツのあいだからケーキの飾りのようにのぞいている。カヴェンディッシュ氏はベッドの端に腰かけてがっくりとうなだれ、悲しみのあまり黙りこんだままドアに背を向けていた。ふたりがはいってくる音を聞くと、ぱっと体を起こしてふり返った。ローリーは慰めるようにその肩をたたいた。

「奥さん、ご主人、わたしはローリー警部補、こちらは同僚のブルマー部長刑事です」

ブルマーがうなずいた。カヴェンディッシュ夫人はベッドからおざなりに手を振った。

「ご理解いただけるでしょうが、おふたりから個別にお話をうかがう必要があります。ご主人、すみませんが下へ行って、書斎で待っていていただけませんか。お友達のモーティマー先生がいらっしゃいますから、ひとりきりにはなりません」

「いいとも」と無口な男はつぶやくと、階段の手すりに両手をかけて、よたよたと横向きでおりていった。

ローリーはドアを閉め、ベッドに近づいた。ブルマーは窓辺へ行って、表の通りを見おろした。

「奥さん」とローリーは言った。「ぶしつけな質問をいくつかしなければならないんですが」

「繊細さなど、もはやこの世界にはありません。かわいい娘が死んでしまったんですから」

「お悔やみ申しあげます」

カヴェンディッシュ夫人は鼠を襲う猫のようにぱっとローリーの手をつかんだ。「そいつを殺してちょうだい。あなた自身が手をくだすか、縛り首にさせるかして。下にいる巡査は、派遣されてくるのがあなただと聞いてぎょっとしてました。評判を聞かせてくれましたよ。みんな嫌悪するふりをしてました。人は残虐さに直面すると、観念上は急に良心的な人間に変貌するんです。でも、わたくしはあなたのやりかたを擁護しました。そいつを拷問にかけて白状させてから、殺してちょうだい」

「奥さん、こんなことをした犯人に心あたりはありますか？」

「男だということしかわかりません。これは男の犯行です、百パーセント」

「しかし、あなたが個人的に疑わしいと考える人物はいないんですね？」

夫人は悔しそうな顔をした。「たとえ自分の知り合いが犯人だとしても、赤の他人とまったく同じように死刑にされてほしいけれど。残念ながら誰ひとり思い浮かびません」

「事件が起きたときはどこにいました？」

「ローリー警部補、わたくしはさきほどまでほぼ三年近く、このベッドを離れていなかったんですよ」夫人は寝具をめくって、痩せおとろえた体を見せた。

「眠ってらしたんですか？」

「休みたいときは眼を閉じてるんです。めったに眠れないもので。でも、何も聞こえませんでした、残念ながら」

「まあ、それはそれで有益な情報ですよ。ふたつめのぶしつけな質問は、娘さんが若い男と恋愛関係にあったかどうかですが、ご存じですか？　娘さんには恋人がいましたか？」

カヴェンディッシュ夫人はしばらく考えた。「いなかったと思います。何年か前には、アンドルー・サリヴァンという若者と親しくしていました。子供のころからの友達で、わたくしども、彼の両親とはむかしからの知り合いなんです。でも、アリスにはもの足りない相手でした」

「サリヴァン家とはまだつきあいがありますか？」

「ええ。でも、あの人たちとはもう一年ぐらい会っていません。あんまり役に立たないですよね、こんな話？」

「調べてみる価値はあります」

「もしアンドルーだったら、去勢してやって」

「ではまず、彼の自宅の住所を教えてもらえますか？」

カヴェンディッシュ氏は階段をおりたところにある書斎で、ぽつねんとふたりを待っていた。ブルマーはローリーのあとからいかつい影のように部屋へはいった。ドアがあくとカヴェンディッシュ氏は立ちあがったものの、自分が囲まれたのを見るとこの事情聴取に改めて不安を覚え、ふたたび腰をおろした。

「お友達はどうしました？　先生は」

カヴェンディッシュ氏は咳払いをした。「さっきメイドのエリースが彼に会いにきてね。かなりひどい状態だったんで、ちょっと外へ連れていったんだ」

部屋の隅のドリンク・キャビネットにチェス盤が載っていた。その駒をローリーはぼんやりともてあそびはじめた。「あの娘が真実を隠していたものですから、手っとり早い方法で話を聞いたんですよ。カヴェンディッシュさん、あなたはわれわれのやりかたに反対ですか？」

もの静かな男はどうでもよさそうだった。「ま、そうかな」と肩をすくめた。「道義的にはたぶん、そうだと言わざるをえないな」

「しかし、娘さんを殺した犯人をわれわれにつかまえてほしいんですよね？」

眼の隅に涙が浮かんできた。「もちろんだ。こんな事件は二度と起こさせちゃならない」

「なら、どうかわたしの弁明を聞いてください。あなたは探偵小説をたくさんお読みになるようですね」ローリーは安っぽいペーパーバックのつまった本棚のほうへ手を振ってみせた。

カヴェンディッシュ氏はデスクの下の暗がりを見つめた。「その本はみんな妻のものだ。わたしに朗読させるのが好きなんだよ。わたしもたぶん一緒に楽しんでいるのかな」その幸せな家庭の光景が永遠に過去のものになってしまったことに、氏は打ちのめされた。両手で顔をおおい、椅子から滑り落ちて床に座りこんだ。

「わたしも探偵小説は好きですが」とローリーはつづけた。「困ったことに読者は、犯人が明かされる大団円にばかり気を取られて、次に起こることにはさして関心を払いません。それはたいてい犯人が自白するか、でなければ犯行を繰りかえす途中でつかまる場面なんですが、そういう場面を著者が書きこむのは、証拠だけじゃ不十分だと知っているからです。冷静に考えてみれば、何があります？　インクの染み、煙草の吸い殻、焼け残った手紙の切れ端。そんなもので人を絞首刑にはできません。だから著者は苦心してそういう自白場面をこしらえて、粗を隠すわけです。わかりますか？」

充血した眼が一瞬きょとんとし、カヴェンディッシュ氏はゆっくりとうなずいた。

「けっこう。ただ問題はですね、そんなことは実人生じゃ起こらないんです。みずからの意思で自白する人間などいないし、巧妙な罠に犯人がかかるなんてこともない。だからもし、ひとつの方向を示す証拠が大量にあって、それを裏づける自白が必要だとしたら、暴力に頼るしかないんです。わかりますかね」

「わたしは娘を返してほしいだけだ、ローリーさん。誰でも好きに拷問してくれ。娘を返してくれ」

ブルマーはここまで待ってようやくドアを完全に閉めた。ドアはカチリと大きな音を立てた。

「娘さんをこんな目に遭わせるような人物に心あたりはありますか？」

カヴェンディッシュ氏はせかせかと首を振った。「まさか。わたしはそんな獣《けだもの》とつきあいはない」

「あなたのオフィスは、ここから歩いてすぐのところだそうですが。絶えず出入りがあるでしょうから、誰がいて誰がいないか、つねに把握しているのは困難でしょうね」

カヴェンディッシュ氏は赤く腫れたまぶたの下からローリーを見あげた。「どこへ話を持っていこうとしているのかはわかるがね。なぜそんなことをほのめかす？　わたしはずっと自分のデスクにいた」

「ならば、わたしに助言してくれませんか。かりにわたしが犯人の左の手袋を見つけたとします。裏返してみたら、中指の根元から三分の一ほど生地がすりきれていました。わたしは次にどうすべきでしょう？　わたしの推理じゃ、犯人は結婚指輪をしているはずです。突起部のある指輪を。たぶんあっさりした宝石がついてるんでしょう。あなたの指輪と同じように。容疑者のうちで既婚男性はひとりしかいないことにしましょうか。さあ、あなたならわたしにどうしろと言います？」

カヴェンディッシュ氏は唾を呑みこみつつ首を振った。「わからない、本当だ」

「なら、お気になさらずに。いっこうにかまいませんから」ローリーは腰をかがめてカヴェンディッシュ氏の手をつかんだ。抵抗されないので、そのまま上着の袖を肘まで押しあげ、シャツの袖口のボタンをはずした。袖をまくりあげて、手と手首を調べると、次に反対の手も同じようにして調べた。これといったものは見つからなかったので、その腕を、まるで人体の一部ではなく丸めた新聞紙のようにぽとりと落とした。腕は床にぶつかってぱたんと音を立てた。

ローリーは体を起こすと、ブルマーについてこいと合図して部屋を出た。

「白ですか？」ブルマーは外に出てドアを閉めると、そう言った。

「あいつははなから黒には見えなかった。念のために調べただけだ。腕には引っかき傷も、争った形跡もなかった。どう見たって、あいつが殺したはずはない。正直いって、あんなにきちんと手入れされた手を見たのは初めてだ」

ブルマーはうなずいた。「で、あの結婚指輪と手袋の話は？」

ローリーは首を振った。「手袋にはなんの痕跡も残っちゃいなかった。あいつをおどかそうとしただけさ」

「だと思いましたよ」

その家は、まるで忘れられたものでいっぱいの陰気くさい古戸棚のような感じがしてきた。ふたりの刑事はほっとしつつ、ほがらかな午後の日射しの中へ出ると、ひとりの巡査に近づいていった。通り沿いの家々で話を聞いてまわっていたクーパーという巡査だ。

「何かわかったか？」

クーパーは首を振った。「今日はみんなあんまり外に出てないんですよ。ここらの住人は日光が嫌いなんですかね。花屋は朝から閉まってます。八百屋は昼時に、黒い丈長のコートを着た男がうろついているのを見かけたようですが、特徴は憶えてません」

「何ひとつ？」

「後ろ姿を見ただけなんです。帽子をかぶっていて、中背だったとか」

ローリーは公園に眼をやった。ふたりの少女はまだそこで遊んでいた。「妹はどうなんだ？　誰かあの子に話を聞いたか？」

「まだです。もちろん眼は離してませんが。何があったのかをあの子に伝えるのは、われわれの役目じゃないと思いますんで」

「昼めしはどうなったのかと、さぞ不思議に思ってるだろうな」

「林檎をひとつあたえときました。どうもこういうことには慣れてるみたいです」

ローリーは渋い顔をした。「幼すぎて気乗りはしないが、やっぱりあの子たちに話を聞くしかないか。ずっとここで遊んでたのなら、何か見てるかもしれない」

彼は少女たちのほうへ歩きだした。

親の眼がないのでマギーとローズはすっかり遊びに夢中になり、花を引き抜いては自分たちの好みに合わせて花束を作っていた。ローリーとブルマーが近づいてくるのに気づいて、ローズが友達をつついた。ふたりは持っていた花束を落として、知らないふりをした。

「お嬢ちゃんたち」とローリーは近づきながら声をかけた。「なんの遊びをしてるのかな？」

「あたし、お花屋さんなの」とローズは通りのむこうの、閉まったままの花屋を指さした。

「で、あたしがお客さん」とマギー。

ふたりは遊び疲れて一種の夢想状態にはいっており、どんな相手でも自分たちには優しくしてくれるように思えた。

「なるほど、おじさんはローリー警部補」

「おじさんはブルマー部長刑事だ」

「ちょっと刑事ごっこをしないか？　あそこのあのおうちが見えるかな、赤いドアのおうちが？　きみたちのうちのどっちかが、あそこに住んでると思うんだけどね」

「この子」とローズが言った。

マギーは胸がどきどきしてきて、草の上に座りこんだ。「それがどうしたの？」

「どうもしないさ、いくつか訊きたいことがあるだけだよ。おうちに今日、知らない人がはいっていくのを見たかな？　ここで遊んでるときに」

マギーは首を振った。「今日は見てない。どうして？」

ローズは両手を腰にあてた。「うん、見てない。ここらへんはすごく静かだった」

「じゃあ、広場のまわりをうろついている人は見た？　たぶん、怪しい人だ」

ローズは人差し指を口にあてて考えた。「うん」やがてそう答えた。マギーは黙って座ったまま、草をむしっている。

「男の人？　どんな人だったか説明できるかな？」

ローズは慎重に考えた。「ふつうの感じの人だったけど、大きな口髭を生やしててね。紺色のスーツを着てた」

「でも、赤いドアのおうちにははいらなかったんだね？」

「はいらなかったと思う。通りを歩いてきて、あたしたちに手を振っただけ」

マギーが何かを付け加えようとするように顔を上げたが、ローズが先にこう言った。

「それで終わり、それからいなくなっちゃった」

「そうか。じゃあ、おふたりさん、協力してくれてありがとう」

ローリーはブルマーのほうを見て首を振り、ふたりは公園を出て、門のすぐ外で立ちどまった。「紺色の服の男に、黒い服の男ですか」とブルマーが言った。

「そしておまえは灰色で、おれは茶色だ。えらく多彩な男性ファッションがこの事件には登場するな」

「茶化してる場合じゃないですよ、警部補。具体的な容疑者もいないのに、時間だけは過ぎていくんですから。次はどうします？」

「一歩ずつ進むだけさ。次はまあ――」とポケットからさきほど書きとめたメモを取りだした。「ハムステッドのアンドルー・サリヴァン君――こいつに会いにいくとするか」

「少女時代の恋人ですね」とブルマーはうなるように言った。

ふたりはタクシーで、アンドルー・サリヴァンが未亡人の母親とともに暮らす北ロンドンの住所を訪ねた。家は丘のてっぺんにあった。運転手に待っていてくれと頼んだ。それは教会のむかいにあるモダンな家だった。白い壁に、大きな窓、平らな屋根。前庭には灌木が生いしげり、そこにいくつもの彫刻が隠れている。さまざまな色合いの灰色をした、大きな、ねじくれた石のかたまりだ。午後も終わりに近く、あたりは暗くなりはじめていた。

ローリーがドアをノックした。三十秒後、そびえたつようなドイツ人メイドがドアをあけた。サリヴァン氏に面会したいと伝えると、「あいにくですが」と、ささくれた訛りで答えた。「奥様と若旦那様は外国へお出かけです」

ふたりがメイドから聞き出したところによると、若いサリヴァン氏は一、二カ月前から気分が沈んでいた。そこで母親が、気分転換にヨーロッパへ旅行しようと提案した。サリヴァン氏はしぶしぶ同意して、ふたりは十日前に出かけたという。この話は近所の人々からも裏付けが取れた。もう一週間以上、誰もサリヴァン親子を見かけていなかった。ふたりは落胆してタクシーに戻った。「で、次はどちらへ？」

ローリーは溜息をついた。「スコットランド・ヤードかな。メモに眼を通して、見落としてることがないか確認しよう」

「なんだか見こみ薄ですね」

ローリーはブルマーをじろりとにらんだ。「神は正義を求めてる、それを忘れるな」

翌日の午前中、ふたりはコールチェスター・テラスの家々を一軒一軒まわったあと、犯行現場で落ち合った。そこがいまや、静かで邪魔のはいらない捜査本部のようなものになっていた。死体は前夜遅くに警察医によって運び出されていた。

ブルマーは窓から外をながめながら言った。「八百屋はあまり役に立ちませんでした。黒いコートの男のことで、ほかにはっきり言えたことといえば、そいつが黒い帽子と黒い手袋を身につけてたってことだけです」

ローリーは壁にもたれて座り、眼を閉じていた。「嘘をついてると思うか？」

「つく理由がありませんから、たんに人に大勢会ってるせいじゃないですか。その男のことを憶えてたのは、そいつが自分たちの公園の中にいたのに——あそこはここの住民専用なんですよ——見知らぬやつだったからです」

「そうか。ま、黒手袋などたいして珍しくもないな。八百屋自身にはアリバイがあるのか?」

「客たちの証言だけですが、数は十分にありそうです」ブルマーは下の通りを見おろした。「よそ者の犯行だったとは思いませんか? 被害者がここに立って入浴の準備をしてたとしたら、何者かが外からそれを眼にしたかもしれないですよ」

「場当たり的な犯行ってことか? 一時的な感情の激発による? ありえなくはないが、そういうことはめったにない。人を殺したいという欲求は、通常もっとゆっくり形成されるもんだ」

「でも、そいつがこの家を見張ってて、メイドが出ていくのを眼にしたら、これはいけると判断したかもしれませんよ」

ローリーは肩をすくめた。ブルマーはそれを見ていなかった。まだ窓の外を見ており、眼をおもむろにこんどは、そこがあたかも事件全体の中心であるかのように、公園のほうへ向けた。ローリーは立ちあがって、ブルマーの横へ行った。その結果、いわば窓に二枚の鎧戸が閉められて、浴室内が暗くなった。茶色のスーツと灰色のスーツが光をさえぎったのだ。ローリーが言った。「答えの出てない問題がひとつある。そもそもなぜ彼女は風呂にはいったんだ？」

「母親が言うには、花を摘んだせいで手が汚れてたんだそうです」

「しかし、花は一本も家に持ちかえってないぞ。空っぽの花瓶がいたるところにある」

ブルマーは上司を見て、それについて考え、なるほどそのとおりだと結論した。それから自分に失望してうなずいた。推理という刑事の芸術形式が自分にはどうしても呑みこめないというのに、それを披露されるたびに、ひどく簡単に思えるのだ。たんに自明のことを述べるだけ、そのつど正しいことを述べるだけの問題に。腫れあがった自分の拳を、彼は気まずい思いで見つめた。「ほかにどうやって手を汚したんでしょうね？」

「そこなんだよ問題は。われわれは手が汚れた理由だけじゃなく、彼女が母親に嘘をついた理由も解明しなくちゃならない。ことによると公園に何かを隠してたのかもな」

大男はうなずいた。「じゃ、調べにいきましょう」

それから一時間、ふたりは公園を捜索し、手袋をした手で花々や茂みを慎重に掻きわけたり、草の乱れたところを踏んでみたり、木々の根元を探ってみたりした。この作業のあいだは公園を立入禁止にしてあったが、コールチェスター・テラスとは反対側の柵には興味津々の子供たちが群がっていた。その子たちはみな、近くに住んでいるというのにその公園では遊ぶのを禁じられていたので、この厳粛な見世物はその不公平をいくらか正してくれるように思えた。彼らはすでにアリスの死について、尾鰭《おひれ》のついた噂を貴重なビー玉のように交換しあっていた。

ブルマーは野次馬を無視した。頭上の枝に引っかかっている派手な紙飛行機をにらみながら、これはなんなのだろう、ここからなんらかの推理が可能だろうかと首をひねり、その木を大きな手で揺さぶってそいつを落としてみたいという欲求と闘っていた。すると、ローリーの呼ぶ声がした。

「ブルマー、こっちへ来てみろ。面白いものを見つけたぞ」ローリーはプラタナスの木がかたまって生えている場所の内側にしゃがみこんでいた。三本がいわば天然のテントを形成し、中は薄暗い。近づいていくと、ローリーは地面を指で引っかいていた。「草がぺちゃんこになってる。誰かがここに座ってたんだ。草がすっかりむしられてるところがあるのがわかるか？　それにこの木の根元は、皮がはがされてるだろ？　それで手が汚れたのかもしれん」彼は土を円く押しのけた。「しかし、ここで何をしてたんだ？　気持ちが落ちつかなくなるようなことだな、どう見ても」

だが、ブルマーは直感に従っており、三本の木を見あげていた。すると、小柄な上司が見落としていたものに気づいた。ローリーの右側の、頭よりほんの少しだけ高い位置にある枝の二股に、湿った古い封筒がはさまっていた。ちょうど隠れるように押しこんである。ブルマーは身を乗り出してそれを取った。ローリーが掘るのをやめて立ちあがった。ブルマーは封筒をあけ、一枚の便箋を取り出して文面を読んだ。彼の眼がひそやかな誇りで輝いた。「恋文ですよ。リチャード・パーカーという男から、アリス・カヴェンディッシュへの。日付はありません」

「住所は書いてあるか?」

「ええ、ありますね」

「なら、そいつは手がかりになるぞ」

リチャード・パーカーはサリー丘陵の麓にある代々の屋敷に住んでいた。ふたりの刑事は一緒にそこへ出かけた。車がラベンダー畑のあいだを、さながら窓ガラスを伝い落ちる水滴のようにつっかえつっかえ進んでいくと、やがてその屋敷——ひかえめな宮殿——が見えてきた。屋敷の背後には、山々があたかも王冠のようにひかえている。まだ朝なので、たがいの吐く息が白く見えた。

運転しているのはブルマーだった。彼はロンドンを発つときには大いに意気込んでいたものの、いまはこの出張の成果に疑問を抱いていた。ローリーの言うとおり、あの手紙はひとつの手がかりではある。だが、あまりにあからさまな手がかりなので、むしろ偶然の一致ではないかという気がする。いわゆる燻製鰊《レッド・ヘリング》、すなわち偽の手がかりだ。それに、あらゆる角度から考えても、その手紙から推理できることは何もない。この男はアリスに恋をしている、それだけだ。そこからは何ひとつわからない。動機さえ。

ふたりは車を敷地のはずれに駐めて、あとは歩いていくことにした。自動車の窓ごしにでは何も観察できない。ローリーがそう言ったのだ。砂利敷きの私道に沿ってイチイの木が、これといったパターンを作らないよう慎重に配置されていた。近づいてくる来訪者を楽しませようとしてのことなのだろうが、実際には混乱させるだけだった。まるで脱線した列車のように見える。

「これを見てると何かを思い出すな」とローリーが言った。

だが、ブルマーは返事をしなかった。こんなことは時間の無駄だという気がして、不機嫌になっていた。ロンドンからこれほど離れてしまっては、腕力にものを言わせることもできない。このあたりの連中はそんなことに耐えられないだろう。とりあえず危険は冒さないほうがいい。

「なんなのかどうしても思い出せない」とローリーがまた言った。

手紙の発見から屋敷の訪問まで、この手がかりにまつわる全体が仕組まれたもののように思えた。その印象がさらに強まったのは、最初に出くわした人物――オイルで汚れたオーバーオール姿で、砂利の上に敷いたタオルに歯医者のトレイのように道具を一揃い並べて、バイクを修理していた男――が自分たちの訪ねる相手だと判明したときだ。

「リチャード・パーカーです。ようこそ」信じられないほどハンサムだ、とブルマーは思った。

男は左手に革手袋をはめていた。きちんとした挨拶ができない理由を説明するために、手袋をしていない右手をふたりに見せた。エンジンオイルで汚れていた。「すみません、本来なら握手をするところなんですが」

「でも、あなたがリチャード・パーカーさん？」ローリーが訊いた。

「そうです。どんなご用でしょう？」

「われわれの想像したかたとちがいました」

若者は微笑んだ。「このマシンはぼくの趣味なんです。着替えてきてからお話をうかがってもかまいませんよ、そうしたほうが落ちつくのであれば」

「その必要はありません」

「じゃあ、どんなご用です？」

「アリス・カヴェンディッシュさんのことでお話をうかがいたいんです」

リチャードはうなずいた。「どんなことでしょう？」

「彼女は亡くなりました」

リチャード・パーカーはがくりと膝をついた。「そんな。嘘でしょう」

ただの演技なのか？「きのうの午後、殺されたんです」

くずおれた男は叫び声をあげて両手で顔をおおった。するとそのとき、ブルマーとローリーはどちらも不思議なことに気づいた。顔に押しつけられた左手の手袋がくしゃりとつぶれ、指が頭蓋にめりこんだように見えたのだ。ローリーはすぐさまその理由を悟った。男の腕を優しくつかんで、手袋を引き抜いた。親指をふくめて四本の指が失われていた。

「どうしたんです、この手は？」

唐突に突きつけられたその質問の衝撃で、リチャードはわれに返った。「戦争ですよ、もちろん」そう答えると、手首の背で涙を拭った。

ローリーとブルマーは顔を見合わせた。ふたりはアリス・カヴェンディッシュの腕に並んで残っていた複雑な指跡を思い出していた。それは犯人が腕を押さえつけたときについたものだ。この男は犯人ではない。

それから四十分、ふたりはリチャードの質問に答え、彼とアリスの関係や、関連するその他のことがらについてメモを取った。ふたりが辞去したとき、ちょうど雨が降りだした。

車にたどりついたときには、どちらも濡れていた。ブルマーはポケットからごそごそとキーを取り出して差しこんだ。ローリーは帽子を脱いで、車の床に水を振り落とした。

「あいつと話をしてるときにふと気づいたんだが、アリスの身内でひとり、まだ十分に話を聞いてないのがいる。妹だ」

「あの子ですか？」ブルマーはローリーの顔を見た。「もう聞いたでしょ」

「聞こうとはしたが、友達のほうがぜんぶ答えてた。どうも内緒にしてることがあるように思うんだ。ひとりだけにして話を聞いちゃどうかな」

「子供に拳固《げんこ》をふるえなんて言わないでくださいよ」

ローリーは首を振った。「そんなことは夢にも思いやしないよ」

ふたりは黙りこんだままロンドンへ帰った。


午後二時、ふたりはまたコールチェスター・テラスへ戻り、クリーム色の家に旧友のごとく迎えられた。マギーは病身の母親と一緒にベッドにはいっており、どちらもすやすやと眠っていた。

ブルマーが少女を抱きあげて、別の部屋——母親の寝室の隣の、使われていない寝室——

—へそっと運んでいき、隅に座らせた。そこならマギーと三人だけになれる。ローリーは彼女の前にしゃがみこんだ。「マギー、とっても大事なことだから、よく聞いてほしいんだ。おじさんたちはお姉ちゃんにひどいことをしたやつをつかまえようとしてる。でもそのためには、きのう公園で見かけた男の人のことで、おじさんたちにもっと教えてくれることがあるかどうか、知る必要があるんだ。その人は丈の長い黒いコートを着ていたかな？」

マギーは悲しいのと、いけないことをしてしまったという気持ちとで、すでに泣いていた。「ううん」と首を振った。「紺色の服だった」

「紺色？　まちがいないかな？」

「うん。靴は茶色。それと、水たまりにはまっちゃって、左脚が濡れてた」

ローリーはちらりとブルマーをふり返った。「じゃあ、その人のことをかなりよく見てたんだね？」

マギーは雨粒が空《くう》を切るような、かろうじて聞こえる程度のささやき声で答えた。「いやな人だった。あたしたちをじろじろ見たがって、へんなことを訊きたがって。だから飛行機を直してくれたんだよ」

「飛行機？」とローリーは訊き返し、マギーは改めてうなずいた。

「あの飛行機？」とブルマーが優しく訊いた。彼は窓から、木の枝に引っかかっている先のとがった紫色のものを見ていた。

マギーは窓のところへ行ってブルマーと並んだ。「そう、あれ。あの人、あの中に何か入れたの」

ローリーはマギーを自分のほうへ向けると、ペンと紙を取り出した。「ほかにその人のことで知ってることがあったら、ぜんぶ教えてくれるかな」

二十分後、紫の紙飛行機はぶざまに地面に落ちた。最初はブルマーが木全体を揺すってみたのだが、最後はローリーが枝によじのぼって、きまじめそうな見かけによらず身軽なところを見せつけたのだ。

たいして期待もせずに、手のこんだその紙細工を広げてみると、先端に何かが錘がわりに入れてあった。白い名刺を半分に裂いて折りたたみ、小さな長方形にしたものだった。その大胆さにローリーはなんと笑い声まであげた。

そこには次のようなファーストネームと、ミドルネームの頭文字、姓の最初の二文字が残っていた。〝Michael P. Ch〟その下に〝劇場〟の文字も見える。白地に黒インクで印刷されていた。ローリーはそれを光のあたるところまで持ちあげた。「ようし、これは有望な捜査情報だぞ」

ふたりは半日がかりで、その紺色のスーツに傷んだ茶色の靴といういでたちの、軽率な男の身元を突きとめた。名前はマイケル・パーシー・クリストファー、芸能エージェントだった。そしてその男をウェストエンドの〈ニュー・シティ劇場〉でつかまえた。

それ以後ふたりはもう、コールチェスター・テラスには戻らなかった。事件の残りはスコットランド・ヤードのじめついた留置房で解明された。そこの冷たい灰色の煉瓦を背景にして、男の特徴的な紺のスーツは汚れて染みだらけになり、金髪は汗と血にまみれてぼさぼさになった。その前にふたりはまず、本人の職場で男を追いつめた。それはちっぽけなオフィスで、一軒のパブ――壁には笑い声が響き、床には飲み物のこぼれた店――の奥の、薄暗い廊下から階段を上がったところにあった。男は最初、問題の日にその公園の近くに行ったことを否定したが、自分が迂闊《うかつ》にもそこに残してきた名刺を見せられるとこんどは、説明を拒んだ。そのかたくなな態度だけで逮捕には十分だった。ふたりは男を五時間、闇の中に放置しておいて、経歴を洗った。

男はこれまでにもたびたび警察沙汰を起こしていた。女性や幼い子供に局部を露出してみせたという報告書が多数見つかった。立件されたものはなかったが、疑いだけでも一部の大衆には十分だった。男の体には、人々につかまって追及されたさいの傷跡がたくさん残っていた。男を知っている人々はみな——そしてふたりはなるべく多くの人々から話を聞いたのだが——それらの噂は事実だと認めた。

房に戻ってみると、男は湿った硬い床に横たわって、小さな苔のかたまりの上に細い頭を休めていた。

「クリストファーさん、そろそろわれわれに真実を話すときじゃないか?」

クリストファーには、事件の起きた時間にはっきりしたアリバイがなかった。彼はたんにこう言っただけだった。自分はロンドンを歩きまわって、すれちがう人々みんなに帽子を持ちあげて挨拶するのが好きなんだ。ブルマーは面と向かって笑った。

ふたりは少女を連れてきて面通しをすることも考えたが、結局、必要ないと判断した。クリストファーが犯行現場にいたことは反駁の余地がない。あとは彼を実際の殺しと結びつけるものが必要なだけだ。例の黒手袋を留置房に持ってくると、ブルマーが本人の指を一本ずつ順に伸ばして拳を握れないようにし、力ずくではめさせた。手袋はほぼぴったりだった。「濡れ衣だ」とクリストファーは叫んだ。ふたりはクリストファーの家でもう片方の手袋を探したが、それは処分したにちがいないと結論した。彼の両腕には多数の引っかき傷や痣があった。

ローリーは不満だった。「証拠は決定的だが。しかし、おれは自白がほしいんだ」

ブルマーも同意した。「犯行の動機も経緯も、まだわかっちゃいませんからね。わかってるのは、あのケチな悪党の言うことはまるで筋が通らないってことだけで」

「おまえの出番だろう、ブルマー」

「仮説は事実じゃないですからね」

ふたりの刑事は握手をした。ローリーは緊張のあまりうまくつかめない鍵で房の錠をあけると、大きく息を吸いこんだ。ライオンを檻から出しているような不安な気分だった。

ブルマーは茶色の革手袋をはめながら房にはいった。

ローリーは格子の外から見ていた。ブルマーは殺人の容疑者を壁に押しつけると、両の拳にものを言わせた。煉瓦の隙間から花が咲くように、血が飛び散った。十分後、ブルマーは容疑者に選択肢をじっくり考えさせておいて、ひと休みするために外へ出てきた。

「しぶといやつです」

「まだ十分しかたってない」

「たいていはそれですむんですがね。もっと強硬な手段に訴えるほかないかもしれません」

「やむをえないのなら、おれは支持するぞ。なんといってもこれは殺人事件であって、つまらん窃盗じゃないんだからな」

ブルマーは煙草を一本吸うと、ふたたび中にはいった。こんどは剃刀の刃を手にしていた。

それから三十分にわたり、マイケル・クリストファーはいろいろなものを、後遺の程度はさまざまだが、次々に失った。口内の味覚、前歯二本と奥歯一本、右眼を支障なく使える能力、ひと房の髪の毛、片方の眉と薄い口髭、指の爪一枚、下唇を五ミリ、それに三本の左指の、ものを持ちあげる能力。黒いシルエットになった格子のあいだからそれを見守るローリーの顔に同情の色はなく、あるのは打算だけだった。三十分悲鳴をあげつづけたあと、ついに被疑者は自白する気になり、床にくずおれた。

「そうだ、おれが殺した」

「どうやって殺した？」

「浴槽で溺れさせたんだ」

「彼女が窓辺にいるのを見たのか？」

「ああ、窓辺にいるのを見たんだ。おれは弱い人間なんだよ」クリストファーは血のかたまりを吐き出した。「メイドがこっそり出ていくのを見て、家に誰もいないのがわかったんで、階段をそっとのぼってって、殺したんだ」

ブルマーは満足して彼を見おろした。ローリーは檻から出てきたブルマーの背中を温かくたたいた。くたたいた。「今日われわれはいくつもの命を救ったんだ、ブルマー刑事。一杯やってもいいんじゃないかな」

その晩マイケル・パーシー・クリストファーは、汚れた紺の上着の片袖を自分の長い首に巻きつけ、反対の袖を、房の格子を固定している壁金具の隙間に通した。そうして、爪先を床につけたまま膝を曲げて首を吊った。それは、まったく疲れていないのに眠ろうとする努力と同じで、絶えず意志を新たにする必要のある苦行だった。二十分間の苦悶のすえに、彼はようやく目的を遂げた。

庁舎に詰めている制服警官のひとりが、ローリーのオフィスのドアをノックしてその知らせを伝えた。もう日付が変わるころだった。ローリー警部補は頭を垂れて十字を切ってから、その警官に、知らせてくれた礼を言った。

ブルマーは体力を使ったせいでくたびれて、すでに帰宅していた。朝になってこの話を聞いたら、きっと喜ぶだろう。もろもろを勘案すれば、こうなるのがいちばんよかったのだ。証拠は十分にそろっているから、面倒な裁判などせずとも事件はこれで解決したと見なせるし、解決まで一週間とかかっていない。正しい手にかかれば、正義は迅速なのだ。

ローリーは祝いの葉巻に火をつけて、ウィスキーを一杯ついだ。

ひとりきりで自分のオフィスを見まわした。彼自身と同じく、飾り気がなく打ち解けない。むかいの壁の棚に探偵小説のコレクションが並んでいた。ぼろぼろになった本がぜんぶで十五冊。いちばん右にあるのは、カヴェンディッシュ氏の書斎から事件の記念に――ちょっとした早業で――失敬してきたものだ。ローリーはグラスを電灯のほうへ掲げた。中身は不健康な、ほどよいオレンジ色をしていた。

「正義に」とつぶやいた。「そして、申し分のない容疑者を見つけることに」

それに関しては神のおかげだ。彼はそう思った。クリストファーはちょうどいいときに現われてくれた。なんたるまぬけか。罪を背負わせてくれ、責めを負わせてくれ、とみずから頼んでくるロバだ。しかもはっきり言えば、責めを負わされて当然でもある。疑いをかけるにはうってつけの相手だ。なにしろ探偵小説では、探偵を疑わなくてはならないこともある。ローリーはそれを承知していた。そんなことになるのはごめんだった。絶対に。そのために多大な時間をかけて、自分の痕跡をきれいに隠したのだ。あの広場はそれこそ慎重に選んでいた。長居をする人間はいないが、一時間に数人は人が通る場所を。丈長の黒いコートも然り。かりに誰かの記憶に残ったとしても、黒い服の男としてしか記憶に残らない。顔を隠すための帽子と茶色のマフラーも。マフラーには誰も気づきもしなかった。

アリス・カヴェンディッシュ自身もそうだ。辛抱強く慎重に選んだ、驚くほどきれいな娘。アリスは毎日あの公園へ行っては、三本の木のあいだにひっそりと隠れて座っていた。ローリーはそこで手早く、アリスに大声を出される前に、やってしまうつもりだった。ところが妹とその友達が公園にいた。だからチャンスを逸したと思っていた。そのあと浴室の窓から、アリスがカーテンを閉めるのが見えた。しかもそのときメイドが出かけていった。そんなわけで、湯船につかったアリスの裸身を、どきどきしながらすばやく一瞥したあと、彼女を溺死させた。仕上げに手袋を残してきたのは名人芸の域だ。それの持つ不穏な意味は即座に理解される。これは無差別で、無意味な、再犯性のある犯罪だ。とりわけおぞましい犯罪だと。ローリーが捜査を命じられることになるはずだった。それは彼の評判が保証していたといっていい。実際そのとおりになった。手紙もそうだ。彼の考えでは、それを隠しておけば恋人のせいにしやすくなるはずだった。だが、それはうまくいかなかった。そこへクリストファーが現われた。自分に不利な証拠をどっさり抱えて。かくして彼女はいま、ローリーのものになった。寒い階下の死体置場で解剖台に載ったまま。彼は自由に訪ねていける。

6　第三の対話

ジュリア・ハートはグラスからワインをひとくち飲んで、朗読を終えた。「かくして彼女はいま、ローリーのものになった。寒い階下の死体置場で解剖台に載ったまま。彼は自由に訪ねていける」

太陽はようやく沈んで、ほぼ黒一色になった空に明るい宵の月が浮かんでいた。テーブルにはその月にそっくりの白い皿が三枚、一直線に並んでいる。グラントは痛そうな顔をしてオリーブの種を口からつまみ出し、自分の皿の縁に置いた。「不愉快な短篇だな。好きになれない」

ふたりはムール貝を食べたので、中央の皿には、神話上の生き物の長い爪を思わせるふぞろいな黒い殻が散らばっていた。途中でグラントは料理が冷えるのもかまわず何度かぼんやりして、結局自分の分を半分残していたので、ジュリアも礼儀上それに合わせて少しだけ残していた。たがいのあいだにあるその三枚の皿は、作家と編集者というふたりのぎこちない不慣れな関係の証左になっていた。

ジュリアは膝のナプキンを取って口を拭った。「殺害の描写はたしかに、読んでいて少々不愉快になりますね。それに最後の拷問も残酷です」

グラントは皮肉に鼻をふんと鳴らした。「ぼくは何もかもまったく気にくわないね。暴力だけじゃない。好感の持てる人物もいないし、舞台も安っぽい。よりによってロンドンとは」

ジュリアは微笑んだ。「まるで憤慨しているような口ぶりですけど、書いたのはあなたなんですよ」

「それはそうだが、当時のぼくは若かったし、愚かだったんだ」グラントは笑いながら爪楊枝で宙を突いてその二点を強調した。「いまのぼくにはくだらないと思える作品もいくつかある。いまのやつをきみはいささか不謹慎だと感じないか？」

「そうでもないですね。死をあつかったものを娯楽として読むさいには、少々不愉快な感情が残るべきだと思います。少し気分が悪くなるくらい。もしかしたらそこが主眼なのかもしれないと思いました」

「それはまた寛大な解釈だな。ぼくがただの病的な若造だったという可能性のほうが高いんじゃないか？」

「わたしにはそこまでわかりません。でも、いまの短篇を読んで、あなたがこの本を私家版で出した理由には納得がいきました」

「主流の出版物としちゃ、どぎつさも学術性も強すぎたんだ」

「珍しい取り合わせですね」ジュリアはもうひとくちワインを飲んだ。「で、それ以降はもう何も書かなかったんですか？」

「出版してくれるところがなければ、書きつづけたってしょうがないだろう？」

「でも、時代は変わりましたよ」

「まあ」とグラントは肩をすくめた。「それに関しちゃきみの言葉を信じるよ」

ジュリアはグラスを手にして乾杯をうながした。「実り多き初日に」

グラントは自分のワイングラスを掲げて彼女のグラスに軽く触れた。「明日もそうなることを願って」

その日の午後、二番目の短篇の検討を終えたあと、グラントはジュリアにこう伝えた。自分はいつも、一日のうちでいちばん暑くなる一、二時間は昼寝をする。きみも同じようにしたければ、予備の寝室を使ってくれてかまわないと。けれどもジュリアは作業に追われていたので、その申し出を断わった。砂浜を歩いていって、ちょっとした崖の陰に腰をおろして日射しを避け、そこで次の数篇の準備をしていた。二時間後にグラントが起きてきたときには、すでに夕方になっていたので、ふたりはどちらも空腹だった。ジュリアはグラントに夕食をおごりますと申し出た。「そうすれば次の短篇は食事をしながら読めますから」

というわけで、ふたりは近くのレストランまで十五分歩き、結局ジュリアのホテルから遠くない店の、海を見晴らす外のテラスに席を取った。いくつか離れたテーブルにもふたり連れの客がいたので、ジュリアは小声でささやくようにして朗読したのだった。

「わたし、暴力に鈍感になってるんだと思います」と言いながらグラスを干した。「この数年で三百冊ぐらい犯罪小説を読んだはずですから」

「三百冊？」とグラントは眼を丸くし、その数字に怖じ気づいたかのように不安げにワイングラスを揺すった。「それはまたすごい数だね」

「驚くようなことじゃないですよ。それが仕事なんですから」

「そうなんだろうが、まさかそれほどだとは思わなかったよ。きっときみのほうがぼくよりも、この短篇集について多くを語れるだろう」

午前中の不快な暑さのせいで、ジュリアはほぼ一日じゅう気分がだれていた。それがいま少々後ろめたくなり、懸命にやる気のあるところを見せようとしていた。「あなたの説明はとても参考になってますよ」

グラントはワインをまたひとくち飲んだ。「ありがとう」

ジュリアはノートを手に取った。「それにまだわたしの力になれますよ。いまの短篇の構造的意義を説明してください。わたしの推測だと、それはローリー警部補が探偵役と容疑者の両方だという点にあるんじゃないですか？」

「ああ、そのとおりだ。この警部補は悪人だよね？　さっき読んだ短篇じゃ、被害者が容疑者でもあったが、こんどは探偵が容疑者でもあるわけだ。ここでわれわれは三つめの要素に出会う」

ジュリアはうなずいた。「探偵ですね？」

「そう、ないしは探偵のグループ。つまり、その犯罪を解決しようとする登場人物たちだな。これをぼくは任意の要素とみなしている。言い換えれば、探偵グループには誰もいなくてもいいということだ。だからぼくは〝探偵小説〟ではなく〝殺人ミステリ〟という言葉を、ふだんは使うんだ。探偵がまったくいないこともあるからね。したがってグループの大きさに制限はつけない。ゼロでもいい。それに容疑者グループと重複してもかまわない。いまの短篇がそうだな。また、被害者グループと重複することも許される。成立させるのがさらに難しくはなるがね」

ジュリアはそれをすべて書きとめており、アルコールがはいっていても手はしっかりしていた。「容疑者と、被害者と、探偵。殺人ミステリの最初の三つの要素、と」

「そのとおり」グラントは咳払いをした。ワインのせいで大胆になっていた。「さて、こんどはきみの番だ」

ジュリアはノートから顔を上げた。「わたしの番？」

「きみがぼくに説明する番さ。それがぼくらの手順になってるじゃないか。ぼくが理論を語ると、次はきみがぼくの忘れていた細部を語るというのが」彼女は下を向いてつづきを書きはじめた。「ジュリア、きみはこの短篇にも絶対に矛盾を見つけたはずだ」

彼女はページから顔を上げはしなかったが、口角をうれしそうに引いた。「なんだかあなたにテストされてるみたい。わたしを罠にかけようとして、この短篇集にいろんな謎を仕込んだんですか？」

「まさか」グラントはにやりとした。「入れたとしたら、ただの冗談で入れたんだろう」

「はっきり言ってわたし、この本に観察力を限界まで試されてます。でも、幸いなことに、すごいメモ魔なんです」

「で、今回はどんなことに気づいた？」

ジュリアは書くのをやめてグラントと眼を合わせた。「そうですね、おっしゃるとおり、気づいたことはあります。不一致、と言っておきましょうか」

グラントはくわえていた爪楊枝を取った。「ならば拝聴しよう」

ジュリアはテーブルをぽんとたたいて言った。「冒頭の紺色の服を着た男の人相が、最後の紺色の服を着た男の人相とことごとく食いちがっています」

「ほう。それは興味深いじゃないか」

「もう一度注意深く読みなおせばわかります。丸顔に、黒っぽい髪、入念に整えた口髭、短い首という取り合わせが、細面に、金髪、薄い口髭、長い首という取り合わせに変わっています。ところがそれに対する説明はありません」

「なるほどねえ」とグラントは海に眼をやった。「まちがいだった可能性も大いにあるが。しかしきみの言うとおりだろう。おそらくまちがいじゃなかったんだ」

ジュリアはノートに何ごとかを書きとめた。「訂正しないのはわたしとしてはちょっとつらいんですが。でも、ほかの短篇の矛盾と考え合わせると、パターンに合致するように思えます」

「ああ、ぼくもそう思う。なんてひねくれたユーモアのセンスを持っていたのかね、あのころのぼくは」

ジュリアは急に疲れて、溜息をついた。「この話はここまでにして、今日はおしまいにしません？　ペンをしまってワインをもう一杯つぎたくなっちゃったんですけど、いいですか？」

「いいとも。飲んでしまってくれ」とグラントは言った。

そこでジュリアは、まだやらなくてはならない仕事のことを考えつつ、カラフに残ったワインを自分のグラスに空けた。それから背もたれにもたれて星を見あげた。「この島のどこがそんなに特別なんですか、グラントさん？」

グラントはその質問に驚いたようだった。「どこが？　美しい島じゃないか」

「ええ、でも、すごく静かで寂しい島です。出ていきたくなったりはしないんですか？」

「しないね。思い出はすべてここにある」

ジュリアはまたひとくちワインを飲んだ。「あなたって、とっても謎めいた人ですね」

「それは褒め言葉だと受け取っておくよ」

「あなたはスパイで、何か秘密の作戦に従事している。それがわたしの想像です。でなければ、当局に追われているとか……」最後にいくらか余韻を持たせて、一秒近く言葉を引き延ばした。「だいぶ飲んだんですから、そろそろ話す気になりました？」

「何を？」

「ホワイト殺人事件のことを。一九四〇年八月、ハムステッド・ヒースの〈スパニヤーズ・イン〉の近くで絞殺されたエリザベス・ホワイトについて。なぜそれを本の題名にしたのか」

グラントはうんざりしたように眉を上げた。「知ってることはさっき全部話したよ。たんなる偶然の一致だ」

「じゃ、アルコールもすべてを思い出させてはくれなかったわけですか」

「そんな効果がアルコールにあるとは知らなかったね」

ジュリアは肩をすくめた。「頭を刺激します」

「想像力を刺激するんだろう、どう見ても」

「たしかにわたしはちょっと酔ってますけど」とジュリアはグラスを持ちあげてみせた。「でも、この類似にはわりとすぐに気づきました。午前中にわたし、あなたがこの島に逃げてきた理由をうかがいました。あなたは教えようとしませんでした。そして午後にはわたし、あなたの本と未解決の殺人事件のつながりを指摘しました。要するにそれらはみんな関係してて、だからあなたはここにいるんじゃないんですか？」

グラントはくすりと笑った。「きみはぼくを人殺しだと思ってるのか？」

「どう思ってるのかわかりません。誰でも気づくことを質問してるだけです」

「なら、きみの探偵ごっこのほうを考えなおすべきだな。きみはこう言ってるわけだろ？ぼくが人を殺して、それから、その殺人事件につけられた名前とそっくりな題名の本を書いた。そして数年後に逃亡したと」

「じゃあ、アリバイはありますか？」

グラントは微笑んだ。「ぱっと思い出せるようなものはないな」

「だったらこの島へ来た本当の理由を話して、身の証しを立ててくださいよ。奥さんと仕事を捨てて、世捨て人みたいにここで暮らすようになったのは、なぜなんです？」

グラントの笑みがこわばった。「いきなりずいぶんと立ちいった話になったね」

ジュリアは彼の手がワイングラスの柄をしっかりとつかんでかすかに震えているのに気づいた。「ええ、でも、ただの雑談じゃありません。わたしはこの本を出版することで、いわばあなたと一緒に商売を始めるわけですから。あなたを信頼できるようにならないと」

グラントは首を振った。「二十年以上も前のことなど話したくない」ワイングラスを持ったまま身を守るように両手を上げた。「ほかのことならなんでも訊いてくれ」

それから両手をぱたりとテーブルにおろしたが、動作が乱暴だったためにグラスの足が硬い天板にぶつかって縁が欠けた。かけらはテーブルクロスの上を転がってジュリアの前で止まったが、白い布地の上ではからみあった透明なひびしか見えなかった。

「あなたは二十年間再婚していません。それについて訊いてもかまいませんか？」

グラントは欠けたグラスを置いて、残ったムール貝を爪でこじあけはじめた。無益な強制だ。「いや、断わる」

「執筆をやめたのはなぜです？」

「今日はもう遅い。こういう質問は疲れる」最後の貝はどうしてもひらかなかったので、グラントは会話を最終的に打ち切るために、真ん中の皿をテーブルからつかみあげて手すりのむこう側で逆さにし、中身を海のほうへ落とした。貝殻がざらざらと岩場に散らばる音がし、グラントはコンと大きな音を立ててテーブルに皿を戻した。

ジュリアはノートを閉じた。

7　劇場地区の火災

当初その火事は、二階の窓から漂い出てくるほんのひと筋の煙にすぎなかった。何人かの通行人がそれを指さして何か言っただけで、誰かが凧でも揚げているふうに見えた。やがて煙は濃くなり、シャンプーの広告から抜け出してきたようなきれいなひと筋の巻毛になった。それはまもなくほかの窓にも広がり、建物の上半分にもやもやと黴《かび》が生えてきたように見えた。それから煙は急速に動きだした。枝分かれして錯綜する黒煙の木々が出現しては、激しい熱気のなかで豊かに花を咲かせはじめた。そこはロンドンでも屈指の大型高級百貨店で、内部には数千の人々と莫大な額の衣類や家具がひしめいていたが、それが、ひょろ長い指で空をかすめる巨大な悪魔の手でいまにも握りつぶされようとしているように見えた。

ふたりがけの席にひとりで座ったヘレン・ギャリックは、この三十分というものその推移を見守っていた。通りがほんの少し湾曲しているため、建物が道の同じ側にあっても——

―距離は二百メートルほどだったし――彼女の座っている窓ぎわの席から、火事はかなりはっきりと見えた。

初めは一種の娯楽のようなもの、ひとりで食事をするわびしさを紛らせてくれるもののように思っていたのだが、避難する人々が一段落したあと、建物から最初の犠牲者が這い出してくると――ポーターの制服を着た初老の男で、雑踏のなかで踏みつぶされたのだ――ヘレンはひどく後ろめたく申し訳ない気持ちになり、メインコースはほとんど食べられなかった。麺をほんの何口かしか。けれどもその光景がいくらグロテスクだろうと、建物の最上階付近の悲惨さと比べれば何ほどのこともなかった。上の二列の窓からは、閉じこめられたことに気づいた人々がむなしくあがきつづける姿が見えていた。叫びながらガラスを割り、しきりに身を乗り出しては下をのぞいているが、行き場はどこにもない。それを見てヘレンは気づいた。火事は当初はまったく無害に――モノトーンの旗飾りが一本、風になびいているだけのように――見えたけれど、実は最初から、ひとつしかない階段に煙が充満したときから、内部には閉じこめられた人々がいたにちがいないのだ。そう思うと、わずかばかりの興奮のなごりも後悔に変わり、残りの食事を彼女は眼に涙を浮かべながら食べた。

レストラン内ではじける会話は、大声と絶え間ない混沌のざわめきの入りまじる外の火事にぴったりの効果音になっていたが、そこへちょうど警報音のように、ワイングラスをスプーンでたたく音が響きわたった。

その音が繰りかえし鳴り響くと、ついにレストラン内の物音は静まり、あとには店の支配人が、巨大なガラスの卵でも食べようとしている見世物芸人のように、全員の視線を一身に浴びて立っていた。

「紳士ならびに、淑女のみなさま」と支配人はグラスとスプーンを持った手を広げた。「みなさまのなかに今夜、お医者さまはいらっしゃいますでしょうか？」強い訛りと小鬼じみた顎ひげを持つ、針のように細い男だ。誰も動かなかった。「では、非番の警察官はどうでしょう？」どっちつかずのざわめきがあった。「軍の階級をお持ちのかたはいらっしゃいますか？」低いつぶやきがあったが、はっきりしたものではなかった。「地域社会でなんらかの責任ある地位に就いているかたは？」やはり店内はしんとしていた。「わかりました。状況に変化がありましたら、どうかウェイターにお知らせください」

支配人は軽く頭を下げて立ち去り、客はふたたび食事に戻った。

「避難の手伝いを探してるんだな、いざというときにそなえて」とヘレンの隣の席の男がふたたび椅子に背をあずけて、自分の推測を口にした。

そんなはずはないとヘレンは思った。火事はまだ二百メートルも離れている。ここの客を避難させるのなら、西ロンドンじゅうを避難させなくてはおかしい。

ウェイターがテーブルの横を通りかかった。ヘレンは手を上げて注意を引いた。ウェイターは彼女のほうへ上体をかがめた。「ご用でしょうか」

レストランの支配人に彼女は大いに同情していた。志願者を募っても応じてもらえないのがどんな気分かは、よく知っていた。やっと丘のてっぺんに押しあげた岩がふたたび下まで転げ落ちてくるようなもので、黒板の前で泣きだしたくなる。志願者がいなければ自分が誰かを選ぶほかはなく、残りの一日をいやな気分で過ごすはめになるのは眼に見えている。ヘレンがつい名乗り出てしまったのは、その同情のせいだったのだろうか。それとも二十分前から感じていた罪悪感のせいだったのだろうか。それとも自分にはまるで期待されていないことをやってやりたいという、ときおりとらえられるつむじ曲がりな衝動のせいだったのだろうか。もしかすると、その三つの混合だったのかもしれない。

ヘレンは慎み深く言った。「支配人に、わたしはギルフォードの女子校の教師だと伝えてくださってかまいません。そんな女がお役に立てるのならですが。必要なのは男のかたでしょうから」

ヘレンは生贄《いけにえ》になったような気分で支配人のミスター・ラウのところへ案内された。まるで校長室に呼び出された十三歳の自分のようだった。教師になってまだ日の浅い彼女は、自分の行動を学校時代の体験——それはしょせんさほど遠い過去ではなく、ときたま見る悪夢の端々にはいまだにシスターたちが取り憑いている——と比べてばかりいたので、いまもやはりそういうおりに感じたのと同じ不安を感じていた。それに、自分は正しい服装をしていないという漠然たる感覚のつきまとう、同じひそかな気後れも。

支配人は店の人目につかない一隅で彼女を待っていた。背後には深紅の絨毯を贅沢に敷いた階段があり、あたかも上階から垂れてきた舌のように見える。

「ミスター・ラウ？」

階段は支配人の背後の闇に消えていた。彼はもっと内緒で話ができるようにと、ヘレンを何段か上に引きあげたあと、彼女よりやや上に立ったので、ひょろりとしたその姿が赤い絨毯を背景にして、さながら牧師か判事のように見えた。

「マダム」と支配人は頭を下げ、階段の幅いっぱいに手を広げてみせた。

「ヘレン、ヘレン・ギャリックです」彼女は手を差し出し、支配人はそれに口づけした。

「混んでいるレストランならひとりぐらい立派な人物が見つかるだろうとお考えでしょうが、わたしは正直なところ無理だろうと思っておりました」

「どういたしまして」支配人が対等に口をきいてくれたことにヘレンはほっとして、叱られるのだという妄想を忘れた。「どんなことをすればいいんでしょう？」

「いささかデリケートな任務を遂行していただきたいのです」言いにくそうな顔だった。

「お引き受けくだされば、わたくしどもはいつまでも感謝いたします」

「通りの先の火事と関係のあることですか？」

「火事？　いえ、直接には。あの火事はいわば目くらましであり、煙幕です」

「そうなんですか」ヘレンは少々がっかりして言った。

支配人はわざとらしい憂い顔で絨毯を見つめて顎ひげをひねった。「実は困ったことになりました。お気の毒なことに、店内で人が亡くなったのです」

ヘレンは息を呑んだ。「まあ」

「当店には上階《うえ》に個室がたくさんございまして、今晩そのひとつが使用されておりました。おそらく誕生日パーティでしょう。楽しい集まりです。ところが、そのホスト役が急死してしまいました。殺されたのです、正確には」

その言葉は、彼の丁重な訛りで一音ずつきっちり発音されると、どこか晴れがましく聞こえた。

「殺された？」ヘレンは眼を見ひらいた。いったい何を頼むつもりなの？　「でも、それだったら警察を呼んでこないと」

「当店には電話がございますので、いま警察と話をいたしました」支配人の口調が緊張してきた。「状況は少々やっかいです。むろん警察は誰かを寄こしてはくれるのですが。しかしこの地区の警察官は目下、全員が外の火事で手一杯だというのです。道路を封鎖したり、建物から人を避難させたりで。ちょっとした緊急事態ですから」

ヘレンはうなずいた。「そうですね」

「その状況が一段落するまでは、どう考えてもこちらの犯行現場を保存するために警察が人手を割くのは無理です。それはわたしが自分で手配してほしいと、そう言われました」

「はあ」ヘレンにも話の行方が見えてきた。

「それは厳密に言えば急を要することではないと、そう警察は言っております。いま危険にさらされている人はおりませんから」

「はあ、それはよかったですね、何はともあれ」

「わたくしどもには目下、手すきの従業員がおりません」と支配人は話をつづけた。「本来なら出勤してきているはずの者が、火事のせいで何人か遅刻しているのです。それを警察に説明したところ、医師か教師でもかまわないと言われました。警察が到着するまで現場を見張っていてくれればそれでよいと」

教師とは言わなかったはずだ。ヘレンはそう思ったが、あえて指摘はしなかった。「そうですか、わかりました」いまさら断わるわけにはいかなかった。たとえそのせいで汽車に乗り遅れることになろうと。「正確には何をすればいいんでしょう」

「監視していてくだされればけっこうです。犯行現場が荒らされたり、お客さまが現場をいじったり、帰ったりしないようにしてください。短時間ですむはずです」

「まだお客さんがいるんですか？」ヘレンは失望を隠そうとした。ひとりでワインを飲みながら、死体のそばで夕陽をながめている自分を思い描いていたのだ。

「はい、五名さまが。ほかのお客さまは、いらしてもお帰りいただきますが。この五名さまは、警察官がそれぞれの詳細を記録するまでは帰さないようにと言われております」

「そのなかに犯人がいるんですか？」

ミスター・ラウは長い溜息をついて考えこんだ。「可能性はあります、たしかに。しかしわずかなりとも危険だと感じていたら、わたしはこんなことをお願いしたりはいたしません。とにかく集団から離れないでください。大勢のいるところは安全ですから」

「わかりました」ヘレンは急に不安になった。協力など申し出た自分を心の中で呪った。すぐに片付くことだろうと思ったのだ。

ミスター・ラウは彼女の手を取った。「マダム、もちろんご都合のよろしい日に改めてご招待いたしますので、もう一度わたくしどものところでお食事をなさってください。わたしとご一緒に。お代はいただきません。本日も同様です」

「それはどうも」ヘレンは力なくそう答えた。「何かありましたら、わたしは下におりますので、大声で呼んでくだされば、けっこうです」

そう言うと、支配人はヘレンを連れて血のように赤い階段をのぼり、正面のドアをあけた。並んで戸口をくぐるふたりの姿は、拳を握る手か、ものを呑みこむ喉のように、すっとひとつに収縮した。

今回のほうが、生贄にされるという感覚にいっそうふさわしかった。五人の客は室内にぐるりと半円形に、人体のスカイラインを描いて立ち、この女は何者なのか、どんな能力を秘めているのかと、ヘレンをじっと見つめた。それからちらちらと眼を見交わすと、カチリとスイッチがはいったように、一同は生気を取りもどした。

ミスター・ラウが前に出てしゃべりはじめた。「警察と電話で話をいたしました」五つの顔にそれぞれ関心の高まりが表われた。「まもなくこちらへ参ります」彼は舞台にでも立っているように、ちょっと行きつ戻りつした。「警察の要請で、みなさまには警察官が到着するまでここにいていただきます。が、火事のせいで少々遅れておりまして。かわりにミス・ギャリックに来ていただきました」

彼は手を振り、十の眼がヘレンを見た。

「さしあたりはミス・ギャリックが責任者となり、ものが動かされたり、いじられたりすることのないようにいたします。それに、どなたも部屋から出ることのないように」

正式な監督者から偽者へのこの権限の委譲は、ヘレンが支配人の真後ろに立っていて、細い体で姿を隠されていたので、いまひとつインパクトがなかった。彼女は奇術に失敗したような気分で、ほんの少し前に歩み出た。

五人の客のうちふたりは、たいそう華やかな男女で――どう見てもカップルだろう――ドアのいちばん近くに立っていた。もうひと組の男女は、部屋のいちばん奥の隅に、いくぶんぎこちなく並んで立っており、三人目の女は壁に寄りかかっている。

華やかな女が、ヘレンを無視してミスター・ラウに話しかけた。「まだ明るいうちに、ちょっと表へ空気を吸いに出ちゃいけないかしら？　警察がこっちへ来られるようになったときに、戻ってくればいいでしょう？」

ミスター・ラウは我慢強く微笑んで、一歩後ろへさがった。「申し訳ありませんが、それはできません。みなさまを店内に留めおくようにと、指示を受けておりますので」

「そんなのばかげてる」と女はなまめかしい、信じられないという口調で言った。

「許しがたいわよ、こんなところに閉じこめるなんて。十メートルと離れていないところに死体があるっていうのに」

その情景を思い出して、隅にいる女――大きな青い眼に紺のドレスの、か弱そうな女――がわっと泣きだし、隣の男にすがりついた。男の肩に手をかけて、前腕に顔を押しつける。このふたりがロマンチックな間柄ではないのは明白だった。男は茶色のスーツを着て、もじゃもじゃの黒い眉と、ごわごわの灰色の髪をしているが、四十を超えているとは思えない。

これではまるで学校の遠足だ。ヘレンはそう思った。

夏の初めにセント・オールバンズへの見学旅行があった。ヘレンは二十五名ほどの少女の群れを、鉄道の駅からローマ時代の遺跡まで、ひとまとめにして歩かせなければならなかった。ませた髪型のモザイク模様のような、揺れる頭の群れを。その遠足で彼女は、この種の旅行につきもののさまざまなタイプの問題児を知り、嫌悪するようになったのだが、ここにいる人々もその子たちと少しも変わらなかった。口をきいた女は、うわべは冷静でものわかりがよさそうだが、権威に従うのを本能的にいやがり、絶えず何かを質問しては統制を乱してくるタイプだ。こういう手合いには何を言っても無駄で、海の潮に話しかけるのと変わらない。

「わたしも同感です」とヘレンは言った。「わたしだってこんなところにいたくはありません。でも、指示されたとおりにするしかないんです」

紺のドレスの女が、眼に涙をためたまま言い返した。「そんなこと言うけど、あなたはあの死体を見てない。どんなふうになってるか見てない」

なまめかしい女がにっこりと微笑んでヘレンを見た。「で、あなたは何者なのいったい？　警察の人じゃないでしょう？」

「わたしは監視のために来ただけなんです」ヘレンはくすりと笑って冗談を言ってみた。「みなさんの大半よりはしらふじゃないかしら」

反応はなかった。

背後からかすかなきしみが聞こえ、ヘレンはふり返った。ミスター・ラウが状況に満足したらしく、部屋を抜け出そうしていた。それとわからないほどわずかに頭を下げてから、ドアをあけて出ていった。

ヘレンは室内に向きなおった。五つの顔はまだ彼女を見つめていた。

華やかな女の連れ――ふさふさした柔らかな金髪に、くっきりした顔立ちの、魅力的な若者——が、感じのいい笑みを浮かべて前に出てくると、手を差し出した。「ご挨拶が遅くなってすみません。ぼくはグリフ、グリフ・バンクスです」

ふたりは温かく握手を交わした。「どうも。ヘレンです」彼女はほかの人々のほうを向いた。こういう状況には慣れていた。「みなさんも名前を教えてくれませんか」

グリフは後ろへ下がって隣の女に腕をまわした。「こちらはスカーレット」女は顔をそむけた。

ヘレンはもうひと組の男女のほうを向いた。いまのふたりに比べるとみすぼらしい。茶色のスーツの男は、薄くなった髪に夕陽をまといつかせて窓の外をながめていた。火事を見ているのだろう。ボクシングの試合の見せ場から自分を引き離すようにしぶしぶとヘレンのほうを向いたものの、自分の台詞をしばし忘れてしまったように見えた。「あ。アンドルー・カーターだ。よろしく」にっこりと笑って汚い歯を見せると、泣いている連れを熟れすぎの果物のように抱きしめた。体から悲しみがすっかり流れ出てしまったかのように、紺のドレスがくしゃくしゃになった。「こいつは妹のヴァネッサ。すまないね、だいぶ打ちのめされているもんで」

「いえ、謝るようなことじゃありませんよ」ヘレンは言った。むしろ、ほかの人たちはどうしてもっと打ちのめされていないのかと不思議だった。ショックのせいだろうか。ヴァネッサは涙を拭くと、ほんの少し足を引きずりながら近づいてきて、ヘレンの手を握った。「よろしく」

最後にヘレンは、緑のドレスを着て落ちつかなそうに立っている三人目の女のほうを向いた。一座のブックエンドは、暗がりで冷えた黒ワインを飲んでいた。室内に散らされた小テーブルのひとつにグラスを置くと、咳払いをした。「どうも。ウェンディ・コープランドです」そのあとはどうしていいかわからず、ほかの客たちに曖昧に手を振った。「どうも、みなさん」

「ありがとう」とヘレンは言った。「じゃあ、どなたか死体のある場所を教えてくれます？　わたし、ろくに情報をあたえられていないもので」

グリフが手を挙げた。「洗面所です」

「見せてもらえます？　かまわなければ」

彼は眉をひそめた。「本気ですか？　気持ちのいいもんじゃありませんよ」

ヘレンを駆り立てているのはもっぱら病的な好奇心だったが、彼女はいつになく強硬だった。しつこく反対されたら、犯行現場を見張るにはその範囲を知る必要があると、そう主張すればいいと思っていたのだ。「ええ、お願い。本気です」

グリフは彼女をまじまじと見た。「まあ、それなら」そう言うと、彼女の左側にある壁のほうへ行き、そこにある小さなドアをあけた。ヘレンもついていった。窓辺にひとり残されたスカーレットが、怪しむようにふたりを見ていた。

洗面所は思ったよりも広く、ドアのむかいに洗面台と鏡が、右手の壁ぎわに便器がそなえつけられていた。そのあいだに、割れた小さな窓。便器の右側には小型のタオルをストックした棚、ドアの横にはゴミ箱。それらすべてに下線を引くような形で、死体が横たわっていた。頭をふたりに近いほうの端に向けて、床にはすかいに。

死体は男で、あおむけに倒れているが、顔は黒いスーツの上着で隠れている。本人から脱がせて、後ろ前に上からかけてあるのだ。顎のあるあたりから、ぶつぶつしたものの交じった血の川が流れ落ちていた。消化できないものを食べてしまい、すべて吐きもどしたところのように見える。

「誰なんですこれは？」ヘレンは訊いた。

「パーティのホストのハリー・トレイナーです。劇作家の。今日は彼の誕生日なんです」

ヘレンはしゃがみこんで上着をめくり、男の顔を見た。三十代の末だろう。青白いすべすべした顔で、こぎれいな顎ひげともみあげをたくわえている。ほんの少し左を見ており、頭全体がそちらに傾いている。後頭部が陥没しているために、頭が床の上でかしいでいるのだ。どろりとした血だまりが、無残な暗い光輪を形づくっている。こめかみを指ではさんで頭を左右に動かしてみると、タイルの上を一様には転がらないのがわかった。

死体の周囲にはさまざまなパターンの血痕があった。

「発見したときはこの状態だったんですか？」

「発見したときはうつぶせでした。後頭部の傷が見るに堪えないので、ぼくらがあおむけにしたんです。それから脈を調べて、そのあと上着を脱がせてかけました。でも、それ以外は何も触れてません」

着衣はすべてきちんとしていた。「用を足そうとしていた人には見えませんね」

「ええ。すぐに襲われたんでしょう」

「でなければ、用を足しおえたところだったか」ヘレンは立ちあがった。「気の毒に」

「こんなところですね」とグリフは言い、外へ出ようとした。

ヘレンは迷った。このぐらいにしておくべきか、それともさらに質問すべきか。彼のせっかちさに合わせたい気持ちもあったが、いま自分が詳細をできるだけたくさん知っておけば、あとで目撃者たち自身があやふやになったとき、役に立つのもわかっていた。「じゃあ、これは彼の誕生日パーティだったんですね」

グリフは溜息をついた。「小さな集まりです。ハリーはつきあいやすい男じゃありませんでしたから。でも、彼を好きだった人間もいたんです」

「どなたが死体を発見したのか、訊いてもいいですか？」

「全員じゃないでしょうかね。ハリーが洗面所へ立ちました。そのうちみんな、彼がちっとも出てこないのに気づいたんです。ノックしても返事がないので、ぼくがドアを押しやぶりました」

ヘレンはふり向いて錠をよく見た。単純なかんぬき錠だった。ドア枠に釘づけされていた受け金が二センチほど浮いて、高足でもはいたように危なっかしく二本の釘の先にぶらさがっている。

「ということは、死体が発見されたときには、五人全員がここにいたんですね？」

「ええ」そんなことはあまり意識していなかったというように、グリフは肩をすくめた。「いたと思います」

「でも、レストランの従業員はいなかったんですね？」

「ええ。ぼくらは来たばかりでした。あとから食べ物が運ばれてくることになっていたんでしょうが、人数がそろうまでのあいだ、ぼくらは大量のワインとともに放置されていたんです」

ヘレンは窓に近づいた。一見すると、通りからは見えない中庭に面した窓のように見えたが、実際には、隣の店舗の平らな屋上に面していた。

「ドアに内側から鍵がかかっていたのなら、犯人は窓から出ていったんでしょうね」

「ええ。はいってきたのも窓からでしょう」

その屋上で犯人が待ちかまえているところを、ヘレンは想像してみた。むかいの建物からまる見えのまま、トイレで物音がするたびに中をのぞきこむところを。

グリフはつづけた。「さっきも言ったとおり、ハリーにはそれなりに敵がいました。彼がほかに誰を招待したのか知りませんが、この集まりのことを知っていた人間は大勢いたはずです。そのうちの誰かが、そこの屋上にあがって彼を待ち伏せするのは、たやすいことだったでしょう。いずれはハリーもトイレを使うはずですから」

その光景はヘレンにはどことなく滑稽に思えた。「でも、あなたは誰も見なかったんですか？」

「そう思います」

ヘレンは窓をじっくりと調べた。ガラスはほとんどなくなり、鋭い破片が窓敷居とその下の床に散らばっている。外からたたき割られたのだ。窓枠に残っている三角形の破片をハンカチでつまんではずした。先端に血がついていた。「誰かが怪我をしてますね」

「気をつけて」グリフが言った。

ヘレンは頭を下げて外をのぞいた。屋上の反対側に、錆びたように見える金槌が一本落ちていたが、外へ這い出してそれをひろってくるのは自分の任を越える気がした。金槌の横で一匹の黒猫が足をなめており、灰で毛が黒っぽくなっていた。外は暖かく、上空は薄い黒雲におおわれている。

「彼はすごく苦しんだのかしら」

グリフはいらだってきた。「そういう病的な会話はやめましょう。ハリーは自分の誕生日を祝ってほしかったんであって、死にざまを想像してほしかったわけじゃないんですから」

「ごめんなさい」とヘレンは言った。日常生活で男性と接することがほとんどないので、こんなふうに彼らの気分が変動すると不安になるけれど、今回は自分が無神経なことを言ったようだ。最後にもう一度、細部をすべて記憶しようと、洗面所内を見まわした。狭い空間に煙のにおいが充満しはじめていた。「窓をふさぐべきだと思いません？　このままだとじきに何もかも灰をかぶってしまいます」

「いいものがあります」グリフはそう言うと、長方形の大きなワインリストを二冊持ってきた。それは窓枠にうまく収まり、わずかに残ったガラスの破片で支えられた。

ヘレンはひかえめに微笑んだ。「ご協力に感謝します――グリフ、でしたよね？」

「よしてください。ハリーは友達だったんです。ぼくにできることがあればなんでも言ってください」ふたりはまた握手をし、グリフは彼女の手をぎゅっと握ってから放した。

「さあ、これで知っていることはぜんぶ他人の脳に移しましたから。やっと一杯飲めます」

グリフと一緒にトイレから出ていくと、アンドルー・カーターが外でヘレンを待っていた。

「妹が卒倒しそうなんだ。見てやってくれないかな」

「わかりました」学校ではよくあることだ。ヘレンはアンドルーのあとについてヴァネッサの座っているテーブルへ行った。彼女を前かがみにさせてから、グラスの水をかけてやった。

アンドルーはそれを見ていた。「ふだんはこんなやつじゃないんだが」

ヘレンは弁解されるのに慣れていなかった。いたたまれなくなった。「いいんですよ、まったくあたりまえの反応です」

「そうは言っても、これはふつうの犯罪じゃないんでね、もう気づいてるだろうが」

何か伝えたいことがあるのだとヘレンは察した。「というと？」

「あの犯行現場を異常だと思わなかったか？」

ヘレンは考えこむような顔をしてみせた。「犯人は窓からはいってきたように見えます。でもそれだと、どうやってハリーの不意を襲ったのか、うまく想像できません」

「そうなんだよ」とアンドルーは意気込んでうなずきながらも、それをうんざりしたお手上げの仕草に見せかけようとした。「つまりこの犯行は不可能なんだ」

「でなければ、窓から手を伸ばして殴ったのか」

アンドルーはテーブルをつかんで、いささか狂気じみた外見を精いっぱい生かした。

「あんたに伝えなくちゃならないことがあるんだが、こいつが不可能犯罪だってことを認めてくれるまでは、信じてもらえるとは思えないんだ」

ヘレンはどう反応していいかわからずに、落ちつかない笑いを漏らした。「話してみてください」

「グリフのやつは言わなかっただろうが」アンドルーの顔にちらりと蔑みの色が浮かんだ。「直前に、人間のものとは思えない悲痛な声が長々と聞こえたんだ。静かな声だったが、一分近くつづいた。大型の猟犬の悲鳴にそっくりだった」

ヘレンは好奇心を隠そうとした。「正確にはいつのことです？　直前と言いましたが、なんの直前です？」

「ハリーがいないのに気づく三分ぐらい前だったかな。ヴァネッサとおれだけが聞いたんだ」

前かがみになっていたヴァネッサが頭を起こした。顔色はもとに戻っている。「あたし見たんです」と彼女は言った。本気で言っているようだった。「あの火事から現われたんです。あたしが窓のところで最初の炎が燃えひろがるのを見てたら、急に飛び出してきたんです、大きな黒犬が。煙でできてるみたいにおぼろげで、ほんのり光ってました」青い眼が大きく見ひらかれている。「何か邪悪なものが、今日ここに現われたんです」

ヘレンはごくふつうの口調で言った。「ハリーは何かの霊に殺されたと、そう思うんですか？」

ヘレンの学校時代には、霊と幽霊は少女たちがおたがいの関心を買うのに用いる通貨のようなものだったから、いたるところにいると噂されていた。でも、ヘレン自身は一度も見たことがなかった。せいぜい暗がりに何かの姿を見たぐらいで、あとはもちろん、薄暗い廊下をうろつくシスターたちだった。それに当時のような信じやすい年頃でさえ、幽霊がこのふたりのほのめかしているような直接的な悪さをするという話は、聞いたことがなかった。人を金槌で殴り殺すなどという話は。

「いいえ」とヴァネッサは答えた。「ハリーはたぶん人間の手で殺されたんだと思いますけど、でもその人間を何か邪悪なものがあやつって、助けていたんだと思います。もしかしたら悪魔自身が」

「ハリーは思慮深いやつだった」とアンドルーが言った。「おれも演劇界の人間なんで、芝居についちゃ何時間も論じ合ったもんだ。あいつのことは友達だと思ってた。でも、それ以外のあいつの生活は、許しがたいほどふしだらだった。はやい話が酒と女だ。妹もやられた」

ヴァネッサは恥ずかしさのあまりうつむいた。「初めて会ったときは、とてもすてきな人だったんです。あたしも若かったし、ハリーはきらきらしてたし」

「おそらく」とアンドルーは話をつづけた。「通りの先のあの火事が一時的に地獄への出入口になって、悪魔がこれ幸いと、自分のものを取りもどしたんだろう」

ヘレンはうわべだけうなずいた。しばらく間を置いてから思いきって尋ねた。「女とおっしゃいましたが、最近のハリーの生活に女はいたんですか？」

アンドルーは首を振り、ヴァネッサを見た。ヴァネッサは肩をすくめた。「あたしたちの知ってるかぎりでは、いません」

「彼女はどうです？ ひとりで来ていますけど」まだ話をしていないもうひとりの客を、ヘレンはひかえめに示した。緑色のドレスを着たそのうち解けない女は、あいかわらず壁に寄りかかって立っていた。

「おれたちの知り合いじゃないんで」アンドルーは言った。
「死体を発見したときには彼女もいましたか？」
「いたよ。というか、いたと思う」

ヘレンはトイレの前にテーブルをひとつ移動させ、そこへ椅子を持ってきた。ワインを一杯ついで腰をおろすと、眼を閉じた。この犯行がどのように行なわれたのか、あとでミスター・ラウに意見を求められた場合にそなえて、考えられる方法をいろいろと想像してみた。静かに聞こえてくる話し声が子守歌になって、ふと眠りこみそうになった。

眼をあけた。

うち解けない緑色のドレスの女は、まだ部屋の反対側で所在なさげにしている。ヘレンは彼女の注意を引いて手招きした。

ウェンディというその女は、ほっとしたような笑顔でテーブルへやってきた。「パーティで知り合いが誰もいないって、つらいわ」

ヘレンは笑いかえした。「こんなことになってもまだパーティと言うべきかしら」

ウェンディは答えなかった。「でも、あなたにあたえられた責任のほうが、はるかにつらいわね。外は大混乱だっていうのに、秩序をたもつなんて」

「ヘレンよ」と彼女は手を差し出した。

「わたしはウェンディ。よろしく。この二十分というもの、そばに来ようかどうしようか

ずっと迷ってたの」

「来てくれてうれしいわ。この人たちとはどういう知り合い？」

「ああ、わたしは役者なの」ウェンディは恥ずかしそうな顔をした。「まあ、実際はアマチュアだけど。みんな役者じゃないかしら、たぶん。実を言うとわたし、この人たちを誰も知らないの。ハリーしか」

ここで孤立しているのは自分だけではないのだと知って、ヘレンは興味を引かれ、きちんと座りなおした。展開が速すぎて考えもしなかったけれど、この人たちはパーティにたまたま時間どおりやってきた最初の数人であって、全員がおたがいを知っているわけではないのだ。「どうぞ、座ってちょうだい」

ウェンディは椅子を引きずってきて、一緒にワインを飲むことにした。「ふだんは探偵を演じてるわけじゃないんでしょ？」

パーティの端のほうで内向的な仲間との連帯を深めるという経験は、ふたりとも初めてではなかった。ほっとして気が楽になり、ヘレンはその質問に笑った。

「ええ、教師なの」

「あら、それはすてきね」

そんなことない、と答えようかとも思った。教師の仕事なんて往々にして地獄のようなもので、眼の前で席についている少女たちのませた態度と辛辣なまなざしに日々さらされていると、並んだ机が牢獄の格子のように思えてくると。でも、ヘレンにはそんなことを表現する能力など、この職業への適性と同じくらい欠けていた。

「ええ。とてもやり甲斐がある」と彼女は答えた。

「ねえ、ほかの人には話してないんだけど、あなたには話しておいたほうがいいかもしれない」ウェンディはヘレンの手を取ると、強いささやき声でこう言った。「わたし、ハリーと婚約してたの」

ウェンディは指を立て、根元にはまっているサイズの合わない指輪を見せた。ごくシンプルな銀の指輪で、湿気と汗で曇っている。「大きすぎよね、わかってる。ハリーのお母さんのものだったから。わたしよりだいぶ大柄な人だったみたい。でも、男の人って、そういうことがわからないじゃない？」自分の言っていることが自分でも現実だと思えず、ウェンディは曖昧に微笑んだ。「とにかく、この話をしたのはあなたが初めて」

ヘレンはある種の畏敬の念とともに彼女を見た。心の中は質問と決まり文句でいっぱいだった。

「それはお気の毒に」

「ああ、それが」とウェンディは困った顔をした。「実はもう少し込みいってるのよ」

ヘレンは黙っていた。

「わたしはロンドンの人間じゃないの。ハリーに会ったのは、彼があるお芝居のためにマンチェスターにいたときで、二カ月半ぐらい前。いわば嵐のようなロマンスで、つづいたのはたったの二週間。それで婚約しちゃったの。だからこのパーティが、みんなにお披露目する晴れの機会になるはずだったわけ。少なくとも彼の友人にはみんな。でも、わたし、来るのが遅かったみたい」

「ええ、そのようね。お悔やみを言うわ」

「ありがとう」ウェンディは自分の反応に自信を持てず、ためらいがちに話した。「ひどいのはわかってる。わたしはうちひしがれて震えてるべきよね。でも、実のところ、あんまり急だったから、婚約してからの二カ月間ずっと後悔してた。愛することに費やした時間の四倍の時間を、迷うことに費やしたわけ。わかる？　それに、わたしが婚約のことを話すと、みんなハリー・トレイナーについて、ひとつは悪い噂を聞かせてよこすじゃない。それでわたしすごく不安になって、すっかりまいっちゃって、できればやめたいと思ってたの。だから死体が発見されたとき、心の奥ではちょっぴりうれしかった。ひどい話よね」

ヘレンは慰めるような、それでいて是認も否認もしない眼で彼女を見た。「それを判断するのはわたしの役目じゃない」

「この人たちにはわたし、ハリーの北部の友達だとしか言ってないの。婚約のことは何も話してない」

「そうだったの。ありがとう、わたしに話してくれて。気持ちは落ちついた？」

ウェンディは神経質そうな小さな口をすぼめて考えこんだ。「ええ。ハリーが見つかったときはつらかったけれど。でも、ほっとしたのもたしか。それはどうしようもないと思う。ここへ来たのはわたしが最後だった。着いたときにはもう、ハリーはお手洗いに行ってしまってて、死体はまだ発見されてなかった。だから今日は彼に会ってもいない。正直に言うと、彼がどんな顔だったのかも憶えてないくらい」

「じゃあ、死体は見てないの？」

「ええ。そんなの絶対に無理」

「死体が発見される前に何か聞こえたか、訊いてもいい？」

「もちろん。ガラスが割れる音が聞こえた。たくさんのガラスが。でも、それを聞いたのはわたしだけだと思う。誰も反応しなかったから。でもまあ、ほかの人たちはみんな窓辺にいたから、外の音だと思ったのかもしれない」

「みんな窓辺にいた？」

「そう。最初わたし、ハリーの姿が見えなかったから、部屋をまちがえたのかと思って、戸口に立ってたの。ほかの人たちは窓の外を見てた。たぶん火事を見てたんだと思う。だから誰もわたしに気づかなかった。ノックしようか、引き返そうか迷ったとき、ガラスの割れる音がしたの。戸口に立ってたわたしには、それがお手洗いから聞こえてきたのがわかった。とにかく、あのグリフっていう人が何かに気づいたらしくて、こっちをふり返ったから、ハリーを捜してるんですと言うと、中へ招き入れてくれたの。それをきっかけにみんな、そういえばハリーはどうした、ずいぶん長いこと見かけないぞ、とかなんとか言いだして。一分後にはドアを押しやぶっていたわけ」

「じゃあ、みんなそこにいたのね、窓辺に？　四人とも」

ウェンディは室内を見まわした。「ええ。いたと思う」

さらに十五分たったが、警察はまだ到着していなかった。ヘレンが当初ウェンディに感じていた気安さも薄れて、ふたりのあいだにはこの数分というもの、気詰まりな沈黙が、暖炉の前に寝そべる子猫のように横たわっていた。内向的な者同士の会話にかならず訪れる最終状態だ。

ウェンディの頭に何か考えが浮かんだようだった。立ちあがり、静かな毅然とした口調で言った。「お手洗いに行きたいんだけど。いいかしら?」

自分と同年代の人間から教師のようにあつかわれて、ヘレンはちょっと面食らった。「ええ、もちろん」と口ごもりながら言った。「どうぞ」

ウェンディの笑みがゆがんだ。「でも、下のお手洗いに行ってもいいの? それとも男性用で間に合わせるべき?」

ヘレンは自分の後ろにあるなんの変哲もない、だが奥に死体のあるドアをふり返った。中央に〝M〟の文字がついていた。男性用だ。「女性用はどこ?」

「そこが女性用なの。男性用は外の廊下にある」ウェンディは言った。

ヘレンはもう一度ドアを見て、〝M〟の字がほんの少し傾いているのに気づいた。中央を釘一本でゆるくとめてある。動かしてみると、簡単にくるりとまわって、完全な形をした大文字の〝W〟になった。ドアに残る跡から見て、明らかにこちらが本来の位置だろう。

ハリー・トレイナーは女性用トイレで殺されたのだ。

ウェンディはまだ返事を待っていた。「紳士用を使ってちょうだい」とヘレンは言った。

ウェンディはありがとうと言って出ていった。

女性用トイレ……ヘレンの頭にさまざまな考えが渦を巻いた。

グリフが彼女の頭に植えつけた光景――ハリーもいずれはトイレを使うはずだと考えた何者かが、隣の屋上にのぼって何時間も待ち伏せしている光景――は、さきほどはなんとなく滑稽に思えただけだった。でも、ハリーが女性用トイレで殺されたとなると、まったく信憑性を失う。いったいなぜハリーは女性用トイレを使うはめになったのか？　ふたとおりの可能性が考えられる。何者かがドアの文字をいじったか、あるいは、なんらかの方法で彼をそこへ行くように仕向けたか。どちらであっても、この部屋にいる人間の関与がなくては成り立たない。

その可能性を検討しているあいだに、時間がさらに経過した。これまでに考えたことや推理したことをぜんぶ憶えていられるだろうか。そう思いながら、ヘレンは頬杖をついて眼を閉じた。

「ぼくらも一緒に飲ませてください」と声がして、グリフがむかいに腰をおろした。テーブルには空になったヘレンのワイングラスしかなかった。負けが決まったチェスの、孤独な駒だ。「パーティでぽつねんとしている人を見るのがいやなんですよ。これは愉快な会になるはずだったんですから。ハリーならきっと楽しくやってほしいと思ったはずです」

グリフの後ろにはスカーレットが立っていた。彼女もこの親切に賛同してうなずきながらテーブルに着いた。ヘレンからすれば驚くほど美しいカップルだ。

「ありがとう。ご親切に」とヘレンは言った。

スカーレットは三つのグラスにワインをついだ。「いつまでこうしていればいいのかしら。何か最新情報はありますか？　外はこの世の終わりみたいなありさまですけど」

「いいえ」とヘレンはその質問に戸惑いながら答えた。「わたしはこの部屋を離れていませんから」

そっけない答えにスカーレットは肩をすくめた。

「ロンドンのかたじゃありませんよね？」グリフが訊いた。

「ええ、ギルフォードから来たんです。よくわかりましたね」

「かならずわかるんですよ」グリフはにやりとした。「ロンドンで何をしてたんです？」

「買い物です」とヘレンは答えた。「実を言うと、火が出る前、あの百貨店にいたんです」

グリフは驚いて口笛を鳴らした。「じゃ、危ないところだったんですね」

「ええ」ヘレンは燃える建物の奥にいる自分を想像した。真っ暗で、煙が充満していて、パニックを起こした子供たちがあたりを走りまわっている。「ほんとに危ないところでした」

スカーレットがテーブルに肘をついて身を乗り出した。「で、ギルフォードでは何をなさってるの？」

「教師です」

「あら」スカーレットはちょっと考えこんだ。「だったら探偵役にはちょっと不適格じゃない？」

ヘレンはワインをひとくち飲んだ。もはやしらふとは言えず、アルコールのせいでちょっぴり大胆になっていた。「ところがね、筋の通る答えをひとつ思いついたんです。みなさんの興味を引くんじゃないかしら」

グリフが椅子にもたれて笑いだし、それからテーブルを引っぱたいた。「そりゃいい、聞かせてもらいましょうか」

「じゃ、話しますね。あなたはさきほど、犯人はトイレの窓の外の屋上でハリーを待ち伏せしていたのではないかと言いました。そのときまだ判明していなかったのは、ここが女性用トイレだということです」ヘレンは自分たちのそばにあるドアを、その小卓の四番目の客か何かのように手で示した。「ハリーはだまされて、男性用トイレではなくここを使わされたんです。この部屋の誰かが関与していなければできないことです」

「かもしれない」

「でも、そうなると、こんどはこう考えたくなります」とヘレンはつづけた。「この部屋の誰かが関与しているのなら、もっとすっきりした答えがありうるのではないか。たとえば犯人はトイレの中にいて、ドアの陰に隠れていたとか。そしてハリーがはいってきたら、不意を襲ってあっさりと一撃で殺す。それから窓を割り、破片を移動させて、外から割れたように見せかける。あとのみなさんが押しいってくるまで、もう一度ドアの陰に隠れて待ち、みなさんがはいってきたら黙って合流する。気づく人がいるでしょうか?」

「ええ。ぼくは気づくと思いますよ。自分がドアをあけたときに」グリフは言った。

ヘレンはそっけなくワインをひとくち飲んだ。「そうですよね。ただし、あなたが犯人と手を組んでいれば、話は別ですけれど」彼女はグラスを置いて、にやりとしてみせた。

グリフは笑いだした。

スカーレットが押し殺した声で言った。「この人、もしかしてあたしたちが犯人だって言ってるの? それともこれって、何か珍しい冗談?」

グリフはスカーレットのほうを向いた。「いや、きみのことじゃないよ、ダーリン。きみがそんなふうに手を汚したりしないのは、この人だって知ってるさ」

「幼稚よ、こんなの」スカーレットは立ちあがり、窓辺へ戻っていった。

「すみません、彼女、ちょっと過敏なんです」グリフはレストランの下を地下鉄の列車が通過したかのように、こきざみに体を揺すって笑った。
立ち去るときにもまだ笑っていた。

ヘレンの頭はぼんやりし、夕暮れはどんどん長くなってきた。彼女は窓に眼をやった。窓はほぼ壁の幅いっぱいに広がり、左端にスカーレットとグリフが、右端にアンドルーとヴァネッサが立っている。立ちあがって、ふらふらとその真ん中へ行った。外は大混乱だった。火事はいまや思いのままに荒れ狂い、建物の内側には黄色く揺らめく炎のほか動くものは見あたらない。通りは煙で朦々《もうもう》としている。車は通らず、警官と消防士以外に人影はほとんどない。

わたしたちは忘れられてしまったの？ ヘレンは急に怖くなった。わたしたちはここから、このレストランの最上階から動けなくなってしまったの？ 右のほうから激しい咳が聞こえた。ヴァネッサが体をふたつに折って、窓敷居に手をかけていた。

「妹は煙にひどく敏感なんだ」とアンドルー・カーターが渋い顔で言った。だったら窓辺になど立っていてはいけないのではないか。ヘレンはそう思ったが、黙っていた。「これ以上おれたちをここに閉じこめておくのは野蛮だ」

ヘレンはふたりのほうへ行った。「火の中にほかにも何か見えました？ 何かの姿が」

皮肉のつもりだったのか、それともたんにワインのせいだったのか。

「いいえ」とヴァネッサは咳の合間に涙声で答えた。「でも、どんなに信じられなくても――」とむかいの歩道に並べられた死体を指さした。「飛びおりた人、焼け死んだ人。あれを見れば、悪魔のしわざだっていうことは一目瞭然じゃない」

ヘレンはそうは思わなかった。じっと炎を見つめて、なんでもいいから何かの形を見て取ろうとした。でも、眼がひりひりしてきただけだった。

さらに質問しようとしたとき、下からギャーギャーとけたたましい鳴き声が聞こえてきた。おびえた鳥が室内に飛びこんできたとでもいうように、ヴァネッサが後ろへ飛びのいた。ヘレンは煙に眼をこらして、鳴き声の源を探した。通りのむこう側を、どこかの使用人がふたり、異国の鳥たちを入れた籠を腕いっぱいに抱えて平然と歩いていた。オウムにバタンインコ、さらには生きたウズラまで。その後ろを三人目の使用人が、引き綱につないだ豹を連れて歩いていく。風変わりな人物の飼育している動物たちが、近くの屋敷から避難しているのだ。火事によって引き起こされた混乱の整然たる縮図。

ヘレンはその行列を見送りながら、彼らはどこへ行くのだろうと考えた。「たしかにこの世の終わりみたい」とほとんどひとりごとを言った。するとそのとき、背後で何かが動いたのに気づいた。窓に映ったのだ。

特徴的なウェンディの緑色のドレスが、それまで立っていた場所を離れてそっと向きを変え、階下へつづくドアのほうへすばやく移動した。ドアがあき、ドレスが消える。

その大胆さにヘレンは一瞬あっけにとられ、それから身をひるがえしてあとを追った。


ヘレンは外の廊下でウェンディをつかまえた。彼女はすでに階段の二段目に達していた。

「ウェンディ」彼女はふり返った。「どこへ行くの？」

立ち去ろうとしていた女は肩をすくめた。「あら、ヘレン、言うつもりだったんだけど。わたし、汽車に乗らなくちゃいけないの。できることはもうぜんぶしたと思う」

「でも、帰るのは禁じられてるのよ」

ウェンディはそわそわと身じろぎをし、懇願するような口調で言った。「わたしはあの人たちを誰も知らないの。ハリーをちょっと知ってただけで。それに、誰に聞いても、彼はわたしが来る前に殺されてたんだし」

「でも、あなたはハリーの婚約者なんだから。重要証人よ」

「失礼なことは言いたくないけど、ヘレン、あなたはただの教師でしょ。探偵ごっこにつきあわせないでくれる」

感じのよかった人物にそんな言いかたをされて、ヘレンは顔を赤くした。「支配人が帰してくれないわよ」

「でも、あの人は気づかないと思う」

「わたしが知らせる」

ウェンディは疲れたように溜息をついた。「そうね、あなたならきっとそうするわよね」諦めてヘレンのほうへ戻ってくると、婚約指輪をはずした。それは溶けていく雪だるまのマフラーのように、するりと抜けた。「どうしても残らなくちゃいけないのなら、ほんとのことを話したほうがいいかな」そう言うと、よく見てというようにヘレンに指輪を渡した。「友達から借りてきたの。だからわたしには大きすぎるわけ」

ヘレンはそのあっさりした銀の指輪を見た。あちこちに引っかき傷がある。「ほんとは婚約なんかしてなかったの？」

「わたしが女優なのはほんとう。マンチェスターから来たのも嘘じゃない。ハリーとはほんとにむこうで出会ったの、彼がお芝居のために滞在していたときに。でも、ロマンスなんてなかった。仕事上の関係だけ。今日ここへ来て、みんなの前で彼の婚約者のふりをしてほしいと、そう頼まれたの」

「誰に？」

「もちろんハリーによ。彼が手紙を寄こしたの。別の女につきまとわれて困っている。あまりにしつこいので、だんだん怖くなってきた。きみがこのパーティに来て、ふたりで結婚を計画しているふりをしたら、彼女にもメッセージが伝わるだろう。彼女が諦めてほかの誰かのところへ移ってくれたら、婚約はこっそり解消するって。そりゃ、愉快な計略とは言えないけど。でも、わたしどうしてもこの仕事が必要だったの」

ヘレンは興味を引かれた。「だけど、あなたはその人の名前を知らないのね？　その謎の女の」

ウェンディはうなずいた。「ハリーは教えてくれなかった」

「でも、どういうことなのかしら。あなたはわたしに嘘をついた。それはどうして？　どうしてハリーが殺されたあとも、その芝居をつづけたの？」

「あなたの反応を見たかったからよ。つまりね、探偵役を演じられるのはあなたひとりじゃないってこと。あなたがみんなに紹介されたとたん、わたし、この人かもしれないって思ったの。この人がハリーにつきまとってた人かもしれないって」

「わたしが？」突拍子もない考えにヘレンは笑った。「わたしはハリーに会ったこともないのよ」

「でも、いきなり現われたし、いかにもおどおどしてたから。いまやっと、自分がまちがってたのがわかった」ウェンディはすっとヘレンに近づいて彼女の手を取ると、すがるような口調で言った。「ここの人たちは誰もわたしの本名を知らない。警察が来る前にこっそり出ていかせてくれない？　そうすればおたがいにいろんな面倒が省けるでしょ」

「帰りたがるのは無理もないけど。わたしたちは言われたとおりにするしかないの」

　ふたりは部屋に戻った。中にいた四人はちらりと顔を上げたが、すぐにまたひそひそと、緊迫する一方の会話に戻った。ヘレンはトイレのそばの自分のテーブルに戻り、ウェンディはいくぶんきまりが悪かったのか、離れたテーブルにひとりで座った。室内には静寂に近いものが広がり、誰もが何かを待っていた。

　すると、その何かが起こった。ドアがあいて、外から大きな声が聞こえてきた。「バッキンガム宮殿よりはいりにくいパーティだな、こいつは」

　垢ぬけのした元気な若者――二十八、九の美青年――が、廊下から姿を現わした。若者は唖然とした沈黙に迎えられて首からマフラーをはずすと、それを帽子と一緒にドアの裏にあるスタンドにかけた。「外はものすごい煙だ。叔父さんの古い防毒面を発掘してくりゃよかった。それなのに階下《した》の連中ときたら、このパーティが中止になったのかどうか明言できないみたいなんで、これは何かぼくに隠してることがあるなと思ってさ。連中がスープを運ぶのでいそがしくなるのを待って、やっと忍びこんできたんだ」

帽子をスタンドにかけおえた若者は、艶やかな黒髪をあらわにして一同のほうを向いた。

「で、お誕生日の坊やはどこだ?」

グリフが進み出た。「ジェイムズ、きみはほんとにまずいところへ来たんだよ。階下の連中の言うことを聞いとくべきだったぞ」

「ばか言え」とジェイムズは言い、勝手に赤ワインをグラスについで、瓶をヘレンのテーブルに置いた。「どんな社交の場だって意義はある。ぼくが無口な人間じゃないかぎりは」

ヘレンはアンドルーがうんざり顔で窓のほうを向いたのに気づいた。

「ジェイムズ、きみに話しておかなくちゃならないことがあるんだ」とグリフがなおも話をつづけた。「内密に」

ふたりは部屋の隅へ行った。だが、煙のにおいがはっきり嗅ぎとれたのと同じように、ジェイムズの声も一同には明瞭に聞こえた。「ハリーが死んだ? ほんとかよ!」彼はみなのほうを向いてグラスを掲げてみせた。「なら、欠席の友人たちに乾杯だ」無神経な反応だった。ジェイムズはワインを飲みほした。「それで、どうして死んだって?」

グリフはささやいた。「殺されたんだ」

「殺された? まさかロンダにじゃないよな?」

「ハリーのいちばん新しい恋人さ。若くてかわいい子で、年は十九ぐらい。ちょいと独占欲が強いらしい。結婚のことしか頭にないんだ」とジェイムズは額をついた。

「ロンダ？　ロンダって誰だ？」

アンドルー・カーターが反論するように妹を見た。「しかし、ロンダってのはヴァネッサの芸名だぞ……」

話をさえぎるために、ヘレンはテーブルにあった赤ワインの瓶を床に払い落とした。瓶はバシャッと砕けて赤い液体が広がり、周囲はトイレのものに似ていなくもない薄い血とガラスの破片でいっぱいになった。一同はさっと彼女のほうを見た。ジェイムズは体をねじったまま、驚きのあまりついに沈黙した。自分がわざと瓶を倒したことが疑問の余地なく伝わるように、ヘレンはさらにこんどはワイングラスを指先でテーブルから突き落としてみせた。そこはもはや割れたガラスの島だった。

「前にお見かけしたことはないですよね」ジェイムズが近づいてきて手を差し出した。

「ジェイムズです」

ヘレンは彼をじっと見つめていた。「わたしはあなたを見かけたことがあります」

彼はちょっと面食らった。「どこかの芝居で？」

「まあそうとも言えますね」ヘレンはほかの人々のほうを向いた。「わたしはみなさん全員を見かけました。だから見憶えがあります。みなさん全員に見憶えが。いまのこの状況も察しがつきます。この部屋でいちばんおとなしい人間が、ほかの人々に食いものにされているんです」彼女はジェイムズに向きなおった。「よく言いませんか？　観客に仕込みを見られてはいけないと。役者が劇場の外で煙草を吸いながら口喧嘩をしていたり、小道具を粗末にあつかったりしていたら、幻想はけし飛んでしまう」

ヘレンは酔っていた。ジェイムズはどうしていいのかわからず、ほかの人々に眼をやった。

「すみませんが、何を言ってるのかさっぱりわかりませんね」

「ほかの人たちより遅れて来るのなら、あなたは帽子スタンドのありかぐらい、知らないふりをするべきでした。スタンドはドアの裏にすっかり隠れているんですから」

ジェイムズはむっとした顔をしたが、その言いがかりには反論できるので安心した。

「それはまあ、この店には前にも来たことがありますから」

最初に頭に浮かんだことを口にしているのだ。ヘレンはそう思った。人はみな、嘘をつくときには子供に逆戻りする。この男は、禁じられた品が部屋にあるのは小鳥が窓から運んできたからだと言い張る五歳児と変わらない。

「それは事実ね」とヘレンは言った。「わたしたちがいま目撃した登場は、実際には再登場だったんですから。あなたはさっきここにいたんです」

そう指摘されると、ジェイムズはもじもじと足を動かした。ほかの人々は彼を見捨ててヘレンのテーブルのまわりに集まってきたが、ガラスの破片であまり近くまでは来られなかった。一同がおおざっぱな半円になると——ウェンディまでが好奇心に駆られて近づいてきた——ヘレンはひとりひとりの顔を順に見渡した。

グリフが言った。「何を言いたいんです、あなたは？」

「みなさんがどういう人間なのかわかりました」そう言いながらヘレンは後ろの壁に頭を押しつけて酔いを醒まそうとしたが、自分をしゃべらせているのがその酔いだということも承知していた。「みなさんは外交的な人間です。内気な人物もふくめて全員が」と彼女はウェンディを見た。「自分より内気な人間など、強引に話をすればまるめこめると考えている、六人の外交的な人たちです」

「酔ってるのよ、この人」とヴァネッサが言った。

「ええ、少しね。でも、判断力に影響はありません。いまの状況はよくわかってますから、甘く見ないほうがいいですよ。いちばんよく見かけるのはセールスマンの場合です。彼らは相手が無口で真面目な人間だと気づくと、眼を輝かせます。こいつならうまく言いくるめられると、そう考えます。まるで自分の考えを表明したがらないのは、考える力がないのと同じだといわんばかりに」

自分のしていることに、ヘレンは一瞬、自信をなくした。こんな話は刑事とお茶でも飲みながらゆっくりとすればいいのではないか？

「そこでわたしはみなさんの嘘をずっと辛抱強く聞いていました。まるで学校の放課後と同じですね。でも、みなさんの計略は、ただでさえ嘘くさいというのに、大きなぬかりがひとつありました。誰ひとり考えもしなかったことが。わたしはここの監視を頼まれる前に、一時間ほどこのレストランの一階に座ってたんです。それもドアのすぐ近くに」

夕暮れが迫っていたし、窓は煙でほぼ真っ黒だったので、部屋が暗くなってきた。ヘレンは聞き手のぼやけたシルエットに向かって話しつづけた。

「殺人が行なわれたとき、わたしはたぶん階下でスープを飲んでいたはずです。それに、みなさんが次々にやってきているあいだも、席に座っていたはずです。もちろん、たいして注意は払っていませんでしたけれど。でも、しゃれた服装をした男の人が、混んだレストランにもうひとり大の大人を抱きかかえるようにして連れこんでいる光景は、いやでも眼にとまりました」

はっと息を呑む音が室内に広がった。半円の後ろで誰かがグラスを取り落とした。

ヘレンはジェイムズに言った。「あなたがいま、そんなおおげさな登場をしてみせなければ、わたしはその光景を思い出さなかったかもしれません。でも、思い出してしまいました。おかげで糸と糸がつながったんです。階下でわたしが見たのは、あなたがハリーを
この店に連れてくるところで、気の毒にハリーはまともに歩けないほど酔っていました。
わたしに見えたのは後ろ頭だけで、それももちろん本来の、無傷の状態の頭ですが、あれ
は絶対にハリーでした。体形も、顎ひげも、もみあげも、彼のトレードマークの黒いスー
ツも。一方あなたのほうは、まちがいなくあのときの人です」

「そのとおりよ」とヴァネッサが言った。「到着したとき、ハリーはもうべろべろに酔っ
てたの。朝から飲んでたんじゃないかと思ったくらい」

兄もうなずいた。「そうそう、あいつはへべれけだった」

グリフがガラスをばりばりと踏んで進み出た。「ハリーの知り合いなら誰だって、彼が
自分の誕生日の午後六時にはぐでんぐでんに酔ってることぐらい、見当がつくはずです。
それで何かが変わるとは思えませんね」

「みなさんは全員わたしに嘘をついていました」とヘレンは辛辣に言った。「わたしはき
ょう、魔犬だの、しつこい女だの、いろんな話を聞きましたが、どれひとつ、ハリーがま
ともに立ってもいられないほどぐでんぐでんでここへ連れてこられた事実を説明してくれ
るものはありませんでした。何があったのかはわかります。わたしが初めてこの部屋には

いってきたとき、みなさんはひどく驚いていました。警察が来ると思っていたのに、わたしなんかが現われたんですから。そのときひとりがチャンスを見て取りました。めいめいがてんでに異なる話をわたしに聞かせれば、警察に話をするころには、わたしはすっかり混乱しているだろう。みなさんの嘘をそっくり警察に伝えて、何もかもめちゃくちゃにするだろう。そう考えたんです。みなさんはわたしをたんに、犯行現場をいっそう混乱させるための手段としてしか見ていなかったんです。なぜかといえば、わたしはあまり出しゃばらないからですよね」

水をうったように、気詰まりな沈黙が室内に広がった。ヘレンは話をつづけた。

「今夜わたしは少なくとも一度、ハリーには敵が大勢いたという話を聞かされました。ハリーの友人たちが強調するものにしては、奇妙な話に思えました。ただし、みなさんが彼の友人でなければ話は別です。彼の敵なら」

客たちは後ろめたそうな視線を交わすと、それぞれ自分の靴を見おろした。

「ハリーがみなさんひとりひとりに何をしたのか、わたしは知りません――みなさんのハリー評からすると、彼と婚約したことや、彼に捨てられたことが、関係しているんだと思います――たぶん、みなさんひとりひとりがハリーになんらかの恨みを抱いていたんでしょう。そこでみなさんは集まって不満を述べ合い、彼を殺せば世界はもっとましな場所になると結論した。そこでこのパーティをハリーの誕生日に行なうことを計画し、全員が彼の友人のふりをしてやってきた。おそらく彼には反対してくれるほどの友人も、別の計画を立ててくれるほどの友達もいなかったんでしょう」

誰も口をきかなかった。ヘレンは立ちあがった。

「ことの流れはこんなふうだったんじゃありませんか？　ここにいるジェイムズが、お昼ごろどこかでハリーと出会い、さも偶然だというふりをして一杯やらないかと提案する。ジェイムズはどんな相手にでも自分は好かれていると思わせるタイプの人間なので、ハリーはそれに同意する」

ジェイムズは顔を赤らめた。ヘレンは話をつづけた。

「あなたはハリーを酔っぱらわせてここへ連れてくる。ハリーは反対できるような状態ではない。あとのみなさんがやってくる。それから、一見すると難解な犯行現場が準備されはない。まず、誰かが洗面所に閉じこもって内側から鍵をかけ、別の誰かにドアを破らせる。その間ハリーはずっとこの部屋の隅にいる。たぶん居眠りをしていたんでしょう。それから誰かが窓を割り、ガラスの破片をひとつひとつ床と窓敷居に置いて、外から割られたように見せかける。そして最後のひとりが到着すると、いよいよ本番が始まる。ハリーはトイレに運びこまれて便座に座らされ、膝に額をくっつけている。誰かが金槌を取り出す。

金槌など、スーツの下に隠せばたやすく持ちこめたでしょう。ふつうの金槌です。外の屋上に血まみれで転がっているあの金槌のような。あなたがた六人はこの凶器を順にまわして、めいめいがそれで泥酔したハリーの後頭部を次々に殴りました。大胆にも六回。死体の頭蓋骨はほとんどぐしゃぐしゃです。あたりまえですよね。窓枠に残ったガラスにそれとわかる血痕が付着していますが、わたしの考えでは、それは犯人がそこから逃げたと見せかけるための、たんなる偽装です。目立った怪我をしている人は誰もいませんが、ヴァネッサ、あなたは歩くときちょっと足を引きずりますね。靴を脱いで、足の裏をその小さな三角のガラスで引っかいたんじゃない？　こぎれいな偽装のかけらで。それからジェイムズ、あなたが残りの証拠を持って店を抜け出したんでしょう。それはなんだったんです？　血まみれの布？」

ジェイムズはわびしげな顔をした。「テーブルクロスだ。吐物で汚れた」彼は長々とむなしい溜息をついた。「燃えている百貨店に駆けこんで、それを炎の中に放りこんでから、ヒーローみたいな顔で逃げ出してきたんだ。それから家に帰って着替えてきた」

六人の客は無言で立っていた。ヘレンは彼らの顔を順に見渡した。「そのあとみなさんは、ひたすらわたしに作り話を聞かせたんです。真実のかけらもない作り話を」

大きなノックがあり、ドアがキイッとあいた。店の支配人が顔をのぞかせた。ヘレンはずっと、最終幕には彼が戻ってくるだろうと予感していた。支配人は小鬼じみた顔をにやにやさせていた。「お邪魔して申し訳ありませんが、マダム、ただちにここから避難するようにという指示がありました」

支配人が行ってしまうと、ヘレンは自分の被告人たちのほうへ向きなおった。みな彼女を見つめていた。その沈黙を破ってジェイムズがけらけらと笑いだした。「おい、みんないまのを聞いただろ。帰っていいみたいだぞ」

室内の緊張が解けた。アンドルーは自分の上着を、ジェイムズは帽子を取り、ヴァネッサは自分の黒い靴を、どうすればはき心地がよくなるだろうかと考えるように、じっと見つめた。それからみな出口へ向かった。

スカーレットがヘレンの脇を通りすぎながら言った。「みんながこの部屋から出ていったら、あなたの話もそれほど本当らしく思えなくなるんじゃないかしら」あとの面々もぞろぞろと出ていった。

「あまり気にしないで」とグリフが言った。「ハリーはほんとにひどいやつだったんですから。ぼくらは世のためになることをしたんです」

グリフが出ていくと、ヘレンはひとりきりになった。

ささやかな妨害行為としてアンドルーが窓をあけていったので、煙が部屋に流れこみはじめていた。ふさわしい隠喩だ。それから気を取りなおすと、ヘレンはコートを着て部屋をあとにした。階段をおり、不気味なほど人けのない店を通りぬけて外に出た。

通りを歩いていって、炎上中の百貨店をながめた。恐ろしい光景だった。こんな惨劇がすぐそばで起きているときに、トイレに転がるただの死体など誰が気にするだろう？　でもこの火事は、さまざまな混乱を派生させてはいても本質的には天災だし、あの殺人事件のほうは、人間が冷酷に計画し実行したものだ。ふたつの事件は、この世のあらゆる禍事を代表しているように思える。この西ロンドンのありふれた通りが、日曜学校に展示されたジオラマにでもなったように。ヘレンは火事を見つめ、自分がその熱で洗い清められるのを感じた。

8　第四の対話

「ふたつの事件は、この世のあらゆる禍事を代表しているように思える。この西ロンドンのありふれた通りが、日曜学校に展示されたジオラマにでもなったように。ヘレンは火事を見つめ、自分がその熱で洗い清められるのを感じた」ジュリア・ハートは朗読を終えて、自分に二杯目のコーヒーをついだ。

グラントがテーブルをコンコンとたたいた。「で？」と彼は眠たげに言った。「そいつをどう思う？」

「全員が犯人なんですよね」ジュリアは右手でカップを持ちながら、左手でページをめくった。「物語も黙示録風なら、設定も黙示録風。気にいりました」

「容疑者全員が犯人だったという事件だ」

ジュリアはうなずいた。「アイディアはすでに使われていますね」

「有名な作品だな」グラントはあくびをした。「しかしそうは言っても、探偵小説の順列のひとつだ。定義上は許されるわけだから、無視するわけにはいかない」

「正直に言うと、この結末は予想してませんでした」

「そうだろうね」グラントは充血した眼で彼女を見た。「嘘は探偵小説じゃしばしば濫用される。しかし容疑者が全員犯人なら、いくらでも嘘をつける。咎められることはない」

「最初に読んだときは、ヘレンが犯人だろうと思いました。彼女はどこか——」とジュリアは言葉を探した。「不安定に思えたので」

「また探偵が犯人か?」グラントは首を振った。「同じ結末を二度使うなんてのは野暮だよ」

「でも、ルール違反じゃありませんよ」ジュリアは微笑した。

ふたりは粗けずりの木のテーブルをはさんで座っていた。あいだには水を入れた大きなピッチャーが置かれ、半分に切ったつやつやのレモンがふたつ、水面にぷかぷか浮いている。その横には、濃いブラックコーヒーのはいったガラスのビーカーがあった。テーブルの奥の端には窓があって、雨のしずくにおおわれている。

ジュリアがこの島で一日を過ごすのは今日で二日目だった。その朝は雨の音で眼を覚ました。心もち二日酔ぎみで、なかば走り、なかば歩きながら、急いでグラントのコテージへやってきた。グラントは外に立って梨を食べながら、海をたたく雨を気難しい顔でながめていた。「来ないんじゃないかと思ったよ」と、白いシャツをびしょ濡れにしたまま言った。

「仕事がありますから」ジュリアはグラントに近づいた。「ご気分が悪いんですか？」

グラントは投げやりに微笑んで、白い梨の芯を浜辺の小石のあいだへ放った。「よく眠れなくてね」

ジュリアもほとんど眠っていなかったが、それは黙っていた。彼には辛抱強く接しようと心に決めていた。

グラントは返事をせずに彼女を連れて中にはいり、ふたりはキッチンに避難した。「コーヒーをいれるよ」

ジュリアは手伝おうかと迷いながらグラントを見ていた。グラントが薬缶をコンロにかけ、ピッチャーに水をくんでしまうと、彼女は言った。「わたしがゆうべ出しゃばってしまったのなら、お詫びします。ワインを飲みすぎたみたいです」

グラントは水に浮かべるレモンを切っていた。「なんでもないんだ」と言い、窓の外を見ている。ジュリアはガラスに映るその顔をちらりと見た。なんでもないようには見えなかった。

「すみませんでした、ぶしつけな口をきいてしまって。立ちいった質問はもうしません」

グラントが強く押しすぎたために、弾力のあるレモンの果肉がナイフの刃の下ではじけて、ジュリアの手首にまで果汁が飛んできた。彼女は話題を変えることにした。「あなたがそうしているあいだに、次の短篇を読みはじめましょうか？」

グラントはふり返ってうなずいた。

朗読を終えたときにも雨はまだやんでいなかったものの、すっかり小降りになっていた。「この天候にはなじめそうにありません」と彼女は言った。「きのうはまるで太陽を連れて歩いてるみたいな気がしました。頭に弾の穴があいたみたいな気が。よく毎日我慢できますね」

「時がたつにつれて、弾の穴ほどひどいとは感じなくなるんだ。腫瘍というところかな」グラントはひとりでくつくつと笑った。「そのうち慣れるさ。警告しておくが、午後にはきっと太陽が戻ってくるぞ」

「なら、いまのうちにせいぜいこれを楽しみます」ジュリアはバッグからノートを取り出した。タオルにくるんであったので、雨は染みこんでいなかった。「きのうは、殺人ミステリが持つべき最初の三つの要素を挙げてくださいました」

「ああ。ふたり以上の容疑者と、ひとり以上の被害者、それに任意の数の探偵だ」

「となると四番目の要素は、きっと殺人犯ですね？」

一杯目のコーヒーを飲んだあと、グラントの気分は目に見えてよくなっていた。いまはまた笑顔になっている。「そのとおり。この短篇はそのみごとな実例だ。犯人ないし犯人グループ、すなわち被害者の死に責任のある者たち。それがなければ殺人ミステリじゃない」

「たしかに、あまり面白いものにはなりませんね」ジュリアはメモを取った。「で、犯人は最低ひとりはいなくてはならないと？」

「そう、ひとりはね。かりにその死が事故や自殺だった場合には、責任は当人にあると考えて、被害者を犯人と見なす。ぼくが〝殺人犯《マーダラー》〟ではなく〝犯人《キラー》〟という言葉を使った理由はそこにある。そのほうが幅広い事例にあてはまる気がしたんだ」

「なるほど」ジュリアはコーヒーをひとくち飲んだ。「でも、この短篇から考えると、犯人の数に上限はないんでしょうか？」

「ないわけじゃない。ひとつだけ条件がつく。犯人ないし犯人たちは、容疑者グループから現われなくてはならないんだ。数学ではそれを〝部分集合〟と呼び、犯人は容疑者の部分集合でなければならないと言うが、それについちゃまたあとで話そう。要するに、犯人グループの一員だと判明する者はみな、あらかじめ容疑者グループの一員でなくちゃならないということだ」

「じゃあ、読者が自分でも犯人を推理してみることができるという、このジャンルの決定的特徴も、そのおかげなんですね」

グラントはうなずいていた。「しかしそれ以外には、犯人ないし犯人グループに制限は課さない。だからすでに見たように、被害者も、ときには探偵さえも、犯人グループと重複できる。容疑者のうちひとりだけが犯人だという事例もすでに見ているから、容疑者のうちふたりが犯人だという事例ももちろん想像できる。この短篇は容疑者全員が犯人だという、極端な事例を取りあげているわけだ」

ジュリアはペンを唇に押しつけた。「でも、ひとつ疑問があります」と考えながらゆっくりとしゃべった。「犯人はまず容疑者でなくてはならないというのは、たしかにもっともだとは思いますが、でもそれは、誰が容疑者なのか読者にわかっていなければ無意味なんじゃありませんか？　たとえば物語の語り手が犯人だった場合、その人物が容疑者だとは、誰も思わないんじゃないでしょうか」

「いい質問だが、それは数学から少々はずれるな」とグラントは言った。「登場人物は全員が容疑者と見なされるべきだとしか、ぼくには答えられない。ただし、著者がその人物を容疑者にするつもりのないことを明確にしている場合は別だ。数百年前の犯罪を捜査する現代の探偵は、容疑者と見なすべきじゃない」

ジュリアはそれをメモした。「犯人であってもおかしくない人物はみんな、多かれ少なかれ容疑者と見なすべきなんですね」

「そういうこと」グラントは窓の外を見ていた。「雨がやんだようだ」

曇ったガラスのむこうに海とふたつの丘が──水平線の両手が見えた。月と太陽でお手玉をしようと、手のひらを上に向けて待ちかまえている。上空は一面の曇り空だった。

「ちょっと待っててくれ。コーヒーの滓《かす》を捨ててくる」そう言うと、グラントはテーブルからコーヒーのビーカーを取りあげて外へ出ていき、中身を草の上に空けた。

ジュリアはあたりを見まわした。

窓敷居に、飾り気のない部屋には場ちがいな銀のシガレットケースが載っていた。それを手に取り、蓋をあけてみた。中は空だったが、蓋の内側に文字が刻んであった。〝フランシス・ガードナーへ、卒業を記念して〟ジュリアは怪訝《けげん》な面持ちでそれをもとの場所に戻した。

グラントが戻ってきてむかいに腰をおろした。「さてと、どこまで話したかな？」

フランシス・ガードナーというのは誰ですかと訊きたかったが、ゆうべのことがあるのでグラントの反応が怖かった。「あなたが煙草を吸うとは知りませんでした」

グラントは笑った。そんなとんでもない誤解をするとは、きみはいったい窓から何を見たんだ、という笑いだ。「ぼくは吸わないよ」

「でも、あれはシガレットケースじゃありませんか？」

グラントは平べったい銀のケースのほうを見た。そこにあるのを忘れていたのだ。ジュリアは彼の顔に狼狽の色がよぎるのを見て取った。「そりゃ、昔は吸ったんだ。若いころは。でも、もう長いこと空っぽだ」

彼女はうなずいてペンを取った。「じゃあ、定義はこれで終わりですか？」

「ああ」グラントは落ちつきを取りもどして微笑んだ。「それが四つの要素だ。詳細は、もう少し頭がはっきりしているときにでもまた話そう」

「あとは探偵小説の順列ですね。それが要素の重複するさまざまな事例を網羅する。そこから、探偵が犯人でもあるという事例なんかも出てくると」

「そのとおり。定義はごく簡単だから、構造上のバリエーションは比較的少ない。要素の重複するものが何割かと、グループの大きさの異なるものが何割か。それからいまの事例がある。犯人グループと容疑者グループが等しいというやつが」

原稿は、座っているベンチの横に置いてあった。ジュリアはもう一度それを手に取ってページをめくりはじめた。「この話の中に何カ所か、どう見ても〝白〟という言葉を使うべきなのに、〝黒〟という言葉が用いられているところがあるんですが、気づきましたか？」

グラントは片眉を上げた。「いや、気づかなかった」

「たとえば、ある個所では〝黒ワイン〟と書かれています」ジュリアは別のページをめくり、下線を引いておいた言いまわしを見つけた。「晴れた日なのに〝薄い黒雲〟におおわれていたという描写もあります」

「じゃ、これもまた意図的な矛盾というわけか？」

ジュリアはさらにページをめくっていった。「〝ほんのり光って〟いる黒犬もあります。〝トレードマークの黒いスーツ〟も。それに〝灰で毛が黒っぽく〟なった黒猫も。どれも描写として違和感がありますが、黒を白に置き換えればしっくりします。これを説明できます？」

「自分でもわからない」

ジュリアは顔を曇らせた。「これで四篇目ですから、もう一般化してもいいと思うんです。これらの作品を書いているとき、あなたは何か不自然なものをそれぞれに付け加えた。ディテールとか、食いちがいとか。それがすべてまとまると、七篇全体にわたるなんらかの謎が姿を現わすのではないか——そんな気がするんですが、ありうると思いますか？」

グラントは難しい顔をした。「書いたのは二十五年以上も前だからね。もうすっかり忘れてしまったよ、そんなころのことは。しかし、これだけは言える。それはただの冗談だ。解くような謎なんかない。そんなものがあれば、ぼくだって憶えているはずだ」

「まあそうですよね」ジュリアはノートに書きこんであったメモをひとつ、×印で消した。

グラントは眼をこすった。「ゆうべ悪夢を見た。この本を出版したら島にジャーナリストが押しよせてきたという夢だ。そのあと眠れなくなってしまった」

「すみません。あなたの生活を乱してしまって。ここは観光客が多いんですか？」

「いや、多くなんかない。でも、ぼくはそのほうが好きだ」

「英語を話す人が来るというのも、気分が変わっていいんじゃないですか？」

「英語を流暢に話す人間なら、ここにも何人かいるんだ」

「でも、みんなイギリス人じゃないですよね？」

「ああ」グラントはうなずいた。「その点じゃ、きみは珍客だ。それに自分のしゃべりかたに近いしゃべりかたを聞くのはいいもんだ。ところで」と彼はテーブルに身を乗り出してジュリアの手をつかんだ。「『ホワイトの殺人事件集』は売れると思うか？」

ジュリアは長々と深い溜息を漏らした。彼女の表情は読めなかった。「なんとも言えません。うちがいつも出しているものとは、毛色がだいぶちがいますから」

「社長はどう考えてる？　こんなところまできみを寄こしたんだから、いけると考えてるんだろ？」

「ヴィクターは裕福な人間です。犯罪小説は彼の道楽なんです。〈ブラッド・タイプ〉を設立したのは愛情からであって、お金のためじゃありません。でも、この本はきっと、熱心な読者を獲得すると思います。ユニークなのはまちがいありませんから」

「だといいがね。言いたくはないが、ぼくはもう破産寸前なんだ」グラントは自分のコーヒーカップを手にした。「きみはよく海外出張をするの？」

「初めてです。でも、あなたにはとても会いたかったんです」ジュリアはさらに何か言おうとしかけたが、グラントは立ちあがって自分のカップを流しへ持っていった。

「お世辞でもうれしいよ」

ジュリアは薄暗いキッチンを見渡した。掃除がゆきとどかず、どの隅にも汚れがたまっている。「ぶしつけなことをうかがいますが、この島でどうやって生き延びているんです？　働いているんですか？」

グラントは溜息をついて首を振った。「実家の金さ。祖父が工場をいくつか経営していたんでね。もはや昔の勢いはないが、伯父がいまでも毎月、生活費を送ってくれるんだ」

ジュリアは原稿を置いて、字を書くほうの手をさすった。「そうなんですか」もう一度窓の外を見た。「雨がやんでいるのなら、いまのうちに新鮮な空気を吸いにいきません？」

9　青真珠島事件

父親は二階の一室で死を迎えようとしていた。サラは戸口から様子をうかがった。恐怖と苦痛と当惑に交互に襲われているのか、父親はシーツの上でしきりに頭を上下させており、海で泳いでいる人が下から何かに襲われてもがいているように見える。

「サラ」スープを運んでいくと、父親はかすれた声で言った。「わたしのかわいい天才」

彼女はもっぱら庭仕事をしながら、すべてが終わるのを待った。暗くなると階下の部屋を行ったり来たりしながら父親のことを忘れようとした。男を装って、郵便でチェスの勝負を三つ別々に行なっていた。三つめの勝利を挙げたあくる朝、階段をのぼっていくと、父親は死んでいた。

ひと月後、サラは父親の借金の規模を知り、まもなくいっさいを失った。家も家具も事業も。二十五歳にして路頭に迷ったのだ。

ある日の午後、うすら寒いレストランの片隅で――いまだに喪服を着て、黒衣の幽霊のような姿で――テーブルに身をかがめて、家庭教師の職に応募する手紙を書いた。父親の手伝いをのぞけば、これまで働いたことなどなかった。「ジェイン・エアみたいになるだけよ」そう自分に言い聞かせた。

非の打ちどころのない内容だった。サラは四カ国語を話し、ピアノが弾け、数学と歴史と英文法を教えられた。だがそれでも不安にさいなまれつつその手紙を投函した。

二週間後、雇い主となる人物とダイヤモンド柄の壁紙を貼った一室で面会した。彼は日帰りでロンドンにやってきていた。「これは面接じゃない」そう言いながら、紙とペンを持って腰をおろした。「ざっくばらんなおしゃべりだ」

サラは従順に見えるようにと、会釈をした。

「わたしは陸軍にいたんだがね」と老大佐は話しはじめた。「いまは退役の身だ。いるのはその娘ひとりだけで、妻はもういない」話をするときには何かをいじっていないと落ちつかない男だった。眼鏡をはずして袖で磨きはじめた。「わたしはチャールズだ」

「サラです」彼女は頭を下げた。

大佐は昼食をすませてからやってきたので、歯にはさまった食べ物のかけらを面談のあいだずっと舌でせせっていた。まるで口髭がカーテンになってくれるとでもいうように、さして本気で隠そうともせずに。「一緒に暮らしてくれるなら、家族の一員として迎えたいと思っている。ヘンリエッタには――」と大佐は慎重に言葉を探した。「話し相手が必要なんだ」

サラはまた頭を下げた。

話を終えたとき、大佐はうろたえた顔でサラを見あげた。「眼鏡をなくしてしまったようだ」サラはそれをテーブルから取りあげて渡してやった。大佐が自分でそこに置いたのだ。

大佐の住んでいるのは荒々しい海岸沿いにある、信じがたいほど小さな村だった。サラはロンドンでしか暮らしたことがなかったが、いやなら飢え死にするほかなかった。

持ち物はスーツケースひとつにきれいに収まった。

サラの連れてこられた家は、樹木におおわれた細い道のいちばん奥にあった。チャールズは車から荷物を中へ運びこんでくれ、そのあと住まいを案内してくれた。狭くて薄暗い家で、光はほとんど樹木にさえぎられていた。だが、そこは彼の生まれ育った家だったから、チャールズは得意げに部屋から部屋へと歩いていき、サラが自分より背が高くて首をすくめなければならないことにも、一歩ごとに天井が拳のように彼女をおびやかすことにも気づいていなかった。

サラの寝室には茶色の絨毯が敷かれ、机とシングルベッドが置かれていた。窓は冷たかったものの、そこからの眺めは息を呑むほどすばらしかった。狭い庭のむこうには雑草の生いしげる崖の縁が見え、その先はすっぱりと切れ落ちて、海がきらきらと大理石のように輝いていた。

娘のヘンリエッタは最初の数週間というもの、サラの前ではいつもはにかんでいた。けれども授業は一度もすっぽかさなかった。ふたりは午前中に三時間、午後に二時間、壁紙に木馬の絵のついた部屋で勉強をした。「このあたりには学校がないんだ」チャールズはそう言っていた。ヘンリエッタはもうすぐ十三歳だったが、勉強はかなり進んでいて、ずばぬけて利発なのは明らかだった。緑の瞳にあかがね色の肌をしていて、父親にはまったく似ていない。本当に彼の子なのだろうかと、サラは疑問に思った。母親はヘンリエッタがまだ幼いころにマラリアで亡くなっていた。

サラは子供のことなど何も知らなかったので、ヘンリエッタにも大人と同じ接しかたをした。ヘンリエッタはしだいにうち解け、ふたりは仲のいい友達になった。

チャールズはほぼ一日じゅう、インド時代の分厚い回顧録を書いて過ごしていた。根を詰めすぎて、その冬、正体不明の病にかかった。サラは父親のときと同じように彼を看病し、家の最上階にある寒い寝室にスープを運んだ。

チャールズは熱に浮かされるようになり、ついにはひとつしか明晰なことを言えなくなった。サラが水を持っていくと、彼女の手を取ってこう言うのだ。「わたしが死んだら、ヘンリエッタをよろしく頼む」意識が朦朧としているときでさえそれが何よりの気がかりだというのが、サラには意外だった。この親子が同じ部屋で一緒に過ごしているところなどほとんど見たことがなく、ふたりをたがいに無関係な存在だと思うようになっていたからだ。さらに意外だったのは、ヘンリエッタの反応だった。夕食のテーブルでサラのむかいに座っていても、ろくに口もきかずに震えていた。

クリスマスの数日前、チャールズの容態に変化があった。スープをまるまる一杯飲んでベッドに起きあがり、自分はもう元気になったと宣言したのだ。サラはベッドの横にいた。彼はこれまでの親切と献身に礼を述べたあと――髭も剃らず、パジャマを着たままで――まるでそれがサラへの贈り物だとでもいうように、結婚を申しこんだ。

「すみません」とサラは小声で答えた。「でも、それはうまくいかないと思います」

チャールズは一瞬呆然としたあと、静かにうつむいた。「わかった」二度目のプロポーズは遠回しなもので、それから数週間後、チャールズが床を離れて冷静になったあとにやってきた。表向きは謝罪だった。「サラ、あのときの無分別を詫びなくてはならない。わたしは熱に浮かされていたんだ。まだ頭がはっきりしていなかった。あんなふうに迫るなんてまちがっていたよ」

サラの心に安堵が広がった。

「とはいえ、これだけは言っておきたいが」とチャールズはつづけた。「あの感情自体は錯乱ではなく、心からの正直な気持ちだった」安堵がきゅっと縮んだ。「きみになにがしかの愛情を抱いていることは否定できない。きみは本当にすばらしい女性だ」

彼はポケットから懐中時計を取り出してもてあそびはじめ、時刻などどうでもいいといわんばかりに針をぐるぐるまわした。

「わたしの言ったことをよく考えてみてほしい」指先をなめて時計のガラス面の汚れを拭った。「時間は必要なだけかけてくれてかまわない。ただ心配なのは、きみがここにいることがわたしにとって、果たされない約束のように耐えがたくなる日が来ることだ。そうなったらおたがいのために、別の道を探ったほうがいいだろう。きみにはよそで働き口を見つけてもらうほうが」

サラにしてみればそれはやんわりとしたおどしであり、選択の余地はなかった。好意的な紹介状がなくては再就職はかなわない。その春、ふたりは結婚した。白髪まじりの髪をきっちりととかしつけたチャールズは、誓いの言葉の順序をまちがえ、リボンで髪を束ねたサラは、灰青色のドレスをまとった陰気なオウムのように、その言葉を彼に向かって繰りかえした。いやなら路頭に迷うしかないのだ。

夏が来ると、サラとヘンリエッタは勉強の場をサマーハウスに移した。庭のいちばん高い場所に建つ、ずんぐりした木とガラスの建造物で、海を一望のもとにながめられる。片隅に一脚の望遠鏡が置かれていた。ヘンリエッタへの誕生日プレゼントだ。

六月のある穏やかな朝、サラがサマーハウスにはいっていくと、ヘンリエッタがその望遠鏡の前にかがみこんで海岸線を見渡していた。ドアの閉まる音を聞いて、少女はふり返った。「サラ、見て。青真珠島で事件があったみたい」

サラはそばへ行った。「何が見えるの？」

「玄関のドアがあきっぱなしで、風でばたばたしてる。窓がひとつ割れてて、草の上に服が落ちてる」

青真珠島は三百メートルほど沖にある強固な岩のかたまりで、周囲には鋭く黒い岩礁がぐるりと、それも海面のすぐ下に横たわっているため、ボートで近づくのは至難のわざだった。一日に二度、潮が十分に満ちているときならたどりつけるが、それとて岩礁のあいだをすりぬける経路を知っていればの話だ。潮が引くと、岩の歯のあいだから流れ落ちる海水が沸きたつように見えることから、そこを地獄島と呼ぶ者もある。だが大佐はその名前を嫌い、子供のころと同じように、そこをつねに青真珠島と呼んでいた。

二十年前、その芝居がかった環境に魅せられたアメリカの富豪が、島のてっぺんに屋敷を建てた。けれども岩は頑強で、白漆喰塗りのその屋敷は溶けかけの角氷のように、すべての角がほんの少しゆがんでいた。大金をつぎこんだその阿房宮は、やがて放棄され、長らく無人のままになっていた。だが、どこかで宣伝されていたのだろう、ときおり利用者が現われた。画家がひと夏そこに住んで海の絵を何枚も描いたり、禁欲的な一家がどうにか一年を乗りきって去っていったり。海軍が基地にしてなんらかの訓練に使用したこともある。だが、ほとんどのときは、窓は暗いままだった。

「ボートはある？」

ハリエットはふだんボートが係留される桟橋をのぞいた。「ロープはあるけど、途中で切られてて、ボートはない」

「どうして切られたってわかるの？」

「杭に縛りつけてあるけど、長さが足りなくて海面まで届いてない。切られたと考えないと、説明がつかないでしょ」

サラは少女の髪をなでた。「そうね。深刻な事態かもしれない。それ以外のことは、どんちゃん騒ぎの結果だとも考えられるけれど、一艘きりのボートが消えてしまったとなると、何か別のことが起きている証拠なのかも。ちょっと見せてくれる？」

数日前に訪問者たちがやってくるのを見たときから、その屋敷で何か変わったことが起こるのはわかっていた。いつもならそこを訪れるのは、孤独を求める人や自然との交わりを求める人であって、陽気におしゃべりをする人々の集団ではなかった。秘密結社か政党の人たちだろうかとも考えたが、とてもそうは見えなかった。むしろなんらかの社交の集まりのように見えた。

そもそもの始まりは水曜日のことだった。スタッブズという夫妻が夕方の満潮に間に合うようにやってきた。島への経路を教えるために地元の漁師がひとり同行しており、漁師のすぐ後ろから黄色い犬が一匹ついてきた。サラは夕陽を浴びながら庭の椅子で本を読んでいるところだった。庭は樹木におおわれた小道に面していて、その道をくだりきったところに、村人たちがボートを置いている小さな砂浜がある。サラが夫妻に挨拶をすると——そんな遅くに人が通ることはめったにない——夫妻は足を止めて彼女の家を褒めた。

「実にいいところですねこのあたりは」とスタッブズ氏が言った。

「静かで美しくて」とスタッブズ夫人も言った。

「島へいらっしゃるんですか？」サラは訊いた。

後ろで漁師がいらいらし、その足もとを犬がぐるぐるまわっていたが、スタッブズ氏は島へ行くわけを説明した。自分たちは雇われたのだ。先に到着して、金曜日にやってくる客の一団を迎える仕度をしてほしいと言われている。誰が来るのかも、雇い主がどんな人物なのかも知らない。でも、きわめて重要な催しだろうと。「では、帰りにまたお眼にかかりましょう」そう言うと、彼らはふたたび歩きだした。

客は翌々日、ばらばらな時間に到着した。案内状らしい黄色い紙を手にして、ふたりずつやってきた。サラはほぼ一日じゅう外で庭仕事をしていた。ぜんぶで八人。老若男女さまざまだったが、みなわりと裕福に見えた。スタッブズ夫妻を入れると十人。あんな小さな島にしては大人数だ。

一行の正体に関してサラがつかんだ手がかりといえば、ひとつの名前だけだった。

「このアンウィンという男とはどういう知り合いなんです？」

ひとりが連れに訊きながら通りすぎていった。

「実はよく知らないんだ」訊かれたほうは答えた。

それ以降、一行の消息は何も聞かなかった。この二日間は雨が降ったので、サラもチャールズもヘンリエッタも、庭に出ようとさえしなかった。家の中からだと、島は石楠花《しゃくなげ》にさえぎられて見えなかった。けれども、いまこうして望遠鏡でのぞいてみると、滞在者たちは大波にさらわれてしまったように見えた。

夫は書斎でコーヒーを飲みながら新聞を読んでいた。途中まで書きあげた回想録はデスクの端からずり落ちそうになって、長い影を下の床に映している。

「青真珠島に行かなくちゃ」とサラは言った。「あそこの人たちに何かあったみたいなの」

チャールズは懐中時計を見てから、壁の表に眼をやった。「午前中の潮はあと二時間はもつな。何かとはどんなことだ？」

「それはわからないけれど。ドアがあきっぱなしで、誰もいないみたい。窓が少なくともひとつ割れている」

「帰ったのかもしれんぞ」

「ボートは舫《もや》いを切られて、なくなってる」

チャールズは、サラの考えなど透明で壊れやすいガラスに書かれているといわんばかりの態度で彼女を見た。「ああサラ、おまえはいつも善意の眼で他人を見るが。そいつらはどうせ、パーティでもやって屋敷をめちゃめちゃにして、責任を取らずに逃げ出したんだろう」

「チャールズ」とサラはあきれたような深い溜息をついた。「窓を割ったぐらいで逃げ出す人なんていない」

「ならば、どうしたというんだ？」

「死んだのかもしれない。火事が起きたのかもしれない。なんとも言えない。草地に服が散らかっているの」

ヘンリエッタがサラの後ろの戸口に現われた。「誰かが病気になって、それがみんなにうつったのかもよ」

チャールズは珍しく怒りを爆発させ、立ちあがって新聞をたたきつけた。「おまえもか、ヘンリエッタ。いいかげんにしろ」表情が沈んだ。彼の夢想していた再婚とは、チェスの駒をもうひとつ獲得して盤のこちら側へ持ってくるようなものだった。それなのにいざ再婚してみれば、新しい妻はたいていの議論で彼を言い負かすばかりか、娘までそそのかして同じことをさせる。「服が散らかっているのは、ふしだらな行為が行なわれていた証拠かもしれん」大佐は暗い気持ちになり、襟をくつろげた。「恥ずべき事態が起きたのなら、地元の男たちを調べにいかせればいい。女の出る幕じゃない」

「時間がないの」とサラは言った。「村まで行ってたら、潮がどんどん引いてしまう。あなたにも一緒に来てほしいけれど、わたし、いまから島へ行きます。ヘンリエッタはひとりでもだいじょうぶだから」

またしても妻にキングを寄せきられ《チェックメイトされ》て、チャールズは溜息をついた。「まあ、行かねばならんのなら急ごう」

「ありがとう」

チャールズはリボルバーとレインコートを手にしたが、その日は穏やかに晴れていた。ヘンリエッタにはお昼のサンドイッチと退屈しのぎの本をあたえ、ふたりは足早に小道をおりた。入江の砂浜に小さな手漕ぎボートを、二本のオールとともに置いてあった。チャールズがボートを海まで引きずっていき、ふたりは乗りこんだ。

地元育ちで、少年時代は冒険好きでもあったチャールズは、岩礁のあいだをすりぬける経路をそらで憶えていた。憶えたのは、まだその屋敷が建つ前、島が子供たちにとって安心して遊べる場所だったころのことだ。

「あそこで何が見つかると思うんだ？」漕ぎだしながら彼は訊いた。

「混乱よ」サラは艫《とも》にひとりで座りながら答えた。「でも、お願いだから、経路を憶えるのに集中させてちょうだい」チャールズは優しく笑った。知識を得ようとする妻の絶え間ない努力に接すると、かならずそんなふうに笑うのだ。「わたしひとりで帰ってくる必要があるかもしれないから」サラは言った。

この距離でも潮流の下にひそむ黒々とした岩礁の影響で、海面に白い泡が薄く広がっている。簡素な木造ボートは、ウェディングケーキを切るナイフのようにその泡を切り進んだ。大佐はそのつど後ろを振りかえらなくても、航跡にあるものを見るだけで進路を変え、十代の少年と同じ危うい大胆さでボートを操った。

この人にも、ときには感心すべきところがあるのだ。サラはそう思った。

経路にしたがってボートは岸から見て島の右側を通過し、左側に上陸するために裏手へまわった。裏手には密集した岩塊が、太陽から遠ざかるように海へ突き出して、驚くほど高くそびえている。その一部分がすっぱりと切れ落ちて断崖のようになり、露出した黒い岩壁があたかも眼帯のように海を見おろしていた。崖の麓には数メートルの砂地があり、浜とは呼べないほどの急傾斜で海へなだれ落ちている。

進行方向を向いているサラが先にそれを発見した。雑草と海草の点在するその狭い灰色の砂地に二体の死体があった。斜面がそれを、よく見ろとばかりに前へ傾けてみせている。

チャールズは肩ごしに振りかえって、額の汗を拭った。それからサラのほうへ向きなおると、顔をゆがめてみせた。疑問符を浮かべたつもりなのだろう。

「ふたりとも死んでいる。急ぎましょう」

彼はふたたび漕ぎだした。砂浜に近づいていくと、それは男女の死体だと判明した。どちらもありえないような角度にねじれている。海の怪物につかみあげられて濡れた水着のように絞りあげられてから、乾かすために砂の上へ放り出されたとでもいうようだ。

サラは身を乗り出した。そのふたりに見憶えがあったのだ。「ああ、なんてこと、スタッブズ夫妻だわ。気さくなご主人と、優しい奥さんだったのに」胸の上で十字を切った。

大佐はボートが転覆しそうになるのもかまわず、あいかわらずの大胆さでちっぽけな舟の真ん中に立ちあがった。銃を空に向けてかまえている。「何があった？　殺されたのか？」

「転落したのよ。自殺か事故かもしれないし、殺されたのかもしれない」

「ふたりともか？」チャールズはわけがわからないようだった。

「そんなふうに見える」頭に浮かんできた光景は口にしなかった。酔った八人の客が自分たちの世話係を崖から放り出している姿は。

「ならば、このまま進むのは狂気の沙汰だろう。人殺しがまだ島にいるかもしれん」

「屋敷はもぬけの殻に見えたけれど」

「今朝か？　犯人は寝ていただけかもしれないぞ」

その可能性にはサラも気づいていたが、実を言えば、その危険に魅せられていたのだ。

「証拠からすると、それはなさそうだけど」

ガリガリと大きな音がした。大佐はすばやく腰をおろして、オールを顎のほうへ引きよせた。「ボートが流されていたのだ。「暗礁だ！　ここでぐずぐずしているのはまずい。進むか戻るか、どっちにする？」

数分後、ボートは島のたったひとつの船着き場に到着した。その間も、人影はまったく見えなかった。疲れた手を粘土でもこねるように揉みながら、大佐は草の茂る斜面のてっぺんにある屋敷を見あげた。

「地獄島か」

夫が悪態でもついたように、その言葉はサラに衝撃をあたえた。

待っていろと合図すると、大佐は銃をかまえてボートをおりた。それからボートをつなぎ、屋敷のほうを向くと、後ろのサラに手を差し伸べた。サラはたんに夫を喜ばせるためにその手を取ったが、その心づかいも彼女が坂の上に立って夫を見おろすまでだった。まるで手をつないだ親子だった。大佐は顔をしかめて眼鏡の位置をなおした。

「ここで待ってるんだぞ」

大佐は一歩ずつ慎重に前進した。そばの草むらから強烈な糞便のにおいがしてくるので、サラとしては急いでほしかった。

坂の上まで行くと、大佐は叫び声をあげた。それは恐怖や苦痛というよりむしろ嫌悪の叫びで、吐き気をこらえるような音が混じっていた。サラは坂を駆けあがった。大佐は来るなという仕草を何度もしたものの、サラが横まで来てしまうと、ポケットからハンカチを取り出して口にあてた。見おろしているのは、また別の死体だった。男がひとり、うつぶせに倒れていた。

そこでサラは気づいた。「草地に落ちていたあの服だ」

夫は顔を上げて自宅のサマーハウスの方角に眼を向け、それがかろうじて見えるのを確認した。むこうからもこの場所が直接見えるのを。

「ヘンリエッタ」とサラは言った。少女がいまこちらを見ているのではないかと心配になった。

大佐は死体の前に立った。「あの子にこんなものを見せたくない。おまえも見ないほうがいいだろう。ボートで待っていなさい。ボートなら安心だ」

サラはおどけた顔で彼を見た。「チャールズ、あなたひとりで屋敷にはいったら、きっとどうしようもないほど迷子になる。それに、ボートのほうが安全だなんて保証はどこにもないでしょ」

大佐は渋い顔をした。「首に針金が巻きついている。それが死因だろうか」

「錘つきの首絞め具《ギャロット》ね。錘が落ちると絞まる仕掛けになっていて、戻りどめがついているからゆるまない。苦しい死にかただわ」彼女は身震いした。「ものすごくたちの悪い罠。ウサギを捕らえるのに使うようなしろものよ」

大佐は死体の首の後ろの小さな金属フックを調べ、どうして妻にはこの仕組みがわかったのかと首をひねった。「行こう。見るのもおぞましい」

サラは耳を貸さなかった。「これで死体が三つ」

「同一人物のしわざだと思うのか？」

「もしかするとね。でも、手口がまるでちがう」

客のひとりが精神に異常をきたしてほかの客を殺そうとし、あとの人々は逃げたのだろうか。それとも全員が殺し合いをしたのだろうか。

「複数犯か？　それは穏やかじゃないな」

「ありうることよ」サラは膝をついて死体をよく見た。金曜日に薔薇の茂みから枯れた花を摘み取っていたときに、家の前を通りすぎていった人たちの顔を思い浮かべた。にこやかで楽しげな顔を。この人もあのなかにいただろうか？　いた気がする。たしか茶色のスーツを着て、たたんだ黄色い案内状を胸ポケットに入れ、若い男と一緒に歩いていた。あのときは眼鏡をかけていたはず。アンウィンという名前を口にしたのが若いほうで、アンウィンのことはよく知らないと答えていたのがこの男だ。サラは立ちあがった。

「服が乾いているけど、この二日間はずっと雨が降っていたから、死んだばかりね」

チャールズは眉をひそめた。「今朝ってことか？」

「ひょっとするとね」

ふたりの背後で屋敷のドアがばたんと閉まった。風が強くなってきたのだ。細かい波のしぶきが陸地まで飛んでくる。小さな飛沫が無数の小魚のように。チャールズは銃をかまえ、静まりかえった真っ白な屋敷へ近づいていくと、くっきりした黒いドアの前でぼんやりした灰色のシルエットになってしばらくたたずみ、ドアがふたたび風でひらくと中にはいった。

「もしもし？　誰かいるか？　こちらは銃を持っている。頼むから声をかけてくれ」

屋敷はすぐにまた、冷めたスープのように不快に静まりかえった。

サラは夫のあとから玄関ホールにはいった。二階の天井まで吹き抜けになった不格好な形のホールで、床は白黒のタイル張りだ。ドアの右側には靴をはき替えるための低いベンチが置いてあるが、ほかに家具はない。むかいには上階へつづく木の階段があり、いちばん下の段に、あけていない豆の缶詰がひとつ落ちている。

床には泥だらけの動物の足跡が点々と残っていた。あきっぱなしのドアからはいってきて、タイルの上をぐるぐる歩きまわったようだ。

ふたりは足音を響かせながらホール内を見てまわった。ドアはすべて閉まっていたが、階段の下に押しこめられて上辺が斜めになった変則的な形の小さなドアだけは別だった。錠ではなく、簡単な磁石の留め金がついているだけなので、風であいてしまい、ドアはいま、あたかも屋敷が呼吸をしているかのように、ひらいたり閉じたりを繰りかえしている。そのドアの奥からかさこそと、鼠が這うような物音が聞こえてきた。

チャールズが近づいていって銃口をそっと隙間に差しこんでから、左足でドアをあけた。

窓のない薄暗い部屋に、陳列ケースが並んでいた。小さな博物館だ。どのケースも時計でいっぱいだった。時代も色もさまざまで、精巧なものもあれば、単純なものもあるが、多くがいまだに時を刻んでいる。その下の床に、きちんと丁重に顔に布をかけられて、人が横たえられていた。服装からすると女だ。

サラはしゃがんで布を取りのけた。若作りをした中年の女だった。顔は灰色に変わっているものの、髪はまだ生き生きとしている。白いシャツの上に赤いカーディガンをはおっており、襟元に血の染みがついている。顔を心もち悲しげにゆがめ、おびえたように眼を見ひらいていた。派手な緑色のイヤリングが左右の耳から垂れている。二日前にその女が家の前を通りすぎていったのを、サラは憶えていた。とりわけその赤いカーディガンを。年輩の男と一緒に歩いており、何か意見の合わないことでもあったらしく、激しく口論をしていた。

死体はその部屋には少々長すぎたので、頭を一方の隅にもたせかけて斜めに置いてあった。サラは死体の喉のあたりを指で探り、唇の端の乾いた血に触れてみてから、口をあけさせた。

チャールズは背後のホールを見張りながら、ときおりその部屋を見まわした。「この時計はみんなちがう時刻を指してる。何かの暗号だと思わないか？」

「ただの飾りじゃないかしら」

チャールズは不満げにうなった。「それで？　その女の死因は？」

「はっきりとはわからないけれど。体の内側をやられてる。何かを呑みこんじゃったみたい」

チャールズは迫りあがってくる吐き気をこらえて手の甲を口にあて、触手のある海の生き物のように顔から滑稽に指を垂らしていた。

「行きましょう」とサラは言い、チャールズの横をすりぬけて部屋を出た。

「十人全員が死亡してるのを発見することになるのか？」

「ことによるとね。でも、九人の可能性が高い」

チャールズがはっと息を呑む。「十人目は？」

「おそらく逃げたはず。でなければ、隠れているか」


玄関ホールにあるいちばん大きな両開きのドアをくぐると、そこは広々としたダイニングルームだった。高い天井の隅は蜘蛛の巣に隠れている。屋根までの高さの四分の三もある窓が片側に並び、泡立つ荒海の雄大な眺めが堪能できる。ふたりは中にはいるとドアを閉めて、チャールズが配膳用テーブルと椅子で簡単なバリケードを築いた。

部屋は散らかっていた。テーブルには晩餐が出されたきり、片付けられていない。食事はデザートにも達していなかった。食べかけの塩味料理《セイボリー》がそれぞれの席に置かれたまま、ソースの残りが埃っぽい三日月形に干からびており、不愉快きわまりない病気の糜爛《びらん》のように見える。チャールズが数をかぞえた。八席。つまり、二名の使用人をのぞく全員分だろう。テーブルのまわりに八脚の椅子が残されている。きちんと引かれているものもあれば、ぞんざいに押しのけられているものもある。二脚は倒れていた。

「食事中に口論が始まったんだ」チャールズはそう言いながら、テーブルクロスに付着した血痕ともソースともつかぬものを引っかいた。

「きっと使用人たちの身に何かが起きたのね」とサラは言った。「ここの後片付けができなくなるようなことが」崖から放り出されるとか。

彼女はひと組のナイフとフォークを調べていた。フォークの歯が一本欠けていて、断面にきれいな穴があいている。それを置くと、こんどは皿を持ちあげた。下に白い厚紙のカードが隠れていた。

片面に短いメッセージが印刷されている。サラはそれを読みあげた。「ミセス・アナベル・リチャーズ、教師。幼い子供たちを虐待して性的満足を得ていた罪で告発された」その言葉づかいにチャールズは顔をしかめた。裏面には何も印刷されていなかった。

「時計の部屋にいたあの人だと思う」サラは言った。

「どうしてわかるんだ？」

「子供たちって書いてあるから。二日前に通りかかったとき、あの人、別の男の人と子供の教育のことで議論していたの。男の人は医者みたいだったし、彼女は教師みたいな口ぶりだった」

「見ろ、ここにもあるぞ」チャールズはテーブルにあったハンドバッグを持ちあげた。下から血で汚れたナプキンと、きれいな白いカードが現われた。彼はそこに印刷されたメッセージを読みあげた。「アンドルー・パーカー、弁護士。家族を殺した罪で告発された」カードを光のほうへ向けてみたが、ほかに手がかりはなかった。「外にいた男じゃないか？　あの罠にかかっていた」

「さあ。ひょっとしたらね」

チャールズがカードを見つめたまま事態の残虐さに呆然としているあいだに、サラはテーブルの下にもう二枚カードが落ちているのを見つけた。一枚目を読んだ。「リチャード・ブランチ、社会主義者。老人を死に追いやった罪で告発された」二枚目にはこうあった。「トマス・タウンゼンド、飲んだくれ。妻を殺した罪で告発された」

「意味がわからん」とチャールズは溜息まじりに言った。「謎は深まるばかりだ」

サラは首を振った。「このカードで事情がわかるじゃない。この人たちは裁かれるためにここへ集められたのよ」

「しかし、裁かれるとわかっていながら、なぜ来たんだ？」

「たぶんだまされたんだと思う。狂った正義感を持つ人物か、復讐を求める人物に」

チャールズはうめいた。「じゃあ、ここがいわば法廷になったというわけか？」愕然としてサラを見つめた。

サラはその肩をぽんとたたいた。「まあそんなところね。そしてどうやら四人は、死刑を宣告されたみたい」

ダイニングルームの奥にも両開きのドアがあって、豪勢な談話室に通じていた。こちらはダイニングルームに対して直角に、屋敷の側面に沿って延びている。ここの窓にはべっとりと血がついたように、深紅のカーテンがかかっていた。椅子はどれも、その窓から波のかなたの海岸を望めるように置かれているか、でなければ、反対側の壁の中央にある暖炉に向けられている。血のように赤い布張りの椅子が、こぼれたワインのようにいたるところにあった。

部屋の中央は灰だらけだった。ふわふわした灰色の粉末が暖炉から半円形に広がり、テーブルやクッションをおおっている。サラは散らばった燃え屑の跡を中心のほうへたどってみた。動物の毛や焦げた木片が落ちている。石炭のかけらや白いカードの切れ端も。告発カードの一枚が火にくべられたのだろう。

「これを見て」暖炉脇の籠から一本の薪を手に取って、チャールズのほうへ差し出した。先端に小さな穴がうがたれ、ざらざらした黒い粉末が詰まっている。

チャールズはそれを人差し指につけて鼻のそばへ持っていった。「火薬だ。このにおいはどこにいてもわかる」

「たちの悪いいたずらね。何分かふつうに燃えてから爆発するようになってる」暖炉のそばにある椅子に手を這わせると、生地の色が暗いのではっきりとは見えないものの、布地に木の破片がたくさん刺さっているのがわかった。「血痕は見あたらないから、これでは誰も怪我をしなかったみたいだけど」

「運が悪けりゃ、屋敷が丸焼けになってたな」

「これを見ると、暴力の対象はとくに決まっていなかったようね。誰がこれで死んでもかまわなかったみたい。つまり全員が、殺されるために連れてこられたことになる」

「だとしたら、告発者は誰なんだ？」

彼女はしばらく考えた。「もう少し調べてみましょう」

小さめのドアをくぐると、ふたたび玄関ホールに出た。チャールズが談話室の窓から外をのぞいて自宅を見つけようとしているあいだ、サラはそこで待っていた。彼が出てくると、次の部屋のドアをあけた。

「気をつけろ」チャールズが言った。

サラは中へはいった。そこは書斎だったが、家具のほとんどない書斎だった。デスクが一台と、ガラス戸つきの書棚が一本あるきりで、不可解なことに、どちらも黒い煤《すす》に厚くおおわれている。デスクに指を這わせてみると、黒い粉の上に跡が残った。

本棚の片側に小さな窓があり、その窓の下に死体がさらに二体あった。市場の農作物のように雑に積み重ねられている。若い女と年老いた女だ。そのふたりをサラははっきりと憶えていた。二日前にジギタリスの雑草を抜いていたときに、家の前を通りすぎていった。裕福な上流婦人とその同行者だ。そこまではまちがいない。老人のほうはいばっていて、意地悪でさえあった。それは若いほうのおどおどした態度からも、無頓着にしゃべりつづける老人の態度からも、はっきりと伝わってきた。若いほうはいちいち、なだめるような言葉で老人の話に相槌をうち、一度たりとも適当に聞きながしたりはしなかった。

チャールズがあとからのろのろと部屋にはいってきた。「ここは煙のにおいがするな」ドアを閉めずに、戸口のそばでぐずぐずしている。美術館に長くいすぎた子供のような態度だ。

死体はどちらも煙が染みこんでいた。若いほうの髪は煙で灰色になり、老人の髪はほとんど真っ黒になっている。チャールズは奥にはいってきて窓をあけ、さわやかな海風を吸いこんだ。それから、ふたつの死体を見おろして舌打ちをした。

「これで六人だ。それなのにまだ犯人がわからない。調査はもう十分だろう。帰ったほうがいい」

「まだ見つかっていない人たちがいる」

「ここは安全じゃない」

サラは返事をしなかった。一方の壁にあいている小さな穴を調べていた。なぜそこに穴があるのかわからなかった。デスクの下に缶詰がいくつかと、聖書、瓶入りの錠剤、黒ずんだ水のはいった水差しが隠してあったが、あとはほとんど何もない。死んだふたりのポケットをざっと検めてみたものの、何も見つからなかった。二日前に見かけたときにはふたりともバッグを持っていたはずだが、パニックのさなかにどこかでなくしたようだ。

サラはドアのほうへ行った。「告発カードを燃やしたのはこのふたりだったのかもね」

「そうかもな」チャールズは彼女を止めた。「サラ、決意のほどはわかるが、この恐ろしさと危険におまえ、本当に耐えられるか？　ひと休みしてからつづけちゃどうだ？」

言葉の裏にきまり悪げな懇願がひそんでいるのが感じ取れた。「ありがとう、チャールズ、でも、わたしはまったく平気よ」そう言うと、背中に手をあてて夫を部屋から押し出した。

出ていくときに、ドア枠の内側にもう一方の手を這わせてみた。煤は付着していなかった。「なぜかしら」彼女はつぶやいた。

その隣は小さな図書室だった。室内にこれといったものはなく、目立つのは木と金属を組み合わせて作られた大きなデスクだけだった。おかしな金属の棚が、その上の壁から頭の高さに突き出しており、デスクとなんらかの形でつながっているように見える。サラがそれをじっくりと調べているあいだ、チャールズは戸口に立っていた。

屋敷はさほど広くはなく、クローゼットをのぞけば――そこは手を触れられていないようだった――一階にある残りの部屋はみな、食事の仕度のための部屋だった。屋敷のこの部分にも玄関ホールの白黒タイルがつづいていて、空気がはっきりと冷たくなり、足音もよく響いた。チャールズは銃をかまえ、妻を守るように反対の腕を伸ばして先に立った。サラは我慢強くその腕の後ろを歩いた。厨房と小さな貯蔵庫をいくつかふたりで一緒に調べたが、見つかるのは混乱と無秩序ばかりで、死体もなければ生存者もいなかった。

屋敷じゅうを恐怖が襲うなか、泊まり客たちは明らかにどこかの時点で、武器と食料を備蓄するのが得策だと判断して、厨房からそのふたつを掠奪したのだ。缶詰類はきれいになくなっており、残っているのはそれらをしゃにむに抱えた腕からこぼれ、隅に転がったり蹴とばされたりしたものだけだった。裏口のマットには梨のシロップ漬けがひと缶落ちており、そばにはコーンビーフの缶が、長靴と並んで転がっていた。ナイフ類はフックから落下し、鍋類は水を入れる容器として持ち去られている。

小さな食料庫の床は、こぼれた小麦粉や割れた蜂蜜の壺のせいでどろどろだった。廊下には解けかけの冷凍肉が点々と落ちており、端にかじりついた歯形が残っている。煤で汚れたあの部屋のデスク下にあったわずかばかりの食料も、これから二階で見つかるはずのものも、このような混乱を代価として支払っていたのだ。ここで起きた惨劇の証拠としては、死体そのものよりそれらのほうが、いろんな意味でいっそうおぞましかった。

「どこかの時点で礼節が崩壊したのね」とサラは言った。「そしてみんな食料を抱えて自分の部屋に閉じこもった。やっぱりわたしの考えていたことが正しかったみたい」

「どんな考えだ？」

「告発者は十人の滞在者のうちのひとりだったのよ。それ以外の人物だったら、みんなその人物に対して団結したはず。でも実際には、おたがい敵対していた。つまり、犯人は自分の正体を隠していたわけ」

「で、ほかの九人をひとりずつ殺していったと？　じゃあ、告発のひとつは偽物だったというのか？」

「でなければ、自白か」

チャールズはごくりと唾を呑みこんだ。「となると、死体はあと三つあるわけか。で、おまえの考えじゃ、殺しを終えたあと犯人はどこへ行ったんだ？」

彼は息を詰めて答えを待った。

「ボートに乗って出ていったのかもしれないし、まだここにいるのかもしれない」

二階は一階に比べれば地味だった。ぐるりと曲がった階段をのぼりきると、大きな窓があり、廊下が左右にそれぞれ屋敷の端まで伸びていた。

二階にある部屋はどれも寝室か浴室だった。寝室は広さも贅沢さもさまざまで、専用の浴室をそなえているものもあった。「生き残っている者がいるとすれば、この部屋のどれかにいるだろうな」

チャールズはそう言うと、サラにこう要求した。自分が両手で銃をかまえて最初のドアの前に立つから、おまえはドアの横の壁に背中を押しつけて、指先でドアをあけてくれ。サラはそんなやりかたをどことなく滑稽に思いながらも、言うとおりにしてやった。ドアがあっけなく奥へあくと、そこは使用人夫妻の部屋だった。

室内にはくすんだ灰色のシーツをかけたベッドがふたつ並んでいた。あとは最低限の調度しかない。階段のおり口に近いため、早朝に出入りしてもほかの人々をわずらわせずにすむという配慮から、その部屋が選ばれたのだろう。ベッドはどちらもきちんと整えられ、カーテンも閉まっている。ひらいたままの聖書をのぞけば、スタッブズ夫妻はそこにいた痕跡をいっさい残していなかった。

むかいの部屋もやはり質素で、茶色のベッドが一台だけ置いてあった。ベッドの上の窓は割れている。望遠鏡で見たのはその窓だったが、近くから見ると、ガラスの多くは手で取りのぞかれているのがわかった。

「喧嘩でもあったのかもしれん」チャールズが言った。

サラは小さな机の抽斗をのぞいた。空だった。机の横には屑籠があり、太い緑色の蠟燭が捨ててある。「あるいは、誰かが脱出路をこしらえたか」

階段のそちら側には寝室がもうふた部屋あった。一方はたいそう広々としていて、専用の浴室とバルコニーをそなえていたが、もう一方はもう少し狭く、何も付属していない。どちらのベッドにも眠った形跡があったが、整えてあるのは一方だけで、どちらの化粧テーブルにも女性の装身具類が大量に置かれていた。

「下にいたふたりの女の人の部屋ね」とサラは言った。「どっちがどっちの部屋かわかる?」

チャールズは、面白がってもいれば咎めてもいるような口調で答えた。「神の眼から見れば、あのふたりはもう対等だよ」

そちら側の最後の部屋はありふれた浴室で、便器と洗面台とシャワーがあるだけだった。シャワーカーテンが引きちぎられて、床が水びたしになっていたが、被害はそれだけだった。

ふたりは逆戻りして階段の前を通過し、反対側の廊下にはいった。両側にドアが五つ、交互に並んでいたが、どれも閉まっていた。

最初のドアをあけると、そこはオリーブ色がかった地味な絨毯を敷いた浴室だった。洗面台の上の戸棚があわただしく掻きまわされていたものの、ほかに注意を引くものはなかった。

次のドアには鍵がかかっていた。チャールズが銃把でドンドンと数分間にわたってたたいたものの、返事はなかった。鍵を探してみたが、見つからない。

「こいつは不吉だな」と彼は言った。

「ドアはあと三つある。見つかっていない死体もあと三つ。ここは後まわしにしましょう」サラは言った。

その隣のドアにも鍵がかかっていた。その次のドアをあけると、そこは狭いながらも明るい部屋で、壁ぎわに置かれたシングルベッドに女が横たわっていた。昼間の服を着て、まだ靴をはいている。眠っているように見えるが、眠っているわけではないのは、ふたりとも知っていた。ベッドのむかいには机があり、ロシアの短篇小説集が載っている。置かれている角度からすると、読まれたのは最近のようだ。ベッドの裾にその女の旅行鞄が置いてあったが、中身は取り出されていない。机の上の棚にはほかにも数冊の本が並んでおり、顕著な隙間が一冊分あいていた。

「わたし憶えてる」サラは二日前にその女がつけていた鮮やかなブルーのアイシャドウを思い出しながら言った。「この人がハンサムな若者と一緒に通りすぎていったのを。彼のほうはとても無口で、この人がひとりでしゃべってた。田舎についての意見をあれこれと」

チャールズはうなずいた。「なんとも残念だな、まだおまえと同じような年頃だというのに。だが、驚きだとは言えん」

彼はその謎めいた言葉を説明せず、ふたりは部屋を出た。

最後のドアをあけると、若い男の死体があった。やはりベッドに横たわっているものの、こちらはパジャマを着て寝具をかけている。室内は同じようにがらんとしていた。

「無口な若者か？」

サラはうなずいた。若者の鞄はすっかり荷ほどきがすんでいた。その後の運命を考えると、彼の楽観に胸が締めつけられた。「残念ね、とてもすてきなタイプに見えたのに」

「まあ、たしかに魅力的なやつだな」チャールズはシーツを引っぱりあげて若者の顔をおおった。

サラは膝をついてベッドの下から何かをひろいあげた。また本だった——『怪奇と幻想の物語』。ふり返ってベッドのむかいの机を見た。暗緑色の蠟燭が一本、半分燃えつきたまま置かれている。垂れている蠟にそっと指を触れてみた。「隣の部屋にもこれと似た緑の蠟燭があって、やっぱり火をつけた跡があった。このふたつの部屋には電灯がないでしょ。きっと蠟燭に有毒なものがふくまれていたのよ」

「火をつけるとそれが拡散するってのか？」

「ええ。蠟に毒が混ぜられていて、致死性の気体になるの。それがふたりを殺したんだと思う——この男の人と隣の女の人を。ふたりに共通するのはそれだけだもの。おそらくこのふたりが最初に死んだはず。別の部屋では蠟燭が屑籠に捨てられてた」

チャールズは疑わしげな顔をした。「どうしてこのふたりが最初だとわかるんだ？」

サラはベッドを指さした。「死体はどちらも検められて、きちんと丁重に寝かせてある。あとの死体はみんな、死んだ場所に放置されてたでしょう。時計の部屋の女の人をのぞけばね。この三人が死んだのはパニックが起こる前、何が起きているのかみんなが理解する前なのよ。それと、このふたりは同時に死んだはず。毒を仕込んだ蠟燭なんて、すぐに種がばれるから、二度は成功しない」

　チャールズは彼女の手をつかんだ。「たいしたもんだよ、ダーリン。しかし、一日じゅうここで推理しているわけにはいかん。外に物置がある。行けば斧か何か見つかるだろう。そいつで鍵のかかったあのふたつのドアをぶち破ろう。そうしたら帰るんだ」

「わたしはここで待ってる」サラはもっと調査をしたかった。

　チャールズは首を振った。「冗談じゃない。それは危険だ。あのふたつのドアからいつ犯人が飛び出してきたっておかしくないんだぞ」

「だいじょうぶよ、チャールズ。この屋敷は人が動けばかならずギシギシと大きな音がするし、あのふたつのドアには鍵もかかってる。ちょっとでも足音や、鍵のカチャカチャいう音が聞こえたら、すぐに逃げ出してあなたのところへ駆けつけるから」

「わかったよ」チャールズは溜息をついた。「おまえがそう言うからには、何か根拠があるんだろう。しかし、頼むから気をつけてくれよ」

「それに」と彼女はさらに言った。「犯人は物置に隠れている可能性のほうが高いもの」

　チャールズは青くなりつつも、勇ましげな顔をしてみせた。「そうか、ならば」

彼はサラにキスをすると、突きはなされる前に部屋を出ていった。

サラは廊下のはずれにひとりたたずんで、ぬるま湯のような静寂にひたった。

それから額を壁に押しつけた。おしとやかとは言いがたい癖だ。チャールズが見たら渋い顔をするだろう。だが、こうすると集中できるのだ。気が散らず、ただ自分と、自分の考えと、額がかすかに壁紙にこすれることで生じるひりひりした感触だけになる。やがてひらめいた。「木の葉を隠すのにうってつけの場所は？　森の中。じゃあ、紙切れを隠すのにうってつけの場所は？」

サラは若い女の死体が置かれた部屋に戻った。「ロシアの短篇小説集」そうつぶやきながら、机からそのずっしりと重たい本を取りあげた。「悪いけれど、あなたはそういうタイプには見えない。この本を選んだのは分厚いからでしょう」ぱらぱらとページをめくっていく。「とはいっても、あなたはいろんな点でいちばん抜け目がなかった」

ページのあいだに、折りたたんだ手書きの手記と、小さな白いカードがはさんであった。カードには細かい皺がはいっていて、いったんはくしゃくしゃに丸められたことがわかる。

「スカーレット・ソープ、あばずれ。男を誘惑して私欲のため言葉巧みに自殺させた罪で告発された」

寝室の静けさの中で読むと、その告発はひとしお冷酷に思えた。手記のほうはもう少し穏やかな調子で書かれていた。サラはベッドに腰をおろしてそれを読みはじめた。

〝いまわたしはひどく異常な状況に置かれている。週末をここで過ごすことになったのは、アンウィンという男に招かれたからだ。彼はわたしの情報をわたしの前の雇い主のひとりから得ていたが、それが誰なのかは明かさなかった。有望な顧客たちとの顔合わせの席で、姪としてふるまってくれる人が欲しい。自分の事業が古くからの家族経営事業だということを強調したいのだ。あなたはただ、好ましい第一印象をあたえたり、仕事ができそうに見せたり、そんなことをしてくれればいい。手紙にはそうあった。

そこでわたしは指示に従って、ほかの人たちとともにここへやってきた。みなこのアンウィンという男に招待された人たちだった。彼らがその顧客かもしれないので、わたしはいちおう、アンウィンの姪だと名乗っておいた。行く先が島だとは知らなかった。妙だとは思ったものの、引き返そうとは思わなかった。報酬がよかったからだ。アンウィンの使用人のスタッブズが、ボートでわたしたちを島へ運んでくれた。アンウィンは遅れているので、あとから合流する。スタッブズはわたしたちにそう伝えた。総勢は、わたしたち八人にスタッブズと彼の妻を加えて、十人だった〟

サラは紙を裏返した。

〝最初からすべてがひどく奇妙だった。よそよそしい会話が多すぎたし、誰もが当惑しているようだった。そのあと夕食の席で、スタッブズ夫人が全員に、それぞれの名前の書かれた封筒を手渡した。でも、彼女はまだわたしたちの名前を憶えていなかったので、学校の出席簿のように一通ずつ読みあげなければならなかった。どの手紙もその受取り手を、露見していないなんらかの犯罪で告発していた。ダイニングルームは大騒ぎになった。誰かが自分の告発状を読みあげると、ほかの人々も同じようにすべきかどうかでひと悶着あった。結局みんな読みあげたのだが、お高くとまったふたりの女性だけはそれを拒んだ。あの古狸のトランター夫人と、夫人にはさからえないお供のソフィアは。夫人はあの鼻持ちならない修道女タイプで、絶対に欠点を認めようとしない。でも、わたしはふたりの後ろに立っていたから、内容はほとんど読めた。アムステルダムを旅行中に乞食を運河に突き落としたらしい。ひどい話だ。そのあと、見るからに好きになれないあの医者が、いかにも男らしくその場の支配権を握った〟

サラはその男を憶えていた。赤いカーディガンの教師と一緒に家の前を通りすぎていった男だ。これまでに見つかった死体のなかに、その男の死体はなかった。

〝彼はスタッブズに詰めよったけれど、スタッブズはあくまでも、自分は指示に従っただけであり、アンウィンには会ったこともないと言い張った。もう少しで喧嘩になるところだった。乱暴な男なのだ、その医者は。わたしもアンウィンの姪だということで、気まずい質問をいくつかされ、結局本当のことを打ち明けてしまった。

不思議なのは、わたしへの告発がおおむね事実だということだ。要するにわたしはベニーを誘惑してから、言葉巧みに自殺させたのだという。まあ、誘惑はおたがいさまにしても、わたしが彼に錠剤を渡してこれを使えと言ったのはたしかだ。あんな男はいなくなったほうが世の中のためだ。あんな手癖の悪いやつは。でも、その事実は世間には知られていない。アンウィンが調べあげたのだろう。

するとその混乱のさなかに、そんなものはまだ序の口だというように、食卓にいた口やかましい女がむせはじめた。動揺しただけだろう。初めはみなそう考えていたものの、どんどんひどくなってきた。水を飲ませると、すぐに真っ赤に染まった水を吐き戻した。誰かが背中をたたいてやったけれど、ますますひどくなるだけに見えた。それから彼女は恐ろしいうめき声をあげて家具を引っぱたきながら、部屋じゅうをよたよたと歩きまわった。そしてとうとう、カーテンに倒れこんで息絶えた。それはわたしたちにしてみれば、ある意味で僥倖だった。アンウィンがどんな恐喝を企んでいるにしろ、これで警察が介入してくることになるからだ。スタッブズは明日の朝いちばんで本土へボートを出すと言っている。考えてみれば、危機一髪だ。今夜は眠れそうにない。廊下のいちばん奥で誰かが咳をしている〟

手記はそこで終わっていた。

数分後にチャールズが戻ってきた。「なんだ、こんなところにいたのか。最悪の事態が起きたのかと思ったぞ」

サラは彼に手記を見せた。彼は片手に小さな斧を、片手に銃を持っていたが、それを本の横に置いて、じっくりと手記を読んだ。「じゃあ、この最後に書かれてるのが、時計の部屋にいたあの女の死の様子なのか？」

「そうみたいね」

「となると、あの女は毒を盛られたのかもしれんな。料理に何かを入れられたんだ」

「あのテーブルでわたし、歯の欠けたフォークを見つけたの。あの人はきっと、その歯を喉に詰まらせたんだと思う。それを差しこんであったと思われる穴があったもの。硬めの肉に突き刺したらそれがすぽっと抜けて、そのまま呑みこんじゃったんじゃないかしら」

チャールズは眉をひそめながら、フォークでものを食べる仕草をした。「穴はくさび形になっていたから、はまっていたほうの先がきっと刃《やいば》みたいに研ぎすましてあったんだと思う。喉に刺さるように」

「そりゃたまらんな。気の毒に」

サラは肩をすくめた。「でも、あの人は子供を虐待してたみたいよ。外で何か見つかった?」

チャールズは胸を張った。「結局、島じゅうを調べてきたよ。物置にいたら外で何かが動く音がするんで、様子を見にいったのさ。ただの鷗だったが、ついでだから、島じゅうを見てまわることにしたんだ。生きてる人間も死んでる人間もいなかった。調べてないのは、スタッブズ夫妻のいる砂浜だけだ。浜へおりる径はあるんだが、危険だし、おまえのことも気になったんでな」

「これで、スタッブズ夫妻は四番目と五番目に死んだことがわかったわね。ここのふたりのことは、もちろんわたしのまちがいだった。最初に死んだのはこのふたりじゃなくて、あの教師ね。そのあと——その晩はいろんなドラマがあったから、きっとみんな早めに就寝したはずだけれど——このふたりはどちらも蠟燭をつけて起きていた。ひとりは手記を書くため、もうひとりは本を読むために。そしてどちらも蠟燭から出る有毒な気体で死亡した。これで死者は三人。そこでようやく、みんなにも事態が呑みこめてきたんだと思う。

ひとりならただの不運かもしれないけど、三人となれば偶然じゃない。わたしの推測だと、スタッブズ夫妻はこのふたりの死体が発見されたときにはもう死んでいたはず。次の朝早くに殺されたのよ、ダイニングルームを片付ける前に。おそらくアンウィンがふたりをあの崖のてっぺんに呼び出して——前夜のちょっとした事故を警察に報告する前に、口裏を合わせておきたいとかなんとか言ったのかもしれない——油断しているふたりを突き落としたんじゃないかしら」

「手記には、スタッブズが何かの罪で告発されていたとは書かれていないし、妻もそうだ。だったらなぜふたりはここへ呼びよせられたんだ？」

「準備をさせるためよ。準備がすんだら殺すつもりだったんだと思う。どこを探したって、露見していない犯罪を犯していて、なおかつはした金で働いてくれる使用人なんて、見つかりっこないもの」

「なるほどな」チャールズは暗澹とした顔をした。「少なくともあのふたりの死は、迅速で苦痛の少ないものだったようだが、それで理由がわかった気がする」

「アンウィンにも人の心があるのよ、多少は」

「残りの部屋を調べなくちゃならん。行こう」

チャールズは最初のドアに斧をふるった。上下の蝶番のあたりに何度も刃をたたきこんでいると、全体がはずれて倒れかかってきた。あわてた彼は銃を取り落とし、倒れてきたドアによって——家具で砦をこしらえる子供のように——後ろの壁に押しつけられてしまったが、誰も襲いかかってはこなかった。サラはドアをまたぎ越えて、がらんとした室内にはいった。むきだしのベッドと裸電球があるきりで、死体はなかった。正面に小さな窓がひとつ。蠟燭すらない。電球のかたわらの天井から蚊が一匹、彼女を見おろしている。ドアの裏にスーツケースがひとつと、缶詰がひと山あった。スーツケースは鍵もかけられていないし、きちんと閉じてもいない。缶詰の横の床にはフォークが一本と、大型の肉切りナイフ、洗面器一杯の水が置いてある。「籠城の準備をして、鍵をかけて出ていったきり、戻ってこなかったんだな」チャールズが言った。

隣の部屋のドアも同じようにしてはずした。今回はドアが倒れてくるとすぐに、チャールズは脇へよけ、二挺の武器をかまえて待ちかまえていた。「どっちのドアも、いざとなったらたいした防御にはならなかったろうな」

こちらは隣の部屋よりも広く、ダブルベッドと浴室をそなえていた。見ると、ドア枠のあちこちに削げた傷があり、血もついている。「暴力沙汰があったようだな」チャールズは言った。

「当然よ」とサラは答えた。「いちばん安全な部屋だもの。水は出るし、入口はこのドアだけで、バルコニーもない。ここを手に入れようとして争ったのよ」

ベッドは惨憺たるありさまだった。整えられてもいないうえに、スイートコーンの缶がいくつも転がっている。床にはスーツケースの中身が散らかっていた。

「浴槽に何か見える」チャールズは銃をかまえてそろそろと浴室へ近づいていき、戸口に立って浴槽を見おろした。「またひとつあったぞ」

サラも後ろから近づいていった。チャールズは振りかえった。「サラ、おまえはだめだ」

彼女はチャールズの前に出た。水が張られたままの浴槽内で裸の男が死んでいた。体じゅうに火傷と火ぶくれのあとがあり、髪の毛の焼けたにおいがする。床に水がこぼれていた。「戻りましょう。ここは危ないかも」

ふたりはベッドに腰かけた。そこからなら、火ぶくれのできた骨と皮ばかりの死体は見えない。「あれがミスター・タウンゼンドじゃないかしら」

チャールズはうなずいた。「これで九人か。不明なのはあとひとりだ」

サラは不安そうな顔をした。「十人目の人をわたし、憶えている。たしか医者だったと思う。あまり感じのいい人じゃなさそうだった」

「そいつがアンウィンだと思うのか？　そいつがほかの九人を殺したと？」

「それしか結論はないように思えるんだけど」サラは溜息をついた。「どこかしっくりしないのよね」

「なぜ？」

彼女は首を振った。「要素が出そろっていないから、まだわからない」

「一カ所だけまだ調べてないところがあるぞ」

「スタッブズ夫妻が倒れている砂浜ね」

「ああ」とチャールズは言った。「子供のころはよくあそこで遊んだもんだが。これで汚されてしまったな」彼はサラを見た。「浴槽のあの男。死因はなんだと思う？」

サラはそっけなく答えた。「火傷」

「風呂に仕掛けがしてあって、湯と水のどちらの蛇口からも熱湯が出てきたとか？」

彼女は首を振った。「それなら、はいる前に気がつく。そうじゃなくて、感電死したの。浴槽は磁器製だけど、あふれるお湯を流す排水口は金属でできているから、そこに電流を流せる。巧妙なやりかたよ。あの人はお湯に手を入れてみて、絶対に安全なのを確かめてから湯船につかる。それなのに完全に体を沈めると、お湯が排水口の高さまで上昇して、感電が始まる。排水口が役目を果たして水位が下がると、電流はまた自動的に切れる。死体の状態からすると、死ぬまでにはずいぶん時間がかかったんじゃないかしら」

体内の防壁が決壊し、チャールズは浴室へ駆けこんで洗面台に嘔吐した。ゆであがった死体が眼の隅に見えていた。サラがはいってきて浴槽の縁に腰かけ、背中をさすってくれた。

「気をつけろよ」と彼はむせながら水を指さした。

「はいはい」サラは溜息をついた。「気分がよくなったら、あの砂浜を調べにいきましょう」

すでに午後だった。潮は急速に引いており、島の周囲の海面はどこも岩礁で傷だらけになっていた。まるで波の下に怪物が群がって眠っているように見える。見慣れた光景ではあっても、これほど近くから見るのはサラには初めてだった。

空はどんよりと曇り、絶え間ない風が本土のほうへ吹きつけている。なんという惨めな死に場所だろう、と彼女は思った。

チャールズが先に立って島の奥にある小さな丘の連なりを越え、ふたりは崖の上までやってきたが、あまり近づきすぎるのは怖かった。

「ここだ」チャールズは藪と藪のあいだをくだる小径を指さした。崖をジグザグにおりて、岩場をひとつ乗り越えると、下の砂浜に出られるようになっている。

ふたりは一歩ずつ慎重におりた。岩場のてっぺんに立つと、スタッブズが下からふたりを見あげていた。死んだ眼は恐怖で濁り、頭は砂地の小さな隆起にもたれているが、体のほかの部分は斜面の傾斜に沿っている。首が折れているにちがいない。夫人のほうはもう少し安らかで、後光のように円く濡れた砂に顔を突っ伏していた。手脚が左右とも折れているようだ。

「猫みたいに着地したんじゃないかな」チャールズが言った。

片手で夫人の体をちょっと持ちあげてみると、下の砂が赤く染まっていた。衝撃で顎が上へ押しやられて皮膚がつっぱり、柔らかな喉がぱっくりと裂けたのだ。服が濡れていた。チャールズは彼女の服を探って、エプロンのポケットから湿った白いカードを見つけた。夫のほうはもっと海に近い場所に落下していた。サラは彼のポケットのひとつからびしょ濡れになったカードを見つけた。血の染みのついたハンカチにくるんであった。二枚ともほかの告発カードと同じに見えたが、印刷されていたのはこんな言葉だった。〝おまえはもう用済みだ〟

「なんと無慈悲な」チャールズが言った。

「わたしの推理があたった」

夫妻の死体にもその周辺にも、ほかにこれといったものはなかったので、ふたりは苦労してまた崖を登った。「あのふたりを運ぶには機材が必要になるな」チャールズがぽつりと口にした。

頂上に着くと彼は、その光景が浄めになるとでもいうように、寒々しい海原をもう一度ながめたが、島の周囲の海はむしろただれているように見えた。「今年は例年になく寒い年だな」と陰気につぶやいた。

それを聞いて、サラの頭の中で何かがカチコチと動きはじめた。規則正しい遠くの波の動きを見つめて、何が気になったのかを考えた。やがて表情がぱっと明るくなった。「それを忘れてたんだ」

サラは屋敷のほうへ駆けだした。チャールズはわけがわからぬまま懸命にあとを追った。玄関前の草地の死体を通りすぎたところで、彼はサラをつかまえて引きとめ、あえぎあえぎ言った。「そこのあの、針金で首を絞められた男。おまえ、あいつは死んだばかりだ、たぶん今朝だと思う、そう言ったな。ひょっとすると、あいつもぐるだったんじゃないか、アンウィンと?」

「あの人のことは後まわしにしましょう」サラは肩にかけられた夫の手を振りはらって玄関に駆けこむと、階段をあがって左の廊下へ曲がり、さきほどは施錠されていたがらんとした部屋にはいった。

「チャールズ、ここの何がおかしいか言ってみて」

「部屋は使われていないし、ベッドも整えられたままなのに、スーツケースがある」

「そうね。でも、もっとわかりやすいものがある。今年はあなたの言ったとおり、寒い年よね。これまでわたし、蚊は一匹も見かけていなかった。あそこのあいつが初めて」その蚊はまだ天井の裸電球の横にとまっていた。

サラはベッドを手で押してみて、体重を支えてくれそうなのを確かめた。それからベッドの上に立ち、その蚊をとっくりと見た。蚊は動かなかった。指で弾くと、床に落ちて部屋の隅へ転がっていった。

チャールズはそれをつまみあげた。「おもちゃだ。針金でこしらえた模型だよ。こんなものがなんだっていうんだ?」

だが、サラはすでにベッドからせっせとシーツをはがしていた。シーツの下にマットレスはなく、カンバス地でおおわれた頑丈な金属の枠があるだけだった。「手を貸して」

ふたりで下に手をかけて持ちあげると、枠ははずれた。それが蓋のようにベッドをおおっていたのだ。中は空洞だった。開口部に目の細かい網が張ってあり、中央に大きな破れ目がある。その下に、行方不明だった十番目の死体が見えた。チャールズがサラの横へやってきた。「その医者か?」

彼女はうなずいた。

「じゃあ、こいつがアンウィンなのか?」

彼女は首を振った。「自分にこんなことをする人はいない。こういう網はよく安物のキャンプ用ベッドに使われている。上に座ったり横になったりしても、体重を支えてくれるけれど、そこに立とうとすると、その圧力で下へ突きぬけてしまうの。この蓋はあけてあって、壁の一部に見せかけてあったんだと思う。だからベッドの上に立ったとき、この人は網の上に立ったはず」サラは残りの網をベッドの縁から破り取った。「尖った鉄棒が底にびっしり植えてある。返しがついているから、刺さったら抜けない。そしてこのレバーに体重がかかると、その掛け金がはずれて蓋がばたんと閉まる。この人は闇の中でひとり、出血多量で死んだというわけ」中空のベッドの底に血が一センチほどたまっていた。

「あの蚊は?」

「この人をベッドに立たせるための、たんなる囮《おとり》」

チャールズは壁を引っぱたいた。「なんという残忍なトリックだ。となると、アンウィンは滞在客じゃないのかもな。こうは考えられないか? 何週間か前にここへ来て、こういう罠を仕掛けていったとは。ここにいて罠が作動するのを見届ける必要はないんだか

「それはどうかしら。罠にはやっぱり人の手が必要よ。たとえば、外で首絞め具にやられていた人の場合を考えみて」

「だが、十人全員が死んでるんだぞ」

サラは額に手をあてた。「それはわかっているけれど、そのうちのひとりが絶対に犯人のはず。問題はそれが誰なのかよ」

「ふむ、袋小路に突きあたったのなら、ここらへんで警察を呼ぼうじゃないか。潮はまだ十分に高そうだ」

サラはあきれたように天を仰いだ。「だめよ、チャールズ。一緒に来て」

ふたりは一階におりて、灰と木屑の散らばる談話室へ行った。

「できごとを時系列順に並べるのはわりと簡単だけど。でも、いちおうはっきりさせておきましょう。そうすれば残りも正しい場所に収まるはずだから。初日はまず招待客が到着する。それから夕食の途中で全員への告発があり、最初の死者が出る。フォークの歯を呑みこんでね。わたしの想像だと、みんなすっかり動揺してしまい、見知らぬ相手とおしゃべりなんかしないで、早めに寝室に引きあげたはず。使用人たちはおそらく、死体を片付けるのにいそがしくて、夕食の後片付けはできない。それは夜明けにでもやることにする。

そうこうするうちに、客のふたりが蠟燭の毒にやられて死んでいく。翌朝、ほかの五人の客は眼を覚ましてここへおりてくる。でも、使用人たちはもう始末されているから、朝食は出てこない。もしかしたら五人は、スタッブズ夫妻が本土へ行った可能性も考えるかもしれないけれど、やがてそうとは思えなくなる。客のうちのふたりが、いつまでたっても起きてこないから。様子を見にいくと、ふたりとも死んでいて、何か不穏なことが起きているのが明らかになる。たぶんこの時点で、彼らは侵入者を捜して島じゅうを捜索して、スタッブズ夫妻の死体を発見したんじゃないかしら。そしてそのときから、パニックが始まったんだと思う。ここまでに五件の殺人があり、五人が生き残っている。島じゅうを捜索して、ほかには誰もいないのがわかっている。だから五人のうちの誰かが何かを企んでいるにちがいない。談話室で緊急会議がひらかれるけれど、薪が破裂して終わる。五人はまとまることで身を守ろうとするのではなく、めいめいが食料をかき集めて自分の部屋に閉じこもる。いちばん安全な部屋をめぐって争いまで起こる。ここまではわかる？」

チャールズは真剣にうなずき、サラは話をつづけた。

「それがたぶん二日目の晩か、三日目の朝までつづくんだけれど、どこかの時点で、あのふたりの婦人が自分たちの部屋を捨てて、この隣の書斎へ食料の蓄えを移動させる。なぜかというと、寝室は安全じゃないから。ひとりが浴槽でゆでられていて、もうひとりがべッドの内部でゆっくりと失血死しつつあるんだもの。そのふたりの悲鳴が屋敷の二階に響きわたるはず。でも、ふたりともドアには鍵をかけている。外の草地に倒れている年輩の男の人しか、この時点でほかに生き残っている客はいない。ふたりの婦人はここへ来る前からの知り合いだから、疑いは当然、その男に向けられる。正しいかどうかはともかく、ふたりは書斎へ逃げこんでデスクをドアに押しつける」

「しかしそれなら、ふたりはどうやって死んだんだ？」

「あら、それは簡単よ」サラはマントルピースの前へ行って、ゆるんでいる煉瓦をひとつ押しこんだ。「これを引きぬくと、煙突の奥に隙間ができて、煙が壁の穴を通って隣の部屋に流れこむの。隣の部屋のドアには錠がないけれど、窓があけられるとかならず錠がかかるようになっている。あなたが窓をあけたときに、ドア枠からかんぬきが滑り出てくるのが見えたのよ。壁の中で滑車の回る音も聞こえたし」

「それにあの窓は這い出すには小さすぎた。だからふたりは窒息しそうになっていて、命が助かるには窓を閉めるしかなかった。だが、それだけは絶対にしようとしなかったと、そういうわけか。アンウィンのユーモアのセンスは腐ってるな。じゃあたぶん、外にいる年輩の男がそのふたりを殺した暖炉の火をつけたんだな？　しかしおまえの考えじゃ、あいつはアンウィンじゃないんだろう？」

「ちょっと考えさせて」サラはビロードの肘掛け椅子のひとつに腰をおろすと、集中を高めるときにいつもやるように、額を圧迫しはじめた。こんどは手のひらの付け根で。チャールズに見られてもかまわない。いまは邪魔をしないだろう。

チャールズはぽかんと見ているだけだった。妻の息づかいが聞こえないので不安になってきたとき、サラは悪夢から覚めたとでもいうようにはっと立ちあがった。だが、声はまったく落ちついていた。

「そう、あの人はアンウィンじゃない。あの人の死がいちばん不可解なのはたしかだけどね。ここには最初からずっと、もうひとりの存在があったのに、わたし、それをうまく結びつけられなかった。リチャーズ夫人というあの教師は、フォークの歯で窒息したと、わたしはあなたにそう言ったけれど、彼女の口の奥をのぞいても、喉を触ってみても、何も詰まっていなかった。わたしがまちがっていたのか、何者かがあとで取りのぞいたのかの、どちらかしかない。男女ふたりの死体のそばには、それぞれ使用された蠟燭があったけれど、マッチはなかった。ベッドの内側の死体をおおっていた蓋には、いかにもベッドらしくシーツがかけてあった。蓋はバネ仕掛けで勢いよくかぶさったはずなのに、わたしたちが見たときには、シーツはきれいに整えてあった。しかも、あの死体は施錠された部屋にあったのに、鍵はどこにも見あたらなかった。さらに、煙の充満した部屋で死んでいたふたりの女性は、窓をあけると錠がおりるという仕掛けで閉じこめられていたはずなのに、わたしたちが発見したときには、窓は閉まっていた。デスクも壁ぎわにきちんと戻してあった」

「てことは、最後に残った男がそれを全部やったんじゃないか。外の草地に倒れている男が。あいつがアンウィンだったとしたら、部屋の鍵もぜんぶ持っているだろう」

「たしかにね。でもあの人の死は、どう見ても殺人に思える。仕掛けがほとんど残されていないから、あれがいちばん難解だけど。でも、アンウィンはじかに襲いかかったりは絶対にしなかったはず。いくら首絞め具を使おうと、失敗する恐れは十分にあるもの。なんらかのトリックがあったにちがいない。そしてもちろん、一歩下がって考えてみれば、それはすぐにわかる。死体が見つかったのは、ふだんならボートが係留してある場所のそばでしょ。あの人があそこにいたのは、ボートに乗ろうとしていたからだとしか考えられない。ボートに乗ろうとしている人に、自分で針金を首に巻きつけさせるにはどうしたらいい？」

チャールズは答えられなかった。

「救命胴衣を渡すの。というか、救命胴衣に見せかけたものを。裏地に針金を仕込んで。厚紙と安い布地さえあればできる。それを頭からかぶると、針金が首に巻きついて、錘がはずれるというわけ。するとここで、もうひとつ別の疑問が湧いてくる。どうして誰も二日目に、つまり仲間の半数が死体で見つかったときに、ボートに乗ろうとしなかったのか。あの日は海が荒れていたから、どのみち陸にはたどりつけなかったと思うけど。でも、とにかくやってみる人がいてもよかったと思う。ここでこんな死にかたをするよりは、そのほうがましだもの。だから、それを思いとどまらせた人物がいたんじゃないかしら。もう一日待とう、とみんなを説得した人物、その問題については経験が豊富なところを見せたばかりの人物が」

「誰なんだそれは？」

「スタッブズよ」

チャールズは息を呑んだ。

「それは初めから明らかだったの。気づかなかったなんて、わたし自分が許せない。スタッブズ以外に、暗礁をすりぬける経路を知っていた人物はいなかったんだから。二日目に海が荒れると、彼はみんなを説き伏せて島にとどまらせた。スタッブズ夫人はすでに死んでいたから、みんなは彼を信頼した。被害者のひとりだと考えたの。ベッドに閉じこめられていた人と浴槽にいた人は、その晩から翌朝にかけて死んだんだと思う。つづいて翌日の午前中に、ふたりの女性が暖炉の煙で窒息死する。満潮になるとスタッブズは、もう島を出ても安全だと宣言する。でも、残っているのはふたりしかいない。そして、救命胴衣のトリックでその人物も処刑すると、ボートの舫いを切ってから、妻のところへ行く。鍵はぜんぶ持っているから、その前に現場の後始末もできる。一目瞭然だったはずなのよ。彼の死にかただけが、自殺でもおかしくなかったんだから」

「しかし、わからんな。動機はなんだったんだ？」

「スタッブズはもう余命いくばくもなかったんだと思う。夜中に咳が聞こえていたというし。ポケットにあったハンカチには血がついていたし。他人を道連れにしようと決めたんじゃないかしら。罪を犯したのに罰せられていない人たちを。秘密をこんなにたくさん知っているのは使用人だけだし。それに彼は信心深い男だった。寝室に聖書があったのを憶えてるでしょ。自分の行ないを正義だと思ってたのか、復讐だと思ってたのか、それはわからないけれどね」

チャールズはショックのあまり満足に口もきけなかった。「悪魔だな、あの男は。わたしには理解できん」

サラは同情の眼を向けた。

チャールズは彼女の手を取った。「サラ、わたしはおまえが誇らしいよ。おまえの頭は実にこういうことに向いているな」彼女は照れながらうなずいた。「しかし、警察にはあまりしゃべりすぎないようにしよう。こっそり嗅ぎまわったという印象をあたえたくない。警察は自分たちですべてを解明するさ」

夕陽がちょうど沈んだころ、ふたりはボートに乗りこんだ。長く退屈な午後のあと、潮がふたたび満ちてきて、岩礁のいちばんやっかいなところはもう隠れていた。

サラが言った。「チャールズ、いま思いついたんだけれどね。玄関のドアに、わたしたちがもう警察へ行ったというメモを貼っておくべきじゃないかしら。わたしたちが戻ってくる前に、誰かが来るといけないでしょう」

チャールズはうなった。「それは立派な考えだが、わたしはペンも紙も持っていない。こんな時間にここへやってくる人間なんか、まずいないだろう」

「でも、朝になったら来るかもしれない。それにわたしたちも、いつ戻ってくるかわからないし。厨房の隣の図書室にデスクがあってね、いちばん上の抽斗にペンと紙がはいってた。さっき調べたの」

「わかったよ。おまえは寒くないようにして、ここで待ってなさい」チャールズはボートを揺らして立ちあがった。「すぐに戻る」

彼はゆるやかな坂をぶらぶらとのぼっていき、玄関から屋敷へはいった。

図書室の窓は、サラのいる短い木の桟橋に面していた。室内は暗かった。発電機はとうのむかしに止まっている。けれども彼女には、部屋にはいってくるチャールズの姿がぼんやりと見えたし、窓のむこうを通りすぎる彼の暗い影も見えた。それから、引っかかった抽斗を引っぱる彼の悪態が聞こえ、さきほどサラが調べた罠が作動する、ガシャンという金属音と蝶番の音がして、首を切断される彼の短い悲鳴が聞こえた。あっというまの死だった。

「チャールズ。うまくいかないって、わたし言ったでしょう」サラはオールをつかんだ。「許してね、ヘンリエッタ」少女がまだ望遠鏡でこちらを見ているだろうかと、彼女は自宅の方角へ眼をやった。まずまちがいなく、暗くて何も見えないだろう。

来るときに記憶しておいた経路をたどって岩礁帯をすりぬけるさいに、サラは何度か、スタッブズ夫妻の死体がある狭い砂浜からまっすぐ遠ざかるように漕ぐことになった。するとそのたびに、海原を照らす月光のいたずらで夫妻の眼がきらりと、彼女にウィンクするように見えるのだった。

10　第五の対話

「するとそのたびに、海原を照らす月光のいたずらで夫妻の眼がきらりと、彼女にウィンクするように見えるのだった」ジュリア・ハートは五つめの短篇を読みおえて、原稿をおろした。

雨はすでにあがって、空はむらのない穏やかな青色になり、形も大きさもさまざまな雲が、さながらウィンドウに並ぶ帽子のように浮かんでいる。グラントとジュリアは低い丘のてっぺんにある静かな教会の敷地に腰をおろしていた。昼食後に、彼のコテージから一キロ半ほど海岸を歩いて、そこにやってきたのだ。地面はすでに乾いていた。

「殺伐とした話ですね」ジュリアは言った。

「ああ、そうだな」グラントは帽子を持ちあげて額をハンカチで拭った。「孤島で発見される十人の死体。ぼくの大好きな犯罪小説へのオマージュだ」

「だろうと思いました」

「結末がとりわけやりきれないな。サラが理由もなくチャールズを殺すところが」

「あれはかならずしも不当じゃないと思います。流れを考えれば」

グラントは同意せずに首を振った。「これもまた探偵を悪意ある人物として描いた一例だよ。自分を超法規的存在とみなす傲慢な人物として」

「それに、これもまた海辺を舞台にした作品でもありますね」ジュリアはノートを取り出した。「海というものにこだわりがあるんですか？」

「いや、そんなものはないよ。子供のころを思い出させてくれるというだけだ」

ゆうべのグラントの怒りを思い出して、ジュリアはためらいがちに言った。「ということは、海のそばで育ったんですか？」

グラントはしばらく呆然と、ジュリアのペンが左右に動くのを見つめていた。「休暇でいつも海へ行っていただけだ」ジュリアは彼がつづけるのを待ったが、彼の話はそれで終わりだった。

「いまのがわたし、いちばん好きです。殺伐としてはいても」

グラントは帽子を目深に引きおろした。「そう言ってもらえるとうれしいよ」

ジュリアは数メートル先にある岩のかたまりを見つめていた。数分前に蛇がそのあいだを這うのが見えたように思ったのだ。ごく小さな蛇が。でも、光のいたずらだったのかもしれない。

グラントは立ちあがり、帽子をふたたび生えぎわまで押しあげた。「少し数学をやろう。そろそろ実際の定義を見ていくときだと思うんだが、どうかな？　簡単だよ、実に」

ジュリアは顔を上げた。「ぜひ聞かせてください」

「よし」グラントはその岩のかたわらの地面から、折れたオリーブの枝をひろいあげた。それからまた腰をおろして、ふたりのあいだの砂地に図を描きはじめた。「これはぼくの研究論文に、そっくりそのまま載っている。『探偵小説の順列』第一章第一節に」

彼はざらざらした地面に四つの円を描き、順に〝S〟〝V〟〝D〟〝K〟と記号をふった。

「これがなんだかわかるかな？」グラントは訊いた。

ジュリアはその質問をどう解釈すればいいのかわからず、眉間に皺を寄せてそれを見つめた。

「ベン図と呼ばれるものだ」とグラントはつづけた。「これはまだ未発達の状態にあるベン図だ。それぞれの円はひとつの集合、すなわちひとつの対象の集まりを表わす」次にグラントはその四つの円のまわりに、四つすべてを包含する大きな楕円をひとつ描いて、ジュリアに近いほうの隅に〝C〟と書きこんだ。

「これらの集合はどれも、キャストの一員

たちからなる集合だ。〝キャスト〟というのはたんに、その本の登場人物全体につける集合的な名前にすぎない。端役でもキャストだ。だからこれらの集合は、登場人物たちの集まりということになる」

「なるほど」

「これらの円は、ぼくらがすでに検討した四つの要素を表わしている。Sが〝容疑者《サスペクト》〟と呼ばれる登場人物の集合、Vが〝被害者《ヴィクティム》〟の集合、Dが〝探偵《ディテクティヴ》〟で、Kが〝犯人《キラー》〟だ。これに四つの条件を付け加える。容疑者の数は二以上でなくてはならないし、犯人と被害者の数はそれぞれ一以上でなくてはならない。容疑者の数が一以下だと謎《ミステリ》にならないし、犯人や被害者の数がゼロだと殺人にならないからね。これを数学的に集合の〝濃度〟、すなわち大きさとして表現すると、こうなる。集合Sの濃度は最低二で、集合KとVの濃度はどちらも最低一である」

「はい。すっきりしています」

「そして最後の条件は——これがもっとも重要だが——こうだ。犯人は容疑者の集合から選ばれなければならない。すなわち、KはSの部分集合である」

この最後の点を図示するために、グラントはKの円をいったん消して、Sの円の内側にもう少し小さく描きなおした。「部分集合はベン図でこう表わすんだ」

「でも、いまのところそれは、わたしたちが昨日と今日の午前中に話したことのおさらいですよね？」

「そのとおり。だが、いま正式な形で述べられたわけだ。そして、それが定義するひとつの単純な数学的構造を、これからは〝殺人〟と呼ぶことにする。次の一文はとても重要だ。さんざん考えてようやくこの表現にたどりついたんだ」

ジュリアは書きとめられるようにペンをかまえた。「どうぞ」

「こうだ。ある物語が〝殺人ミステリ〟に該当するのは、読者がその登場人物たちをこの四つの集合に分類でき、なおかつ――ここが肝心だが――ほかの三つの集合が出そろったあとの本文において、犯人の集合が特定される場合である。この一文は数学の世界を文学の不正確な世界と結合するものだ」

「それが定義のすべてですか？」

「ああ、これがすべてだ。容疑者はいつ登場しなくちゃならないとか、殺人はいつ起きなくちゃいけないとか、もっとルールを付け加えたくなるかもしれないが、そんなことをしても例外やら反証やらに直面するだけだ」

ジュリアは困惑した表情を浮かべた。「その単純さがたぶん理解しにくさの原因ですね。わからないのは構造そのものじゃなくて、なぜそれが重要だと見なされるのかなんです」

グラントは肩をすくめた。「数学というのはたいていそんなふうに始まるものなんだ」

「たとえば、手がかりのことが何もありませんけれど、手がかりはこのジャンルになくてはならないものです」

「ああ、たしかにね」グラントは身を乗り出した。「だからこそ、これが重要なんだよ。定義をきちんと立てれば、こんどは、手がかりというのが殺人ミステリにおいて不可欠な要素じゃないことを論証できる。なんでもいいから殺人ミステリを一冊ひらいて、手がかりをすべて削除してみたまえ。それでもそこに残るのはやはり殺人ミステリだ。この構造にあてはまるかぎりはね。つまり、この定義は解放的なんだよ、わりとね。わかるかな？」

「ええ、たぶん」

「別の例を見てみよう。超自然的存在が犯罪を犯す場合だ。それは殺人ミステリじゃ禁じ手だと見なされることが多いが、壁を通りぬける幽霊が殺人を犯しちゃならない理由はない。その幽霊が容疑者のひとりとして登場したのちに、殺人犯だと明かされるかぎりはね。定義を知っていれば、これもやはり正当な殺人ミステリだとわかる」

「じゃ、これはどうですか？　この『ホワイトの殺人事件集』に収められた七つの短篇は？」

「ああ」とグラントは拍手した。「それこそがこの定義を使ってできるもうひとつのことなんだ。つまり計算ができるんだよ。標準的な殺人ミステリには探偵がひとりと、被害者がひとりと、容疑者が数人いて、たがいに重複せず、容疑者のグループから犯人がひとりだけ選び出される。しかし、いまやぼくらは〝異常な事例〟とでも呼ぶべきものを考察することができる。すなわちグループの大きさが変則的だったり、ふたつ以上のグループが重なりあったりする事例だ。殺人ミステリには四つの構成要素しかないから、順列の数も比較的少ない。計算してことごとく書き出すことができる。考えられるすべての構造をね。それを探求するために、この短篇集は書かれたんだ」

ジュリアはノートをめくって、前にメモを取ったページをひらいた。「わたしたちがこれまでに読んだ殺人ミステリは、容疑者がふたりのものと、被害者と容疑者が重複するもの、探偵と犯人が重複するもの、それに犯人と容疑者とが同一のものですよね？」

「そのとおり」とグラントは言った。「そしていま読んだ短篇の決定的な特徴は、被害者と容疑者とが同一だということだ。言い換えれば、容疑者《S》は被害者《V》以外にいないし、被害《V》者も容疑者《S》以外にいない。ひとりないし複数の被害者がほかの全員を殺したということだな。これを図にするとこんなふうになる」

グラントは〝V〟と記された円を消して、新たに〝S〟という字の横に〝V〟と書きこんだ。

ジュリアはそれを書きうつした。「でも、わたし、思いついたことがあるんです」グラントは手のかわりにオリーブの枝をぐるぐると回して、つづけろと合図した。「こういう場合はどうしますか？」とジュリアは訊いた。「ひとつの小説内に異なる複数の犯罪があって、それぞれに別の犯人と被害者がいる場合は？」

グラントは座りなおして帽子を引きおろし、難しい顔をした。「いい質問だな。それは別々の殺人ミステリとしてあつかわざるをえない。たまたま同じ本に一緒に押しこめられていたものとして。ほかにどうしようもない。いんちきだな、実際には」

ジュリアはまだメモを取っていた。それから「なるほど」と言ってノートを閉じた。「とても勉強になりました。そろそろコテージに帰りませんか？　雲がまだ空を多少おおってくれているうちに」

グラントはその提案に応じなかった。「こうして論じあうのがぼくは楽しいんだよ。この数年、刺激的な会話ってものがほとんどなかったんでね」今朝がたふたりのあいだにあった冷淡さは、顔を出した太陽のおかげで霜のように溶けていた。

「うれしいです」ジュリアは答えた。

グラントは彼女の肩に温かい手を置いた。まだオリーブの枝を持っており、彼女はそれがうなじを引っかくのを感じた。ちょっと痛かった。

「帰る前に、ぼくに話すことがあるんじゃないのか？」

ジュリアは笑った。「そうでした、忘れてました」もう一度ノートをひらいた。毎回の決まりごとは、もはや儀式に近いものになっていた。「そう、ここでも矛盾を見つけました。矛盾というより、説明されていない細部というか、そんなものですね。青真珠島には犬が一匹いました。その犬はどうなったんでしょう？」

グラントはにんまりした。「それが今日の午後の難問かな？」

「ええ。そのようです。サラがスタッブズ夫妻と家の前の道で出会ったとき、ふたりの後ろを、漁師と一緒に犬が歩いていました。漁師の犬だろうと読者はなんとなく想像しますが、結局、何も説明されません。理にかなった唯一の結論は、それがスタッブズ夫妻の犬だということ、そして夫妻とともに島に残ったということです」

「なぜそう言えるんだ？」

「屋敷を探索したさいに、チャールズとサラはその犬の痕跡をいくつか発見しています。そうでなければ説明がつきませんよね？　厨房の廊下にあった噛みあとの残る肉も、桟橋のそばの糞便のにおいも、談話室の敷物に付着した動物の毛も、玄関ホールに残っていた動物の足跡も。島はほとんど岩だらけで、生き物といえば海鳥が何羽かいるだけなんですから」

グラントは枝で地面を引っかいた。「きみの言うとおりだと思う。それ以上大きなものはあの島じゃ生き延びられそうにない」

「でも、サラとチャールズが到着したときには、犬はいなくなっています。何があったんでしょう?」

「そいつも被害者になったんじゃないかな」

「そうかもしれませんが。でも、スタッブズが自分の犬を殺すでしょうか? それに死骸はどうなったんです?」ジュリアはにっこりした。「わたしは本土に泳ぎ帰ったと考えたいですね」

グラントはうなずいた。「ま、それもひとつの可能性ではあるな。それは歩きながらでも考えられる。じゃあ、帰ろうか」

ジュリアは立ちあがった。「先に帰ってください」ちょっと思いついたことがあったのだ。「わたしはもうしばらくここでメモを取ってから行きます」

「そうか。なら、コテージで会おう」

墓地の低い石壁にもたれて待っていると、やがてグラントの姿はほとんど見えなくなった。そこで彼女は教会のむこう側へまわった。多数の墓石が地面から突き出していた。太陽は雲に隠れているので、どれも影は落としていない。それでも、そこに刻まれた名前はどうにか判読できた。ジュリアは左右を見ながら、列のあいだを一定のペースで順繰りに歩いていった。ようやく立ちどまったのは、墓地のいちばん海に近いあたりだった。彼女の前には、バター色の慎ましい墓石があった。

ジュリアは眼を閉じた。最初の対話以来、彼女はグラントが自分の過去を何か隠しているのではないかと疑っていた。それがなんなのか、いまわかったのだ。

11　呪われた村

ラム医師に見える夕暮れは、ふたつの長方形に切り取られていた。これが自分の見る最後の美なのか、そう思いながら窓の外をながめた。連れ合いのアルフレッドという男が、その前に立って光をさえぎっていた。

「で、どんな具合だ？」ラム医師はベッドに起きあがった。

アルフレッドは医師のほうへ向きなおった。眼に涙が浮かんでいた。「ぼくが鏡を渡せば、あんたが自分で診断できる」

「そんなにひどいのか」医師の声はかすれていた。

「ひと目でわかる」とアルフレッドは言った。「腰が真っ黄色になっている」

ラム医師は悪態をつき、その拍子に弱々しく咳きこんだ。まるで踏みしだかれる秋の枯葉だ。何もかもが、避けがたい自分の肉体の死を思い起こさせる。

「これからどうするんだ？」医師は訊いた。

アルフレッドは人差し指を医師の生えぎわに重ねるようにして額に手をあてた。「荷物をまとめて出ていくしかない。ここにいるのが知れたらスキャンダルになってしまう。わかってくれるだろう?」

医師はうむとうなった。「いいつきあいだったよな」

「ああ」と相手は溜息をついた。「こんな形で終わりを迎えるのは残念だ」

ラム医師は彼が荷物をまとめるのをしばらく見ていたが、やがてうとうとと眠りこんだ。ドアが閉まる音で眼を覚ました。毛布を体に巻きつけて窓辺へ行くと、アルフレッドが通りを歩き去っていくところだった。最後の恋人が彼を見捨てて。

医師はベッドのほうへ向きなおった。「さてと。残るはこれだけか。文字どおりの死の床だな」

部屋はそれ以外がらんとしていた。片隅に机があり、白い便箋が載っていた。きのう彼がそこに置いたものだ。

自分の病が最後の段階にはいったらどんなことになるのかは、十分に承知していた。浴室にモルヒネのアンプルと清潔な注射器が用意してあった。だが、その前にもうひとつ、やるべきことがあった。

のろのろと机の前へ行って椅子に腰をおろした。毛布が脇から滑り落ちて床をこすった。

彼は便箋を引きよせると、ペンを取って、いちばん上にリリー・モーティマーの名前を書いた。

リリーがラム医師に会いにやってきたのは、その五年前のことだった。最寄りの駅まで地下鉄に乗ってくると、地表へあがって寒い通りに出た。

男が新聞を売りつけようとしたが、リリーは首を振り、路名標識を見ながらきっぱりとした足取りで道を歩きだした。彼女が地下鉄に乗ったピカデリー・サーカスは、大通りに店舗がならんでいて、目的地もすぐに見つけられそうだったが、ここは住宅とオフィスばかりで、何もかもぎゅうぎゅうとひしめきあっているように見えた。みな背の高い淡色の建物で、堂々たる黒いドアを閉ざして、凍てついた通りに雪中の墓石のように建ちならんでいる。

ロンドンへ来たのは初めてだった。それどころか、ひとりで村を離れたのも初めてだった。リリーはまだ十七歳だった。ここへ来るつもりだとマシュー叔父に伝えたとき、叔父は溜息をついて犬を膝に抱きあげた。それがこの問題に対する叔父の気持ちのようだった。

狭い住宅街のひとつに、記憶している路名を見つけ、まもなくリリーは目的の建物の前に立った。ドアベルを鳴らすと、若い女がドアをあけた。「こんにちは。ラム先生に会いにきました」

「お名前は？」

「リリー・モーティマーです」

ラム医師は診察室の入口で彼女を出迎えて、椅子に座らせると、その受付係にお茶を持ってきてくれと頼んだ。

「リリー」医師はコートを受け取った。「ずいぶんと久しぶりだが、変わってないね。思えばきみぐらい頼もしい患者もいなかったな。昔はきみが膝小僧をすりむくたびに、お姉さんがわたしのところへ連れてきたもんだ。気の毒に。責任感に押しつぶされそうになってたんだろう。まあ、きみは憶えちゃいないだろうが」

リリーはにっこりした。「わたしにとって、人生はあの腕の骨折から始まったんです。たしか五歳でした。木から落っこちたんです」

医師は頭をのけぞらせて優しく笑った。「忘れていたよ。あのときは彼女、死ぬほど心配してたな。どうしてる、お姉さんは？」

「あ、ヴァイオレットは元気です。ベンと結婚しました、もちろん。何年かしてから。いまはケンブリッジに住んでます」

自分の知っている顔色の悪い、影の薄い少女が白いベールをかぶっているさまを想像して、ラム医師は顔をほころばせた。「で、村のほかの人たちは？　きみの叔父さんは？」

「変わりありません。叔父はいま犬を飼ってます。村も変わってません。顔なじみばかりですよ、先生が戻ってきてくださっても」

「そうか、それはよかった」医師は机上のペンを置きなおし、書類を移動させて、四方山話は終わりだと伝えた。「で、用件はなんなのかな？」気詰まりな沈黙が、こぼれたインクのように広がった。「アグネスの死に関することだって？」

　その名前が口にされたとたん、外の寒気が中へはいりこんできたように思えた。

「ここへうかがったのは――」こんどは自分が質問をする番なのだと気づいて、リリーは話しだした。だが、彼女の質問は医師の質問よりさらに暗鬱で単刀直入なものだったので、どう切りだしていいのか迷った。「ここへうかがったのは、先生に訊きたかったからなんです。どうして事件のあと、あんなに急いで村を出ていっちゃったのか」

　ラム医師は荒々しく息を吸った。「それは少々立ちいった質問だね。本当にそれが関係あると思うのかな？」

「思います。訊いてもかまいませんか？」

「それはかまわないが。ほんとは何を言おうとしてるのか教えてくれないか」

「手紙でお伝えしたように、わたし、祖母が殺された事情を知りたいんです。先生は二十年も村でお医者さんをしてたのに、事件のあと一年もたたないうちに出ていってしまいました。患者をみんなあとに残して、かなり突然に。事件の影響だったんじゃないですか？」

「いや、そのふたつは無関係だよ。ちがう暮らしをしたくなっただけだ。まあ、あの事件に背中を押されたのかもしれないがね。みんながわたしをちがう眼で見るようになったんで。それについちゃ伯母さんを責めてくれ」

「大伯母です」とリリーは訂正した。

「彼女が言い張らなければ、誰もわたしを容疑者だなんて思ったりはしなかったはずだ。それがいまじゃみんなが、医者も人殺しをするんだと信じたがってる。まったくぞっとするよ、めちゃくちゃだ。どこへ行っても、ひそひそ話が聞こえてきた。まるで背の高い草むらを歩いているみたいだったよ」

リリーはうなずいた。「でも、そんなのはいつか終わるはずです。ここの暮らしはいったいどこがちがうんですか？」頭にあるのは村の診察室だった。ここととそっくりの広い部屋だった。「外から見ると、びっくりするぐらいよく似てますけど」

その言葉に少々むっとしたラム医師は、立ちあがって窓辺へ行った。そのとき受付係がお茶を運んできた。医師は彼女のきれいな手が机上にものを並べるのを見つめ、美しい姿が部屋を出ていくのを見送った。

「まず、ここには受付係がいる」彼はまた腰をおろした。「きみにもいつかは、あの村がどれほど狭いところかわかるようになるさ」

いかにも年長者ぶった医師の笑みを、リリーはそっくりまねした。「あら、それはもう気づいてますよ、ラム先生。自分がまもなく社会に出ていくのもわかってます。でもその前に、祖母の殺人事件の真相を知りたいんです。人生のその一章を卒業したいんです」

「だとしたら、きみはそこに幽閉されているわけだ。自分が犯してもいない罪のせいで。過去は過去のままにしておけないのかね」

「でも、その過去はわたしにしてみればまだ現在なんです。あれほどわたしの人生をがらりと変えてしまったものはほかにありません。あれ以来わたしは毎日、事件のことを考えてるんです。先生にはわからないかもしれませんけど」

医師はしみじみと彼女を見つめた。「気の毒にな、さぞつらかったことだろう」お茶を底まで飲みほして、カップを受け皿に戻した。「あいにくと、わたしがきみに話せるのは周知の事実ばかりだ」

だが、もちろんそれは嘘だった。そして五年後のいま、彼はこうして癌に冒され、守るべき相手も失うほどの経歴もないまま死に瀕していた。あの日リリーが帰ったあと、彼は自分が悔やんでいるのに気づいた。なんらかのヒントか手がかりをあたえてやりたかったと。手がかりをあたえて彼女の調査を進展させ、事件後の数週間の、世界が悪魔と聖人のふたつに分かれたように思えたころの熱気をよみがえらせてやりたかったと。あのときはそれができなかったが、いまはもう彼を引きとめるものはなかった。

リリーが訪ねてきてから五年、事件そのものからは十年あまりがたっていた。彼女の住所はむろんわからなくなっていたが、グレインジ館気付でリリー・モーティマー宛てに手紙を出せば、きっと本人に届くはずだった。

ラム医師はペンを取って手紙を書きはじめた。

「あいにくと、わたしがきみに話せるのは周知の事実ばかりだ」

リリーはそう簡単に話し合いを終わらせたりはしないと言わんばかりに、ゆっくりとひとくちお茶を飲んだ。「誰が殺したのかはご存じじゃなくても、具体的な記憶ならどんなものでも参考になります。事件が起きたときわたしはまだ幼かったので、記憶と想像がごっちゃになってるんです。マシュー叔父さんは、思い出したくないと言って、何も話してくれないし。先生なら教えてくれるんじゃないかと思ったんです」

医師は微笑んだ。「わたしだって思い出せるものなら、詳細を埋めるがね。しかし、順序から言うと、物語の始まりはきみだろう。きみとウィリアムだ。まずはきみたちが死体を発見したところから始めたほうがいいんじゃないか？」

「そうですね」とリリーはうなずいた。「じゃ、わたしが先に話します」


事件が起きたのは六年前だった。

グレインジ館の庭は秘密でいっぱいだったから、柳の下の小さな池にボートが浮かんでいるのを見つけても、十一歳のリリーと九歳のウィリアムはとくに驚きもしなかった。そんなものをそこで見かけるのは初めてだったけれど、夜のあいだに異星人がそれに乗って宇宙船から降下してきたのかもしれない。でも、ふたりにとってそれは何よりもまず、池そのものと同じくらい大きなおもちゃだったので、すぐさま午前中はそれで遊ぶことにした。庭には遊んではいけないと言われているものがいくつもあったけれど、木でできたものはいけないと言われていない、と理屈をつけた。

リリーはその不安定な乗り物に乗りこむと、姿勢をよくする訓練でもしているように胸を張ったまま、後部に渡された低い座席に腰をおろした。ボートは彼女の体重でゆらゆら揺れた。ウィリアムは岸に残ったまま、手を伸ばして艫をつかんだ。

「あたし、海にいるんだよ」リリーは言った。

「どこの?」ウィリアムは疑うような声を出した。

「北極海」

ウィリアムはボートを左右に揺らした。「嵐だ。氷の嵐」

リリーは優雅にバランスを取った。「ていうより、この揺れは大渦巻みたい。深みに引きずりこまれそうになってるの。船長は溺れ死んじゃった」

ウィリアムは拳でボートの脇をたたきはじめた。「鮫だ。ぶつかってってった」

「鯨よ」と彼女は訂正した。「船をいっぱい沈めてる鯨」

林檎がひとつ飛んできてウィリアムの頭をかすめ、ボートの横腹にぶつかって水にぽちゃんと落ちた。リリーは眼をあけて、ウィリアムと一緒にふり返った。誰がいるのかはわかっていた。

「でっかい雹《ひょう》だぞ」そう言ったのは三十代初めの男だった。ぼさぼさの茶色い髪と口髭の下に、満足げな薄笑いを浮かべている。

「危ないでしょ、マシュー叔父さん。あたったらあたし、池に落っこちてたかもしれないじゃん」リリーは言った。

「おまえらのルールに合わせて遊んでやってるのにな」男はふたりのそばへやってきて腰

に手をあてた。「だいいち、リリー、おれはおまえを狙ったんじゃない」

ウィリアムは黙りこくったまま水に映る自分の姿を見つめていた。

「ところで叔父さん、何しにきたの？」とリリーは訊いた。「来るたんびに問題を起こすけど」

男は信じられないというように首を振った。「問題？　ばかだな、おまえ。おれはドット伯母さんを駅へ迎えにいくために、休みを取ってるんだよ。ローレンと一緒に来たんだ。ローレンはいま、おまえの姉さんを昼まで休ませて、ママの面倒を見てる。昼めしはおれたちも一緒に食うからな」

ウィリアムは白い屋敷をちらりとふり返った。こちら側からだと、屋根裏部屋の窓しか見えない。屋敷の下半分は木々に絞め殺されている。彼は小声で悪態をついた。

マシューはふたりのほうへ身をかがめた。「林檎を食べるか？」

「ええ、ちょうだい」とリリーは答え、マシューはそれを手渡した。

ウィリアムは答えなかったが、それでもマシューは彼の前にしゃがみこんだ。「おまえのは池の中だと思うぞ。次はがんばって受けとめろよ」

「あんなやつ、大、大、大っ嫌いだ」

ふたりはいま、ボートの後部座席に並んで座っていた。マシューは十分前に、ささやかないじめに満足して立ち去っていた。

グレインジ館で暮らしているのは、悲劇とやむをえない事情とから生まれた不完全でいびつな家族だった。リリーとウィリアムはいとこ同士で、マシューはふたりの叔父だった。祖母のアグネス・モーティマーには三人の子供がいた。リリーの父親とウィリアムの母親、それにマシューだ。しかしリリーの父親は戦争で、ウィリアムの母親は出産で亡くなり、いま健在なのはマシューひとりだった。リリーの母親は夫の死の数年後にスペイン風邪で亡くなったため、リリーと姉のヴァイオレットはグレインジ館に引っ越してきて祖母と暮らすようになった。ウィリアムがやってきたのはその翌年のことで、父親が急に姿を消してしまったのだ。そんなわけで、いまは両親のいない三人の子供が、すでに夫を亡くした祖母とともに、村はずれにそびえるこの白い屋敷で暮らしていた。

老齢で健康のすぐれないアグネスは、子供たちの面倒をきちんと見られなかったものの、ヴァイオレットはもう十分に祖母を手伝える年齢だったし、ローレンと結婚して村のこぢんまりした家に引っ越していたマシューも、必要なときには手を貸しにきた。この態勢において軋轢《あつれき》の生じる唯一の場所が、ウィリアムとマシューのあいだだった。マシューはこの幼い少年を、姉を奪った畜生の小型版だと見なしており、ふたりは憎みあっていた。

「でもね」とリリーは言った。「あんたもいつかは、叔父さんと同じくらい大きくなる。そしたら、叔父さんはもうあんたをいじめられない」

ウィリアムは前の座席に枯葉と小枝と草の切れっぱしを並べて、自分の虐待者の顔をこしらえた。小枝で作った口の上に枯葉で口髭も付け加えた。片眼は小石で、片眼は大きな土くれだ。

「この葉っぱをぜんぶ集めて、あいつの郵便受けに突っこんでやろうよ」

リリーは首を振った。「それじゃローレン叔母さんがかわいそうでしょ」

ウィリアムは黙りこんだ。ローレンについてはまだ心が決まっていなかったのだ。

「じゃ、あいつが戻ってきたとき、ポケットに突っこんでやろう。葉っぱと、ナメクジと、鳥の糞を」

「うまくいかないよ」とリリーは言った。「すぐにあんただってばれる」

「じゃ、畑の中を尾けていって、石を投げつけよう。隠れてれば、ぼくたちだってばれない」

リリーは眉をひそめて、精いっぱい大人びた口調で言った。「それはとっても危ないまねよ、ウィリアム。殺しちゃうかもしれない」

ウィリアムは座席の板を殴りつけ、枯葉が宙に舞った。「あいつ、殺してやりたいよ。

死んでほしい」

リリーは何も言わなかった。こうなったときのウィリアムは怖い。ボートがゆらゆら揺れた。

「そういう不機嫌なあんたにはうんざり」彼女は懸命に大人びた話しかたをしようとした。「あたしは行くから、あんたはここに残って頭を冷やしなさい。海はすごく穏やかになってるよ」

ウィリアムは頬杖を突いて彼女を見た。「その林檎、ひとくちかじらせてくれる?」

リリーはちょっと考えてから首を振った。「もうちょっぴりしか残ってないもん。現実的じゃないと思う」

「だから」と六年後、十七歳のリリーはラム医師に言った。「事件が起きたとき、わたしはウィリアムと一緒にはいませんでした。一時間ぐらい離れてたんです。家にはいっていくと、暗い顔をしたヴァイオレットが祖母の朝食のお盆を膝に載せたまま、身じろぎもしないで座ってました。まるで懺悔か何かみたいに。姉はときどきそんなふうになることがありました。言葉をかけたんですけど、返事がないので、わたしは本を持って外に出て、木の下でそれを読んでました」

ころか、興奮してるようでした」

「知りません。次に会ったのは、ウィリアムがわたしを捜しにきたときです。それまでわたしは四十分ぐらい、本を読んでました。ウィリアムはもう怒ってませんでした。それどころか、興奮してるようでした」

「で、ウィリアムは？」

ウィリアムとリリーは最後の数分間を、屋敷の二階にいくつもある使われていない部屋のひとつで遊んですごした。グレインジ館は昔から、居住者が少ないわりには広壮で、ものを捨てる必要がなかったため、五十年分の思い出の品々が、あちこちの忘れられた片隅や、骨董だらけの部屋に押しこめられていた。何十年も住んでいるアグネスにとっては、もはや家族の一員のようなものだった。外見は尊大でうち解けないけれど、内部は趣とガラクタにあふれ、慰めたり励ましたりしてくれる。ふたりの子供にしてみれば、はてしない驚きの源だった。

リリーは部屋じゅうに散らばる雑多な椅子を見渡してから、艶やかにニスを塗った繊細なダークウッドの椅子を選び出して、ウィリアムに渡した。ウィリアムはそれを平らな大型デスクの上に慎重に載せた。それからふたりは肘掛けがわりに小さなテーブルを左右に置いて、その上に載せる置物をひとつずつ見つけた。ライオンの形をした真鍮のドアストッパーと、磁器の犬だ。玉座を作ろうとしていたのだ。

「先に座らせて」とウィリアムがデスクによじ登った。

彼が腰をおろすと、椅子がずれて脚の一本がデスクからはずれた。椅子は後ろの壁のほうへがくんと傾き、ウィリアムの脚が片側のテーブルを薙ぎはらう。テーブルは床に落下して、真鍮のライオンがごとんと転がった。

ウィリアムはライオンをひろいにおりた。リリーは彼の手をつかんだ。

「やめよう。この遊び、飽きちゃった」

「じゃ、何をする?」

「お絵かき」

ウィリアムは気乗りがしなかった。リリーはお絵かきが上手だ。だから、やろうと言いだしたのだ。そのとき、子供っぽい残酷趣味が彼の顔を輝かせた。「そうだ。いいものを見せてあげる」

「なあに?」

「ついてきて」ウィリアムは肘をつかんでリリーを部屋から連れだした。

屋敷には階段がふたつあるので、誰にも気づかれずに歩きまわるのは簡単だった。ふたりは三階へあがったところで立ちどまった。そこでふたつの階段がひとつになっているのだ。狭くてガタのきたこの最後の階段は、彼らが屋根裏の寝室と呼ぶ場所へ通じている。アグネスの寝ている部屋だ。

ウィリアムはリリーをそちらへ押しやった。

「でも、怒られるんじゃない？」リリーはささやいた。

「おばあちゃんは眠ってる」ウィリアムは階段をそっとのぼって、背の高い木のドアの前まで行くと、把手を回した。「だいじょうぶだよ」

ドアはすっとあいた。部屋はがらんとしていて、窓がひとつと、その前に置かれた白いベッドのほかは、ほとんど何もない。ベッドには古い毛布と枕が山のように積み重ねられているだけで、誰もいない。ふた月前に倒れてからというもの、おばあちゃんは少しおかしくなっていたから、午前中にこの毛布や枕で砦でもこしらえたのだろうか。リリーはそう思いながら、その山をそろそろとまわりこんだ。後ろからウィリアムがついてきた。

窓辺まで行ったところで、リリーはぴたりと立ちどまった。老いてねじくれた祖母の足が、寝具の山の下から突き出していた。灰色で黄ばんでいて、ぴくりとも動かない。ウィリアムが背中にぶつかってきた。ふり返ったリリーの眼は、恐怖で光を失っていた。ふたりは一緒に毛布をつかんで引っぱった。山全体が床に滑り落ちた。まるで海から打ちあげられたような格好で現われた祖母の姿にリリーは悲鳴をあげた。

シーツに横たわっている。ゆがんだ死に顔を愕然と見つめて、ウィリアムは泣きだした。こんなはずではなかったのだ。

村のラム医師が呼びにやられ、十五分後にやってきた。彼はこの二カ月というもの、頻繁にこの屋敷を訪れていた。アグネスが軽い脳卒中に襲われて倒れ、ベッドに運ばれたからだ。それ以来、週に何度か容態を見にきていた。

リリーの姉のヴァイオレットが、医師の存在から少しでも慰めを得ようと、三階まで一緒についてきた。医師は彼女をそこで待たせておいて、死体を検めるために最後の階段をのぼった。ドアをあけたとたんに、何があったのかを悟った。「窒息したんだ。自分のベッドで」

アグネスの口はテーブルから垂れさがる紐の輪のように、ぐんにゃりと大きくあいていた。顔の大半はその腔《あな》に呑みこまれ、華奢な長い首は青痣だらけになっている。それを見て医師はぞっとした。何者かが彼女の口に全体重をかけたのだ。ことによると顎がはずれているのではなかろうか。それとも、これはたんに虚ろな死の表情にすぎないのだろうか。

医師はかすかに震えながら部屋を出た。板を並べた狭い階段のてっぺんに腰をおろして、パイプに火をつけた。ヴァイオレットは階段の下に立って体をぴたりと壁に押しつけ、ゆがんだ顔で医師を見た。医師は玉座に座った王のように彼女を見おろした。「いまわたしにできることはない」パイプをひとくち吸った。「警察が来るのを待つだけだ」

「警察？」とヴァイオレットはささやき声で言った。

「おばあさんは窒息死したんだ」それがラム医師の見立てだった。「息ができなくなったんだよ。眠っているあいだに誰かがあの毛布と枕をかぶせて、その上からのしかかったんだろう。ついに起きあがれなかったんだ」

少女は泣きだした。

「で、その考えは六年後のいまも変わらないんですか？」

ラム医師は立ちあがって自分にウィスキーをついでいた。リリーも勧められて、グラスを受け取った。ウィスキーなど飲んだことがなかったものの、今日はすでに初めての体験をいくつもしていた。

答えを待っていることを示すために、彼女はそれがどれほどひりひりするものなのかも知らずに、ごくりとひとくち飲んだ。喉が赤くなった。医師は微笑んだ。

「アグネスが窒息死させられたということかね？　ああ、それはまちがいない。ほかにはなんの痕跡もなかったからね。殴られてもいなければ、引っかかれてもいなかった。あの毛布の下で窒息させられたんだ」

リリーはグラスを握りしめて訊いた。「それって苦しいんですか？」

「ああ」とラム医師は床に眼を落として答えた。「恐ろしいものだったと思うよ。溺死させられる猫と変わらない。まあ、アグネスの場合は袋の中じゃなく、自分のベッドの中でだったんだが」

「そんなことを祖母に——罪もない老人にした人間がいるっていうのに、誰も捕まってないなんて。犯人はのうのうと生きてるなんて」

「そうだな、そう考えると、ありえないことに思えるね。われわれは当初、きみの大伯母さんのドロシアが事件を解決してくれるんじゃないかと思っていた。彼女はたしかに努力はしたが。しかし成功したとしても、それは内緒にしていた」

「そこなんです、わたしが全然憶えてないところは。事件のあとのあの数日間、大伯母がいたときのことなんです。わたしはただもう怖くて、大伯母の言ってることなんか何も聞いてませんでした。わたしからすれば、延々とつづく大人の会話にすぎなかったんです」

医師は雰囲気を明るくしようとして言った。「わたしの読んだ探偵小説にも、そんなふうに言えるものが何冊もあるよ」

リリーは反応しなかった。ウィスキーのひとくちひとくちに集中していた。そうでないと、そのひりひりした味で気分が悪くなりそうだった。「憶えてることを話してください」

被害者の姉のドロシア・ディクソンは、玉砂利をリズミカルに踏み鳴らしてグレインジ館の玄関にやってきた。ドアベルを鳴らそうとしたとき、花壇のあいだを行きつ戻りつしているローレンに気づいた。すらりとした姿は、それ自身が一本の花を思わせる。ローレンはマシューの妻であり、アグネスの義理の娘だった。長いブロンドの髪がガラスのようにつやつやしている。

「そうしてたら、いまに蜂蜜を作れそうね。でなければ、巣を張れるか」

ローレンはびっくりした青い眼でドロシアをふり返った。「あら、ドット伯母さん。お待ちしてはいたのよ、もちろん。でも、すっかり忘れてしまって」

ふたりはたがいに近づき、ドロシアはローレンの手を取った。「どうしたのいったい？　きっと妹のことね」ローレンがこの屋敷や庭へ来て悲しみにひたるとしたら、それ以外にはないはずだった。

「ええ、実はそうなんです。こんなこと、どう伝えればいいのかしら。ああ、伯母さん」ブロンドの頭が揺れた。「亡くなったの。アグネスは亡くなったの。こんなことを伝えなくちゃならないなんて、ほんとに残念なんですけれど」

けれど」

ドロシアは平静を保った。「そう、ついに来たのね。妹が倒れた日から覚悟はしていた

ローレンはハンカチを眼にあて、ハンカチは涙でどろどろになった。「いいえ、そういうことじゃないんです。全然ちがうんです。アグネスは殺されたんです、今朝」

「殺された？」ドロシアはローレンの手を放して一歩あとずさり、鉄杭のように細くそびえる屋敷を見あげた。三階の窓から警官が彼女を見おろしていた。

「ええ、少なくとも先生はそう考えてます。アグネスは――ああ、こんな言葉とても口にできない」ドロシアがふたたびローレンの手を取って握りしめると、ローレンはどうにか言った。「アグネスは窒息死させられたんだって」

「マシューはどこ？」

「中で警察の人と一緒にいます。ご案内しますわ」

ローレンはドロシアを連れて花壇をまわりこみ、居間のひとつへはいる両開きのフランスドアの前まで行った。角を曲がるときにドロシアは、グレインジ館の庭師のレイモンドがヴァイオレットと一緒に隣接する林檎畑を歩いているのに気づいた。レイモンドはヴァイオレットの肩に腕を回して彼女を慰めていた。あのふたりはロマンチックな関係なのだろうか、とドロシアはいぶかしんだ。

中にはいると、居間の隅にマシューがぐったりともたれていた。両側の壁がないと体を支えられないようだ。もじゃもじゃの口髭が涙で濡れていた。ドロシアは甥を壁から引きはがして抱きしめた。

「かわいそうなママ」甥は彼女の肩で声を震わせた。「悲しいよ、ドット伯母さん」

「そうだね」とドロシアは甥の背中を優しくたたいてから、自分の前にしゃんと立たせた。「マシュー、あんた、ミルク瓶みたいに真っ白だよ。誰がやったのかはわかってるの？」

「いや」とマシューは首を振ったが、胸の奥で競争心が頭をもたげた。「警察にはおれの推測を伝えたんだけどさ、確信はない」

「いつのことだったの？」

「生きてるママを最後に見たのはローレンだと思う」最後に見たと認めているのはだろう、とドロシアは思った。ふり返ってみると、ローレンはもういなかった。夫のもとへドロシアを案内すると、そのまま立ち去ったのだ。「ママが倒れてからこっち、あいつはちょくちょくヴァイオレットの手伝いにきてるんだ。朝食を運んでったときには、ママはまだ元気だった。それが今朝の十時なんで、十一時ごろに殺されたんだろうと、おれたちは見てる」

「子供たちはどうしてる？」

「ふたりとも先生と一緒にいる」

「で、アグネスはいまどこにいるの？」

「自分のベッドにいる」ドロシアは階段のほうを見た。「上階《うえ》には警察がいるんだ、伯母さん。会わせちゃくれないよ」

「ふん、会わせまいとしたってだめさ」

十五分後、ドロシアは妹の遺体に涙ながらに別れを告げて、ふたたび階下へおりてきた。ラム医師を捜すと、医師は図書室でリリーとウィリアムに人間のはかなさを、おぞましいほど丁寧に説明しているところだった。

「酸素というものがあるんだ。血液の食べ物みたいなものだがね。それが空気中にたくさんある。つまり、息をするというのは血液が食事をするようなものなんだ。だから息を止めると、どこか空腹に似たものを感じる。溺れ死ぬのは、それが十分に吸えないからだ。いわば飢え死にだな」

ウィリアムはおびえた顔をした。「首を絞められるのは？」ささやき声で尋ねた。

「うん、それもよく似ているんだが、ただしその場合は、誰かが頭への血の流れを妨げているわけだ。すると、脳に食べ物が届かなくなる」医師はウィリアムの喉に温かい手をあてた。「わかったかな？」

った。リリーは無言で横に立ったまま、ドロシアが部屋にはいってくるのを見て小さく手を振った。ドロシアは腰をかがめて彼女にキスをした。

「ラム先生、ちょっとお話しできます？」とドロシアは言った。医師は顔を上げて重々しくうなずくと、子供たちを外へ送り出した。

ラム医師はアグネスと同じくらい長くこの村に住んでいたが、いまでも昔と同じようにハンサムだった。髪はすっかり灰色になったとはいえ、口はいまだに少年のようで、眼には医師にふさわしい知性が宿っている。「ミス・ディクソンでしたね？」彼は同情するように微笑んだ。「お悔やみを申しあげます」

「それは憶えていません」と十七歳のリリーは言った。空になったウィスキーのグラスが脇のテーブルに置いてある。

「憶えている理由がないからね」ラム医師は襟をくつろげた。「ちょっと暑いね。窓をあけようか？」

「寒いです」とリリーは少々気まずい思いで答えた。

医師は両手を広げて諦めの仕草をした。「まあ、とにかく、きみの大伯母さんはわたしに、事件について知っていることを洗いざらいしゃべらせた。ずいぶんと知りたがり屋のおばあさんだったよ」

「大伯母のことでわたしがいちばんよく憶えてるのも、それです。学校で何を勉強してるのか、いつも根掘り葉掘り訊くんです」

「天性の探偵だな」とラム医師はうなずいた。「で、彼女はわたしに、あとで家族会議に参加してくれないかと頼んできた。〝日没後に〟と、やけに芝居がかった口調で言われたよ。彼女はすでに警察にあれこれと質問をして、自分たち家族が内輪で事件を解決できる可能性のほうが高いと踏んでたんだ」医師はどことなく面白がるような顔で窓の外をながめた。「むろんわたしは、自分が医師という専門家証人として呼ばれたんだと思ってた。まさか容疑者のひとりだったとはね」

アグネス・モーティマーの身内が居間の片側に一列に並び、その両端にふたりの客が立っていた。アグネスの息子のマシューとその妻のローレンを中央にして、ヴァイオレットとラム医師が左側に、幼い孫のリリーとウィリアムが右側に、そのさらに右に庭師のレイモンドが並んでいる。ドロシアは彼らと向き合うと、室内を行ったり来たりしはじめた。

「アグネスは頑固なばあさんだった。それに秘密主義でもあった。そしてときには、冬の穴掘りなみに手強い相手にもなった。でもここにいる全員に、愛されていたはず」

レイモンドは、それに異を唱える者がいないかと室内を見まわした。雨の日なみに愛されていたよな、と思ったが、みな黙りこんでいた。ローレンだけが彼を見た。彼はまずいところを見られたというように眼を伏せた。

「それなのに今日――」とドロシアは話をつづけた。「アグネスは殺された。冷酷かつ残忍に、自分のベッドで。あたしの妹は」

遺体は警察のみすぼらしいちっぽけな車の後部席に載せられて運び去られていた。警察は午後いっぱいかけて屋敷じゅうの人間から話を聞いたものの――身内ではないレイモンドにいちばん時間をかけていた――結局、誰も逮捕しないまま、日没前に昆虫の群れのごとく一団となって引きあげていった。

「警察は顔見知りの犯行だと見ている」ドロシアは一同の顔を順繰りに見ていった。「動機はまだ不明だけど、でも、あたしなりにいくつか思いあたることがある」片手を上げて人差し指を宙に伸ばし、それを誰にともなく全員に向けて非難するように振ってみせる。がっしりしたブレスレットがかちゃかちゃとぶつかりあって、彼女の腕を楽器に変えた。「いまこの部屋に集まってくれてるのは、アグネスの殺された時間に屋敷の周辺にいた全員よね？」

レイモンドが咳払いをした。「全員じゃありません。今日はベン・クレイクが屋敷のまわりをうろついてました。見かけたんです」

マシューが前に進み出た。疑いをかけられた人間がいるのに気づいて、獲物の存在を嗅ぎつけた狼のように、じっとしていられなくなったのだ。「そうそう、ベン・クレイクな。おれも見かけた。誰か警察にあいつのことを話したか？」

ドロシアは話に割りこまれて戸惑い、少々いらだったようだった。「誰なのベン・クレイクって？」

ヴァイオレットがポケットからハンカチを引っぱり出して、衝動的に手に巻きつけた。

「村に住んでる若いやつだ」とマシューが答えた。「ヴァイオレットと同じ学校に通ってた。なんだかんだ口実を作っちゃ、ここへ来るんだ」

「あたしの友達です」とヴァイオレットが静かに言った。

「よくない友達だ」

「でも、実際にはすごく感じのいい人よ」とローレンが夫のうれしげなもの言いに反論した。「とても人を殺すようなタイプじゃない」

「印象ってのはあてにならないもんよ」とドロシアは言い、甥のほうを向いた。「どこでその男を見かけたの？」

マシューが駅へ行こうと畑を歩いていると、茶色のコートを着た人影がいきなり飛び出してきたように見えた。あたりの風景はよく知っていたし、それが遠近法のいたずらでしかないのもわかっていたが、それでもマシューはぎくりとした。

「誰だよ、おどかすな」と人影に言った。

ベンは返事をしなかった。

「なんだ、おまえか」とマシューは言った。「こんなとこで何してるんだ？」

ベンは顎をなでた。「マシューじゃないですか。ヴァイオレットの叔父さんの。鳥を観察してるんですよ」と双眼鏡を乾杯のグラスのように掲げてみせた。

「なるほど」マシューはうなずいた。「めちゃくちゃびっくりしたぞ」

「雀をおどかさないように、じっとしてましたからね」

マシューは生まれたときからこの田舎に住んでいたが、それでもそんなまねは迷惑だと思い、理解のない眼でベンをにらんだ。「じゃ、おれは行くぞ」

ベンは双眼鏡を眼にあてて一本の木に向けた。鳥が何羽かそこから飛びたっていった。秋のモールス符号だ。「ヴァイオレットによろしく伝えてください」

マシューの姿が見えなくなると、ベンは屋敷のほうへ向きなおってまた双眼鏡をかまえた。彼の見ている側には、最上階に窓がひとつあるきりだった。

「その男は屋敷の様子をうかがってたの？」とドロシアが訊いた。

「たぶん」とマシューは答えた。

ヴァイオレットがハンカチを眼にあてた。

「そう見えました」とレイモンド。

「それはとっても興味深いわね」

そこでラム医師が口をはさんだ。溜息まじりの疲れた口調からは、いらだちで消耗していることがうかがわれた。「おいおい、ベンはまったく問題ないよ。若い娘に夢中になっているだけの若者だ」ヴァイオレットは胸がどきどきして、いまにも失神しそうだった。「彼の家族をわたしは長年知っているがね、父親は町で骨董品店を経営していて、とても感じのいい人たちだ。双眼鏡などあろうがなかろうが」

「そうは言っても、屋敷をながめていたのなら、きっと何かを見たはずよ。どうしてその男は警察と話をしなかったの？」外はどんよりと暗くなりつつあったが、ドロシアが口をひらくと嵐が荒れ狂っているように思え、彼女がひとこと述べるたびに電光や雷鳴があとにつづきそうな気がした。「ほかに怪しいものを見かけた人は？」

誰も答えなかった。

「なら順番に話してもらいましょうか。事件が起きたとき自分がどこにいたか、何かおかしなことに気づいたか」

「このなかの誰かを疑ってるんですか？」とヴァイオレットが不安げに訊いた。「ベンを疑ってるんですか？」

ドロシアは彼女に近づいた。「それはまだわからない」そう言ってヴァイオレットの髪をなでた。ドロシアが半円に加わって部屋の中央が空いたため、一同はキャンプファイアを囲んで怪談でも始めようとしているように見えた。「誰が最初に話す？」その質問には沈黙しか返ってこなかった。「じゃ、生きているアグネスを最後に見たのは誰？」

ローレンがドロシアのほうを向いた。「それはたぶん、わたしじゃないかしら」

発作を起こしてからというもの、アグネスは目覚めるたびに、ひどいめまいと見当識障害に襲われていた。そんなときにはじっと横になって吐き気と闘いながら、この木造りの部屋は船の舳《へさき》にでもあるか、でなければ熱気球からでもぶらさがっていて、左右に揺れているのだと想像した。窓から射しこむ光がやたらとまぶしくて濃厚なので、部屋の端のほうにあるものはともすれば壁と一緒くたになり、とんでもない瞬間に形を取るのだった。

「こんなときに秘密を守るなんて無責任ですからね」木の壁からひとつの顔がぬっと現わ

れ、ローレンがノックもせずにはいってきた。「気分が悪くなったら教えてちょうだいよ」

ローレンはうわついたブロンド女で、息子のマシューの妻だった。魅力があるのはわかるものの、アグネス自身はどうにも好きになれなかった。

「ちょっと新鮮な空気を入れましょ」ローレンは窓をあけてそのまま外をながめた。「レイモンドが径《みち》を掃いてる。朝からここに座って彼をながめてられるなんて、ほんとうらやましいわ。あの美しい男の姿。汗と筋肉」ローレンはふり返って義母にウィンクした。「マシューには内緒よ、もちろん」

この義理の娘にアグネスはうんざりしていたが、当人がおしゃべりに飽きるまでだんまりを決めこむのがたいていはいちばんいいことに、もう気づいていた。

ローレンはお盆に載せてきたトーストをかじりはじめた。「あのお医者さんにもね。あの人、いつもここにいるでしょ？　お義母《かあ》さんとふたりっきりで」小ばかにした眼で義母をふり返る。「どうしてあたしに口をきかないの？」

アグネスは片手を喉にあて、もう片方の手を盆のほうへ伸ばすと、幽霊屋敷を思わせる床板のきしむような声を出した。

ローレンは盆の縁にあるミルクのグラスを見て、また老女のほうを向いた。「自分で取れるでしょ。あたしをメイドだとでも思ってるの？」

ローレンはにやりとした。一瞬、その食事を窓から放り出す自分を想像したが——二枚のトーストがひと組の手形さながらに地面に落ち、ミルクが吐物のように花壇に飛び散る——どうにかその衝動を抑えた。「お昼までにはしゃんとしてちょうだいよ」とドアのほうへ歩きだした。「それと、今日はお姉さんが来るのを忘れないでね」

木のドアがキイッ、バタンと閉まる音がして、ブロンドの幽霊はいなくなった。

ドロシアは頭を垂れた。「アグネスの見た最後の味方の顔ね」

ローレンはうなずいた。「ええ。それからアグネスを残して下へおりたんです。ヴァイオレットは寝椅子で眠っていたので、わたしはすることがなくていったん家に帰りました。一時間ぐらい家事をしてから戻ってきて、お昼をご一緒しようと思って。戻ってきたら、アグネスは亡くなっていました」

「ありがとう。次はあんたが話してくれるかしら、ヴァイオレット」とドロシアはヴァイオレットの手をぎゅっと握った。

ヴァイオレットは身震いした。「はい」と答えたものの、急に不安と罪悪感に襲われて、やっとの思いで話しはじめた。

彼女はベンの夢を見ていた。

思えば不思議な話だ。ついふた月前までは、子供時代の知り合いのひとりにすぎなかったのに、いまは寝ても覚めてもベンのことを考えている。まるでレイモンドへの恥ずべき欲望だけではまだ足りないかのようだ。

グレインジ館の一階には三つの陰気な居間があり、消化器のようにひとつずつつながっていた。マシューがヴァイオレットを見つけたのは、そのなかでもいちばん暗い部屋の低い寝椅子で、彼女はブラインドをおろして、机とテーブルの切れ目ない列の陰でひっそりと眠っていた。

マシューは姪に近づいた。退屈していたのだ。気づかうふりをして、熱があるか調べるように彼女の額に手をあてた。ヴァイオレットははっと眼を覚まして、悲鳴をあげようとしたが、薄暗い光の中でそれが叔父だと気づいて、出かかった悲鳴は、押し殺したくしゃみのようないらだちの吐息に変わった。そのほうが彼の登場にはふさわしい反応だった。

「かわいそうにな」とマシューは言った。「きっと疲れてんだろう」

ベンの淫らな夢を見たあとで叔父に触られるのは、どことなくいやらしい感じがした。

ヴァイオレットは恥ずかしくなって部屋のいちばん暗い隅に眼をやった。「マシュー叔父さん、許して。お昼のしたくをするために早起きしたんだけど、ゆうべあんまり眠れなくて。しばらく座ってようと思っただけなの」

「謝ることはないさ。おまえの働きぶりはたいしたもんだ。まだ十六だってのに、実質的にここの大黒柱だもんな」本当は十七だったが、彼女は訂正しなかった。「ママの朝食はローレンが運んでった。おまえを起こさないほうがいいと思ってさ」

ヴァイオレットは立ちあがってキッチンへ行った。マシューはしゃべりながらあとをついてきた。「こんなことが終わりゃ、ある意味じゃ、みんな大助かりだな。そうしたらおまえの面倒もきちんと見てやれるし」

ヴァイオレットは力なく微笑んだ。祖母の健康が衰えていくのがちょっぴり悲しかった。

「そんなにすぐじゃないことを祈りましょ」

「一時間後にドット伯母さんがやってくる。駅まで迎えにいこうかなと思ってたんだ」

ヴァイオレットは浮かない顔で叔父に背を向けた。大伯母が訪ねてくるということは、仕事が増えるということだ。「そうね。そうしてあげて」

「じゃ、すぐに出かけるかな」

ヴァイオレットは窓の外を見た。「待って」とドアのほうへ行きかけたマシューに言う。「リリーたちが池のほとりで遊んでるから、林檎をひとつずつ持ってってあげてくれる？」

マシューがうなずくと、彼女はテニスボールぐらいの色鮮やかな林檎をふたつ、器から取って渡した。

ヴァイオレットは一同の顔を見渡した。

「そのあとわたしはまた眠ってしまって、一時間後ぐらいに妹の悲鳴で眼を覚ましました」

「ありがとう」とドロシアは言い、マシューの後ろに半分隠れて立っているリリーをいたましげな眼で見た。「そのとき子供たちが死体を発見したわけね。ここからはあなたに話してもらうのがいいんじゃないかしら、レイモンド」

レイモンドは自分の名前が呼ばれたことに驚いたようだった。背筋をすっと伸ばして誇らしげに指名を受けた。「はい。悲鳴が聞こえたんです。庭にいて、落ち葉を掃除してるときでした」

近ごろのアグネスは我慢のならない存在になっていた。寝室に閉じこもっていて、楽しみといっては窓からの眺めだけなので、レイモンドのすることを一から十まで監視していてロをはさむのだ。レイモンドはこの数日というもの、ガレージで見つけたボートの修理に時間を費やしていた。きのうはその作業をアグネスの窓の真下で始めてしまった。私道上でボートをひっくり返して、ペンキ塗りに取りかかったのだ。ほぼ一日それをやりつづけたが、午後遅くになって、アグネスに弱々しく呼ばれるのが聞こえた。大声を出すとつらいらしく、かわりに窓をあけて杖で窓枠の上下をカタカタとたたいていた。

レイモンドは窓を見あげた――針の突き刺さった眼球を。ばあさん、ついに頭のネジがはずれたか。彼はそう思った。

「あなたにお給料を払っているのは、あんな木のおもちゃで遊ばせるためじゃありませんよ」屋根裏の寝室までレイモンドが三つの階段をのぼっていくと、アグネスはそう言った。彼に小言をいうのも、彼のことを話題にするのも、つねに金銭面からだった。

かわりにアグネスは、姉が訪ねてくるから庭の落ち葉をきれいに掃除してちょうだいと命じた。「わかりました、奥様」そう言うと、レイモンドはまた三階下まで階段をおりながら、老いぼれた彼女の体がそこを一段ずつ転げ落ちて、いちばん下の段で首の骨を折るところを空想した。

アグネスが死んだ日の朝は、ボートを仕上げてしまおうと思って早起きをした。だが、あまりにも疲れていたので、もどかしさのあまり舟底を蹴とばして、塗ったばかりの白ペンキに足跡をつけてしまった。それからボートを引きずっていって、ためしに池に浮かべてみた。白いペンキがふわふわと水に溶けだした。

そのあとシャベルと手押し車を持ってきて、落ち葉を集めはじめた。生垣の脇にかがみこんでいると、ローレンとマシューがやってきたが、ふたりとも彼には気づかなかった。手押し車がほぼ満杯になったころ、こんどは畑のむこう側にいるベンを見かけた。木の陰に隠れて双眼鏡をのぞいていた。これ以上積むとこぼれるというところまでくると、レイモンドはふたつの柵の角にある堆肥の山まで手押し車を押していって、中身を空けた。それから一歩下がって、自分の集めた量に見とれた。茶色に変色しはじめているものもあったが、大半は毒々しい緑色で、何やら野菜の盛り合わせのように見えた。そのとき、山の脇にへこみがあるのに気づいた。何か重みのあるものを投げつけたあとにできた小さな穴だ。

手を突っこんで引っぱり出してみると、栗鼠の死骸だった。手袋をはめた手にずっしりと横たわり、硬直していたが、首だけは糸で吊るされたみたいにぶらんと手の縁から垂れさがった。親指で首のまわりを探ってみると、すりきれた布地のような軟らかい毛皮と、強靭な腱があるばかりだった。まず絞め殺され、それから首の骨をすっかり折られたのだ。レイモンドは死骸を堆肥の山に放り投げると、小声でつぶやいた。「なんでこんなまねをするんだ、ウィリアム?」

一時間後、作業を終えてシャベルを納屋にしまっていると、屋敷から悲鳴が聞こえ、玄関からヴァイオレットがリリーとウィリアムを連れて駆け出してくるのが見えた。レイモンドはものの数秒で彼女のところへ駆けつけ、「ヴァイオレット」と優しく彼女の両手をつかんだ。「どうしたんだ?」

「おばあちゃんが、おばあちゃんがひどいことになってる」

レイモンドは彼女を押しのけて屋敷へはいろうとしたが、ヴァイオレットは彼の胸に温かい手をあてて押しとどめた。「だめ、ラム先生を呼んできて」レイモンドはすぐさま身をひるがえして走りだした。

医師の家は村の反対側にあって、一キロ半ほど離れていたので、レイモンドは急いではいても、そこまで走りつづけられるようにすでにペースを落としていた。だからグレインジ館と本道を結ぶ小径から出たところで、ラム医師が戦没者記念碑の低い塀に腰かけてパイプを吸っているのを見たときには、一瞬、夢を見ているのかと思った。

「ありがとう、レイモンド」とドロシアは言った。「それはたいへん興味深いわね。じゃあ、ラム先生、次は先生が話してくださいます? アグネスが殺されたとき、何をしてました？」

ラム医師は当惑した顔をした。「なんですって？」

「アグネスが殺されたとき何をしてたか、話してください」

医師は愕然とした。ほかの面々はぽかんと彼を見つめている。「わたしは容疑者ではなく、証人としてここにいるんだと思ってましたがね。わたしが何をしていたのかが、いったいどうして重要だと思うんです？」

「重要じゃないかもしれませんけど、事件が起きたとき先生は屋敷の近くにいらっしゃいました。その事実はいまのところ、納得のいく説明がなされてません」

「わたしが自分の一日をどう使おうと、あんたがたの知ったことじゃない。それを話すと患者の機密を侵すことにもなりかねない」この反論に感心した者は誰もいなかったようで、一同は答えを待つようにあいかわらず医師を見つめていた。「わたしが戦没者記念碑のところにいたわけを、どうしても知りたいというなら話すがね。それは村を散歩していたからにすぎない。習慣なんだよ、午前中の。少しばかりあそこに腰かけてパイプに火をつけていただけだ。レイモンドが探しにきたんで、彼を警察に行かせて、わたしはここへやってきた。むろん、そのときにはもうアグネスは死んでいた。わたしの見たところじゃ、三十分前に死んでいたよ」

「そうですか」とドロシアは医師の剣幕に少々おびえて言った。「はっきりさせてくださってどうも」

六年後、リリーはロンドンの診察室でそれと同じ声を聞いていた。「それ以後、ドロシアは二度とわたしを容疑者あつかいしようとはしなかった。面と向かっては、だがね」

「それで先生は、大伯母に容疑者あつかいされたのを、ほんとにそんな理不尽なことだと思ったんですか？　それとも心が狭かっただけですか？」

歯に衣着せぬぶしつけな言葉にラム医師は笑った。「よく憶えてないんだ。でも、本当に散歩をしていただけなんだよ。まったくばかげた話さ」

「そうでしょうね」

「しかし、先をつづけさせてくれ。ここからが、きみのいちばん関心のあるところだろう」

医師は半円の中央を行ったり来たりした。「ドロシア、あんたの考えかたにはひとつ欠点がある。この屋敷にはどこからでも忍びこむことができた。庭は生垣と木々でごちゃごちゃしているし、屋敷そのものは壁よりドアのほうが多い。誰が犯人なのか知りたければ、動機を探したほうがいい」

「だけど動機のある者なんか、ここにはいないもんな」とマシューが言った。「となると、外部のやつにちがいない」

「そのとおりだ」とラム医師は言った。

「動機はお金よ」ドロシアが静かに言った。だが、一同はそれを聞いてぴたりと動きを止めた。

「金？　どういうことです？」とマシューが言った。

「アグネスがね、一週間ばかり前に手紙を寄こしたの。誰かに毒を盛られてると考えてたみたい。先週の朝、死にそうな気分で眼を覚まして、飲み物に何か入れられてるのを確信したんだって」

それはいつものめまいとはちがった。何やら羽根の生えたものが体内に棲みついている感じがした。落ちつきのない白鳥がおなかの底にうずくまって、喉の奥へ首を伸ばしてくるような感じが。アグネスは痛みに歯を食いしばり、当然の結論をくだした。何者かが彼女を毒殺しようとしたのだが、毒の分量が足りなかったのだ。犯人は誰であってもおかしくなかった。水差しは一日じゅうベッドの横に置かれていたし、その前にどこにあったのかは知るよしもないのだから。

医師は憤慨した口調で言った。「それを警察には話したんですか?」

「そんな必要はないだろうと思ってたの」ドロシアは平然と彼を見つめた。「アグネスは自分の部屋がこっそり掻きまわされたようだとも感じてた。小物の置き場所がいくつかちがってたの」

「だけど、ママは盗まれるものなんて持ってなかった」マシューが言った。

「それがそうでもないのよ」とドロシアは言った。「あんたのお父さんは生前、畑が儲かってたころ、よくアグネスに宝石を買ってたの。毎年ひとつずつ、結婚記念日に」

「ああ、その話は聞いたことがある。だけど、ママはみんな売っちまったんだ。景気が悪くなったころに」

「いいえ。それはあんたに嘘をついてたの。ほかのものはぜんぶ売り払ったけれど、ダイヤモンドだけはどうしても手放す気になれなかったのよ」

「まあひどい」とローレンがすっかり興奮して言った。「で、それが盗まれたの?」

「わからない」とドロシアは言った。「アグネスがそれをどこにしまってたのか、あたしは知らないから。どこかに隠してたのよ。初めは、そのことで嘘をついてたのが恥ずかしくて。その後は、安全のために」

「ほかにこのことを知ってたやつはいるか？」マシューは室内を見まわした。

「小さなものをいくつかしまってるのは知ってたけど」とヴァイオレットが言った。「でも、ダイヤモンドのことは知らなかった。あの部屋はわたし、隅から隅まで掃除してるけど。そんなものを隠せる場所はないよ」

一日の最後の光が空から消え去ってもまだ、アグネスは暗くなった部屋にじっと座っており、あけたままの窓のそばで、階段に足音がしないかと耳を澄ましていた。

やがて身を乗り出して、窓枠から古びてひび割れた板を一枚はずした。窓を閉めれば窓の本体がぴたりとあたる場所だ。板をはずしたあとには、壁の奥へ広がる細い穴があいていた。煉瓦の内側に彫りこまれた隠し場所だ。そこから薄汚れた布袋を引っぱり出すと、椅子の横のテーブルに中身を慎重に空けた。宝石がざらざらと銀盆にこぼれ出てきた。ルビー、エメラルド、ダイヤモンド。月の光で見ると、どれも片側が黒々としている。これを昼間にながめるのは不安だった。安心できるのは、この部屋へつづくきしむ階段が息をひそめている夜のあいだだけだ。ぜんぶで三十粒、それが低い山を作っている。まるで子供向けの冒険小説にある宝の山だ。

これがみんなの狙っているものだった。このずっしりとした小さな宝の山が。

ラム医師はそれぞれのグラスにまたウィスキーをついだ。「もう寒くはないだろう？」

リリーは両腕をなでた。「ぞくぞくするのは話題のせいだと思います」

「すまない。やめてもいいよ」

「いいえ。だいじょうぶです」

「どのみち話はもう終わりだ。わたしは子供じみた遊びをつづけるきみの伯母さんを残して、帰ってきたからね」

「わたしの大伯母です、先生。細かい点をきちんとするのは大切なことです」

「そうだな。わたしはきみの大伯母さんに好きなだけ憶測をさせておいて、さっさと帰ってきたんでね。わたしの話もそこでおしまいだ。彼女はさらに何週間か、しつこく探偵ごっこをつづけて、村の連中にまで質問をしてまわっていた。むろんそれは村人に、われわれ全員が容疑者だと確信させただけだった。そのときだよ、わたしが引越を考えはじめたのは。彼女は何年か前に亡くなったんだって？」

「ええ、祖母が死んで一年後に。大伯母の場合はまったくの自然死ですけど」

「お気の毒に」

「もちろん、大伯母はわたしには何も質問しませんでした」

「その除外にはわたしも気づいていたよ。きみはあの日のことを何か憶えてる？　死体を発見したこと以外に」

「ええ。それはもうはっきりと憶えてます」

　ドロシアの集めた人々が解散したあと、ウィリアムとリリーは三階にある狭苦しい物置スペースのひとつにはいりこんでいた。こんなに遅くまで起きていることはめったになかった。もうベッドにはいっていなければいけない時間だった。でも、大人たちは気もそぞろで、これほど重大な一日にも終わりが来たことを誰も認めたがらず、ふたりはいま、自分たちだけだった。

　リリーは浮いた壁紙の縁を引っかいていた。「ドットは探偵のまねごとをしてる。事件を解決すると思う？」

　ウィリアムは返事をしなかった。数年前のクリスマスカードが窓敷居に並ぶ、忘れられた窓の前に立って、屋外のぼんやりした動きを見つめていた。リリーは彼の後ろに近づいた。

「ねえウィリアム、上階《うえ》へ行って死体を見つけたとき、あんたすでに死体があるのを知ってたよね」

彼はかぶりを振った。「知らなかった」

「あたしに〝いいものを見せてあげる〟って言ったじゃん」

「あんなふうになってるなんて知らなかったんだ」少年はしくしくと泣きだした。

リリーはウィリアムの後ろから慰めるように、探りを入れるように肩に手をかけた。ウィリアムはふり向いた。もはやおおっぴらに、涙を顎からぽたぽたとこぼして泣いていた。ウィリリーが彼を見つめると、彼はまるまるとした握り拳を差し出した。それはお月さまのようにふたりのあいだに浮かんだ。リリーが反対の手でそれに触れると、ウィリアムは拳をひらいてみせた。くぼめた手のひらの肉が赤くへこんでおり、その真ん中に、きらきら光るダイヤモンドの指輪がひとつ載っていた。


「それでおしまいです」と十七歳のリリーは言った。「わたしは事件を解決しました。幼い従弟のウィリアムが祖母を殺したんです。十一歳のわたしの頭の中では、わたしはヨーロッパ一の名探偵でした」

「しかし、きみはそれを内緒にしていたわけだ」とラム医師は言った。

「もちろんです。その犯罪に愕然としてはいましたけど、ウィリアムを警察沙汰から守ってやりたかったんです。わたしはいつも彼の味方でしたから。そして長いあいだ、彼が本当に祖母を殺したんだと思いこんでました。なにしろ証拠を見せられたんですから」

「でも、いまはそれほど確信がないと？」

「子供っぽい空想をぜんぶ排除してみると、いまひとつ腑に落ちませんよね？　だってウィリアムは自白したわけじゃなくて、行方不明のダイヤモンドのひとつをわたしに見せただけなんですから。むしろこう考えるほうが、ずっと自然です。彼は死体を——わたしと一緒に見つける前に——自分ひとりで見つけて、指輪はベッドのそばの床に落ちていたと」

「あるいは、何者かが指輪を彼に渡したか。しかしきみは結局、彼にそのことを問い質さなかったわけだ」

リリーは悲しげな顔をした。「最初のショックが収まったら、もっと詳しい話を聞くつもりだったんですけど。わたしたちはなんの覚悟もできていないうちに、離ればなれになっちゃったんです。あれはせいぜい二週間後ぐらいでした。屋敷を相続したマシュー叔父が、ウィリアムをあそこに住まわせるのをいやがったんです。叔父はずっとウィリアムを嫌ってましたから。彼の父親のことで」

「そうか、それでウィリアムはあの庭師のところで暮らすようになったわけだ」

「ええ、レイモンドのところで。彼はつねづねウィリアムを気の毒に思ってましたから。ふたりは仲がよかったし、レイモンドと奥さんのあいだには子供がいなかったし、願ってもない話に思えました。でも、三人はすぐさま引っ越していっちゃったんです。レイモンドはあんなことがあったんで、グレインジ館で働く気をなくしていたし、別の仕事の話もあったんです。だから三人で出ていきました。それがみんな数週間のうちに起こって、それ以来わたしは一度もウィリアムに会ってません。彼はわたしたちとのつながりをいっさい断ちたかったんです。だってわたしたちに捨てられたんですから」

「じゃ、手がかりはいまだにそれだけ？」医師は片眉を上げた。「アグネスを殺すにはどのみち幼すぎたはずの容疑者ひとりだけ？」

「ほかにもあります」とリリーは言い、ウィスキーをもうひとくち飲んで口を湿した。ウィスキーにもすっかり慣れてしまい、次は葉巻を所望すべきだろうかと考えた。「まずドロシアが亡くなって、お葬式がありました。ちょうど一年後ぐらいに。それからすぐにヴァイオレットの結婚式があったんです」

「ベン・クレイクとの？」

「そうです。祖母が殺された日に屋敷のまわりをうろついてたベン・クレイクです。ベンは祖母の死後もいなくなりませんでした。ヴァイオレットはたぶん、事件のおかげで自由になった気がして、かなりおおっぴらに彼と口をきくようになったんでしょう。ふたりはまもなく婚約しました」

「叔父さんはさぞ喜んだだろうね」

「それが、まったく気にくわなかったようです。でも、あまり文句は言いませんでした。叔父はウィリアムには残酷でしたけど、ヴァイオレットとわたしには親切で、そのままグレインジ館に住まわせてくれてました。でも、わたしたちはやっぱりお荷物になってるのを感じてましたから、叔父はヴァイオレットがいなくなってほっとしたはずです。ヴァイオレット自身も、逃げ出したくてたまらなかったんです。あの結婚は当然の結果でした」

「なんともロマンチックだね」

「とにかく、わたしたちは誰もベンを人殺しじゃないかなんて、本気で疑ってはいませんでした。そんな考えは滑稽に思えました。ベンはわたしたち一家のことなんか、ほとんど何も知らなかったんですから。ダイヤモンドのことなんか知ってるはずがありません。ベンを容疑者あつかいしろと言い張ったのは、マシュー叔父さんだけでした」

「しかし、ある時点からきみは叔父さんに同意するようになったわけか？」

ローレンとマシューとリリーという小さな家族が、キッチンのテーブルを囲んで遅い昼食を食べていると、ドアをたたく音がした。ヴァイオレットだった。

「マシュー叔父さん、ローレン、リリー、みんな元気？」そう言いながら、彼女はキッチンにはいってきて腰をおろした。「ベンが買ってくれた指輪をちょっと見せびらかしたくて」ふたりが結婚したのは半年前だった。「彼ったらずっと貯金をしてたの。これを見れば、どうしてかわかるはずよ」

ヴァイオレットは食事中のテーブルの上に手を差し出して、シンプルな銀の指輪にはまった大きなダイヤモンドを見せた。

ローレンとマシューは顔を見合わせた。「きれいでしょう？」

「ええ、とってもきれいね」ローレンが言った。

「だな」とマシューも相槌を打った。

リリーは何も言わなかった。けれども、それが一年半前ウィリアムに見せられた指輪によく似ていることには気づいていた。もしかしてベンは祖母の死に関わっているのだろうか？　そんなことがはたしてありうるだろうか？

ドロシアがいてくれたら。リリーはそう思った。

「しかし、きみはこの事件に関しちゃ、ドロシアよりずっと前進しているよ」とラム医師は言った。

「そうですか？　ベン、ウィリアム、そのほかの人たち。みんなもう、仲直りできません」

「でも、きみは本物の容疑者たちをつかんでる。ドロシアは疑いを抱いていただけだ」リリーは自分が理解しそこねていることがあるような気がした。「次に起きたことは、先生も噂を聞いてるかもしれません。かなり世間を騒がせましたから」

ラム医師はうなずいた。「庭師のレイモンドの事件だね？」

リリーの十五歳の誕生日の晩——その日ローレンはドレスを買ってくれ、リリーはそれを着て居間を歩きまわってみせた——マシューがひどくぞっとした様子で仕事から帰ってきた。「駅長から聞いた話なんだがな。おまえら絶対に信じないぞ」リリーの特別な日だということもすっかり忘れて、彼はシェリー酒を一杯ついで腰をおろした。「なんとも不思議な話だ」何度も手で掻きあげた髪がぼさぼさになり、爪が脂でてかてかしている。

「レイモンドのことだよ」

リリーはローレンの隣に腰をおろした。事件の翌月から一度も会ったことのない昔の庭師の名を聞いて、ふたりとも不安になった。マシューが次に話すことがなんであれ、それはアグネスの殺人事件に自分たちを引きもどすはずだった。

「あいつ、死んだとさ」ふたりともじっと座ったまま、自分の気配を消そうとしていた。「殺されたんだ、ロンドンで。強盗に遭ったらしい。街をうろついてダイヤモンドを売ろうとしてたって話だ。スラム街で、合法の店を避けようとしてな。そこで強盗に遭って殺されたんだ。刺し殺されたんだよ」

腹部の穴を力なく手で押さえたレイモンドが、絞めつけられた喉で息をしようともがくさまが、リリーの脳裡に浮かんだ。

マシューはリリーから妻に眼を向けた。「これがどういうことかわかるか？」

ふたりともよくわかった。ローレンがそれを言葉にした。「そんなダイヤモンドを持ってるなんて、あなたのお母さんを殺したからしかありえない」

「そのとおり」とマシューは言った。「おれは最初からあいつが怪しいと思ってたんだ」

「それが三年近く前のことです」とリリーは言った。「わたし、ウィリアムに手紙を書いて、彼が元気でいるのを確かめようとしたんですけど、結局、手紙は届かなくて、未開封のまま返送されてきました。レイモンドの奥さんは、ウィリアムを連れてまた引っ越しちゃったみたいなんです」

「運の悪い子だな」

リリーは溜息をついた。「かわいそうに。ウィリアムももう十五になってるはずです。いまも元気でいれば」

「きみはお姉さんと対決したことはないの？」

少々酔ってきたリリーは、眼を細めて医師を見つめた。「どういう意味です？」

「お姉さんが殺人に関与していたというつもりはないが、彼女はあの日の朝の行動について、明らかに嘘をついていた」

リリーはウィスキーを飲みほした。「先生もそんなに悪い探偵じゃないですね。先生《ドクター》、探偵《ディテクティヴ》。口に出してみると、ふたつの単語はよく似てるし」

「もっとゆっくり飲みなさい」医師はリリーの手からグラスを取りあげた。

「ええ、それは事実です。事件の朝に顔を合わせたとき、ヴァイオレットはひどく落ちこんでました。おろおろして、気もそぞろで。のちにわたし、そのときのことを本人の口から聞き出しました。彼女はローレンが帰ったあと、祖母の朝食のお盆を下げにあがっていって、祖母にののしられて、おまえはあたしに死んでほしがってると、責められたんだそうです。まあ、とくに珍しいことでもなかったんですけど、ヴァイオレットは気に病んでしまって。そのことは警察に黙ってたんです」

「とすると、ヴァイオレットが、生きているアグネスを見た最後の人物だったわけか？」

「見たと認めてる最後の人物です」

「なるほど」と医師は考えこむように言った。

「もうひとつ先生に質問があります」とアルコールで大胆になったリリーは言った。「というより記憶ですね、わたしが先生に訊きたいのは」

医師はうなずいた。

「ウィリアムをボートに残して立ち去ってから、本を持って木陰に落ちつくまでのあいだに、わたしは庭をぐるぐる歩きまわりました。腰をおろす場所を探してたんです。途中で生垣の反対側をのぞいたら、先生とローレンが小径の遠くのはずれで抱き合ってるのが見えました。先生は彼女にキスをしてました」

医師はその告発をかわそうとするように、椅子をほんの少し壁のほうへ回した。「ああ、たしかに叔母さんとわたしだ。それが気になるかね？」

「それはふたりで何をしていたかによります」

医師は溜息をついて時計を見た。話をうち切る口実を探したのか、過去を思い出すよすがとしてなのか、リリーにはよくわからなかった。「わたしらは警察に嘘をついた、それはまちがいない。そのささやかな出会いに触れなくてすむよう、あの日の行動の説明をそれぞれ調整したんだ。しかし正直に言えば、わたしらはすでに何カ月も逢い引きを重ねていて、事件が起きたときも、村にあったきみの叔父さんの元の家で、こっそり会っていたんだよ」

「不謹慎ですね」リリーは夢心地で言った。

医師はフムとうなった。机からペンを取って身を乗り出した。「きみは若いから、まだその衝動を理解できないかもしれないがね」リリーはちくりと恥辱を感じつつ、医師の手にしたウィスキー・グラスを見た。「わたしは近ごろこう考えるようになってるんだ。人間の生殖器官というのは――」とペンで宙に円を描いて、曖昧に彼女の子宮を示す。「生命よりむしろ破壊のエンジンだとね」

リリーはおなかに膝を引きつけて足を椅子の縁にかけた。「じゃあ、後悔はないんですか？」

「わたしにあるのはアリバイだよ、あの事件を解決することにきみがほんとに関心を持ってるならね」

リリーは肩をすくめてその皮肉をかわした。「じゃあ、そのアリバイを証明できる人はいます？　いなければ、たいして役に立ちません」

「ローレン叔母さんには、それについて訊いたことがあるのかな？」

リリーの口がきっと結ばれて、皮膚が少し張りつめた。「すみません。ご存じだと思ってました。叔母は亡くなったんです、去年」棺に収められたローレンの遺体がまぶたによみがえった。眼が血走って、首が腫れあがっていた。「ウィルスに感染したんです。変わったウィルスに」

医師は青ざめた。「知らなかった」

そうつぶやくと、むっつりと黙りこんだ。ローレンが冷たい床の上で痙攣している情景にショックを受けながらも、勝利感を覚えずにはいられなかった。ローレンは自分の犯した過ちのひとつであり、その過ちを自分は生きて乗り越えたのだ。いや、それどころか、すべての過ちを生きて乗り越えられるかもしれないと。

「それはお気の毒に」と彼は言った。「きみの家族はもう十分に苦しんだはずなのにな」

その言葉には何か貶めるような意図がこめられているのだろうかと、リリーは下を向いた。

「ほかにあの日のことで、わたしに話してもいいことはありますか？」と最後にいちおう尋ねた。

医師は立ちあがった。「実はあるんだ」自分のグラスにまたウィスキーをついだ。「この診察室を出たあと、きみはローレンとわたしがどうしてマシュー本人の家で、それも彼が休みの日にそんな密会をしてもだいじょうぶだと確信したのか、不思議に思うかもしれないが。それはマシューが駅までドロシアを出迎えにいくことになっていたからだ。というか、彼がそう言っていたからだ。それには片道二十五分歩くことになる。しかし、マシューはドロシアを迎えにいかなかった。そうだよね？　ドロシアはひとりでやってきたんだから。となると、マシューは本当はどこへ行っていたんだろうね？」

ここで、ラム医師を本人の診察室と死の床のあいだに宙吊りにしておいて、われわれはちょっと物語から離れてみよう。

わたしはこの物語の作者の義務として、読者はいまやこの謎を自力で解けるだけの証拠を提示されたと保証する。意欲の高い読者はぜひ、ここでいったん立ちどまって、謎を解いてみてほしい。

そしてそれから五年後のいま。

ラム医師に見える夕暮れは、ふたつの長方形に切り取られていた。彼は眼鏡をかけたまま窓の外を見ていた。書けているのは彼女の名前だけだった。〝親愛なるリリーへ〟

そこまで書いたところで悲しみに打ちのめされたのだ。こうして人生の終わりにたどりついて、自分の犯した罪が人生にほとんどなんのちがいももたらさなかったことを知った いま、その罪はもはや弁明しようのないものに思われた。いまさら後悔しても遅かった。

〝五年前きみは、おばあさんの殺人事件についてわたしに質問をしにやってきた。あのときわたしは、これから明らかにする理由から、自分の知っていることをすべて話しはしなかった。むしろ逆のことをした。最後にほのめかした疑問などは、誤誘導《ミスディレクション》のひとつだった。きみの叔父さんは実際には駅まで行ったのだが、汽車の時間をまちがえていたのだ。きみはそれに気づいていたのに、礼儀正しく黙っていてくれたのだろうか。きみは利発な少女だったから、きっとすばらしい女性に成長したことだろう。ドロシアも、生きていたらさぞ鼻が高いにちがいない〟

彼は深々と溜息をついた。告白のときをずるずると先延ばしにしているのは、自分でもわかっていた。〝あのときわたしはきみに、自分の犯した罪のひとつを白状させられた。ローレン叔母さんとの情事を。しかし、もうひとつのほうは白状しなかった。アグネスの殺人事件において自分が果たした役割は。すべての始まりはベン・クレイクだった〟

「すみません」夏も終わりのある日、医師が戦没者記念碑の前を通りかかると、若者が声をかけてきた。

「やあ、ベン。元気か？」

ベンは立ちあがった。「グレインジ館からいらしたんですよね？　一緒に歩いてもかまいませんか？」

「ああ、そうだ。ああ、かまわないとも。行こう。ヴァイオレットのことを知りたいのかな？」

「今日はちがうんです。今日はダイヤモンドのことをうかがいたいんです」

〝ダイヤモンドの話などわたしは初耳だった。だが、ベンはしつこかった。アグネスはダイヤモンドを売り払おうと考えていたころ、ベンの父親にそれを依頼したことがあったのだ。ベンの父親は骨董商をしていたから、その種のことに詳しかった。売るのをやめにしたとき、アグネスは彼に秘密を守ることを誓わせたのだが、むろん、彼は息子にすっかり話してしまった。ベンはわたしがたびたびアグネスの寝室に往診するのを知っていて、それらを見たことがあるかと尋ねてきた。わたしは見たことなどなかったが、ローレンに訊いてみた。すると彼女は、戦前アグネスの夫がまだ存命で、ふたりの前途が明るかったころ、彼が毎年結婚記念日にダイヤモンドをひとつずつアグネスに買っていたのだと教えてくれた。しかしローレンは、アグネスが何年も前にそれを売り払ったと思っていた〟

室内が暗くなってきた。医師は眼を細めて便箋を見た。

〝わたしはローレンに、ベンの話によればそれがそうではないらしいと伝え、一緒にひとつの計画を立てた。それはアグネスがたまたま体調を崩して、わたしが頻繁に屋敷へ行くようになったあとのことだったので、まずわたしが往診時になんらかの手段で彼女に鎮静剤をあたえ、それからローレンが寝室へはいりこんでダイヤモンドを探すことにした。すべて盗むつもりだったわけではなく、三人で――ベンもふくめて――気持ちよく山分けできる分だけもらうつもりでいたのだが、ローレンはそれを見つけられなかった。一時間もかけて探したのに、どこにもなかった。アグネスは眼を覚ましたあとも鎮静剤の影響を感じていて、何かを盛られたようだと気づいていたのだが、それを知らなかったわれわれは、数日後にもう一度やってみることにした。こんどはわたしも一緒に行って、探すのを手伝うつもりだった〟

ベンは双眼鏡で庭の隅々まで探しまわり、ようやく木々の隙間のむこうにローレンとラム医師のふたりを発見した。

「もっと慎重にやってほしいな」

そうひとりごとをつぶやくと、彼は屋敷の反対側でせっせと落ち葉を掃除している庭師と、木陰で本を読んでいるヴァイオレットの妹を大きく迂回して――マシューが屋敷を出て駅のほうへ歩いていくのは、すでに見ていた――小径のはずれにいるふたりの前に現われた。「ぼくも一緒に行きます」

ローレンは怪しむようにベンを見た。「どうして？ あたしたちを信用してないの？」

「見つけるチャンスを最大限にしたほうがいいんじゃないですか？」

医師が首を振った。「姿を見られたら、きみの存在をどう説明すればいいんだ？」

「それはだいじょうぶ」とローレンが言った。「ヴァイオレットは居間で眠ってる。反対側の階段を使えば、あの娘に足音を聞かれずにすむ」

「わかったよ」医師は両手を上げてみせると、ローレンのほうを向いた。「鎮静剤はあたえたか？」

ローレンはうなずいた。「ミルクに混ぜた」

「じゃ、こんどこそ見つけよう」

「あの人をずっと観察してたんですけど」とベンが双眼鏡を見せながら言った。「どこにしまっているのか結局わかりませんでした」

「わかりっこないよ」小さな声が木立の奥から漏れてきた。「昼間は取り出さないんだ」がさがさと葉ずれの音がして、近くのニワトコの茂みから人が這い出してきた。ウィリアムだった。つぶれた果実で手が真っ黒になっている。「どこにあるか、ぼく知ってるよ。すごく上手に隠してあるんだ」

「どこにあるんだ？」ベンが訊いた。

ローレンが少年の前にしゃがんだ。「ウィリアム、どうしてその隠し場所を知ってるの？」

「前におばあちゃんが部屋から出てったときに、ぼく、ベッドの下にもぐりこんだの。びっくりさせるつもりだったんだけど、戻ってきたときにドアをバタンて閉められちゃったから、怖くなって、ひと晩じゅうそこに隠れてたんだ。あれは夜になってから取り出すんだよ」

医師は笑みを押し殺すのに苦労した。「じゃあ、それがどこにあるのか教えてくれないか？」

少年は首を振った。「ぼくが見せてあげる」もったいぶってそう言った。

ローレンはラム医師を見あげ、それからちらりとベンを見ると、少年のほうに向きなおった。「ウィリアム、あなた秘密を守れる？」

ラム医師は手をさすった。すでに二枚の便箋を文字で埋めていた。日が暮れてきており、暗くなる前に書きおえたかった。ふたたびペンを手に取った。

〝さて、いよいよ大詰めだ。わたしたち四人は一緒に彼女の寝室へあがっていった。きみとレイモンドとヴァイオレットのそばをこっそり通りすぎるのは、そう難しくなかった。寝室にはいると、ウィリアムが窓枠の板をはずしてみせてくれ、奥からカンバス地の袋の端が現われた。引っぱると、袋は林檎から引っぱり出される虫のようにすぽっと出てきた。わたしたちは中身をテーブルに空けた。想像していた以上の数があり、まばゆいほどだった。現実とは思えなかった。幼いウィリアムは、なかでもいちばん興奮していた〟

「あんたたち！」

四人はふり向いた。アグネスがベッドに起きあがっていた。彼女の頭が載っていた枕は、黒っぽく濡れている。朝食のあと体があまりにだるくて窓辺まで行けなかった彼女は、グラスのミルクをぜんぶ飲んだとローレンに思わせるために、それを自分の枕に慎重に空けてから、ふたたび横になって髪の毛で染みを隠していたのだ。

「誰かがよからぬことを企んでいるのはわかってたけど。四人もいたとはね！」

ベンが躊躇なく行動に出た。ベッド脇の箪笥から予備の毛布を何枚か引っぱり出して、老女の頭からかぶせたのだ。彼女は一瞬、幽霊そっくりになった。ベンはみなを彼女のほうへ押しやった。「やろう。もうあともどりはできない」

　アグネスに見られてしまった以上、しなければならないことはわかっていた。誰も異を唱えなかった。ウィリアムさえ。彼はそれをすべて遊びだと思っているようだった。四人はありったけの寝具をアグネスの上にかぶせると、その上に這いあがった。四人全員が等分に彼女の殺害に関与したのだ。彼女は四人にまとめてのしかかられて、ろくにもがくこともできなかったが、それでもまだ彼らは動きを感じ取り、たがいにしがみつきながら体重をかけていた。するとついに身動きが止まった。念のため、四人はそのままさらに数分間じっとしていた。だが、誰も毛布をめくって彼女の死体を見ようとはしなかった。

〝枕はもちろん交換した。」マットレスがほんの少し湿っていることには誰も気づかなかった。隠し場所はぴったりふさいだ。だが、あとはすべてそのままにしておいた。わたしはせいぜい消極的共犯者でしかない〟

　ラム医師は溜息をつき、はたしてそうだろうかと考えた。この期におよんでもまだ、正直に語るのは難しかった。

〝ローレンとわたしはベンの父親を介して分け前を売り払い、彼は何も訊かずにそれを実行してくれた。だがウィリアムは、そのときにはもう引っ越していた。わたしたちはむろん彼にも分け前をあたえた。そうすれば彼も口をつぐんでいるだろうと考えたのだ。たしかに数年はそれでうまくいった。だが、結局彼はレイモンドにダイヤモンドのことをしゃべってしまったのだろう。あの愚か者はそれをロンドンへ持っていって、やたらと宣伝してまわったため、どこかの路地で刺し殺されるはめになった〟ラム医師は微笑んだ。〝たいしたものではないが、それがきみに伝えられる唯一の正義といったところだ〟

痛みが耐えがたくなり、手も疲れてきた。

〝ローレンは事件のあとわたしに関心をなくしたようだった。たぶん彼女にとっては罪悪感が大きすぎたのだろう。だからわたしは彼女をマシューのもとに残してロンドンへやってきた。ロンドンにはわたしの財産が急激に増えたことに気づく者はいなかった。そしてわたしは安楽に暮らした。それだけだ。めいめいがこの殺人から得た最大のものはそれだと思う。わずかばかりの安楽さだ。それだけの価値はあったと言いたいところだが、そうだと言い切る自信はない。きみがわたしたちを許す気になってくれることを願うばかりだ。敬具。ドクター・ゴドウィン・ラム〟

ペンを置くと、外の夕闇をしんみりと見つめた。そこで咳きこみはじめた。咳は数分間つづいた。やがて彼は、署名の横にぽつりと鮮やかな血の染みを残して、浴室へはいっていった。

12　第六の対話

ジュリア・ハートは最後の段落に指を這わせた。「そこで咳きこみはじめた。咳は数分間つづいた。やがて彼は、署名の横にぽつりと鮮やかな血の染みを残して、浴室へはいっていった」

時刻はすでに遅く、最後のページのなかばあたりで彼女はまぶたが重くなってきた。

「失礼」とあくびをした。

グラントが沈黙を埋めた。「これまた不謹慎な短篇だな。殺人ミステリの定義については、ぼくらはすでに検討したから、次は、この短篇がその定義から導かれたものだということを説明するのが、いちばん参考になるかな」

「ええ。ぜひ聞かせてください」と言いながらジュリアはペンを手に取った。

ふたりがいるのは、グラントのコテージから浜を数百メートル歩いたところにある木造の小屋だった。内部のラックには小型のボートが一艘置いてあり、もう一艘置けるスペースが空いている。ふたりは海に面した扉を大きくあけはなち、そのすぐ内側に木製の折りたたみ椅子を並べて座っていた。眼の前には、みごとなまでに滑らかな砂浜が水際まで、絨毯のようにきれいに広がっている。

「これまでに見てきたいくつかの短篇では、容疑者のうちのひとりだけが犯人だった。そして今日の午前中に見た短篇では、容疑者全員が犯人だった。まあ、定義から即座にわかるが、その中間点もある。つまり容疑者のちょうど半分が犯人だということもありうるし、それ以外の比率もありうるわけだ」

「ここではベンと、ローレンと、ウィリアムと、ラム医師ですね」とジュリアは言った。「怪しげな部外者に、幼い男の子、医者とその愛人。犯人は四人で、容疑者はぜんぶで九人でした」

グラントはうなずいた。「要するに、容疑者の部分集合はどれもみな犯人になりうるということだ。全体の四分の一でも、半数でも、ひとりをのぞく全員でも。定義に従えば、これらの解はどれも同じように有効なんだ。この短篇は要するにその例証だな」彼は椅子の上で身を乗り出した。「前にぼくは、この定義は解放的だと言ったが、これがその理由だ。ほとんど新たなジャンルを創造してると言っていい。読者はもはや誰が犯人なのかを推測するのではなく、容疑者ひとりひとりがその犯罪に関与しているかどうかを推測しなくてはならなくなったわけだ。考えうる結末の数は指数関数的に増加する」

ジュリアは思案顔になった。「それはあまりにも自由になりすぎる気がしませんか？　かりに容疑者グループの全員が犯人だとしたら、読者が解答を正確に推測するのはほぼ不可能になって、恣意的な感じがしてしまうんじゃないでしょうか」

「結末を納得できると感じられるようなものにするのは、たしかに著者にとって難しい仕事だな。しかし、本質的にはほかの結末もみんな同じように恣意的なんだよ。探偵小説を論理パズルだとする考えを、ぼくが受け入れていないことを思い出してほしい。論理パズルだと見れば、もろもろの手がかりが唯一無二の解答を指し示して、それを導き出すプロセスはほぼ数学的になるが。でも、実際にはそんなことはないんだ。そんなのはたんなる巧妙な見せかけなんだよ」

ジュリアは彼の言うことをすべて書きとめていた。「それはまちがいなく興味深い考えかたですね」

「忘れないでほしいが」とグラントは話をつづけた。「殺人ミステリの主目的とは、読者にひとにぎりの容疑者を呈示して、百ページほどのちにかならず、そのうちのひとり以上を殺人犯だと明かすことなんだ。それがこのジャンルの美なんだよ」〝美〟という言葉を口にするのにジュリアの顔を見ながらでは失礼だとでもいうように、視線が海のほうへそれた。「読者に小さな有限の数の選択肢をまず呈示してから、最後にぐるりと戻ってきて、そのうちのひとつを指し示す。そのような解答に人間の脳が驚かされるというのは、考えてみれば奇跡だな。この定義はそれを変えるんじゃなくて、可能性の数々を明確にしてくれるんだ」

ジュリアはうなずいた。「そうですね、そんなふうに考えたことはありませんでした。となると、腕の見せどころはミスディレクションにあるわけですね。自分の書いた物語いくつかの点ではもっともあてはまらないように見えながら、それでいてその他の点ではぴたりと符合する、そんな解答を選ぶことに」

「うん」とグラントは答えた。「そしてそれが殺人ミステリを、結末に驚きのあるそれ以外の小説と区別してもいるんだ。可能性はあらかじめ読者に呈示されている。結末はそのうちのひとつを、前に戻って指し示すんだ」

ふたりの背後の天井には時代物のランプが吊りさげてあった。太陽はジュリアが朗読しているあいだに沈んで、小屋はいま黄ばんだ光の箱となって、洞窟中のひと粒の貴石のように宵の星空に埋もれていた。ジュリアは自分がしゃべる番なのだと気づいた。

「この短篇にもほかのものと同じように、些細な点ですが、違和感を覚える部分がありま す。何度か読んでいてやっと気づいたんですが」

グラントはうなずいた。「聞かせてもらいたいね」

ジュリアはノートのページをめくった。「最初に気づいたのは、絞殺への言及が多いことでした。アグネスは窒息させられたというのにです。まず、絞め殺された栗鼠が見つかります。それから、医師がウィリアムに絞殺というものを説明する場面があります。さらには屋敷自体までが、〝木々に絞め殺されている〟と表現されています。まるで何かが起こる予兆としてそこに挿入されていながら、その何かがついに起こらなかったみたいです」

「なるほど」とグラントは言った。「それは興味深いね。気づかなかったよ」

「そのあと、二度目に読んだときにこんどは、この短篇の中で起こる死にはどれも、絞殺のしるしが最低ひとつは記述されているのに気づきました。冒頭のラム医師は、おそらく肝臓癌か膵臓癌で死にかけているはずですが、辻褄が合わないのにです。ます。アグネスは首に青痣ができていますが、それについての説明はありません。さらにレイモンドが刺殺されたとき、リリーは彼の喉が絞めつけられて、呼吸ができないところを想像します。ローレンの遺体も、眼が血走って首が腫れあがっているのに、死因は感染症です」

「たしかに、それはずいぶんと不可解だね。ほかのものよりは微妙かもしれないが」

背後でランプの炎が揺らいでいた。グラントは手を伸ばしてそれを天井からおろした。油が切れかけていたのだ。彼はランプを消して、月明かりだけにした。

「ここではずっとひとり暮らしをしてきたんですか？」

「ああ、そうだよ」グラントは椅子に座りなおして、ジュリアのほうを向いた。「昼間ぼくに、海にこだわりがあるのかと訊いたね。答えてあげようか」

「ぜひ聞かせてください」

「ぼくにとって海というのは、暖炉の前で眠ってる飼い犬みたいなもんでね。そばにいると、コテージの中からでも息づかいを感じられる気がするんだ。まあ、相棒というところだな。だからひとりでも、海辺で暮らしてるほうが寂しくないんだ」

ジュリアは首を振った。「その気持ちはわたしにはよくわかりません」腐った魚のにおいが風に乗って漂ってきて、彼女は海を見たが、自分がそこで溺れているところを想像せずにはいられなかった。「わたしにとって海というのはいつも、ちょっぴり怖いものでした。大きな口みたいにがぶりがぶりと、そこにいるものに噛みつくんです。海から死を連想することってないですか？」

グラントの答えは謎めいたものだった。「そう思うだろうが、そうじゃないんだよ」

ジュリアは何も言わなかった。

三十分後、ジュリア・ハートはホテルに戻って、暗い階段を自室までのぼった。電気をつけて、窓辺の机の前に腰をおろした。ガラスに映る光で外はよく見えなかったが、暗い部分からは星が見えた。眼をこすり、涼しい夜気で眼を覚ましていられるように窓をあけた。それからペンを取った。

机には緑色の革で装幀した小さな本が載っていた。『ホワイトの殺人事件集』の原本だ。それを引きよせて終わりのほうをひらき、小石をひとつ重しがわりに載せた。それからノートを取り出して、何も書いていないページをひらいた。ページの端を四角く二枚、破り取って、それぞれに疑問をひとつずつ書きとめると、身を乗り出して窓敷居に画鋲で留めた。一枚には〝フランシス・ガードナーとは誰か？〟と書いてあり、もう一枚には〝彼はホワイト殺人事件と関わりがあるのか？〟と書いてあった。ちょっと考えてから、三枚目を追加した。こちらは翌朝のためのメモで、〝ホテルの支配人に話を聞くこと〟と書いてあった。

ジュリアは新しいページをひらいて、時計を見た。やらなければならないことはまだたくさんあった。息を大きく吸いこんでしばらく止め、考えをまとめていると、電灯のうなりが、壁を埋める虫の羽音のように聞こえた。

やがて、息を吐いて書きはじめた。

13 階段の亡霊

月曜の朝――それは窒息しそうな日曜の静けさのあとに、面白そうなことが起こる最初の機会である。午前中に、名刑事ライオネル・ムーンは腑に落ちない配達物をふたつ受け取った。

ひとつめは、出勤しようとしたときに見つけた。ひと箱のチョコレートと一枚のカード。自室から廊下へ出てみると、ドアマットの中央に浅い長方形の箱が載っていた。まるで小麦畑の中にある農家の模型のように、カードの屋根が載っている。手に取ると、中でチョコレートがさがさと動いて、棺の中で跳ねまわる骨を連想させた。カードには署名がわりに、キスを意味する〝X〟の文字がひとつ、ダークブルーのインクで殴り書きしてあった。

「これは贈り物なのか、それとも何かの警告なのか？」ライオネルはそう自問した。

彼には友人が少なく、チョコレートを買ってくれそうな人物などひとりもいない。いったん中に戻って、ドアの横の小さなテーブルにその箱を置いた。それから部屋に鍵をかけて建物を出た。

ふたつめの配達物を見つけたのは、その晩、仕事から帰ってきたときである。ドアに封筒がテープで貼りつけてあり、表に彼の名前が、くねくねした大きな字で書かれていた。ライオネルは廊下に立ったまま封筒をあけた。はいっていたのは写真の写真だった。この建物から出ていくライオネル自身が写っている。表の通りから撮ったものか、さもなくばむかいの店から撮ったものだろう。写真の写真だとわかったのは、内側の画像がほんの少しゆがんでいたからで、どうやらテーブルに載せた写真に対して、カメラがやや後ろへ傾いていたようだ。太めの白い縁が完全にまっすぐではないし、縁と内側の画像にまたがってぼんやりした影が写っている。

「写真の写真か。いったい何を意味してるんだ？」彼はつぶやいた。

少しでも頭を働かせていたら、チョコレートと写真というこのふたつの配達物にはなんらかの関連があると推測していたかもしれない。だが実際には、写真の影響が強すぎて、眼の前に差し出した自分の手のひらをためらいもなく横切ろうとしているちっぽけなおのれの姿に気を取られたまま、チョコレートのことなどすっかり忘れてしまい、部屋にはいってもその箱には気づきもしなかった。

「何かのメッセージだな。しかし、何を伝えようとしてるんだ？」

封筒と中身を持ってキッチンへ行くと、腰をおろしてそれを調べながら、コンロにかけた鍋のスープが温まるのを待った。鍋は無骨な金属製で、中のスープは黄色い。ヨーロッパ屈指の名刑事と目されてはいても、ライオネル・ムーンの暮らしぶりはまことに慎ましやかだった。住んでいるのは、ロンドンの広場から伸びるこぎれいな通りにある背の高いアパートメント・ビルだった。片側にキッチンのついた居間がひとつと、寝室がひとつという間取りで、廊下の突きあたりに共同の浴室がある。家主はハシェミ夫人という未亡人で、最上階にひとりで住んでいた。

スープがぐつぐつと煮えてくると、ライオネルは鍋を火からおろして、縁の欠けた白いボウルによそった。夕食を食べながら封筒を検めた。あとで証拠品になるかもしれないので、食べ物をこぼさないように気をつけた。おかしな点は何もなかったし、差出人も書かれていなかった。封筒を置いて、こんどは写真を手に取った。これも封筒自体とそう変わらない。彼はそう思った。ひとつの画像がもうひとつの内側にぴったり収まっている。ただしこちらは、あけて中身を調べるわけにはいかないが。

「なんだか不吉だな」

かりに彼自身のふつうの写真が届けられたのであれば、彼はそれを警告だと受けとめただろう。おまえを監視しているぞという、写真の形で送りつけられたメッセージだと。だが、写真の写真というのは、それよりだいぶ曖昧な感じがする。よくよく見たところ、雑誌のページを写したものだと判明した。長年のあいだに彼は何度か、有名事件に関連して名前が出たおりに、雑誌で紹介されたことがある。いちばん下に、本文の行のてっぺんだと思われる黒い点々が並んでいた。テーブルに雑誌をひらいて置き、そのページを撮影したのだ。

「しかし、なぜ？」

ライオネルはもはや刑事生活に疲れていたが、それでもその謎にはまんまと心を奪われた。そのことは強いて考えまいとし、冷たい水でボウルと鍋を洗って戸棚にしまうと、写真を封筒に戻して居間の棚に載せた。それから――帰宅したのがかなり遅かったので――キッチンの電気を消してそのままベッドへ直行した。

効果的な悪夢というものの例に漏れず、この悪夢も意味のあるべきところに意味が欠如したまま始まった。写真の写真という謎である。そしてその謎がいまだ解けずにいたその二日後、ライオネル・ムーンが帰宅してみると、三つめの配達物が彼を待ち受けていた。運命が猫にでも姿を変えて、これらのへんてこな、ずたぼろの品々を戸口に置いていったように思えた。こんどは死体だった。

何も異常を感じないまま、彼は自室にはいった。キッチンまで行って初めて、何かがおかしいのに気づいた。今朝きちんと閉めて出かけたはずの寝室のドアが、あきっぱなしになっていた。部屋は洞窟のようだし、建物は寒いことが多いから、熱を逃がさないようにいつも閉めていくのだ。ところがいま見ると、ドアとドア枠のあいだに十五センチばかり隙間があいて、暗い長方形があたかも街灯のように細長く伸びている。上着の内側から右手で拳銃を取り出してかまえると、ライオネルは戸口の隙間から奥をのぞいた。

ベッドに死体が横たわっていた。中年の、無精髭を生やした、タフな外見の男で、焦茶のスーツをきちんと着こんでいる。腹立たしいことにまだ靴をはいており、重みでシーツがくぼんで皺がよっている。顔は判別がつかないほど腫れあがり、どす黒い紫色に変色している。おおかた毒を盛られたのだろう。でなければ何かの病気にかかったか。争った形跡は見られず、そこに置かれたのが死ぬ前なのかあとなのか、判然としない。

顔の片側は火傷の痕と思しきものに広範におおわれている。かろうじて見分けられる程度の古いものながら、ただれて引きつれた肉のパターンは見まちがえようがない。瘢痕は生えぎわまで広がり、帽子で隠れている。長年の相棒だったグッド警部補は、よくこう言っていた。「天国へ行けりゃ、生前の苦しみは忘れさせてもらえるが、地獄へ落ちたら、思い出さなきゃならない」死んだばかりの死体の苦悶にゆがんだ表情を見るたび、ライオネルはその言葉を思い出す。顔がゆがむのはつらい記憶がすべてよみがえるからなのか、それとも、たんに死のせいなのか。ライオネルは手を伸ばしてその男の眼を閉じて、真実を封じこめた。

「で、その男は天国と地獄のどっちにいると思う？」

背後から声が聞こえてきた。ふり向くと、戸口にグッド警部補が立っていた。ライオネルの呼吸が、いつものように乱れた。なにしろ警部補は一年近く前に死んでいるのだから。住んでいた建物でガス漏れがあり、ライオネル自身が死体を見つけて、数日後には小さな教会の軒下の墓穴まで棺を運んでいた。まるで当の死者が、そこで永遠に雨宿りをしながら煙草を吸うことを選びでもしたように。

だが、そのあとも、警部補は死んでなどいないかのように戻ってきては、ライオネルの相棒としてふるまいつづけた。始まったのは葬儀のすぐあとのことである。死んだはずの彼が人混みの中から笑いかけてくるのを、ライオネルは見たように思った。いまそれは、きわめて無防備な、私的なときに起こるようになっていた。ライオネルがひとりでいるときにかぎって現われるのである。ライオネルは自分の正気を疑うのはとうにやめ、それを受け入れるようになっていた。

「やあ、グッド」ライオネルは死体のほうへ向きなおった。「これをどう思う?」

「食べたものが体に合わなかったんだな。ポケットを調べてみろよ」

ライオネルは死んだ相棒の言うとおりにした。だが、男の身元に関しても、殺された場所や方法に関しても、それ以上の手がかりはなかった。

「なぜここへ運ばれてきたんだと思う? おれのところへ」

「三つの可能性が考えられる」グッド警部補は指を三本立てたが、背後の壁にはその影が映らなかった。たんなる想像の産物なのだと、ライオネルは思った。「ひとつは警告、もうひとつは犯人による中途半端な自白だ」警部補は言った。

「そして三つめは、おれを殺人犯に仕立てあげようとする試みか?」

「ああ、それが三つめだが。ま、あまり気にするな。殺人の濡れ衣を着せるのは簡単じゃない。それにおまえは優位に立ってる。おまえの気づいてない手がかりがひとつあるぞ」

ライオネルは言い訳がましく言った。「おれはまだ帰ってきたばかりなんだよ」寝室から出ていって、自室へはいるドアを調べた。どこも損傷していなかった。錠は問題なくかかるし、傷跡もない。次に窓をチェックした。部屋は三階だったが、梯子かロープを使えばのぼってこられる。不可能ではない。だが、窓はみな掛け金がかかっていたし、損傷してもいなかった。

グッド警部補が戸口から彼を見ていた。もどかしげに口笛を吹いている。

寝室の角にあるいちばん奥の窓を調べていると、むかいのアパートメントに動きがあるのに気づいた。そこに住んでいる女がキッチンの窓辺に立って、なんとなく彼のほうを見ながらシチューを温めていた。姿を見られていないことを祈りつつ、ライオネルは脇へよけて、カーテンの隙間から女をうかがった。

女の住む建物は彼の住んでいる建物ほど立派ではなく、壁は煉瓦ばかりで窓が少なかったものの、ライオネルは長年の観察により、そこに住んでいる家族の説得力ある肖像を作りあげていた。一家は三人だった。父親は長時間働いていて、夜遅くに帰ってくる。妻は家事と子供の世話に明け暮れている。子供は男の子で、なんらかの病気のせいで寝たきりになっている。

不幸な家族に思えるが、少年の部屋は廊下の突きあたりの浴室と向かいあっており、夏になるとライオネルは曇りガラスの窓を押しあげて、その子にさまざまな顔をしてみせては楽しんだものだ。濡れた彼の頭が雨でずぶ濡れのガーゴイルになって現われるたびに、少年は笑った。

「むこうから死体が見えるかな？」ライオネルはグッドが答えてくれるものと思ってふり返ったが、かつての相棒は彼が女に気づいたとたんに消えていた。

ライオネルはベッドを見た。ベッドは影におおわれているし、角度からいっても女からは見えないはずだ。そう確信して、ほっと溜息を漏らした。こちらがじっくりと捜査する前に、誰かに警察へ通報されるのはまずい。この死体がおれに殺人の濡れ衣を着せるためのものだとしたら、まだ警察に通報されていないのには、きっと理由があるはずだ。犯人はあとで引き返してきてさらに証拠を仕込むつもりなのかもしれないし、自分のアリバイ作りにいそがしいのかもしれない。もう少し状況を把握するまでは、なんの手も打てないし、誰かを介入させるわけにもいかない。

女は関心を失ったらしく、窓の外を見るのをやめた。シチューのボウルを盆に載せてキッチンを出ていったので、ライオネルも隠れ場所から出た。

ひとつだけおれは犯人より優位に立っている、彼はふとそう気づいた。今日はいつもよりだいぶ早めに帰宅している。まだ水曜日の午後のなかばで、ふだんならオフィスにいる時間だ。これなら犯人が油断しているところを捕まえられるかもしれない。

彼は居間へ戻った。グッド警部補が肘掛け椅子に座っていた。ライオネルはむかいに腰をおろした。「どこへ行ってたんだ？」

警部補はにやりとした。生前は何かといえば、おれは答えを知っているという顔をするので、ライオネルはときどき我慢ならなくなることがあった。「ちょっと外へ行ってたんだ。手がかりは見つかったか？」警部補は言った。

「ドアの鍵はこじあけられてなかった。犯人はおれの部屋の鍵を持ってるにちがいない」

窓は掛け金がかかっているのだから、それ以外に中へはいる方法はない。それはつまり、知り合いが関与しているということだ。そう考えると、逆説的ではあるが、ライオネルは気が楽になった。可能性が無限にあるように思えた状況に、枠がはめられたわけだ。

「よし。じゃ、おれが教えてやらなくても容疑者はわかるな」

「ひとりめはハシェミ夫人だ」最上階に住んでいる家主だった。ライオネルの部屋の鍵を持っているのは、ライオネル自身をのぞけば夫人しかいない。「だけど、あの人は人殺しはしない。こんな殺しは」

最後のひとことが警部補を面白がらせたようだった。「むしろ階段に油を塗っておくタイプだってか？」

ライオネルは顔をしかめた。「真面目に言ってるんだよ、ユースタス。何者かがおれを破滅させようとしてるんだぞ」

反省した亡霊は肩をすくめた。「あの若い娘はどうなんだ？」

「ふたりめが、そのハナだ」ライオネルは椅子の上で身を乗り出した。ハナは週に何度か、この建物と各部屋を掃除しにくる若い娘だ。家主の部屋から各部屋の鍵を持っていく。

「ハナが誰かに鍵を渡した可能性はある」

ライオネルはハナも大家も自分に濡れ衣を着せたがるはずはないと確信していた。人を殺したりするはずもないと。だが、それでもふたりが関わっている可能性はあった。彼の部屋の鍵を金と引き換えに渡したのかもしれない。それとも、脅されたのだろうか。

「ハシェミ夫人に話を聞くべきかな」

「早めに帰宅した優位が失われちまうぞ。大家が共犯者に知らせたらどうする」

ライオネルは眼を閉じた。ほかに可能性のある人物はいるだろうか？　隣室に住むベル氏がいる。写真家で、同じ宵っぱり仲間の。友人と言ってもいい。だが、現状では誰も信用するわけにいかない。階下に住んでいるパイン氏もいる。もの静かな本好きの男で、どこかの大学に勤めている。しかし、パイン氏のことはほとんど知らないし、もう何週間も見かけていない。「それに、誰にも動機がない」

ライオネル・ムーンは犯罪者の心理を心得ていた。それこそ、うんざりするほど心得ていた。このような企みはやはりプロフェッショナルのものだろうと、そう確信していた。だから鍵の問題はいったん脇へ置いて、こう自問した。「おれをおとしいれたいと思うようなやつは誰なのか？」

まず思い浮かんだのは、ケラーというハンガリー人の紙幣偽造者だった。

ケラーは長年にわたりロンドンの紙幣偽造グループの親玉だった。あるとき手下のひとりが、自分の正当な分け前以上のものを手に入れようとした。ケラーはその男を縛りあげて、業務用の肉挽き機に生きたまま突っこんだ。それから犠牲者の血を集め、それをインクがわりにして、当人のはらわた混じりの偽百ポンド紙幣を印刷すると、一味のひとりひとりにそれを配り、裏切りの代償を肝に銘じさせようとした。当然、ひとりが酔っぱらってそれを使おうとした。

おかげでそれが警察の手にはいった。店主の証言と、紙幣にべったりとついた染みや指紋から、ライオネルは一味の立ちまわり先を推測し、ひとりまたひとりと正体を割り出した。円の内側へと螺旋を描いていくような、分析的犯罪捜査の名人芸だった。しかし、親玉を有罪にできる材料は例によってほとんどなく、結局ケラーは微罪で実刑判決を受けたにすぎなかった。

それが四年前のことである。ケラーはひと月前に釈放されており、それ以来ライオネルは落ちつかなかった。身を守るにはもう年を取りすぎていたし、ケラーはおそらく復讐に燃えているはずだ。なにしろライオネルは、ケラーの生活手段と名声をすべてぶち壊したのだから。

「そういえば、ハナもハンガリー人じゃなかったか？」これはたんなる偶然の一致だろうか。ライオネルは首をひねった。

恨みを持つ者はもちろんほかにもいた。いすぎて思い出せないほど。

つい三週間前、ライオネルは新しい相棒のエリック・ローレント警部補と、そういう過去の事件について話し合った。なかには伝説的なものもあった。オットー・マナリングという札つきの美術品泥棒の事件もそのひとつである。その事件でライオネルは、犯人が盗んだ多数の絵画の傾向から当人の職業、学歴、年齢を割り出したのだった。それから、北ロンドンの貯水池でふたつに切断された男の子の死体が発見された事件もあった。ライオネルはそれが二体の異なる死体の上半身と下半身だということばかりでなく、上半身はなんと男の子に見せかけた女の子だということまで明らかにした。

「で、何か原因があったんですか？」とローレントが訊いた。「あなたが犯罪捜査にたずさわるきっかけになった事件が」

「ああ、あったよ」そう言うとライオネルは、それまでさんざん語った物語を、もう一度語って聞かせた。

ライオネルは孤児だった。聖バーソロミュー孤児院は無慈悲なところだったから、ある日の午後、彼は脱走した。十歳だった。十二、三キロ歩いて、耕された畑の縁へやってきた。すると、溝の横に小さな土の塚があるのに気づいた。最近そこに築かれたもののようだった。上には一輪の薔薇と、子供のおもちゃがひとつ置かれていた。土を少し掻きのけてみると、まばらな泥の下からこちらを見つめている死んだ少女の顔が現われた。死体に出くわしたのは初めてだったので、彼は最寄りの道路まで逃げていき、そのまま何キロも走りつづけた。そしておよそ一時間後、捕まって孤児院へ連れもどされた。

それ以上面倒を起こしたくなかったので、死体を見つけたことは誰にも話さなかった。ところが、十七歳で孤児院を出てロンドンへやってきたあと、突如、ある雨の日曜日に、その事件を解決したいという願望に襲われた。当時その地域で女の子が行方不明になったという記録はなかった。彼は日帰りで出かけていき、孤児院に立ちよって子供のころに暮らした部屋を再訪したが、その畑をもう一度見つけることはできずに、むなしくロンドンへ帰ってきた。家族か保護者がその子を殺して、死亡届を出さなかったのだということは、もちろんわかった。納得のいく説明はそれしかない。だが、その子が誰なのかも、なぜそんなふうにひそかに埋葬されたのかも、ついに突きとめられなかった。

ローレントは顎ひげをなでた。「それはなんとも興味深い話ですね」

そしてふたりは意見が一致した。いったん味をしめたら、犯罪捜査というのはドラッグのようなものだ。最良の謎とは――自分たちをともに徹夜させるような謎とは――犯人や犯行の手口が不明なものではなく、意味が不明なものだと。まさにいまライオネルが直面しているこの謎のように。ベッドに横たわるその死体は、いろんなことを意味しうる。真相を知るまで自分はけっして休息できないだろう。

そう考えたところでようやく彼は、二日前に届いた写真のことを思い出した。

ライオネルは封筒を見つけて、中身をキッチンのテーブルに置いた。写真の中の写真に写る自分は、自分だとわからないほど若く、この建物から出て左へ曲がろうとしている。これはいったい何を意味するのか？　ベッドの死体と関係があるのか？

「論理的に考えてみよう」と彼はつぶやいた。写真というものの目的が、それを撮影するさいの短く限定された瞬間の現実を描写することなのだとしたら、写真の写真もやはりそれと同じ瞬間の現実、同じ限定された時間を描写しているのだろうか？　それとも、もとの描写に対する風刺や批判をこめた何らかの批評なのだろうか？　そこにこめられた意図は、写真というものの持つ物質的な側面――べったりしたゼラチンの中できらめく銀色の点の集合――に焦点をあてることであり、何者かが「この発見を見て！」と言っているようなものなのだろうか？　それともこれは、ほかに複写のしかたを知らなかった何者かが撮影したものなのだろうか？

ライオネルは眼を閉じた。疑問に疲れたのである。死体も写真もどちらも不可解だった。両方を解明できるだけの手がかりはなかった。何年も前にやめたというのに、ひどくパイプが吸いたくなった。

誰かがテーブルを引っぱたいたので眼をあけると、グッド警部補がむこう側から身を乗り出していた。「起きろ、ムーン。まだ終わっちゃいないぞ。おまえはふたりの容疑者をとりあえず特定した。そのふたりから始めてみろよ」

ライオネルは何も言わなかった。ちょうどそのとき、階段をのぼってくる耳慣れた足音が、どさりどさりと聞こえてきたのである。ハシェミ夫人だった。歩きかたですぐにわかる。キッチンのテーブルからでも姿が想像できた。いつも微笑んでいる快活な口は、誰かとおしゃべりをしていないときにはつねにあいているから、一歩ごとに上下に揺れているだろう。二階までのぼったところで立ちどまって煙草に火をつけるはずだ。すると、たしかに足音がやんで、夫人が立ちどまったのがわかった。そこでふと、ライオネルは名案を思いついた。夫人のことならよく知っているから、彼女がなんらかの形でこの犯罪に関わっているとしたら、こんな時間に在宅しているおれを見たときの反応で――それが興奮であれ、恐怖であれ、不安であれ――わかるはずだ。

「彼女を驚かしてやるよ」

グッドが拍手をした。「ようし、その意気だ！」

ライオネルはこっそりとドアに近づいて待った。ハシェミ夫人が最上段に近づいてきて、三階を通過しようとしたとき、彼はドアから顔を出して廊下を見まわした。そして、待ち人が来たと思ったのに、あなただったんですね、というふりをして礼儀正しく夫人に微笑むと、いい一日を、と声をかけた。夫人は顔をしかめ、つぶやくように言った。「この階段ときたら。ほんとやんなっちゃう」不安のかけらもない。いつもどおりの気さくさ。

ライオネルは返事をせず、うなずいて自分の部屋へ引っこんだ。

それで一件落着だった。ハシェミ夫人は無関係だ。それが判明しても彼は驚かなかった。「よくやったぞ、ムーン」とグッド警部補が言った。「じゃ、もうひとりのほうに取りかかれよ」

ライオネルはハナが仕事をしているところを、一瞬でいいので見たかった。臆病な娘だから、彼の部屋の鍵を誰かに渡していたとしたら、そのことを隠していられないはずだ。しきりに時計を見たり、物音がするたびにふり返ったりしているだろう。

だが、姿を見られるのは危険が大きすぎる。そこで彼は変装をした。鮮やかなオレンジ色の巻き毛の鬘《かつら》で禿げ頭を簡単に隠し、クローゼットの底から掘り出した丈長の黒い上着を着た。廊下は薄暗いから、これで十分にごまかせるだろう。それ以上のことは望んでいない。凝った衣装を身につけた刑事ぐらいばかげたものはない。そんなものは考えるだに小っ恥ずかしい。彼はつねづねそう思っていた。

静かに部屋から出ると、階段のおり口に立った。階下からぺたぺたと床を拭く音が聞こえてきた。

なるべく音を立てないように、そろそろと階段をおりた。二階までおりたところで、頭を下げて一階をのぞいた。廊下の端にいるハナが見えた。モップを機械的に前後に動かしながら、鼻歌をうたっている。「不安そうにも、緊張しているようにも見えないぞ」だが、その距離からでは明言できなかった。

急いでどこかへ出かけるようなふりをして、ライオネルは足早に階段をおり、外の通りへ出た。通りすぎざまにちらりとハナを見たが、印象は変わらなかった。緊張などまるでしていないらしく、彼の足音にふり返りさえしなかった。

外の通りで彼は、郵便ポストの前に立っていたグッド警部補にぶつかりそうになった。

「ハナでもないな」

グッドは両腕を後ろに伸ばして、ポストの上にひょいと体を持ちあげると、そこに腰かけて、地面から百二十センチの高さに足を垂らした。死者にしかできない芸当だ。彼はライオネルを見おろした。「じゃ、ほかに容疑者がいないか考えてみろよ」

ライオネル・ムーンは自分の部屋へ戻って、居間を行きつ戻りつしはじめた。「となると、あとは誰だ？　誰ならこんなまねができる？」

ハシェミ夫人には友達がいた。通りのはずれで花屋を経営している男だ。花束を手に階段をのぼってくるその男と、ライオネルはしばしばすれちがう。男の両腕は刺青でおおわれている。過去の人生のなごりだ。しかし、あの男はいつも感じがいいから、悪いやつではあるまい。

ライオネルはぴたりと足を止めた。どこか近くからピアノの音が響いてきたのだ。そのままの姿勢でしばらく耳を澄ましていた。どうやら隣室から聞こえてくるようだ。ベル氏にちがいない。爪先立ちで歩いていって、境の壁に耳を押しつけた。浮いた床板がほんのわずかに上下する音が聞こえてきたので、ピアノを弾いているわけではないのがわかった。蓄音器をかけているのだ。

動きがやんだ。ライオネルの頭に、隣人もまたむこうから壁に耳を押しつけているという滑稽な図が浮かんだ。不意にドンドンドンと、ライオネル自身の部屋のドアがノックされた。音楽にすっかり集中していたため、階段をあがってくる足音に気づかなかったのである。

訪問者はふたたびノックした。こんどはさらに激しく。ライオネルは壁にはりついたまま息を殺していた。すると引き返していく足音がした。だが、ひどくあわただしかったので、上へ行ったのか下へ行ったのかは判然としなかった。

ライオネルはキッチンのテーブルへ行くと、そこに銃を置いて、銃口を自分とは逆のほうへ向けた。それから腰をおろして待った。訪問者はきっと戻ってくるという予感がした。そこに座っていれば居間全体が見渡せるし、手元には銃もある。事件は早くも最終幕にはいってしまったらしい。彼は軽い失望を覚えた。その前に自分が解決したかったのにと。だが、そういう失望は近ごろではよくあることだった。定年が近づいて、頭の回転が鈍くなるにつれて。

次の一分は長い一分になった。グッド警部補は現われなかった。

やがて足音が戻ってきた。こんどは家主の足音も一緒だった。それはすぐにわかった。ふたたびドンドンドンと激しいノック。それから間。静寂。無。おろおろしたハシェミ夫人の声と、彼女がもたもたと鍵をあける音がした。ドアがギィッとゆっくりあいて、男が中にはいってきた。新しい相棒のエリック・ローレント警部補だった。

あまりに驚いたので、手が反射的に銃のほうへ動いた。だが、微妙な動きだったため、ローレントも家主も彼の前をあわただしく通りすぎて寝室へ行ってしまった。ふたりとも彼がそこに座っているのに気づかなかった。

「死んでます」とローレントが言うのが聞こえ、家主のショックの叫びがそれにつづいた。ふたりは寝室から出てきたが、あわただしく話をしていて、ライオネルのほうは見なかった。「医者に電話してください」とローレントが言っていた。「殺人事件のようです。これを」とローレントは紙切れに電話番号を書いてハシェミ夫人に渡した。「このパーヴィス医師はわたしの友人です。ライオネル・ムーンが死んだと伝えてください」

夫人は部屋から駆け出していった。

停滞していた冷たい理解の瞬間がようやく訪れ、相棒の言葉が身に染みこんできた。ライオネルは銃の重みにさからって立ちあがった。「ローレント」と声をかけたが、相棒はふり向かなかった。彼はローレントの前まで行って手を振った。だが、ローレントは彼が見えないらしく、そのまま寝室にはいっていってベッドを見おろした。ライオネルは絶望的な気分であとについていった。

見憶えがある気はしていたのだが、いまようやく、その死体が自分なのだと気づいた。腫れで顔がわからなくなっていたし、火傷の痕にもだまされていた。孤児院の火事のことを忘れていたのだ。ほんの子供のころのことで、建物が全焼したのだった。さらに驚いたのは、自分が写真よりずっと老けていることだった。

〝天国へ行けりゃ、生前の苦しみは忘れさせてもらえるが、地獄へ落ちたら、思い出さなきゃならない〟火事のことを忘れていたのはいい徴候だろう。ライオネルはそう解釈した。

そこで別のもののことを思い出して、居間に戻った。ローレントがあとをついてきたようだった。月曜の朝に届けられたあのろくでもないチョコレートの箱が、キッチンのテーブルに載っていた。いままで忘れられたまま。彼はゆうべ遅くに仕事から帰ってきた。事件がひとつ片付いたのを祝して、ローレントとふたりでウィスキーを飲んでいたので、少々酔っており、われにもなくそれをひとつ食べてしまった。いや、ひとつではなかったか？　あけっぱなしの箱をのぞいてみた。いくつかなくなっていた。ばかたれめ。許しがたいばかたれだ。

しかし、誰がおれに毒入りチョコレートを送ってきたりするのか？　キスの印を署名がわりにしたカードなんか添えて。ひとつの謎が解けるや、別の謎が現われた。ライオネルは考えられる容疑者をひとりずつ思い浮かべて、動機と機会のある人物、彼の習慣を知っている人物、チョコレートに目がないことまで知っている人物を探した。こんどは思いあたった。

ライオネルは窓辺へ行った。むかいのアパートメントの女は、カーテンの陰に隠れてこっそり彼の部屋をのぞいていた。何が起きているのか承知していて、事態の展開を見守っていた。彼は寝たきりの子供のことを思い出して、顔をこわばらせた。あの女は何カ月にもわたって――いや、ことによると何年もかもしれない――自分の息子に毒を盛っていたのだ。そしておれはそれを、自分では無自覚のまますべて目撃していたわけだ。あの女は何をシチューに混ぜこんでいるのか？　殺鼠剤か、除草剤か？　そんな事例ならいくつもある。女はおれにしじゅう見られているのが気にいらず、ついにおれを亡き者にしようと決めたのだろう。わが身の安全のために。チョコレートにも同じものを――もちろん、もっと大量にだが――入れて届けてきたのだろうか？

背後で誰かが咳払いをした。ライオネルはふり向いた。亡くなった友人であり相棒でもあったグッド警部補だった。グッドは近づいてくると、ライオネルの頭から、彼が脱ぐのを忘れていたオレンジ色の鬘を取った。「これから行くところじゃ、尊厳てものが大切だぞ。ついてこい」

「それ以外には説明がつかない」

ふたりはローレント警部補ひとりを、手がかりと偽の手がかり《レッド・ヘリング》だらけの部屋に解明すべき謎とともに残して、アパートメントを出た。自分の部屋に別れを告げるライオネル・ムーンにとって、何より心残りだったのは、二日前にあの写真の写真が届けられた理由も、それが意味するものも、いまだに不明なことだった。

14 第七の対話

「自分の部屋に別れを告げるライオネル・ムーンにとって、何より心残りだったのは、二日前にあの写真の写真が届けられた理由も、それが意味するものも、いまだに不明なことだった」

ジュリア・ハートは原稿をおろした。グラント・マカリスターは顔を上げた。「おや。じゃあ、そこで終わりなんだね？」

「はい。謎がひとつ解決しないまま終わるんです」

「でも、彼は少なくとも自分の殺人事件は解明した」

「そのとおりです。この短篇はほかのものと少々ちがう感じがします。そう思いませんか？」

「どうかな」グラントはちょっと考えた。「超自然的要素がはいってはいるね、たしかに。しかし、すでに言ったように、定義はそういう要素を禁じていない」

「でもそれって、読者にはかなりアンフェアになりますよ」ジュリアは非難するような口調で言った。

「そうかもね」グラントは肩をすくめた。「だけど、この短篇は被害者と探偵が重なる場合の一例になってる。ぼくらはすでに容疑者と探偵、容疑者と被害者の重複を見てきたから、次のこのステップは必然だったわけだ。でもまあ、定義上は許されていても、実際に書いてみせるのは難しいもんだよ」

「それで超自然なものに頼ったんですか？」

「ああ」グラントは鼻を掻いた。

ふたりはジュリアのホテルの敷地内にある薔薇園でコーヒーを飲んでいた。グラントがそこで会おうと提案して、彼女がコテージまで歩かなくてすむようにしてくれたのだ。彼女がこの島で迎える三度目の朝で、今日もまた焼けつくような暑い一日になりそうだった。

グラントは朝食後まもなく、ゆったりとした白のスーツに帽子といういでたちで、ズボンの裾を土埃でオレンジ色に染めてやってきた。そしてさっそく、シャツの袖にコーヒーをこぼした。

「ここはずいぶん高級なホテルだ」と彼は言った。「おたくの社長は贅沢なところにきみを泊まらせてくれるね」

「この島でホテルはここしか見つからなかったんです」とジュリアは言った。「ほかにもあるんですか？」

「それはいい質問だ」とグラントは笑った。「ぼくにはホテルなんて一度も必要なかったんでね。よく考えてみると、たぶんないな」

グラントはうわの空で薔薇園をながめながら、小さく口笛を吹いていた。

ジュリアは彼のもの思いをさえぎった。「この短篇について教えていただけることはありますか？　実際に書いてみせるのは難しい構造だとおっしゃいましたが、それはどうしてです？」

「それはたんに、ぼくらの定義じゃ探偵は任意の要素だからだ。探偵を被害者にもすることで探偵の役割をぼかしすぎると、読者はそもそも探偵がいることに気づかなくなるかもしれない。被害者を幽霊としてよみがえらせたのは、それを回避するためなんだ。骨を折った甲斐はあったよ、いちおうね」

グラントは白い石から彫られたチョコレートのようにすべすべした彫像――水の器を抱えた女性――にとまっている小鳥を見ている。ジュリアは彼を観察していた。すべてが結末に向かって動きだしているのを感じて、気持ちが張りつめていた。

「それは成功したと思います。それにほかの短篇とちがうのも好きです」バッグからフォルダーを取り出してひらき、膝に置いた。グラントにはまだ勘づかれたくなかった。「あなたの論文をゆうべもう一度読みなおしてみたんです」いかにも寝不足な顔をしており、眼が赤い。「おもなポイントをいくつか説明していただいたので、だいぶ理解できるようになったんですが、まだわからない個所がたくさんあります」

「まだぼくらが検討してない個所がたくさんあるからね」

「とりわけ興味を引かれたのは、第二章第三節にあげられているリストです」

グラントは彼女にすっかり注意を向けた。「というと？」

「朗読していいですか？」

グラントはうなずいた。「もちろんだ」

彼女はフォルダーを見おろした。「この定義を武器にすれば、典型的な殺人ミステリにおける基本的バリエーションの数々を、数学的に提示できる」

「そう」とグラントは眼を閉じながら言った。「探偵小説の順列だ」

「それらは以下のとおりである」と言って、ジュリアは大きく息を吸った。「容疑者の数が二に等しい場合。容疑者が三人以上いる場合。容疑者が無限にいるという極端な場合。これをわれわれは認めるが、解説する価値があるとは思わない。犯人の集合が大きさ一、すなわち単独犯の場合。犯人の集合が大きさ二、すなわちもうひとり共犯者がいる場合。

犯人の集合が容疑者の集合全体に等しいか、ほぼ等しい場合。容疑者の多くが、すなわち三人以上だが全員ではない数が、犯人の場合。被害者がひとりだけの場合。被害者が複数の場合。以下に挙げるAとBを、容疑者、探偵、被害者、犯人のあらゆる組み合わせ――ただし容疑者と犯人の組み合わせはすでに挙げた――で置き換えることにより作られるすべての場合。すなわち、AとBが交わらない場合、AがBを完全な部分集合として包含する場合、AとBが等しい場合、AとBが交わるが、どちらも他方に包含されない場合。これらにふくまれる事例のうち特記すべきものは以下のとおり。探偵全員が犯人の場合、容疑者全員が被害者の場合、探偵全員が被害者の場合。容疑者が完全に探偵と被害者とからなり、犯人もそこにふくまれる場合。被害者を兼ねていない探偵だけが犯人の場合。探偵を兼ねていない被害者だけが犯人の場合。容疑者がことごとく、探偵と犯人の両方である場合。容疑者がことごとく、被害者と探偵と犯人を兼ねている場合。最後に、容疑者、犯人、被害者、探偵という四つの集合すべてが一致する場合。それに、整合性のある右記の組み合わせすべて」

グラントの眼は満足のあまり輝いていた。「研究をしていた日々が懐かしく思い出されるよ」

「たいへん網羅的な、読むだけでくたびれるリストです。この順列のひとつひとつにそれグラントはふたりから数メートル離れた日時計の先端に這いのぼる蟻を見つめていた。

それ短篇を書くというのが、あなたの意図だったんですか？」

「そんなことをしたら、とんでもない数になってしまう。ことにいまの最後の一文をふくめると。夢ではあったのかもしれないが、意図ではなかったな」

「それにしても、たった七作でやめてしまいました。どうしてですか？」

グラントはしばらく考えてから答えた。「戦後は誰も殺人ミステリになど関心を持たなくなってしまった。たちまち時代遅れになったんだ。なにせ、あれだけの本物の死があったんだから」

「いくつかの決まりごとは古びてしまったかもしれませんが。でも、構造自体はまだ人気がありますよ」

彼は疑わしげな顔をした。「ほんとにそう思うか？」

「たとえばいまだって、犯罪小説を読めば、結末がどうなるのかどうしても気になります。そこに重点が置かれるのは、殺人ミステリからの影響です。具体的にどの登場人物が殺人を犯したのかは気にならなくても――それは最初から明らかになってる場合もありますから――でも、考えうる有限な少数の結末のうち、どれを著者が採用するのかは、やっぱり気になってきます。だから構造はまだ生きてるんです」

グラントは微笑んでおり、そのまましばらく黙っていた。「たしかに、きみはいいところを衝いてると思う。これまでそんなふうに考えたことはなかったよ。でもそれは、ぼくの主張に対する反証にはならない。従来の殺人ミステリはやっぱりもう時代遅れなんだ。ぼくはそれを一九四〇年代の中頃からひしひしと感じるようになって、それで書くのをやめたんだ」

「もったいないですね」とジュリアは言い、コーヒーカップを手に取った。

「この短篇でも何か矛盾に気づいた？」グラントは自分のコーヒーカップを手にして、苦い液体の最後のひとくちを飲んだ。ぬるくなっていた。

「ええ。今回は簡単なものですけど」ジュリアは肩をすくめた。「孤児院は彼が子供のころに全焼していますけど、彼は十七のときに、幼いころ暮らした部屋を訪ねています。ということは、孤児院は全焼したんでしょうか、していないんでしょうか？」

「なるほど。そうだな、そこに気づくべきだったな」

ジュリアは空になったカップを置いて、グラントの背後を指さした。「あそこへ登ったことはあります？」

彼女が指さしているのは、町の出はずれにある海岸の一部だった。かなりの高さまで陸が迫りあがり、険しい崖が海を疑わしげに見おろしている。

「ああ」とグラントは静かに言った。「あそこならよく知ってるよ」

ジュリアはそこから眼が離せなかった。「すごくドラマチックですよね。バッグに前書きの下書きが入れてあるんです。あそこへ登って読みませんか？　ちょうどいい機会ですから」

グラントは片眉を上げた。「感心したよ。いつそんなものを書く時間を見つけたんだ？」

「ゆうべです、ほとんどは。お宅から帰ってきたあと」

彼は賛嘆の口笛を吹いた。「なら、行こうか、きみがそうしたいのなら。もう長いことあそこには行っていないが。きみがどんなことを書いたのかぜひ聞きたいし。この島は全体を見わたす価値がある」

「じゃあ、行きましょう」ジュリアはそう言うと、私物をバッグにしまった。

15 最後の対話

もろい丘を登りながらジュリア・ハートは後ろを振りかえった。グラントは遅れており、興奮は衰えていないとはいえ、ふたりの年齢差が初めてあらわになっていた。ジュリアは径から少しそれたところに立ってグラントを待った。

「すみません。下から見たときはこんなに急だなんて思わなかったもので」

グラントは立ちどまってハンカチで額を拭った。「なに、そう悪くないよ。暑さがきついだけで」白い服の腋に円く汗がにじんでいる。

ジュリアは径のほうへ向きなおった。前方の斜面はホテルの薔薇園から見えたあのドラマチックな断崖へとつづいており、丘の上半分には黄ばんだ小さな樹林が点在している。

「あの木立なら日陰になります。あそこまで行ったら休憩しましょう」

「前回登ったときはもっと楽だったんだがな」グラントはまぶしそうに眼を細めて彼女のシルエットを見た。「年を取るというのはみっともないもんだね、まったく」

ふたりはまた登りだした。

まもなく短い樹林帯の縁にたどりついた。すらりとした木々がもの問いたげに立ちならんでおり、ふたりはその真ん中をまっすぐに突っ切る径を登っていった。三十メートルほど行くと、ふくらんだ奇岩に囲まれた空き地に出た。木漏れ日のおかげで、派手な黄緑の光に満たされている。

「天然の円形劇場だ」グラントは岩のひとつをなでながらそう言った。「最後に来てからもう何年にもなるな」

「この島にはなんでもあるみたいですね」

休憩場所に着いたのでグラントは元気を回復していた。岩に体を持ちあげると、ジュリアのほうを向いて両脚を垂らして座った。「ぼくは到着したとたん、この島に恋をしたよ」

ジュリアはあたりを見まわした。水を持ってくればよかったと思った。でなければワインを。「こんなところ初めてです」

グラントは帽子を脱いで自分を扇いだ。「正直言うと、最初はきみを迎えるのが不安だったんだ。この数年はずっと、静かな暮らしをしてきたからね。でも、案に相違して刺激的だったよ」そう言ってもう一度額を拭うと、湿って重くなったハンカチを地面に落とした。

「これ以上行かなくてもいいですね。ここのほうが風を避けられて、話しやすいかもしれません」

グラントはうなずいた。「で、ぼくに聞かせてくれる前書きの草稿は持ってるんだよね？」

「ええ」とジュリアはバッグをたたいた。「でも、前書きを検討する前に、この本の題名をどうするか決めなくちゃなりません」

「『ホワイトの殺人事件集』というのを、変えるべきだと？」

「〃ホワイト殺人事件〃と〃ホワイトの殺人事件集〃が似ているのに気づくのは、きっとわたしだけじゃないでしょう。疑問の声があがったときにどう答えるかだけでも、決めておくべきです」

「それならいっそ変えてしまったほうがいいだろう」グラントは帽子を一方の手から反対の手に放った。「『ブルーの殺人事件集』というのはどうだ？」

「なんだかいかがわしげです」

グラントは小さく笑った。「じゃ、何かいいのがあるか？」

「あるかもしれません」ジュリアは大きく息を吸った。「でも、やっぱりわたし、あなたがなぜ『ホワイトの殺人事件集』と名づけたのか、そのわけを知りたいです」

グラントは小枝をひろいあげて、爪で樹皮をはがしはじめた。「前にも言ったが、喚起力があると思ったんだ。ほかのものに似ていたとしても、たんなる偶然の一致だよ」

「その偶然の一致が本全体ではずいぶんあります。ホワイト殺人事件はまちがいなくあなたの心をとらえたんです」

グラントは葉っぱを一枚むしり取って横の岩の上に置いた。チェスで言えば、守りの一手だ。「何を言っているのかよくわからんな」

「ホワイト殺人事件の具体的内容を憶えてますか?」

長い沈黙があった。グラントはあたかも岩の上の蜥蜴《とかげ》のように、ほとんど身動きをしなかった。「このあいだきみに聞いたことぐらいだ」

「じゃ、よく聞いてください」ジュリアは黒板を背にした教師のように、樹木の壁を背にして彼の前に立っていた。「ホワイト殺人事件が起きたのは、一九四〇年八月二十四日です。エリザベス・ホワイトという若い娘がハムステッド・ヒースで殺害されたんです。彼女は夕暮れどきに犬を散歩させていました。ヒースの北のはずれに建つ〈スペイン人の酒場《スパニャーズ・イン》〉という有名な居酒屋の前にさしかかったとき、ひとりの男に呼びとめられました。紺のスーツの男と話している彼女を、何人かの人が目撃しています。ふたりはそのまま一緒に歩きだしました。それから一時間ほどして、〈スパニヤーズ・イン〉の外の道で死体が発見されます。絞殺です。時刻は夜の九時半。犬はいなくなっていて、結局見つかりませんでした。犯人はいまだに捕まっていません」

グラントは首を振った。「とても興味深い話だけどね。なぜそんなことをぼくに話すんだ？」

ジュリアは話をつづけた。「一見、無関係に思えるかもしれません。でも、あなたの短篇集を見てください。七篇のそれぞれに、最低ひとつは、ひどく不自然な点があります。最初の短篇には、ありえない間取りとありえない時間の流れを持つ、スペインの屋敷が出てきます。二番目では、昼間でなければならない場面が、夜の九時半ぴったりだったことが判明します。三番目には、紺のスーツを着た別人が登場しますが、彼の存在はまったく説明されません。四番目では、〝白〟という語がすべて逆の語に置き換えられて、際立たせられています。五番目では、登場する犬が消えてしまったように思えます。六番目には、絞殺の描写がたくさん出てきますが、登場人物は実際には誰も絞殺されません。七番目には、聖バーソロミューの名にちなんだ孤児院が出てきますが、聖バーソロミューの祝日は八月二十四日です。そしてこの七篇の短篇は、『ホワイトの殺人事件集』という題名で一冊にまとめられています。偶然にしてはできすぎです」

グラントはごくりと唾を呑みこんだ。「ああ、できすぎだね」

「それでも否定するんですか？」

どうしようか迷っているらしく、グラントは長い時間をかけてその質問について考えた。

「どうも旗色が悪いようだな。きみには負けたよ。それはぜんぶホワイト殺人事件への言及だ」つらそうな表情が顔に浮かんでいる。「そんなことをした憶えはないんだがね。そんなものを入れた憶えは」

「忘れるなんてありえないと思います。こんなにたくさん紛れこませるのは、かなり周到で計画的な行為じゃないですか」

「ああ、そうかもしれない」

「すごく時間がかかったはずです」

「憶えてないんだ」

ジュリアはまっすぐに彼を見つめた。「グラントさん、あなたの言うことを信じるのが、どんどん難しくなってきました」

グラントは踵をこつこつと岩にぶつけた。「なんと言えばいいんだ？」

そのとき、一陣の風が空き地に吹きこんできて土埃と枯葉が舞いあがり、くるくると旋回しはじめた。あたりが急に騒然とした。ジュリアは騒ぎが静まるのを待ってから、グラントの問いに答えた。

「何も言わなくてけっこうです。何を言っても無駄です。だって、わたしが思うに、あなたはこの短篇集の著者じゃないんですから」

空き地はふたたび静かになった。

観客がひとりしかいない円形劇場は凝った玉座でしかなく、グラントはその巨大な椅子に座ったまま、王手詰み《チェックメイト》となったキングのように身動きできずにいた。

「そりゃまたずいぶんと妙なことを言うね」声がうわずり、グラントは咳払いをした。

「なんだってそんなことを言うんだ？」

「事実でしょう？　あなたはこの短篇集の著者じゃありません。グラント・マカリスターじゃありません。まったくの別人です」

グラントの顔から血の気が引いた。「いや、それは事実じゃない。全然ちがう。いったいなんだってそんなことを考えたんだ？」

「そう、知りたいでしょうね」ジュリアは一歩彼に近づいた。「なら、教えてあげます。最初からわたし、怪しいと思ってたんです。自分の初期の作品を照れくさがる著者や、いつまでも誇りにしてる著者になら、何人も会ったことがありますけど。これほどあからさまに無関心な著者には、お眼にかかったことがありませんでしたから」彼女は片手を上げて人差し指を空に向け、空き地を行きつ戻りつしはじめた。「数学については、あなたは長々と説明してくれました。でも作品そのもののことは、ほとんど何も語ってくれませんでした。書かれることになった経緯も、個々の詳細を決めた理由も」

「もう遠い昔のことなんだ」

「しかも、グラント・マカリスターは生まれも育ちもスコットランドのはずなのに、あなたにはスコットランド訛りがありません。それにグラントだったら、あなたの見かけより十歳ぐらい年上のはずです」

「ぼくはイングランドに近い境界地方で育ったんだ。それに、年齢より若く見えるんだよ」

ジュリアは空き地の中央で立ちどまった。「それにあなたは、わたしの罠にかかりました」

罠という言葉を聞くと、グラントは自分の命がいま現在危険にさらされているのだろうかというように、あたりを見まわした。けれども一瞬のパニックが去ると、ふたたび脱力した。ジュリアが見つめていると、そのゆるぎない視線にさらされて、静かに観念したようだった。

「何をしたんだ?」そう尋ねた。

「始まりはあの最初の短篇でした。わたしがちょっとしたミスを犯したのがきっかけです。朗読していたときに。暑さで頭がくらくらして、眼がぼやけていたせいで。わたし、表現の変更を提案しようと思って、最後の数行を赤ペンで囲ってあったんです。ところが、それをそっくり見落としてしまいました。だから読んだのは結末の半分だけだったんです。それなのにあなたは気づきもしませんでした」

「たかが数行だろ、どうってことはない」

「たかが数行。でも、それがすべてを変えたんです。この短篇ではメガンとヘンリーが、友人のバニーをどちらが殺したのかで言い争っています、憶えてますか？　バニーは二階のベッドで背中にナイフを突き立てられて死んでいます。ふたりは猛暑の日に、バニーの屋敷に閉じこめられていて、これからどうすべきかを決めようとしています。どちらかが犯人なのはふたりともわかっているのに、どちらも認めようとしないんです」

「ああ、憶えてるとも」

「時間がたっても進展がないので、ふたりは一杯飲むことにします。メガンはヘンリーからグラスを受け取り、しばらくそれを手にしていたあと、ヘンリーに返します。ヘンリーはそのグラスからウィスキーを飲み、数分後、床にくずおれます。毒を盛られたのは明らかで、メガンは事実上、自分がそれをやったことを認めます。あなたはメガンがバニーも殺したんだと、そう考えました」

「ああ。だからなんなんだ？」

「次の数行を読めば、その考えはきっぱりと否定されます。ヘンリーがくずおれたあと、メガンがなんと言ったか憶えてますか？」

グラントは首を振った。

「そこが嘘の困ったところなのよ、ヘンリー」メガンは立ちあがって彼を見おろした。「いったん始めたらやめられない。行きつくところまで行ってしまうの」メガンは自分のウィスキーを飲みほした。「そんなもの、これ以上聞いちゃいられない。あなたがバニーを殺したのは、あたし知ってるし、あなたもあたしが知ってるのを知ってる。あたしまであなたに殺されてたまるもんですか」

グラントの眼が見ひらかれた。「てことは、彼女は自衛のためにヘンリーを殺したのか？」

「はい、なぜならヘンリーがバニーを殺したからです。あとになってわたし、最後の数行を読み落としていたのに気づきました。そのせいで結末がすっかり変わってしまったことに。それなのにあなたは気づきもしませんでした。そんなにきちんと計算されたものを、忘れたりするでしょうか？」

グラントの声が高くなった。「二十年も昔なんだ、そりゃ忘れるさ」

「ええ、わたしもそう思いました。だから判断を保留して、あなたをテストすることにしたんです。残念ながら、あなたは不合格でした」

グラントは眼を閉じた。「というと？」

「その最初の短篇のミスのおかげで、わたし、ひとつのアイディアを思いついたんです。その日の午後、わたしたちはふたつめの短篇を読みました。舞台はイーヴスクームという海辺の町です」

グラントはうなずいた。「それで？」

「ゴードン・フォイルという男がヴァネッサ・アレンを崖から突き落としたとして逮捕されます。でも、彼は事故だったと主張します。たしかなのは、ふたりがたがいに逆方向へ歩いていて、途中ですれちがったことだけです。探偵はブラウン氏という威圧感のある人物です」

「黒い服を着た大柄な男だな、たしか」

「彼は崖のてっぺんの茂みの奥に、女物のマフラーがからみついているのを見つけます。

マフラーには靴跡がついています。ゴム長靴の細い踵のあとです」

「そしてこう結論する。彼女は後ろへ引っぱられたにちがいない、引っぱられて崖から落ちたんだと」

ジュリアはうなずいた。「でも、わたしが変えたのはそこだけです。そこと、結末です」

グラントは疑問だらけの顔をして彼女を見つめた。「結末を変えた？」

「それと、結末へいたる細かい部分を何カ所か。こんどは意図的にやりました。あなたが散歩に行ってるあいだに。原稿を持って腰をおろして、あの作品をちょっぴりいじったんです。さっきも言ったように、ただのテストでした。気づくかどうかの。あなたはきっと当惑するだろう、怒りだすだろう、そう思ってました。そうしたら適当にごまかして、それでこの件はおしまいにしようと。ところがあなたは気づきませんでした」

「きみはぼくを引っかけたのか？」グラントは憤慨して帽子を地面に投げつけた。「せっかくきみの力になろうとしてたのに。親切にしてたのに」

「あなたはわたしに嘘をついてました」

「ぼくは年寄りなんだ、いろんなことを忘れる。それをきみは本気で責めるのか？」

「あなたはそんなに年寄りじゃありません」そう言いながら、ジュリアは帽子をひろって彼に返した。

グラントは溜息をつき、好奇心と不安の入りまじった口調で言った。「だったら、本来はどういう結末だったんだ？」

「まあとにかく」とワイルド警部補は言った。「あんたに教えてあげましょう」

警部補がマッチをすって、もう一本煙草に火をつけようとしたとき、ブラウン氏は身を乗り出してそのマッチをひったくり、床に捨てた。マッチは赤い絨毯の上でくすぶり、こぼれたインクのしずくのような黒い痕を残した。「ちょっと待った。きみにそんな満足をあたえてやりたくはない。何があったのか、わたしはもう知ってるんですから」

ワイルド警部補は眉を吊りあげた。「知ってるはずがない。証拠がないことはおたがい認めたじゃないですか」

「ところが見つかったんですよ。わたしに閃きをもたらしてくれるぐらいのものは」

友人は疑わしげにブラウン氏を見た。「ならば拝聴しようじゃありませんか」

血色のいい老人はゆったりと椅子にもたれた。「被害者のマフラーを見せてあげましょう」そう言うと、上着のポケットから四角くたたんだ、汚れのついた白い毛織りの布を取り出して警部補に渡し、警部補はそれをテーブルに広げた。

「どこで見つけたんです？」

「ヒースの茂みの奥に引っかかっていました。きみの同僚たちは見落としたんでしょう」

「で、これがいったい何を教えてくれるっていうんです？」

「ここに、ほら、長靴の跡がついている。幅の広い、男物のサイズです。被害者のコテージの新聞紙に残されていた靴跡と比べてみたところ、被害者のものじゃありませんでした。そこで訊きたいんですが、フォイル君はその朝、長靴をはいていたんじゃないですか？」

ワイルド警部補はうなずいた。「逮捕したときもまだはいてましたよ」

「けっこう」とブラウン氏は言った。「では、これに答えてください。男と女がすれちがうさいに、男が女のマフラーを踏んづけられるのはどんな場合です？　風の強い日で、マフラーの両端は空中にあるとしたら。とにかく、地面に引きずるほど長くはないんです」

ワイルド警部補は興味を引かれた。「答えは？」

「それを考えると、ひとつの情景が思い浮かびます。ゴードン・フォイルがアレン夫人より上に立っているところです。フォイルの足は崖からぶらさがった夫人の頭と同じ高さにあり、夫人のマフラーをうっかり踏んづけています」

「じゃ、ゴードン・フォイルが犯人だっていうんですか？」

「いや」ブラウン氏は両手の指先を合わせた。「彼は白だと思います。彼が突き落としたのなら、夫人は絶対にそんな体勢にはなっていません。頭から落ちていたはずです。しかし、足を滑らせてずり落ちたのなら、崖の縁にしがみついたかもしれない。マフラーの端が縁にかかったままだったので、彼が踏んづけたんです。で、あとは何を説明すればいいですか？　ヒースが痛めつけられていた場所ですか？　それについちゃ、彼の話は本当だったと仮定してみましょう。彼は二、三十メートル前方で夫人が落ちるのを見て、ヒースを掻きわけて崖の縁まで行った。するとぶらさがっている夫人が見えたので、いったん小径まで駆けもどって、夫人の落ちた場所へまわった。これはわれわれがこれまでに知ったことがらと、すべて合致しますか？」

ワイルド警部補はいささか戸惑った顔をした。「すると思うが」

「彼は崖のむこう側をのぞいて、夫人がいるのを見る。最初の反応はむろん、助けよう、です。しかし、そこで思いなおします。よくよく考えてみれば、あんまり夫人に助かってほしくない。だからそのまま夫人がもがくのを見ていると、数分後、夫人の血まみれの手がぬるぬるしてきて滑りだし、とうとう夫人は手を放し、数秒後、下に激突する。

落ちていく夫人からマフラーがはずれ、茂みの中へ飛ばされる。でも、彼はそんなことに気づきもしなかったんでしょう」ブラウン氏は自分のブランデーを手に取った。「さあ、警部補、もう真相を話してくれてかまいませんよ」

ワイルド警部補は友人に苦笑いしてみせた。「何を言えってんです？　どうせほとんどはあんたのあてずっぽうでしょうが、まさにそのとおりです。いまあんたが言ったことを、ヨットの持ち主のかみさんが何もかも見てました。ゴードン・フォイルは無罪ですよ――この言葉のもっとも不愉快な意味においてですが」

「それには同意せざるをえませんね。で、そうなると、彼は釈放されるんですか？」

警部補はうなずいた。「おそらく。しかしまあ、あの娘のほうはあいつに戻ってきてほしいとは思わんでしょう」

ブラウン氏は同情して首を振り、疲れたその顔は、頭頂を糸で吊られたあやつり人形さながらにゆらゆらと揺れた。「かわいそうに、あの娘も。まず母親が死んで、次は自分の愛する男が、それを助けようともせずに見ていたのを知るんですから」

〝ゴードンが処刑されたら、わたしどうしていいかわかりません〟というジェニファの言葉を思い出し、彼はその皮肉に微笑んだ。ゴードンが処刑されなかったらどうするか？　そっちのほうがもっと難問だろう。

「死というやつはつねに悲惨ですが、われわれの務めは法に従うこと以外にはありません」ワイルド警部補が言った。

ふたりは気のない乾杯をすると、肘掛け椅子に沈みこんだ。

グラントはフンと笑った。「なかなか巧妙ではある。だが、何も立証しちゃいない。話の大半はもとのままだ。ぼくがちがいに気づかなくたって、驚くことはない」

「わたしはまだあなたに会ったばかりでした。あなたが嘘をついてる証拠を探していたわけではなく、自分の思い過ごしだとわかればいいと思ってたんです」

「じゃ、決定的なものではないと認めるんだな？」

「ええもちろん、決定的なものじゃありません。でも、わたしはそこでやめなかったんです」

グラントは枝をぽきりと半分に折った。「ということは、まだあるのか？」

ジュリアはうなずいた。「最初のテストは微妙すぎて何もはっきりしませんでした。でも、疑いを晴らしてもくれませんでした。だから、もう一度テストをせずにはいられなかったんです。次の短篇で」

グラントはうめいた。だが、好奇心は隠しきれなかった。「あの不愉快なやつだな？

「そうです、あなたのお気に召さなかったあれです。それについてはお詫びします。あの日の午後、わたしは腰をおろしてあれを大々的に書き換えたんです」

「どんなふうに？」

「思い出してみてください。物語の舞台はコールチェスター・ガーデンズという広場と、そこに建つ背の高い白いテラスハウスで、そこにアリス・カヴェンディッシュが、家族と料理人とメイドとともに住んでいます。ある日の午前、その家の外で、紺のスーツを着た男がアリスの妹に話しかけます。午後、アリスはお風呂にはいり、侵入してきた何者かによって溺死させられます」

「それからあのふたりの刑事が捜査にやってくる」

「ローリーとブルマーですね、乱暴な捜査法の持ち主の。ふたりは尋問を始めます。まずメイド、母親と父親、それからリチャード・パーカーという若い男、そして最後に紺のスーツの男。ほかはみんなアリバイがありますが、あいにくと紺のスーツの男にだけはありません。ブルマーが男を徹底的に痛めつけると、男はついに自白して首をくくります」

「めでたしめでたしだな、あらゆる点で」

「ところがそこで、ローリー警部補自身が犯人だったことがわかります。紺のスーツの男は無実の罪を着せられたんです」

「そしてそれはすべてきみが書いたと？」

ジュリアはほんの少し頭を下げて会釈をした。「はい、そのとおりです」

「なら、ほんとの結末はどうなってたんだ？」


ブルマーは煙草を一本吸うと、ふたたび留置房にはいった。こんどは剃刀の刃を手にしていた。マイケル・パーシー・クリストファーは床に水たまりのような形で横たわり、口で息をしていた。薄い口髭は血でもつれている。ブルマーは彼を見おろした。

するとそのとき、留置場の明かりが消えた。

ブルマーは冷たい剃刀の刃をつまんだまま、ぴたりと動きを止めた。「また停電だ」と小声で外にいる相棒に言った。ここはしょっちゅう停電するのだ。一分以上待っても明かりはつかなかった。

ブルマーは闇の中でひとりぼっちになった気がした。足もとの人影はすでに消えていた。そのとき、そいつのかぼそい声が語りかけてきた。「聞いてください、話しますから」

「白状する気になったか？」

首を振る音がした。「わたしじゃありません。わたしは殺してません。調査してたんですよ、あなたと同じように」

ブルマーは溜息をついた。とくに聞きたくもないが、ほかに時間のつぶしようがあるか？「おまえは刑事じゃない」

「ええ、私立探偵です」

「名刺には〝芸能エージェント〟と書いてあったぞ」

「それは隠れ蓑です。うちの顧客はわたしが目立つのをいやがるんで」

ブルマーはフンとうなった。「で、おまえの言い分は？」

男が膝立ちになる音がした。「わたしは恐喝事件の処理で知られてます。演劇界にはゆすりが多いんですよ。しかるべき人たちに訊いてまわれば、わたしの名前が出てくるはずです。ある日ふたりの男が訪ねてきました。リチャード・パーカーとアンドルー・サリヴァンという男です。アリス・カヴェンディッシュはこのふたりを脅迫してたんです」

恋の相手と、少女時代の恋人か。「なぜ？」とブルマーは下を向かずに訊いた。明かりがついていたら、この男を壁に押しつけていただろう。「何をネタに？」

「アリスはパーカーに結婚を迫ってました。一度会ったことがあるんです。パーカーは酔っていて、戦争中のことをしゃべりすぎてしまいました。従兄と一緒にフランスへ出征して、自分だけが帰ってこられるように画策したんです。アリスは男の口をうまくひらかせられる娘だったんですよ、男に少しでも酒がはいればね。だからパーカーはぺらぺらしゃべってしまい、翌日アリスは彼に結婚を迫りました。彼女にしてみれば願ってもない相手でしたが、パーカーからすればそうでもなかったんです」

「なら、サリヴァンは？」

「サリヴァンはかつてアリスと親しくしてましてね。好ましからざる行為を目撃されてしまったんです。いわゆる自然に反する行為というやつを。彼の場合は純粋に金を要求されてました」

「そんな話は信じないぞ」

「アリスはそういう娘だったんです。思いあがった、奔放な。演劇界で仕事をしてれば、いくらでも見かけます」

「じゃ、サリヴァンとパーカーはどうやって知り合ったんだ？　友人同士だったのか？」ローリー警部補がなぜ口をはさんでこないのかブルマーは不思議だった。暗闇のどこかで耳を澄ましているにちがいない。

「そうじゃありません。アリスが横着をしたんです。ふたりはいつも彼女の家の外の公園にメッセージを残してました。公園の木の一本に」ブルマーがリチャード・パーカーからの古い手紙を見つけた場所だ。「でも、アリスはどちらに対しても同じ場所を使ったんです。ある日ふたりはそこで鉢合わせして、話をするようになりました。そこからこの計画が始まったんです」

「ふたりは何をしたんだ？」

「わたしに助けを求めてきたんです。恐喝事件を解決するには恐喝者を逆に脅すんだ、わたしはそう教えました。相手の弱点を見つけ出せれば、たいていはそれで十分です。だからわたしはあちこちをあたりました。質問をしてまわったんです。すると、ほかにも被害者がいることがわかりました。ひとりはメイドです」

「エリースか？」

男がうなずいているのは見えなかったものの、きっとそうしているはずだとブルマーは思った。「エリースはアリスの母親の宝石を盗んだんです。それに気づいたアリスは、おまえを首にしてもらう、と彼女を脅しました。この件じゃ何も要求せず、たんに権力を誇示したんです。それから父親もです」

「アリスの父親か？」

「継父なんですよ、実は。エリースがぜんぶ教えてくれました。アリスは継父が自分に言い寄ったことを母親にばらすといっては、自分の言うとおりにさせてたんです」

「継父だと？」ブルマーは溜息をついた。「それでどうなったんだ？」

「わたしは四人全員を顧客にしました。そしてアリスの家で集合することにしました。もちろん彼女はそんなことになっているとは知りません。でも、気位が高いだけの甘やかされた娘ですから、四人がまとまって対決すれば降参するだろう。わたしはそう思ってました。男ふたりを広場に連れてくると、アンドルー・サリヴァンに彼女の継父をオフィスから呼んでこさせ、料理人が出かけるのを待ちました。そして料理人が出かけていくと、ドアをノックしました。エリースが応対に出てきました。彼女は婚約者を連れてました。八百屋の店主です。アリスはいまお風呂にはいっている、エリースはそう言いました。そいつは好都合だとわたしは思いました。アリスがいっそう無防備になるはずですから。そこで全員を浴室へ行かせました。五人全員を。彼らはアリスと対決するために階段をのぼっていきました」声が小さくなった。「そのあとのことは知りません」

明かりがほんの一瞬だけ、ぱっとついた。ローリーが房の外に立っているのが見えた。左右の手で格子を握り、またあの薄笑いを浮かべている。ブルマーが紺のスーツの男を見おろしもしないうちに、留置場はふたたび真っ暗になった。

「てことは、おまえも共犯か？」

「あんなことをするなんて知らなかったんです。アリスと話をしろと言っただけです」

ブルマーは全員のアリバイをひとつひとつ思い出してみた。するとそれらは、まるで木でできた舞台装置を別の角度から見るように、どれも偽物であることがわかった。エリースの場合、アリバイは婚約者だった。だが、その婚約者も殺しに関わっていた。カヴェンディッシュ氏とリチャード・パーカーの場合は、どちらも手の状態から見て、犯行を行なった可能性はないように思えた。だが、ほかに三組の手があれば、造作もないことだっただろう。それに母親は、カヴェンディッシュ氏が継父でしかないことをなぜ黙っていたのか？　アンドルー・サリヴァンは外国へ行っているように思われたが、裏を取っていなかった。ロンドンのホテルに何週間か母親と一緒に身を隠していれば、それでよかったはずだ。「じゃ、その五人がアリスを湯の中に押さえつけてたのか？　五人全員が」

そこでふとブルマーはひらめき、ふたたび口をひらいた。「そいつらがアリスを殺すと知ってたら、おまえは名刺を現場に残してったりはしなかったはずだな」推理——刑事の芸術形式。自分はついにそれを会得したのだ。

ブルマーは闇の中でにやりとした。

「ええ、そうですよ」真下から声が聞こえ、ひと組の手が靴を包みこむのが感じられた。左のふくらはぎに、温かい頬が懇願するように押しあてられた。まるで彼のズボンにアイロンでもかけようとするように。「お願いですから信じてください」

明かりが前よりも明るくついた。それが留置場内に沈黙を強いたように思えた。ローリーが音もなく房内にはいってきていた。ブルマーから数歩離れたところに立って、嘆願者をさげすむように見おろしている。ブルマーは脚でその男を払いのけて相棒のほうを向いた。「ぜんぶ聞きましたか？」

ローリーはうなずいた。「いちおう筋が通るな」

「じゃ、どうします？　五人を逮捕しますか？」ブルマーは訊いた。

「証拠がない」とローリーは言った。「こいつの証言なんぞ、法廷じゃもちこたえられないぞ。五人を相手にしたら」

「じゃ、どうします？」

「ここにいるクリストファー君に不利な証拠はたくさんある。関係者全員にとっていちばんいいのは、事件がなるべく早く解決することだ。わかるな、おれの言ってることが？」

「ええ」とブルマーは言った。溜息をつくと、両腕に手をかけてマイケル・クリストファーを立たせた。

「よし。くれぐれも自殺に見せかけるんだぞ」

紺のスーツの男はわめきだした。ブルマーは手袋をした指を男の鼻の穴に引っかけて、親指で顎を閉じた。「黙れ」

ローリーは向きを変えて出ていこうとし、最後に相棒の肩に手を置いた。「わかってるだろうが、こいつは無実じゃない。すべての段取りをつけたんだ」

ブルマーは小さくうなると、マイケル・クリストファーの紺のスーツの上着をはぎ取り、片方の袖を彼の長い首に縛りつけた。「それに、この野郎は自白したんだ」

グラントは言い訳を用意していた。「この短篇をぼくは記憶から締め出していたんだな」

ジュリアはその言葉に直接には答えなかった。「この事件では容疑者全員が犯人だと判明します」

「それはわかる。てことは、四番目の短篇と同じだね?」

「ええ。あの火事と、俳優ばかりのパーティの話と。もちろんあの作品も、原作は全然ちがってたんです」

グラントは打ちのめされた顔をした。「あれも書き換えたのか？」

「細心さが要求されましたけど。結末を変えるといっても、やはり一定の制約に縛られてはいましたから。なんだかんだ言っても、この短篇集は数学論文がもとになってます。それと矛盾しない形でしか変更はできません。さもないと全体がばらばらになってしまいます」

「その縛りにこだわって、ぼくが自分から罪に落ちるようにしたわけか」

「話しつづけてもらう必要があったんです。だから、まったく新しい結末を考え出すという選択肢はありませんでした。そのかわり、三番目と四番目の短篇の結末を入れ換えたんです」

グラントは苦笑せざるをえなかった。「そりゃまた賢いな。となると四番目の短篇の結末は本来——」

「わたしが三番目の短篇にあたえたものだったんです。物語はレストランでのパーティから始まります。近くのデパートでは火事が起きています。ヘレン・ギャリックは警察が到着するまで犯行現場を見張っていてほしいと頼まれます。死体を調べてみると、頭を金槌で殴られて死亡しています」

「内側から鍵をかけられたトイレでね」

「パーティのほかの客は全員俳優です。彼らはヘレンにそれぞれでたらめな言い分を聞かせ、ついに何が何やらわからなくなります。いくら待っても警察は現われません。容疑者たちはそわそわしはじめます」

「察しのいい読者は、事件が起きたときヘレンが一階にいたのなら、彼女も容疑者と見なすべきだと、そう気づくはずだな」

「そしてそれが、前の短篇にわたしがあたえた結末です。つまり、探偵が犯人だったんです」

話をさえぎるために、ヘレンはテーブルにあった赤ワインの瓶を床に払い落とした。瓶はバシャッと砕けて赤い液体が広がり、周囲はトイレのものに似ていなくもない薄い血とガラスの破片でいっぱいになった。

「ごめんなさいね」と彼女は言った。「さっきからずっとみなさんのお説を拝聴していたんだけれど。これ以上はもう聞きたくないの」

わざと瓶を倒したことが疑問の余地なく伝わるように、ヘレンはさらにこんどはワイングラスを指先でテーブルから突き落としてみせた。そこはもはや割れたガラスの島だった。

「前にお見かけしたことはないですよね」ジェイムズが近づいてきて手を差し出した。

「ジェイムズです」

「わたしはヘレン。ここの責任者ってことになってます」

「相手にするなよ」とグリフが言った。「その女は酔ってるんだ。ここの支配人の知り合いだろう」

「いいじゃない酔ってたって」とヘレンは言った。「外じゃ世界が終わろうとしているんだから。飲みたくない人なんている？　こんなときに」

「やっと帰っていいというお許しが出たみたい」そう言いながら、スカーレットがドアの裏からコートを取った。

「わたしだったら帰らないわよ」ヘレンは水たまりで遊ぶ子供のように、ガラスの破片をドアのほうへ蹴とばした。「お楽しみはこれからなんだから」

アンドルー・カーターが妹のヴァネッサの前に立った。「何をするんだ？　頭がいかれたのか？」

グリフがヘレンの瞳をのぞきこんだ。「完全に酔ってる。横になったほうがいい」

「あら、わたしの告白を聞きたくないの？」ヘレンは立ちあがり、椅子の上にのぼった。

「あなたがたはこの部屋にわたしと一緒にもう何時間も閉じこめられてるっていうのに、

三十キロ以上も離れたところに住んでるわたしが、なぜひとりでこのレストランにいるのか、誰も質問しようとしなかった。あと数時間で最終列車が出るっていうのに、なぜ犯行現場を監視する役を買って出たのか、誰も訊いてこなかった。おかしいと感じなかったの？」六人はぽかんとして顔を見合わせた。「わたしが彼を殺したんじゃないかとは、誰も思わなかったの？　感謝ぐらいしてくれてもよかったんじゃないかしら」

はっと息を呑む音が室内に広がった。半円の後ろで誰かがショックのあまりグラスを取り落とした。夕暮れが迫っていたし、窓は煙でほぼ真っ黒だったので、ヘレンは聞き手のぼやけたシルエットに向かって話しつづけた。

「この一時間ほどずっとわたし、この事件の説明になるようなものを探してたの。支配人に話して、わたし自身から注意をそらしてくれるようなものを」思いついたのは魔犬だの、屋上にひそむ人物だの、大がかりな陰謀だの、使えそうにないものばかりだった。

「だから辛抱強くみなさんの言うことに耳を傾けてたんだけど。まるで放課後の学校にいるみたいだった。ハリーは女癖が悪いとか、ハリーに雇われて彼の花嫁のふりをしてるとか。これ以上はとても聞いてられない」

「じゃ、あなたがハリーを殺したわけね」とヴァネッサが言った。「でも、なぜ？　誰なのあなた？」

ヘレンは腰をおろして頭を抱えた。こんな話は刑事とお茶でも飲みながらゆっくりとすればいいのではないか？　だが、すっかり酔っていて、やめられなかった。

「ただのヘレンよ。ヘレン・ロンダ・ギャリック。あなたたちと同じく、ハリーの女のひとり。彼がパーティをひらくという話を聞いたの。でも、彼はもちろん、わたしになんか来てほしくなかった。だからわたし、下にテーブルを予約したの。コースの合間にここへあがってきたら、あなたがたはみんな窓の外を見てた。天の恵みね。ハリーはいなかった。すると水を流す音がして、お手洗いからハリーが出てきた。外の廊下にある男性用のお手洗いよ、もちろん。彼はわたしを見ても喜ばなかったけど、わたしは彼のあとについて部屋にはいってきて、あなたがたがふり返らないうちに、彼を女性用のお手洗いに招きいれたの。ふたりきりで話したいと言って。そのあとのことは、まあ、想像がつくでしょ」

「話してくださいよ」とジェイムズが言った。彼は死体のありさまを見ていなかったし、ヘレンの告白に心を奪われてもいたのだ。

ヘレンは顔を赤らめた。「わたしはバッグを床に落とした。ハリーはつねに紳士だから、かがんでそれをひろおうとした。そこで袖から金槌を引っぱり出して、後頭部を殴りつけたってわけ。たった一撃で彼はお盆から滑り落ちる角氷みたいにすとんと倒れた。

信じられないほどすかっとしたわ、あの最初の一発は。六、七回殴りつけると、ハリーの頭は血まみれのぐちゃぐちゃになった」

ヴァネッサが失神して兄の腕に倒れこんだ。スカーレットはグリフのほうを向いて眉を上げてみせた。ウェンディが前に出てきた。「わたし知ってた。ハリーが厄介払いしたがってた女は、あなただって。あなたが原因でハリーはわたしをここへ呼んだの」

「ええ、そうでしょうね。でも、それは成功しなかったわよね？　殺害の音は、火事の騒音と外の騒ぎがおおい隠してくれた。それからわたしは窓を割って、ガラスの破片を中へ移動させた。窓枠をくぐって外へ出るときに、ガラスの破片で腿を引っかいちゃったけれど、とにかく屋上を横切って非常階段をおりた。トイレのドアには内側から鍵をかけたままね。レストランに戻って席に着いたとき、ちょうどふた品めの料理が運ばれてきた」

スカーレットは興味を引かれなかったようだ。「どうしてあたしたちにそんなことを話すの？」

ヘレンはまた頭を抱えた。「告白したいからよ。こんなこと平気だと思ったけれど、やっぱり平気じゃいられない。罪悪感が大きすぎる」眼を閉じると、自分を取り囲んでいるシスターたちの顔が浮かんだ。一様に非難がましい眼をしている。「ハリーのことじゃないわよ、言ってるのは。それについてはなんの罪悪感もない。ハリーなんか死んで当然だもの、わたしをあんなふうにあつかったんだから」

「ばか言うなよ」グリフが言った。アンドルーも首を振る。

だが、女たちは顔を見合わせただけだった。

ウェンディが一同を代表して尋ねた。「だったら、なんのことで罪悪感を感じてるの？」

ヘレンは嗚咽を漏らした。子供のころからつねに身近にあった裁きの機構に、自分がついにとらえられようとしているのがわかった。「眼をそらしてくれるものが必要だったの。ハリーを殺すあいだ、みんなの関心を引きつけていてくれるものが」そこでひとつ大きく息を吸った。「デパートの火事を起こしたのはわたしなの」

そのとき、大きなノックの音がして、ドアがキィッとあいた。店の支配人が顔をのぞかせ、小鬼じみた笑みを浮かべた。「お邪魔して申し訳ありませんが、ただちにここから避難するようにという指示がありました」

支配人が階段をおりていくと、ヘレンは自分の懺悔聴聞人たちのほうへ向きなおった。みなショックのあまり口もきけずに彼女を見つめている。ジェイムズがその沈黙を破った。「やれやれ、なんとも妙な一日だったな」そう言って帽子とコートを取った。「あんた、頭がいかれてるよ」

ヴァネッサは兄に支えられて泣いていた。グリフとスカーレットは愕然としている。誰もヘレンに言葉をかけず、ぞろぞろと部屋を出ていった。

「ハリーはほんとにひどい男だった」とヘレンは最後になったウェンディに言った。「少なくとも意図は正しかったのよ、わたしの」

ウェンディも部屋を出ていき、ヘレンはひとりになった。

アルコールとアドレナリンのせいで手が震えていた。ヘレンは気を取りなおすと、コートを着て部屋をあとにした。階段をおり、不気味なほど人けのない店を通りぬけるさいに、飲み残しのグラスのワインを勝手に飲んだ。勇気を出して。そう自分に言い聞かせると、店を出て通りを歩いていき、炎上中の建物にはいった。

彼女はその熱で自分が洗い清められるのを感じた。

「この四番目の作品にはとても手間がかかりました。最初の日の午後、あなたが昼寝をしているあいだに大わらわで書いて、その日の夜、あなたと食事をしたあとにもまた書いたんです」

グラントはすっと眼を細めた。「すると、まだあるのか？」

「五番目の短篇でもう一度、無実を証明するチャンスを差しあげました。それの結末を書き換えたのは、きのうの昼食前で、日向で作業をしていたので、手の甲が日に焼けてしまいました」

「こんどは何を変えたんだ？」

「この物語では、ひと組の夫婦が島を調べてまわり、泊まり客全員が死んでいるのを発見します」

「チャールズとサラだ。憶えてるよ」

「島には使用人ふたりをふくめて十人がいました。彼らはみな別々の理由で、アンウィンという謎の人物にそこへ招かれたんです。ところが到着してみると、アンウィンはどこにもいませんでした。この短篇の特徴は、容疑者全員が被害者だという点にありますから、犯人を別の被害者と入れ換えるのは簡単でした。そうやってわたしはスタッブズ夫妻を犯人に仕立てあげたんです」

グラントは眼を閉じた。「だが、もともとは別の人物だったのか？」

ふたりは一階におりて、灰と木屑の散らばる談話室へ行った。

「できごとを時系列順に並べるのはわりと簡単だけど」とサラは言った。「でも、いちおうはっきりさせておきましょう。そうすれば残りも正しい場所に収まるはずだから。初日はまず招待客が到着する。それから夕食の途中で全員への告発があり、最初の死者が出る。フォークの歯を呑みこんでね。わたしの想像だと、みんなすっかり動揺してしまい、見知らぬ相手とおしゃべりなんかしないで、早めに寝室に引きあげたはず」

「ショックというのは疲れるもんだ」チャールズは言った。

「そうこうするうちに、客のふたりが蠟燭の毒にやられて死んでいく。翌朝、残りの五人の客は眼を覚ましてここへおりてくる。使用人たちはいなくなっており、客もふたり見あたらない。彼らは部屋と島を捜索して、死体を四つ見つける。そのときからパニックが始まったんだと思う。滞在者の半数が死んでしまったんだもの。でも、島にはほかに誰もいないことが判明している。だから五人のうちの誰かが何かを企んでいるにちがいない。五人はまとまることで身を守ろうとするのではなく、めいめいが食料をかき集めて自分の部屋に閉じこもる。ここまではわかる?」

　チャールズは真剣にうなずいた。

「どこかの時点で、あのふたりの婦人が自分たちの部屋を捨てて、この隣の書斎に食料の蓄えを移動させる。でも、なぜそうしたのか。それはまだわたしにはよくわからない。それと同時に、ひとりが浴槽でゆでられていて、もうひとりがベッドの内部でゆっくりと失血死しつつある。ふたりともドアには鍵をかけている。外の草地に倒れている男の人しか、この時点でほかに生き残っている人はいない」

「それなら、ふたりの婦人はどうやって死んだんだ？」

サラはマントルピースの前へ行って、ゆるんでいる煉瓦をひとつ引きぬいた。「これを押しこむと、煙突の奥のハッチがあいて、煙が壁の穴を通って隣の部屋に流れこむの。隣の部屋のドアには錠がないけれど、窓があけられるとかならず錠がかかるようになっている」

「しかもあの窓は這い出すには小さすぎる。だから煙で窒息しそうになったら、命が助かるには窓を閉めるしかない、というわけか。吐き気がするな」チャールズは首を振った。「じゃあ、外に倒れてる男が犯人だったのか？　残りはあいつしかいないぞ」

「それはもうちょっと考えさせて」

サラはビロードの肘掛け椅子のひとつに腰をおろすと、集中を高めるときにいつもやるように、額を圧迫しはじめた。こんどは手のひらの付け根で。チャールズはいくぶん眉をひそめて彼女を見つめた。

「ちがう」とサラは言った。「あの人は犯人じゃない。あの人の死はいちばん不可解だけれど。それは仕掛けがほとんど残されていないから。死体が見つかったのは、ふだんならボートが係留してある場所のそばよね。ボートに乗ろうとしている人に、自分で針金を首に巻きつけさせるにはどうしたらいい？」

チャールズは答えられなかった。

「救命胴衣を渡すの。裏地に針金を仕込んだものを。厚紙と安い布地さえあればできる。それを頭からかぶると、針金が首に巻きついて、錘がはずれるというわけ」

「しかし、あの男が犯人じゃないとすると、誰なんだ？」

「十人のうちのひとりが犯人だったのなら、その人はきっと最後に自殺したはず。誰の死がいちばん自殺っぽく見える？」

チャールズは肩をすくめた。「スタッブズかな」

「それに犯行の複雑さから見て、ふたりの人間が共同しなければこんなことはできないはず。誰になら共犯者がいそう？」

チャールズは息を呑んだ。「スタッブズと妻が犯人だというのか？」

「惜しい。スタッブズが犯人なら、筋は完全に通るけれど、でも、彼にはこんなことをやってのけるだけの資金がない」

「じゃあ、誰なんだ？」

「ほかに誰がいる？　人に裁きを下すというのが犯行の動機なら、いちばん人を裁きたがる人物を探せばいい。隣の書斎にいるあのトランターという老婦人。あの人が全員を殺したの、お供のソフィアの協力でね」

チャールズは首を振った。「しかし、どうやって？」

「こんなことに気づかなかったなんて、わたし自分が許せない」とサラは言った。「これだけが、説明がつかないように思えたのよね。なぜあのふたりは鍵のかかる寝室という安全な場所を捨てて、あんな心許ない書斎へ移ったんだと思う？」

「わからん」

「そう、まったく筋が通らない。だからこう考えるしかない。あのふたりは自分たちが屋敷を安全に歩きまわれるのを知っていたの。そして最後に、すべてが終わったあとで、あの部屋へ行って死んだわけ」

「しかし、煙を吸いこむなんて自殺のしかたはないぞ」

「そうね。あのふたりは煙で死んだんじゃないから。何かを服《の》んだんだと思う。すべての殺しがすんだあとで、砒素か、それに類するものを。それから暖炉に火を入れて、あの部屋で横になって、煙でにおいがわからなくなるようにしたの。自分たちと一緒に秘密も葬られるように」

「しかし、動機はなんだったんだ？」

サラはちょっと考えた。「トランター夫人はもう余命いくばくもなかったんだと思う。夜中に咳が聞こえていたというし。食堂のテーブルで彼女のハンドバッグの下にナプキンを見つけたけれど、それには血がついていたし。他人を道連れにしようと決めたんじゃないかしら。罪を犯したのに罰せられていない人たちを。お供の女の人を説得して協力させたか、なんらかの方法で強制したんだと思う。でも、秘密をこんなにたくさん知っているのは、ゴシップびたりの人間しかいない。あの人は厳格で信心深い人だった。死体のそばに聖書があったのを憶えているでしょう。横には錠剤がひと瓶あった。あの人がこれを正義だと思っていたのか復讐だと思っていたのか、それはわからないけれどね」

チャールズはショックのあまり満足に口もきけなかった。「信じられん。女ってのはそこまで邪悪になれるもんなのか？」

サラは同情の眼を向けた。「あなたもいつか思い知ることになるわよ、チャールズ」

「それからわたしは六番目の短篇にも同じことをしました」とジュリアは言った。「ゆうべ読んだ話ですね——田舎の屋敷の女主人が、ダイヤモンドのためにベッドで窒息死させられるという。この話の最大の構造的特徴は、容疑者のほぼ半数が犯人だと判明する点です」

「ああ。何を言いたいのかわかったぞ」グラントは言った。

「それはもともとの構造と同じなんですが、ただ、わたしはその半数をあとの半数と入れ換えたんです」

グラントは笑った。やけくそな笑いだった。「そりゃまたいい仕事をしたな。ぼくはきみに、結末は実際には恣意的なんだと教えたが。きみはその言葉を実行に移したわけだ」

「その物語では、リリー・モーティマーという若い娘がラムという医師を訪ねます。リリーは六年前に起きた祖母の殺害事件を解明したいと思っています。ふたりはその事件に関するたがいの記憶を検討します。容疑者は九人いて、それぞれにアリバイがあります。当時はまだ子供だったリリーは、従弟のウィリアムと遊んでいました。姉のヴァイオレットは寝椅子で眠っていました。叔父のマシューは、被害者の姉ドロシアを出迎えるために徒歩で駅に向かっていました。あとの容疑者は、ラム医師と、マシューの妻のローレン、庭師のレイモンド、そしてヴァイオレットに恋愛感情を抱いているベンという地元の男です」

「そして、医師と、その愛人と、ウィリアムと、ベンの四人が犯人だと判明したわけだが。本来の結末はその逆だったというのか？」

ラム医師に見える夕暮れは、ふたつの長方形に切り取られていた。彼は眼鏡をかけたまま窓の外を見ていた。書けているのは彼女の名前だけだった。〝親愛なるリリーへ〟そこまで書いたところで悲しみに打ちのめされたのだ。こんな手紙を書いてしまうと、リリーの心の内にあるものを壊してしまう気がして。だが、事実を伝えるしかなかった。

〝五年前きみは、おばあさんの殺人事件についてわたしに質問をしにやってきた。あのときわたしは、これから明らかにする理由から、自分の知っていることをすべて話しはしなかった。きみは利発な少女だったから、きっとすばらしい女性に成長したことだろう〟告白のときをずるずると先延ばしにしているのは、自分でもわかっていた。〝あのときわたしはきみに、自分の犯した最大の罪のひとつを白状させられた。ローレン叔母さんとの情事を。しかしこんどはきみに、その五年前に自分が懺悔聴聞僧の役割を演じたときのことを話さなくてはならない〟

ある秋の日、医師が戦争記念碑の前を通りかかると、ヴァイオレット・モーティマーに呼びとめられた。「ラム先生、ちょっといいですか？」

医師は足を止めて彼女のほうを向いた。「ヴァイオレット、どうしたんだ？　寝不足みたいな顔をしてるよ」

若い娘はわっと泣きだした。「アグネスのことです。誰かに聞いてほしいんです。洗いざらい何もかも。ああ、ラム先生、あたし懺悔したいんです」

〝というわけで〟と医師は書いた。〝ヴァイオレットはわたしに事件の真相をすっかり打ち明けた。そしてそのせいで、この手紙を書くのがこれほどつらいんだ、リリー。おばあさんを殺したのはきみの家族だったんだよ。きみの家族が窒息死させたんだ。ほとんど押しつぶしたんだ、ベッドの上で虫けらのように〟

すべての始まりはドロシアとマシューだった。

発作で倒れた妹を初めて見舞った日、ドロシアは甥のマシューを脇へ連れていって、ダイヤモンドのことを話した。「それをいまでも持ってるのは、あたし前々から知ってるんだけど、どこにあるのかアグネスは教えようとしないんだよ。あの人が死んで秘密をお墓へ持ってっちゃったら、どうなると思う?」

多額の財産が消えてしまうという話に、マシューは愕然とした。「だいじょうぶだよ、伯母さん。おれたちが説得するから。それはおれの正当な相続財産だ」彼は天井を見あげて悪態をついた。「屋敷は人間じゃない。そんなものにダイヤモンドを遺すなんて、ばかげた話はない」

だが、その自信はくつがえされた。その日の午後、夕食の盆を危なっかしくあいだにはさんで姉と息子の見舞いを受けたとき、アグネスはだるくてめまいがしており、ふたりがダイヤモンドの話を持ち出すと、怒りだした。

「あんたたちは泥棒と変わらないね」そう言うと、グラスのミルクを枕に吐き出してみせた。「あたしはまだ死んでないんだよ。なのにあんたたちときたら、お金のことばかり心配して」

その日の後刻、マシューはドロシアを脇へ連れていった。「そのダイヤモンドを手に入れるのを手伝ってよ、ドット伯母さん。おふくろが死ぬ前にさ。伯母さんにも分け前をあげるよ、山分けだ。でも、絶対に手に入れたい」

ドロシアはにっこりした。「あたしが年を取ったときに面倒を見てくれれば、それでいいよ」

「もちろんさ」マシューは伯母の手首を取った。それはいわば取引き成立の握手だった。

数週間後、ふたりはもう一度試みた。ドロシアは村へやってくると、マシューの手に鎮静剤を握らせた。「あたしぐらいの年になると、医者はどんなものでも処方してくれるの」

マシューはそれをアグネスのお茶にこっそりと入れ、ひと晩かけて彼女の部屋を調べたものの、成果はなかった。「ごめんよ、伯母さん、期待に添えなくて」

「もう一度やろう」とドロシアは言った。「絶対にどこかにあるんだから」

それからまもなく、ふたりは三度目の挑戦をした。マシューは駅で伯母を出迎えた。ドロシアは彼の手を取って列車からおりてきた。「こんどは成功するよ」と言って、大きな顔ににやりと得意げな笑みを浮かべてみせた。そして畑を歩きながら計画を話して聞かせた。「ヴァイオレットは昔からアグネスのお気に入りだ。ヴァイオレットにならありかを教えるはずだよ」

マシューはうなずいた。「それならうまくいくかも」

屋敷に着いてみると、ヴァイオレットは寝椅子で眠っていた。ドロシアは彼女を起こしてダイヤモンドのことを話し、やってほしいことを伝えた。「さもないと永久にどこかへ行ってしまうの。ひと財産が、うちの家族からどこの馬の骨ともわからない人間の手に渡ってしまうんだよ」

マシューは努めて深刻な顔をしてみせたものの、うなずきながら眼をぎらぎらさせていたので、あまり効果はなかった。だが、ヴァイオレットは、ふたりの言うことももっともだと思った。「でも、どうしてあたしがしなくちゃならないの？」

「アグネスはあんたしか信頼してないからね」

だったらなおのことあたしはいや、ヴァイオレットはそう思った。「レイモンドと相談したい」

「なんのために？」マシューはあわてた。姪と庭師はただでさえ仲がよすぎる。レイモンドには妻がいるのだ。一家の醜聞は誰にとってもありがたくない。「あいつとはなんの関係もない。あいつはただの庭師なんだから」

ヴァイオレットは譲らなかった。「彼は友達よ」

だが、相談してみると、レイモンドは彼女に、叔父さんの言うとおりにするべきだと助言した。「きみの相続財産でもあるんだし。きみにはもらう権利がある」

というわけで、マシュー、ドロシア、ヴァイオレット、レイモンドの四人は、その日の昼前、アグネスの部屋の外に集まった。ヴァイオレットは三人の顔を見あげた。みな彼女にひどく期待していた。

ヴァイオレットは怖くなった。

ひとりで部屋にはいった。アグネスは眼を覚ましており、優しく微笑んだ。「まあ、ヴァイオレット、来てくれてうれしいわ」

「朝食を下げにきたの」ヴァイオレットはベッドの端に腰をおろして、盆を持ちあげた。「それと、訊きたいことがあるの。おじいちゃんがおばあちゃんに買っていたダイヤモンドのことで」

ダイヤモンドという言葉を聞いたとたん、アグネスはぱっと体を起こして孫娘の手首をつかんだ。朝食の盆が床に落ちた。「あんたもなの！」老女はヒステリックにわめいた。「あんただったんだね、あたしを殺そうとしたのは。あんたがあたしの飲み物に何か入れたんだ。あんたとマシューとドロシアが」ヴァイオレットは悲鳴をあげた。レイモンドがあとのふたりとともに部屋に駆けこんできて、アグネスをヴァイオレットから引き離した。

アグネスは四人を見た。「あんたたちみんな、泥棒だよ。泥棒そのものだ。遺言からはずさせるからね」それからレイモンドのほうを向いた。「あんたはよそで働き口を探すんだね、いますぐ」

庭師は肩をすくめた。朝食の盆から落ちたナイフを床からひろいあげると、ベッドに身を乗り出してそれをアグネスの眼に突きつけた。「ダイヤモンドはどこだよ、ばあさん。あんたのえらそうな態度にはもううんざりだ」

アグネスは情けない声を漏らした。ほかの三人が割ってはいってくれるのを待ったが、誰もそうはしなかった。ついに彼女は華奢な指を伸ばして窓を指した。「枠の内側よ、左側の」

マシューが彼女の教えた場所を調べた。「あったぞ」

「よし」レイモンドはそう言ってベッドから離れた。

アグネスは部屋の端に黙って立っている孫娘と姉のほうを向いた。「こんなまねをして、ふたりとも地獄で焼かれるよ」

レイモンドがそばの箪笥から毛布をひと山引っぱり出し、寝たきりの老女にかぶせた。

「やるんだ。生かしとくわけにはいかないぞ」

それを聞いてアグネスは悲鳴をあげ、ヴァイオレットは息を呑んだ。祖母の華奢な体が毛布の下で激しくもがいていた。レイモンドはうごめくその山に這いあがって、アグネスの両肩を押さえつけた。「さあ早く。全員だ」

「こうなったらやるしかない」とマシューが言い、手をつかんで女ふたりをベッドのほうへ引きよせた。三人は毛布の山にのしかかり、眼をつむったままがっちりとしがみついた。しばらくそうしていると、やがて体の下の動きは止まり、なんの物音もしなくなった。

ヴァイオレットがそっと言った。「おばあちゃん、だいじょうぶだと思う?」だが、誰も答えなかった。

「見ろ」とマシューが言い、窓から引っぱり出したカンバス地の袋をあけて、中身を手のひらにあけた。ダイヤモンドが指のあいだからこぼれ落ちた。「ひと財産だぞ」

〝どういうわけで〟と、暗くなってきた部屋でラム医師は書いた。〝彼らに殺人を犯しているという感覚はまるでなかった。ヴァイオレットはわたしにそう語った。四人はダイヤモンドを山分けした。レイモンドは当初の計画にはふくまれていなかったものの、事情が変わったのだ。ドロシアはこっそりと屋敷を抜け出し、一時間後に戻ってきて、しっかりとローレンに姿を見せた。マシューは階下をぶらぶらし、ヴァイオレットは寝椅子に、レイモンドは落ち葉の掃除に戻った。それで終わりだった。ドロシアはほかにもダイヤモンドのことを知っている人間がいるはずだと確信していたので、疑惑をかわすために自分からその話を持ち出した。あとはたんなるお芝居だ。むろん、ヴァイオレットはすぐに平静を保っていられなくなり、罪悪感に苦しめられた。レイモンドとは親しくするどころか、顔を見ることもできなくなった。そこでわたしのところへやってきて、一部始終を打ち明けたんだ。ベンと結婚したのは一種の贖罪行為だったのだと思う。ベンはヴァイオレットに夢中になっていて、いつも双眼鏡で彼女を見ていたのだ。レイモンドはそれをひどく悪く受け取り、引っ越していった。のちに、分け前の宝石を怪しげなスラム街で売ろうとして、刺し殺された。ドロシアは何もいい思いをしないうちに亡くなった。マシューは屋敷を相続して満足し、静かな自分の暮らしに戻った。分け前のダイヤモンドをどうしたのかは知らない。そんなわけで、犯罪というのはたしかに引き合わないものだ。われわれはみなそれを肝に銘ずるべきだろう〟暗くなる前に書きおえたかった。

ラム医師は手をさすった。すでに四枚の便箋を文字で埋めていた。暗くなる前に書きおえたかった。ふたたびペンを取った。

〝リリー、きみにこんな忌まわしい真実を知らせるのは、わたしとしてもつらい〟医師は溜息をついた。自分は本気で気にしているのだろうか。みずからの死を目前にしても、正直に語るというのはやはり難しいものだ。〝これまで長いあいだわたしはきみを守ってきた。みんなできみを守ってきたんだ。ローレンももちろん知っていた。わたしが話したんだ。ヴァイオレットはベンにも打ち明けた。しかしきみに知らせたら、きみはひどく傷つくだろうと、われわれはみなそう判断した。だからこそ警察にも内緒にしていたんだ。幼いウィリアムまでが、マシューのポケットにダイヤモンドの指輪を見つけたときに、真相を悟った。レイモンドに連れていかれなかったら、ウィリアムはきみにそれを話していたかもしれない。まあ、きみはもう自分でものごとを決められる年齢だ。自分が正しいと思うことをしたまえ〟

この手紙を、彼は希望の持てる言葉で締めくくりたいと考えていた。これなら十分だろう。

〝敬具。ドクター・ゴドウィン・ラム〟

ペンを置くと、外の夕闇をしんみりと見つめた。そこで咳きこみはじめた。咳は数分間つづいた。やがて彼は、署名の横にぽつりと鮮やかな血の染みを残して、浴室へはいっていった。

「というわけです」とジュリアは言った。「またしてもあなたは、結末が変えられているのに気づきませんでした」

グラントは眼を合わせるのを避けた。「ぼくの記憶力は思った以上に衰えているようだ」

「こうして、ゆうべまできました」ジュリアはグラントの横顔に向かって話していた。「わたしは自分の勘が正しかったのを確信してホテルへ帰りました。それまでわたしたちは六つの短篇を読みましたが、どれも結末が変わっていました。いくつかは大幅にです。それなのにあなたは、どれひとつ気づきませんでした。二十年というのはたしかに長いけれど、ひとつぐらい憶えているはずです。いくらなんでもひとつは。お気に入りの作品がきっとあったはずですから。それでもわたしは、疑わしきは被告の利益にという原則を守ることにしました。残りはあと一篇。最後にもう一度だけテストをしてみたんです」

グラントは彼女のほうへ向きなおった。「何をしたんだ?」

「結末を変えるだけじゃもう不十分だと思いました。そこで、もとの話を完全に捨てて、かわりにまったく新しい短篇をひとつ書いたんです。あなたの論文『探偵小説の順列』を読みなおして、そこに書かれている構造をひとつ選び出しました。そしてわたし独自の作品を書きあげたんです。おかげでほとんど徹夜しましたけど。朝にはまったく新しい短篇ができあがっていました。ところがあなたは、それも自分の作品のように語ったんです」

「ぼくらがさっき読んだやつか？」

ジュリアはうなずいた。「死んだ刑事ライオネル・ムーン。あの短篇はわたしが書いたんです」

「なら、置き換えられたもとの話は？」

「短いものでした。探偵がふたり出てきます。どちらも男で、有名な素人探偵です。ふたりは幽霊が出るとされる建物で、不可解なできごとを調査しています。使われなくなった〈聖バーソロミュー孤児院〉という建物です」

「ふたりの名前は？」

「ユースタス・アーロンとライオネル・ベネディクト。このふたりは、超自然的なものが存在するか否かで意見が一致しないため、屋根裏部屋でひと晩を過ごすという協定を結びます。それで決着をつけようというわけです。そこでふたりはキャンプ用ベッドを設置すると、携帯コンロでココアを作って飲みながら日が暮れるのを待ちます。建物は荒れはてています。しばらくすると、煙のにおいがしてきます。壁に煙突までつづく亀裂がはいっていて、階下で何者かが暖炉に火を入れたんです。しだいに煙が室内に充満してきます。ふたりは部屋を出ようとしますが、ドアは施錠されていて、鍵はなくなっています。でも、ふたりはあわてず、火は自然に消えるだろうと考えます。それから窓を割ります。大声で助けを求めますが、孤児院があるのは田園地帯の真ん中です」

「で、どんな結末になるんだ？」

ライオネル・ベネディクトは窓辺に立っていた。背後の煙がどんどん濃くなってくるのがわかる。

「これじゃ埒があかない」とガラスにあいた穴を見ながら言った。拳ほどの大きさしかない。窓の対角線は彼の前腕ほどの長さがある。拳が切れるのもかまわず、残りのガラスをたたき割った。「まだだめだ」

ライオネルは仲間のほうを向いた。「きみは関心がないのか？　ここで死ぬかもしれないんだぞ」

ユースタス・アーロンは豪華な青い化粧台の鏡をのぞきこんでいた。ふたりが持ちこんだキャンプ用ベッドをのぞけば、煙の充満したこの部屋で唯一の家具だ。昔のものだから実用向きではないのか、それとも子供用に作られたものなのか、ユースタスが自分の顔を見るには腰をかがめなくてはならない。

「そんなことはもうわかってるよ、ライオネル。ぼくらはここで死ぬんだ。それはいまや避けられない。煙がどんどん濃くなってる。ぼくはそれを受け入れようとしてるんだ」

ライオネルが見ていると、年下の仲間は鏡で自分の顔を仔細にながめていた。おびえた眼と鋭い歯は、さながら彼の生きてきた人生の縮図のようだ。

ライオネルは壁の亀裂のほうを向いた。亀裂は床から天井まで走り、無数に枝分かれしている。冬の枯れ木。煙はそのいたるところから噴き出しており、全体をふさぐのも覆うのも不可能だ。ライオネルは眼を閉じた。自分は死ぬのだと思うと怖くなった。

「鍵のかかってる抽斗があるぞ」とユースタスが肩ごしに言った。「使われなくなった建物にある鍵のかかった抽斗。これをぼくらの最後の謎にしよう。解明するのを手伝ってくれないか?」

ライオネルは連れのところへ行って、一緒に化粧台を蹴りはじめた。やがてそれは片側にぶざまに傾き、ふたりはどうにか抽斗を引っぱり出した。中には紺色の厚紙の箱がはいっていた。「鍵かもしれないぞ」ライオネルは言った。

ユースタスは首を振った。箱を手に取ると、中身ががさがさとかすかに揺れるのがわかった。「チョコレートだ」そう言って蓋をあけ、自分の推測が正しいのを確かめた。時の経過で退色してはいるものの、ひとつひとつが果物の形をしていて、縮みも干からびもしていないため、それぞれの仕切りの中で淫靡に、官能的に熟しているように見える。「ひとつ食べるか？」

「きっと二十年はたってるぞ」ライオネルが嫌悪をあらわにしたので、ユースタスは箱を化粧台に置いて、自分だけ、ひとつつまんだ。

「おれはいやだね。病気になるかもしれない」ライオネルは言った。

ユースタスはジョークでも聞いたかのように笑うと、チョコレートを半分かじった。ライオネルは感想を聞こうと、彼が食べるのをじっと見守った。ユースタスが黙っていると、ライオネルはじれったくなり、沈黙を埋めるようにこう言った。「ユースタス、実を言うとな。下の暖炉に火をつけたのはおれなんだ。そうすればおれたちは外へ出るしかなくなって、調査は完了できなくなる。謎がさらにふくらむと思ったんだよ。きっとおれが火をつけるところを誰かが見ていて、隙をうかがっておれたちを中に閉じこめたんだ。おれたちに死んでほしがってるやつが」

「誰がぼくらを殺そうとしたのかはもうわかってる」とユースタスは言い、チョコレートの残りを呑みこんだ。「それはもう突きとめた」

死に直面しているというのに、ライオネル・ベネディクトは嫉妬の疼きを覚えずにはいられなかった。友を見つめるのをやめて、その箱に手がかりがあるのではないかと、チョコレートを調べた。手の届くところにあるというのに、チョコレートの色は煙でぼんやりしている。何も見つからなかった。そこでしぶしぶ、ひとつをつまんでかじってみた。中はサワーチェリーの味がした。

「きみはやっぱり幽霊を信じないのか?」と訊いた。自分が謎を解く時間を稼ぐために、友の注意をそらそうとしたのだ。

「ああ、信じないよ。あんたは信じるのか、ライオネル? こんなことになってもまだ」ユースタスは皮肉に笑いかけた。「まだ人生は無意味で残酷なんだと納得しないのか?」

ライオネルは窓辺へ行くと、煙の流れのむこうへチョコレートを吐き出して、窓の外へ朦々と広がりつつある灰色の煙を見つめた。「ああ、これまで以上にな」

「なるほどね」ユースタスは肩をすくめた。「幽霊になって戻ってきたいというわけか」

ライオネルは首を振った。ポケットを探って自分の宣伝写真を一枚見つけた。求められた場合にそなえて、いつもそこに入れているのだ。眼をつむってそれを窓から落とした。自分のささやかな断片を残そうという努力。新鮮な空気で肺が押し広げられ、次に息を吸ったときには煙を深々と吸いこんでしまった。彼は咳きこみながら、よろよろとユースタスの横へ行った。「頭がくらくらして、ものが考えられない。誰だったのか教えてくれ。誰がおれたちをここへ閉じこめたんだ？」

「ぼくさ」ユースタスは肩をすくめた。「いやでもここで夜を明かすようにしたかったんだ。この案件を永久に解決するために。だからドアに施錠して、鍵を捨てたんだ。朝になったら救助されるさ」

「そのころにはもう死んでる」

「ああ、煙を吸いこんでね。鍵をかけたときには、あんたが階下で火をつけてたなんて知らなかったんだ。あいにくなことに」

「鍵はどこへやった？」ライオネルは相手の襟をつかんだ。

「ここにはない。ドアの下の隙間から蹴り出した。一メートル半しか離れていないけど、絶対に届かない」ユースタスはそれが面白いことだとでもいうように、にやりとした。

ライオネルはドアの前へ行って床に頰を押しつけた。鍵が見えた。屋根裏からおりる短い階段の二段目に載っている。ユースタスの言うとおり、絶対に届かない。もう一度ドアを揺すってみたが、やはりがっちりとしていて、びくともしない。木と金属でできているのだ。

「このばかめ」そう言いながらライオネルは立ちあがった。「こんなことになったのはきみのせいだぞ」

ユースタスは手を後ろへ伸ばすと、傾いだ化粧台の鏡の角度を変えて、ライオネルがみずからの顔を見られるようにした。「それに、あんたのせいでもある」そう言うと、ごほごほと咳きこみはじめた。

数時間後、ふたりは死んだ。そのころには部屋に煙が充満し、彼らは咳きこんでは黒い痰を吐くようになっていた。月のない闇夜だった。翌朝発見されたとき、ふたりの拳はドアをたたきすぎて血まみれになっていた。

「なるほどね」とグラントはわれに返って言った。「つまりアーロンとベネディクトは、容疑者と犯人と被害者と探偵をすべて兼ねているわけだ。これも極端な例だな。この場合のベン図は、単純なひとつの円になる」

「ええ」とジュリアは言った。「そしてそれはわたしの書いた話とはまるで別物です。わたしたちは今朝それを一緒に読みましたが、あなたはそのときも嘘をついていたし、この二日というものずっとわたしに嘘をついていました。この期におよんでも、まだそれを否定するつもりですか？」

グラントは岩から滑りおりると、ポケットに両手を突っこんで彼女の前に立った。「否定したところで、何か変わるかね？　きみは確信してるようだ」

「証拠は圧倒的でしょう」

グラントは首を振った。「だとしたらどうなるんだ？」

「ほんとのことを話してほしいんです。そうしたらわたしは国へ帰ります。もちろん、本の出版は取り消されますが」

「取り消される？」

ジュリアはうなずいた。「どうなると思ってたんです？　うちが契約したのはグラント・マカリスターであって、あなたじゃありません」

「警察へ行くつもりか？」

ジュリアは首を振った。「こんなこと、どうやって訴え出ればいいのかわからないし、言葉も話せません」

「なら、いいだろう」とグラントは溜息をついた。「いまさら否定したところで始まらない。ぼくはグラント・マカリスターじゃないし、その短篇集を書いてもいない。だったら誰なんだと、そうきみは訊きたいだろうね」

雲が太陽の前をよぎり、暗くなった空き地は小鳥たちのさえずりで活気づいた。

「誰なのかは知ってます」とジュリアは言った。「あなたの名前はフランシス・ガードナーです」

むかいの男はぐったりと岩に背中をあずけた。「どうしてそれを知ってるんだ？」

「島の人たちは憶えてるんですよ、たとえあなたは忘れてしまっても。わたしの泊まってるホテルの老支配人が、今朝、喜んで話してくれました。かつてふたりの外国人が、海辺のコテージで一緒に暮らしていたこと。そのコテージは教会へ行く小径から少しはいったところにあること。ふたりはいつも一緒で、外見もよく似ていたこと。やがてひとりが亡くなったこと。支配人は名前までは知りませんでしたけれど。わたし、お宅のキッチンであのシガレットケースを見たんです。それに、あなたが毎日散歩に行くあの教会墓地で、お墓も調べました。イギリス人の名前はひとつしかありませんでした」

「フランシス・ガードナーか」

「名前の下に、十年前にこの島で亡くなったと、刻んでありました。ただし、それは実際にはフランシスじゃなかったんですよね？」

フランシスはうなずいた。「グラント・マカリスターだ。しかし、ある意味じゃ、フランシスもまたその日に死んだんだよ。ぼくはそれ以来、その名前を使っていない」

「だったら、あなたは何者なんです？　グラントとどういう関係だったんです？」

「ぼくは数学者だった。彼とは遠い昔、ロンドンの学会で出会ったんだ。そして連絡を取り合うようになった。彼はエディンバラ、ぼくはケンブリッジにいた。共同研究者として活動を始めたんだが、まもなくそれ以上の関係になった」フランシスは肩をすくめた。

「彼の結婚生活は見せかけでね、ある日、彼はそれを捨ててここへ引っ越してきた。戦後まもなくのことだ。ぼくは少し考えてから、彼のあとを追うことにしたんだ」

「じゃあ、友人以上の関係だったわけですね？」

「そうだ。ぼくは彼を愛していたし、彼もぼくを愛していた」

「それなのに彼が亡くなると、あなたは彼の名前と身分を奪ったわけですか？　それに、まちがいなくお金も」

フランシスは彼女をきっとにらんだ。「何が言いたいんだ？」

「考えられる当然の質問をしてるだけです。彼を殺したんですか？」

「殺した？　いや。まさか。それは全然ちがうよ」

「じゃあ、どういうことだったんです？」

樹林帯からふたりの男が現われた。うららかで暖かい日だというのに、どちらも改まった服装をしていた。前方には草の斜面が崖の縁まで三十メートルほどつづき、そのむこうには冷たい海がきらきらと輝いている。

若いほうがもうひとりの肩に手をかけた。「登ってきてよかったと思わないか？」

グラントはうなずいた。「せっかくだから、いちばん端まで行こう」

グラントは登りはじめた。フランシスは片手で帽子を押さえてあとにつづいた。この高度の風は予測がつかない。「あんまりぎりぎりまで行かないでくれよ。毛布を敷く場所が必要だから」彼は反対の手にバスケットをさげ、丸めた毛布を小脇に抱えていた。

グラントは怪物のように息づく海をしばらくながめてから、連れのほうをふり返った。

フランシスはせっせと小石を斜面の下へ蹴り落として、あたりを整地していた。

彼はグラントのほうに向きなおり、「手伝ってくれ」と言った。それから桃色の毛布の片側の縁をつかんで、反対側を相手のほうへ放った。毛布は風でよじれてひとかたまりになり、一瞬、フランシスがグラントにペンキのバケツを投げつけたように見えた。

グラントは反対側の縁をつかむと、両隅を持って腕の長さいっぱいに広げた。それからふたりは毛布を草の上にきちんと広げ、靴を脱いで四隅の重しにした。

グラントは海に背を向けて座った。フランシスは彼と向き合っていた。「海の眺めはいらないのか?」

グラントはうなずいた。「おれには林の眺めがある。それに町の遠景も。そこがきみとおれのちがいだな。おれは自分のものを見るのが好きだが、きみは手の届かないものを見るのが好きなんだ」

「そのきみのもののなかには、ぼくもふくまれるのか」風が強すぎて怒鳴らなくてはならず、それは質問というよりむしろ断定に聞こえた。「あんた、今朝は文学的な気分なんだな」そう付け加えた。

グラントは眉をしかめた。「寒いなここは」

フランシスは重しを載せた毛布の片隅の下に帽子の鍔《つば》を差しこんだ。帽子はたちまち強風でばたつきはじめ、ソースパンの蓋のようにこきざみに上下した。それから上着を脱いでグラントに差し出すと、薄手の上着は裂けんばかりになって手から手へと渡り、グラントはそれを着た。「ありがとう」

フランシスは毛布の上に食べ物を並べはじめた。蜂蜜がひと瓶に、パンがひとかたまり。パンをちぎると、バスケットから固茹で卵をひとつ取り出して、グラントの足もとに置き、自分にもひとつ取り出した。グラントは卵を手に取り、腕時計の縁にこつんと打ちつけてから、殻をむきはじめた。

「ありがとう」

ふたりは黙って食べた。グラントは崖のそばにいたので、卵の殻は後ろへ放れば風が海へ運んでいってくれたが、フランシスのほうはそれを空のワイングラスの中にきちんと落としていた。指先にしつこく貼りついた殻のかけらをはがすことに集中していたとき、どこか後ろのほうからズンという大きな音が聞こえた。地面が揺れだして、ワイングラスが倒れた。フランシスは舌打ちをすると、それで一件落着だというようにグラスを起こした。ところが揺れにつづいて、こんどは増幅されたすさまじいきしみが下の地面からわき起こった。

愕然として顔を上げると、何が起きているのかわかった。崖の縁までの最後の二メートルが、さきほどちぎり取ったパンのようにひとかたまりになって、彼の前から落下していくところだった。グラントを乗せたまま。グラントはあっという驚きだけを顔に浮かべ、視界から消えていった。

フランシスはあっけにとられ、何が起きたのかを理解しようとした。崖の縁はいまや毛布の真下を通過して、その長方形を二分割している。毛布はつかのま、打ちひしがれた旗のように縁から垂れさがったあと、すぐにまた風で空に舞いあがった。そのとたんに状況が一気に呑みこめ、フランシスは崖の手前に身を投げ出した。もういなくなってるはずだ。もういなくなってるはずだ。眼を閉じて身を乗り出したとき、彼の頭にあったのは、そんなばかげた考えだけだった。だが、ショックのあまり時間の感覚が狂っていたのだろう、眼をあけてみると、グラントはまだそこにいた。くるくる回転しながら宙を落下していく。ひと組の靴と小さな白いゆで卵がそのそばを落ちていき、頭上にはフランシスの帽子がふわふわと浮いている。グラントの顔は恐怖を浮かべたまま小さくなっていった。ふたりは視線を合わせたのだろうか、それともそれはたんなる眼の錯覚だったのだろうか。

落下した岩々がまず海面をたたき割ったので、一瞬遅れて落下したグラントは、柔らかな白い水しぶきのクッションの上に落ちたように見えたが、その見かけとはまるで裏腹に、彼の体はぽきりとふたつに折れた。

「やりきれない話ですね」ジュリアは言った。

「ああ、打ちのめされたよ」フランシスは近くの木を見つめていたが、眼は焦点を合わせるのを拒んでいた。「崩落の音は町からでも聞こえたから、それに関しちゃ疑惑はいっさい持たれなかった。たんなる災難、異常な事故だった。ぼくは警察にありのままを話した。

しかし、彼らがぼくの訛りを聞き取れなかったのか、ぼくが彼らの訛りを聞き取れなかったのか、次にその事件の噂を聞いたときには、痛ましい死にかたをしたのはフランシス・ガードナーだということになってた」

「グラント・マカリスターのほうはまだ生きていたわけですね」

「ぼくは、ほら、身分証のはいった財布を上着に入れっぱなしにしていたし。彼はそれを着たまま死んだからね。警察は彼の死体をぼくの死体だと考えた。ぼくだって訂正するつもりでいたんだよ、初めのうちは」

「でも、考えなおしたんですね」

「うまくいくように思えたんでね。ぼくらはグラントの金で暮らしてた。ぼく自身は金なんか持ってなかった。彼の伯父さんが、ほぼ毎月送ってきてくれたんだ。グラントはときどき手紙を書くだけでよかった。それに、ぼくは彼の筆跡をそれなりにまねることができた」

「だからグラント・マカリスターになりすましたわけですか」

「で、金をもらいつづけたんだ。グラントもそれを望んでたと思うよ、それはたしかだ」

「じゃ、本のことはどうなんです？」

フランシスは懺悔の眼でジュリアを見た。「きみから手紙をもらって、おたくの社長が

『ホワイトの殺人事件集』の古本を見つけて、それを出版したがってると聞いたら、誘惑に抵抗できなくなったんだ。グラントの金は近ごろじゃだいぶ目減りしていたからね。それに、ぼくは彼の名前を使うのにすっかり慣れてしまって、そうするのがあたりまえに思えたんだよ。暮らしの足しになるものをぼくが少しぐらい手に入れたからって、なんの問題がある？」

ジュリアはその問いを無視した。「でも、彼の作品は一度も読んだことがなかったんですね？」

「ああ、それが唯一の問題だった。グラントが短篇をいくつか書いたことは知ってたんだが。彼はここへ越してきたとき、『ホワイトの殺人事件集』を一冊も持ってこなかったし、手に入れようという気もなかったようだ。誰も進んではその本を出版してくれなかったという事実が、心の棘になっていたんだろう。なにしろ一度は、作家として名声と富を得ることを夢見たんだから」

「じゃあ、あなた、ほんとにこれがうまくいくと思ったんですか？」

「ああ、思ったかな」フランシスは石ころを足で転がした。「ぼくらは長年一緒に暮らしていたからね。数学におけるグラントの仕事に関しちゃ、ほぼすべて検討していた。もちろん殺人ミステリについての論文もね。だからその数学的な着想についてはよく知っていたし、あとはごまかせると思ったんだ。きみがそんなに労力をかけるとは思いもしなかったよ」

「まあ、そうでしょうね」とジュリアはバッグをひろいあげた。「わたしについては、あなたの知らないことがたくさんあるんです」バッグの紐を肩にかけ、底の土を払った。「帰る前にもうひとつだけ、質問があります」

フランシスはうなずいた。「なんだ？」

「ひとつだけどうしても腑に落ちない謎があるんです。ホワイト殺人事件。グラントはなぜ自分の本に、あの事件への言及をやたらとちりばめたんでしょう？　それについては、ほんとにあなたは何も知らないんですか？」

フランシスは肩をすくめた。「そんな話をしたことはないな。しかし、ぼくはグラントという男をよく知っていたから、彼のユーモアのセンスはわかっている」フランシスは首筋をなでた。「あれはほぼまちがいなくジョークだよ。彼はひどく悪趣味になることがあったからね。ああいう言及を頻繁に紛れこませてひとりで面白がるというのは、いかにも彼らしい。悪趣味なものほどいいんだ。そういう男だったんだよ彼は」フランシスは溜息をついた。「ぼくだったらそれ以上の意味を探ろうとはしないな。ただの燻製鰊《レッド・ヘリング》さ」

「そうですか」とジュリアは微笑んだ。「安心しました」それから空き地の端で立ちどまり、ちょっと迷ってからこう言った。「二度とお眼にかかることはないでしょう。あなたとの対話のいくつかは、ほんとに楽しかったけれど、会わなければよかったと思います」

そう言うと、ジュリアは立ち去った。

16　第一の結末

三十分後、ジュリア・ハートはふたたび薄暗い階段をのぼってホテルの部屋へ戻った。ブラインドをおろしたままの部屋にはいると、軽い勝利感が湧いてきた。計画は成功した。こちらをだまそうとしていた男を決定的に出しぬいてやったのだ。それを祝うように、ジュリアは窓のブラインドを上げて室内を輝きで満たした。むかいの壁に、透明な白い光の正方形が現われた。

外を見ると、夢のような青い海と波止場に建ちならぶ白い建物に、人の姿が見えはじめていた。午後の暑さも峠を越えて、小さな町に活気が戻りつつある。ジュリアは二歩後ろへ下がって窓から離れると、ベッドに腰をおろした。この数日の疲れがたまっていた。そのまま寝ころんで靴を蹴りぬぐと、服を着たまま陽光の腕に抱かれてうとうとと眠りこんだ。

二十分後に眼が覚めると、自分が泣いていたのに気づいた。顔に塩の筋ができつつある。

上掛けのシーツの角を顔にかぶせて、三角形の白い木綿布にまぶたを軽く圧迫されながらじっとしていると、太陽が涙を乾かしてくれた。

そこで起きあがって、ふたたびベッドに腰かけた。かたわらのテーブルに革装の『ホワイトの殺人事件集』が載っていた。手に取って膝の上でひらいた。この本は半年ほど前に、似たような広さの別の部屋で譲り受けたものだった。その部屋にもベッドと、ほぼ同じ大きさの窓があったものの、窓のむこうの空は灰色で、見えるものといえば街灯にとまっている一羽の鳩ぐらいだった。ジュリアの母親はその部屋で息を引き取ろうとしていた。ジュリアが子供時代を過ごしたウェールズの小さな家で。彼女はそばに座って母親の手を握っていた。

「あんたに教えておかなくちゃならないことがあるの」母親の呼吸はごろごろ、ぜいぜいと音がした。生涯にわたる喫煙でとうとう肺がだめになったのだ。「あれを」と母親はベッド脇の棚に並んだ一冊の目立たない本を指さした。ジュリアは立ちあがってそれを取った。『ホワイトの殺人事件集』という薄い本だった。革で装幀されてはいるものの、紙が厚くて余白も広いことから、私家版だとわかった。ジュリア自身も作家であり、三冊のロマンス小説を発表している。本を渡してやると、母親は表紙をめくって、標題ページに印刷された著者の名前に黄ばんだ人差し指を這わせた。

「グラント・マカリスター」そこで咳をした。「これがあんたの父親だよ」

ジュリアの眼はもう涙でうるんでいた。父親は戦争中に亡くなったと聞かされてきた。彼女がほんの子供のころに。「まだ生きてるの？」

母親は眼を閉じた。「わからない。生きているかもね」

「だとしたら、どこにいるの？」

「やめたほうがいい」母親は首を振った。「あの人はあたしたちを捨てたの。あんたがまだ小さかったころに」そう言って娘の手を握りしめた。「どうせ会いたがりはしないよ」

ジュリアは黙ってその言葉をしばらく考えてから、母親には聞こえそうにない小さな声で答えた。「いやとは言わせないかも」

母親の葬儀のあくる日、ジュリアはひとつの計画を練りあげた。犯罪小説はそれなりに読んでいたので、専門出版社からの手紙をでっちあげられる程度の知識はあった。グラントの古い短篇集『ホワイトの殺人事件集』に関心があるという話をこしらえ、自分は編集者だということにして、ミドルネームのジュリアという名前で手紙を書いた。あとの名前は簡単に思いついた。社長のヴィクター・リオニダスというのは、自分の飼っている二匹の猫の名前をくっつけたものだったし、〈ブラッド・タイプ・ブックス〉はただの洒落だった。数週間後、グラントから金のことを問い合わせる返信が来た。彼女はヴィクターの名前で返事を書いて、自分と会うことに同意してくれるなら、そちらの言い値でかまわないと約束した。するとグラントは島に来ないかと提案してきた。そこでジュリアは、本に収められた短篇をすべて原稿の形にタイプし、それを持って旅立った。何日か一緒に仕事をしながらグラントを観察して、次にどうするか——黙って立ち去るか、それともすべてを打ち明けるか——を決めるつもりだった。

そしてその結果、父親が十年前に死んだことを知り、薄暗いホテルの一室へ戻ってきて、このベッドに横になっていたのだ。いまジュリアは『ホワイトの殺人事件集』の最初のページをめくり、父親の名前に指を這わせた。グラント・マカリスター。最初にこれを見たときから自分は少しも父親に近づいていない。父親に会うことはもはやかなわないし、本人を知ることも、この短篇集を通じてしか、もはやできないのだ。押しつぶされそうな落胆とともにそう痛感した。けれども、父親がなぜ彼女と母親を捨ててこの島で暮らさざるをえなかったのか、その理由だけは納得できた。それは彼女が恐れていた理由とはちがい、望まずして生まれた娘から逃げるためではなかった。もうひとりの男と一緒に晴れて暮らすためだったのだ。それがせめてもの慰めだった。

一群の鷗が近くの屋根におりてきて、ジュリアははっともの思いから覚めた。本を閉じて表紙に手を置いた。暗緑色の革が手のひらに温かかった。後ろへ寝ころんで、鷗の鳴き声に耳を澄ました。
その声はひどく苦しがっているように聞こえた。

17 第二の結末

アドレナリンのおかげでどうにかジュリアとの最後の対話を乗りきったフランシスは、彼女が立ち去って、丘の中腹の空き地に取り残されると、ひとりでとぼとぼとコテージに帰ってきた。それからジンをグラスにたっぷりとついで飲み、ベッドへ直行した。くたびれはてていたのだ。午後の三時だった。そのまま十二時間眠りつづけて、翌日の早朝に眼を覚ました。島がもっとも寒く、もっとも暗いときだ。眠っているあいだに見たのは、海底で生きながらえているグラントの夢だった。彼の愛した男は無言で海中に座り、通りすぎていく魚たちをながめていた。ずたずたになった傷口のまわりの皮膚が、珊瑚そっくりに見えた。眼が覚めてフランシスはほっとした。

ベッドから這い出すと、コーヒーのカップを手にポーチの下に腰をおろした。本の出版が取りやめになったとなると、どうやって金を手に入れたらいいだろう。そう考えながら、二日前の晩にジュリアと話をした木造の小さな小屋のほうを見た。小屋は五百メートルほど先の砂浜に、月の光でかろうじて見えていた。あそこには使わなくなったものが押しこんである。売れるものがきっとあるんじゃないか？

彼は眼を閉じてコーヒーを飲みおえた。

二時間後、日が昇ってくると、フランシスは小さく口笛を吹きながら海岸を歩きだした。朝のこの時間は、いずれ気温が上がるなどとはとても思えない。一夜にして夏が終わったような気がした。時間を節約するために、砂浜のゆるやかなカーブを突っ切ることにして、彼は靴をぬぎ、それを両手にさげて、冷たく浅い水の中へはいっていった。まるで氷の上を歩いているようだった。

数分後、小屋の前にたどりつくと、手にしていた靴を砂の上に落とした。それから両開きの木の扉をいっぱいにあけた。中は暗く、ボートは彼の前で黒いシルエットになっていた。本当に困窮したらこのボートを売ればいい。彼はそう思った。

漫画のような舳の横をすりぬけて、後ろに隠された古い段ボール箱の山のところへ行った。扉をいっぱいにあけていても奥は暗かったので、天井に吊りさげてある古めかしいランプをおろして、小さな缶から灯油を入れた。ランプを灯し、ひっくり返してあるボートの底にそれを倒れないように置くと、膝をついて箱をひとつひとつ調べはじめた。

最初の箱には本が詰まっていた。それは——『ホワイトの殺人事件集』を探して先月も調べたばかりだったので――初めからわかっていたのだが、金銭的価値のあるものがはいっているのではないかと気になったのだ。何冊か適当に取り出してみたものの、眼が悪くて題名がなかなか判読できなかったので、すぐにもどかしくなってやめた。

次の箱には楽器がはいっていたが、大半は壊れていた。バイオリン、太鼓、弦のないリュート。グラントがいつか修理するというので取ってあったのだが、その時間は結局見つけられなかった。三つめの箱には釣り道具がはいっていた。状態はいいので、あとでもう一度調べることにした。四つめの箱には、さまざまなガラクタがはいっていた。望遠鏡、燭台、数組のトランプ。

五つめの箱をあけて、彼は手を止めた。忘れていたが、この箱も何週間か前に調べたのだった。はいっていたのはグラントの論文と、多数の手書き原稿だ。なかには三十年前のものと思われる原稿もある。だが、『ホワイトの殺人事件集』に関するものは何ひとつなかった。初期の草稿や構想のメモも。もちろん、金銭的価値のあるものも。

そのときふと思い出したものがあった。

黄ばんだ紙の束の脇におそるおそる指先をおろしていくと、硬い厚紙の縁に触れた。それを引っぱり出して、光があたるように持ちあげた。雑誌のページから切り取った白黒写真が、白い厚紙に貼りつけてあった。若い女の大判の写真。誰なのかはわからないが、たいへんな美人で、ことによると女優かもしれない。右下の隅にごちゃごちゃと、黒い線が太いペンで書きつけてある。前回は判読不能だと思ったが、いまはそれがおおむね〝エリザベス・ホワイト〟という名前になるのがわかる。ということは、たんなる偶然ではなく、グラントは本当に彼女の名前にちなんで書名をつけたのだろうか？　厚紙を裏返してみると、薄い青インクでメモが記してあった。グラントの筆跡をよく知っているフランシスでなければ、とうてい読めなかっただろうが。

〝一九四〇年八月二十四日、ハムステッド・ヒース。彼女の最後のサイン〟

小屋の片方の扉が風でばたんと閉まって、白い厚紙に影を落とし、メモの文字が急に見えなくなった。フランシスは厚紙を床に落とすと、飛びのくようにしてあとずさり、後ろのボートにぶつかった。ボートはぐらりと揺れ、舟底に載っていた灯油ランプが滑り落ちて書類の箱に飛びこんだ。書類はたちまち燃えあがった。それはごくこぢんまりした限定的な惨事だったので、フランシスは箱が燃えるのをそのまま見ているしかなかった。するとその小火事の新たな光で、厚紙のメモがふたたび明るく照らし出された。文字は依然としてそこにあり、日付も変わっていなかった。

一九四〇年八月二十四日。ホワイト殺人事件の当日。その日に彼女がこの写真にサインをしたのだとすれば、グラントは彼女が殺される直前に彼女と一緒にいたことになる。書名や、物語に散らばる手がかりなど、ほかのすべてと考え合わせると、それはもはや偶然の一致とは言えない。「グラント、あんたいったい何をしでかしたんだ?」

フランシスはもう一度しゃがんで写真をひろいあげると、たたんで後ろのポケットに入れた。炎に近いあたりのボートの横腹に黒い円がちりちりと広がってきたのを見て、彼はあわてた。段ボール箱の下半分にはまだ火がまわっていなかったので、はだしの足で箱をボートから遠ざけ、片側だけあいている小屋の入口まで押していった。それからかがんで箱を持ちあげ、海のほうへ放り投げた。一瞬ののち箱は砂地に落下して破裂し、火のついた断片がぱっと舞いあがって、灰と火の粉が浜に降りそそいだ。

フランシスは黒い煙で肺をいっぱいにして、よろよろと海のほうへ歩いていき、落としたままにしてあった空っぽの靴の前で立ちどまった。靴はまだそこにあり、砂地にきちんと並んでいた。そこにグラントの幽霊が立っているのが見えるような気がした。彼に挨拶をしようと待ちかまえているのが。

「グラント」フランシスは見えない手をつかもうと手を差し出してから、がっくりと自分の前に膝をついた。「てことはあんた、ほんとに彼女を殺したのか?」

ズボンのポケットから写真を取り出し、日の光の下で改めてじっくりと見た。火の熱で糊が溶けて、印刷された写真が厚紙の台紙からはがれかけている。あいだに手書きの手紙が隠されていた。フランシスはそれを引っぱり出して読みはじめた。

〝親愛なるマカリスター教授〟

丁寧だが小さな字だったので、眼をしかめないと読めなかった。

〝わたくしはエリザベス・ホワイトと申します〟フランシスは息を呑んだ。〝お眼にかかったことはありませんが、もしかするとわたしの舞台やお芝居をご覧になったことがおありかもしれません。わたくしは昨年、ロンドンの王立文学協会で教授がなさった推理小説の講義に出席する幸運に恵まれました。たいへんに刺激的なお話でした。あつかましいとは存じましたが、ご興味をお持ちになるのではないかと思い、その刺激の成果をお送りいたします。七篇の短篇殺人ミステリを、教授のお考えに基づいて書いてみました。登場人物も設定もさまざまですが、七篇がそれぞれ、教授のお言葉を借りれば、探偵小説の異なる「順列」の見本になっております。わたくしはこれを短篇集として発表したいと願っております。『ホワイトの殺人事件集』エリザベス・ホワイト著。思いあがったような題名でお恥ずかしいのですが、ほかにましなものを思いつかなかったのです。お読みになって、感想をくださいませんでしょうか。こういうものを書いたのは初めてです。お眼にかかってひとつひとつご意見をうかがえればと思うのですが、どこかで一杯おつきあいくださいませんか？　でも、どうかお手柔らかに。これをご覧に入れるのは教授が初めてで最後ですから。感謝をこめて。エリザベス・ホワイト〟

最後の二語は写真のサインと一致していた。

フランシスはその手紙を丸めて海へ放りこんだ。それから靴をひろって両の手に片方ずつ持ち、絶望して叫んだ。「グラント、嘘だろ?」彼が頭を抱えると、左右の靴がひと組の滑稽な角になった。「あの七篇を盗むだけのために、彼女を殺したのか?」

おそらくグラントは彼女の成功によって虚栄心をうち砕かれたのだろう。巧みに説得してオリジナルの原稿を待ち合わせの場に持ってこさせ、彼女を殺してそれを奪ったのだ。犯行の詳細をほのめかす各篇の矛盾点は、あとから入れたものにちがいない。自分以外には誰にも理解できないはずだと知りながら、それらの手がかりを物語にひそませるのは、グラントを途轍もなく面白がらせたことだろう。題名をオリジナルのままにしておいたのも、それと同じ忌まわしい理由からではなかろうか。

潮は刻々と浜の奥に迫っていた。沖に眼をやると、かなりの大波が迫ってくるのが見えた。波は浜の数メートル手前で砕け、しぶきでフランシスを肘までずぶ濡れにした。水は凍えるほど冷たかった。

「嘘だろ?」

背後の火はすでに消えていた。だが、ずぶ濡れの白いスーツを着た彼はまるで、すでに溶けはじめている雪人形のように見えた。

謝辞

エージェントのジェイムズ・ウィルズと、編集者のジョエル・リチャードスンならびにジェイムズ・ミーリアに感謝する。彼らがいなければこの本は、いまある姿にはなっていなかっただろう。

レイチェル・リチャードスン、キアラ・マクエリン、マギー・パヴェージ、マクシーン・ヒッチコック、キット・シェパード、グレイス・ロング、ジェン・ブレスリン、ジェス・ハート、エリー・ヒューズ、ニック・ラウンズ、クレア・パーカー、ヴィッキー・フォティウ、トム・ロブスン、クレア・ボーゲン、エイミー・アインホーン、ケリー・カレン、ケン・ラッセル、パトリシア・アイゼマン、ケイトリン・オショーネシー、マギー・リチャーズ、クリストファー・サージオ、ジョージナ・ハランド・ブラウンにも感謝する。

解説

ミステリ評論家
千街晶之

本書『第八の探偵』（二〇二〇年。原題 *Eight Detectives*、アメリカ版は *The Eighth Detective*）は、イギリスの作家アレックス・パヴェージのデビュー作である。本書を読み終えて——あるいは読んでいる最中、「新本格」の三文字が脳裏をよぎったのは私だけではない筈だ。

ここでいう新本格とは、本格ミステリ黄金期後の一九四〇年代前後にイギリスで活躍したニコラス・ブレイクやマイケル・イネスやマージェリー・アリンガムらに江戸川乱歩が与えた呼称のことではなく、一九六六〜六七年に松本清張監修の「新本格推理小説全集」に収録された鮎川哲也や佐野洋や陳舜臣らのことでもない。綾辻行人が一九八七年に『十角館の殺人』でデビューして以降、一九九〇年代にかけて隆盛を迎えた、本格ミステリ復権のムーヴメントのことだ。後述の通り、近年の海外本格ミステリには、日本の新本格に通じるところのある人工的な作風の小説が増えているが、それでも、本書ほど人工性に徹した作品はなかなか見当たらない。仮に、本書の作者名を伏せ、人名や地名などの固有名詞を日本風のものに置き替えたならば、一九九〇年代くらいに講談社ノベルスから刊行された国産ミステリの一冊だと言われても信じてしまう読者は多いのではないか。

第一章「一九三〇年、スペイン」は、ヘンリーという男とメガンという女の腹の探り合いから幕を開ける。彼らはスペインで暮らすバニーという男の屋敷に招待されたのだが、そのバニーが刺殺死体となって発見されたのだ。屋敷に滞在しているのはヘンリーとメガンだけ。二人は互いに自らの無実を主張し、相手を犯人扱いするが、どちらも警察を呼ぼうとしないことからも窺えるように、彼らはバニーを殺す動機を有していたのだった……。

殺人事件が一件、容疑者はたった二人……という設定から、日本のミステリファンだったら東野圭吾の『どちらかが彼女を殺した』（一九九六年）を想起するだろう。あるいは、麻耶雄嵩『メルカトルかく語りき』（二〇一一年）所収の短篇「密室荘」を。前者は、二人の容疑者のどちらが犯人か作中に正解が記されておらず、読者が推理で到達しなければならない実験作であり、後者は、作中に死体のほかはレギュラーの「銘探偵」であるメルカトル鮎とワトソン役の美袋《みなぎ》三条しか登場しないという問題作である。

第二章「最初の対話」で、第一章「一九三〇年、スペイン」が作中作の一篇目であることが明らかになる。この第二章で登場するのは、一九四〇年代初頭に『ホワイトの殺人事件集』というミステリ短篇集を一冊だけ刊行し、それ以降は地中海の小島で隠遁生活を送っている元作家グラント・マカリスターと、彼のもとを訪れた編集者のジュリア・ハートだ。ジュリアは、グラントに『ホワイトの殺人事件集』の復刊の話を持ちかけながら、収録された七つの短篇をひとつひとつ読み返し、感想を述べる。ここからは、奇数章が作中作パート、偶数章がグラントとジュリアが登場する現実のパートということになる。

グラントは元数学教授でもあり、『ホワイトの殺人事件集』は『探偵小説の順列』という彼の持論に基づいて執筆されているという。例えば最初の「一九三〇年、スペイン」の場合、殺人ミステリを構成する四つの要素のうち、作品が成立するのに必要な最小の容疑者数は何人かという問いが籠められているのだ。

本格ミステリに数学理論を取り入れる試みには幾つかの前例があり、ギジェルモ・マルティネス『オックスフォード連続殺人』（二〇〇三年）や陸秋槎『文学少女対数学少女』（二〇一九年）、国産ミステリでは青柳碧人の「浜村渚の計算ノート」シリーズ（二〇〇九年〜）や神永学の「確率捜査官 御子柴岳人」シリーズ（二〇一一年〜）などが思い浮かぶ。数理的な法則とミステリの謎解きを結びつけるというのは、その方面に専門的な知識を持つ書き手にとっては一度はやってみたい試みなのかも知れない。

これに対し、ジュリアはグラントの小説に潜む問題点を指摘してゆく。例えば「一九三〇年、スペイン」の場合、現場の状況にあからさまな矛盾が存在しているのだ。ジュリアの問いにグラントははぐらかしたような答えしか返そうとしないが、その種の矛盾や意味ありげな記述は他の短篇にも見られるのだ。しかも、各短篇は妙に後味の悪い終わり方をしているものが多い。果たして、そこには何らかの意図があるのだろうか。そして、この謎めいた小説の書き手であるグラントと、『ホワイトの殺人事件集』の復刊にこだわりを見せるジュリアとの対話は、いかなる方向へ進んでゆくのだろうか……。

作中作を読み進めてゆくと、まず気づかされるのはアガサ・クリスティーへのオマージュの濃厚さだ。ある短篇はどう読んでもクリスティーの『そして誰もいなくなった』(一九三九年)を踏まえているし、中期以降のクリスティーが得意とした「回想の殺人」パターンの短篇もある。

イギリス黄金期本格の二大女王と目されるのはクリスティーとドロシー・L・セイヤーズだが、一時期、イギリスの現代作家たちは後者の影響を受けてはいるが、前者のことは時代遅れな作家と見なしている……といった言説が見受けられた。実際、翻訳されたイギリス産本格ミステリを読んでいると、そういった言説に頷ける部分もあった。ところが最近、クリスティー風のミステリ『カササギ殺人事件』(二〇一六年)が日本でもベストセラーとなったアンソニー・ホロヴィッツ、クリスティー財団公認でエルキュール・ポアロものの新作を執筆しているソフィー・ハナといった、クリスティー・フォロワーであることを隠さない作家たちの活躍が目立っている。ここには、クリスティー作品に大胆な新解釈を施してドラマ化している脚本家サラ・フェルプスあたりも含められるだろう。本書の著者アレックス・パヴェージも、どうやらこの系譜に連なる作家らしいのである。

ただし、どんな意外性を狙う場合でもフェアであることを重視したクリスティーとは異なり、本書の場合、作中作を読んでラスト三章の真相に辿りつくのは、よほど発想を飛躍させない限り難しいのではないか。フェアな謎解きよりは、作中作があるミステリだから可能な仕掛けを追求した結果として生まれたのが本書ではないかという気がする。

作中作を内包しているミステリといえば、海外では、近年『ノクターナル・アニマルズ』(トム・フォード監督、二〇一六年)として映画化されたオースティン・ライト『ミステリ原稿』(一九九三年)、古代ギリシャの殺人事件を描く作中作とその訳者が巻き込まれた事態という二重構造で進行するホセ・カルロス・ソモサ『イデアの洞窟』(二〇〇〇年)、さまざまな筆名を使い分ける作家の多彩な小説が作中に挿入されたデイヴィッド・ゴードン『二流小説家』(二〇一〇年)あたりが代表的な作例で、他にもアーナス・ボーデルセン『殺人にいたる病』（一九七一年）、スティーヴン・グリーンリーフ『匿名原稿』（一九九一年）、E・O・キロヴィッツ『鏡の迷宮』（二〇一七年）、エルザ・マルポ『念入りに殺された男』（二〇一九年）などが思い浮かぶ。既に言及したホロヴィッツ『カササギ殺人事件』や陸秋槎『文学少女対数学少女』もそうだ。日本の作例で言えば、古くは横溝正史の短篇「蔵の中」（一九三五年）が、作中作の仕掛けを用いた小説としては早い時期のものだし、中井英夫『虚無への供物』（一九六四年）の作中作トリックは、現実と作中作が目まぐるしく反転する竹本健治『匣の中の失楽』（一九七八年）など、その後の類似の作例に多大な影響を及ぼしたと考えられる。また、十一篇の奇術小説が組み込まれた泡坂妻夫『11枚のとらんぷ』（一九七六年）、作中作とそれを執筆する作家の周辺とで並行して事件が起こる皆川博子『花の旅　夜の旅』（一九七九年）、作中作の仕掛けが本のつくり自体にまで及んでいる綾辻行人『迷路館の殺人』（一九八八年）、社内報の連載小説に伏線が張りめぐらされた若竹七海『ぼくのミステリな日常』（一九九一年）、作中作が著者の他の小説にリンクしてゆく恩田陸『三月は深き紅の淵を』（一九九七年）あたりは作中作ミステリとしては必読だし、他にも、梶龍雄『紅い蛾は死の予告』（一九八六年）、辻真先『犯人　存在の耐えられない滑稽さ』（一九八九年）、歌野晶午『死体を買う男』（一九九一年）、折原一『覆面作家』（一九九一年）、加納朋子『ななつのこ』